大地大地大地大地大地大地大地大地大地大

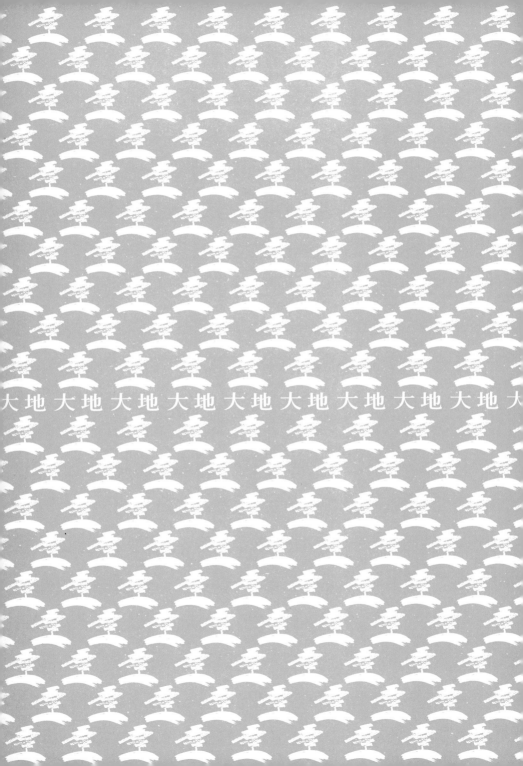

歷史小說 06

上官婉兒（上）

趙　玫◎著

大地出版社　出版

台灣版序言

感謝大地出版社讓我的歷史小說走進台灣。我知道這一次出版對我來說非常重要，那是因爲台灣的讀者對我來說非常重要。

我雖然未曾訪問過台灣，卻始終對那個美麗的島嶼夢魂牽繞。那裡有藍天、大海，還有我們血濃於水的骨肉同胞。每每與台灣朋友相聚，總覺得一見如故，彷彿很久以前就曾相識，言語間也似乎沒有任何阻隔。我想這大概就是我們彼此雖須隔海相望，卻都是炎黃子孫的緣故吧。是那共同的古老悠久的歷史養育了我們，是那一樣的博大精深的文化讓我們接近。所以我想我的作品也一定能與台灣的讀者朋友們在心靈上親近。

早就聽說台灣的讀者喜歡歷史小說，不單單是小說，大陸拍攝的歷史題材的影視作品，在台灣也很風靡。我想這就是台灣同胞與五千年文明血脈相通的一種美好的方式，可能也還有溫故知新、以史爲鑑的因素在其中吧。

其實寫作之初我並沒有創作歷史小說的想法。有很長一段時間，我一直致力於當代小說的創作，探討在開放的背景下，人們的生存狀態、心靈狀態，以及他們的愛恨情仇。我的寫作樣式也是很叛逆的，希望在對傳統樣式的顚覆中，找到眞正屬於我自己的表達途徑。我在這樣的寫作中循環往復，直到一九九三年和電影導演張藝謀簽訂了寫作《武則天》的合約，這是我的第一部歷史小說。我接受了對自我的一種挑戰。

如此我進入了唐代歷史浩瀚的海洋。那是一段怎樣巍峨的存在。史書中對那些偉大的唐宮女人的描述令我震撼，也讓我思考。幾千年遺存下來的歷史是經典、精華，但卻並不一定全都是眞理。於是疑惑鼓舞我去探求盛唐女人們那驚心動魄的生命軌跡。

一九九三年炎熱的夏季。漫長的唐宮故事就是從這個夏季開始的。那時我鼓足勇氣踏上了漫漫長安道。向著西部的遼遠和古老。那時候我並不知道從此竟會有三位唐宮的女性走進我日後的生活，融入我的血脈，並陪伴我穿越漫長的歲月，很多的白天和夜晚。

武則天、高陽公主和上官婉兒。從一九九三年夏季到這個即將前來的夏季，我竟然用了將近十年的時間來獻身唐朝故事。十年中我有了很多的變化。那就是這三部歷史小說留下的印跡。因此，歲月如逝水，令人感慨。

但那長安輝煌的殿宇依舊。儘管日月江河風流雲散它們卻永不褪色。那是我爲我的人物們構築的宮殿，也是我爲她們搭建的永恆舞台。依然的女人的故事。依然的女人的悲哀。可感可觸的。彷彿置身其中。那是我不曾眞的親歷卻可以眞的想像和感受的一個空間。這空間的形成是因爲我讀書。那些讀不盡的史書。浩繁的故紙堆。我穿越其間。被古人的驚心動魄所震撼。然後又去瞻仰那些至今矗立在古老大地上的殿宇和塔寺。斑駁中的雄偉壯麗和鏽蝕中的堅忍不拔令我驚嘆。那經久不息的美麗線條所帶給我和我的唐朝女人們的，是一種神秘的生存的感覺。才知道有時候人的命運就是由這些建築的線條規定的，你將在劫難逃。那闊大的無限向外伸展著的而又緩緩揚起的房簷。那麼恢宏的一種盛唐的氣象，流動而又飛揚。而房簷上不斷被風吹響的，是一串串懸掛著的玉石的風鈴。當四野的風旋起，你就能聽到那來自遠古的清脆而又悲愴的風鈴聲。那是種至今令我無比迷戀的聲響。貫穿在寫作的每一天中。那才是眞正的天籟。風撞擊著玉石，發出大自然的和聲。像音樂。但更像是古老而又寂靜的長詩。

一九九三年從酷熱的夏到蕭瑟的秋。當滿街的落葉被風捲起，我終於在疲憊中完成了由我來解釋的那個偉大的女皇武則天。我不知道那部激情中的《武則天》是不是一部好的作品，但是我知道儘管我在竭力掙脫歷史的禁錮，但那歷史的諸多禁忌還是束縛了我對這個偉大女人的感覺。我只是盡力從一個女人的角度去詮釋她，讓她在天命和人性的深淵中苦苦掙扎。後來我又續寫了《女皇之死》。那是她登基後的波瀾壯闊。然而當生命垂危，大權便無可避免地旁落，女皇終於失去了她一生的最愛。寫作《武則天》有如帶著鐐銬的舞蹈。很累。很艱辛。彷彿一直被一種無形而又無法擺脫的疾病糾纏著。那是一種很深刻的疼痛。一種力不從心。於是，我便也隨著那個女人一道，在疼痛中向生命的谷底墜落。

然後是高陽公主。在唐宮的這三位非凡的女性中，唯有高陽公主是我自己想要寫的。

一個爲了愛而最終被自己的皇帝哥哥賜死的大唐公主。愛的故事發生在巍峨壯美的宮殿和那本應清冷幽遠的佛家寺院中。在那裡，人性之愛是怎樣沖決著重重禁忌。於是愛才驚心動魄才被塗抹上宿命的色彩。不忘一九九三年夏季黃昏時的法門寺。從此法門寺永遠銘記。想不到那就是《高陽公主》精魄的所在。從此知道了世間竟還有如此寧靜的處所。然而在高陽公主的年代，寧靜的佛家空門中卻有著不寧靜的心性。那便是美麗的大唐公主與禁中浮屠慾望的故事。在人性與信仰中衝突著，撕裂著。然後便是死亡。是死亡使一切終止。死亡的不可阻遏的力量。於是我癡迷於這部小說中各種各樣的死亡。死亡的樣式。或者很美麗，或者很淒涼，抑或悲壯而慘烈。而唯有在這部小說中，死亡是同愛聯繫在一起的。於是男人和女人，於是愛與死亡，就都成爲了永恆。

接下來，我繼續深陷唐宮，開始了爲上官婉兒的忙碌。也許僅僅是爲了「上官婉兒」這四個字，我就決定爲她寫這本書。我又重讀歷史。把新舊《唐書》重新從書架上取下，在浩繁的史書中蒐尋著與婉兒相關聯的那些人和事。怎樣的婉兒。爲這樣的一個令人迷茫的女人我遲遲不敢動筆。但她的故事卻始終讓我心馳神往。很久以後我才悟出，事實上與她女詩人的成就相比較，她在政治漩渦中做人的能力是更令人欽佩的。那可能才是婉兒眞正的價值。那種生存的能力和處世的方式。充滿了戲劇性的人物關係。生命的哲學以及與各種男人恩恩怨怨的糾葛。還有她對政治病態的迷戀以及她對身體的智慧的運用……所有這些令我激動。於是一種創作的願望到來。想探詢於這個女人那驚心動魄的生命流程中，想對她的一生擴展和深化，想從這個女人的所有的層面上去揭示她了解她闡釋她。這是個怎樣令人興奮的過程。

如此，我的心潛入了距今已一千三百多年的大唐宮殿中，我能夠盡情盡興地生活在那裡，無形追隨著在那輝煌殿宇中活動的每一個人，尤其是每一個女人。我觀望諦聽著他們，看著他們相愛或相殘。我會爲他們的行爲尋找出無數的心理背景，我也會順乎邏輯地左右他們支配他們，用他們的行爲來證明我今天所要說出的那些思考。

這就是唐宮三位女性爲我打開的那扇通往歷史的門。我走進去。又走出來。在來來去去之間營造她們的故事並銷蝕著我的生命。我們匯攏著。我們心相知。女人與女人之間的愛。今人與古人之間的理解。如此的浩繁。又是如此的驚心動魄。我在這樣的寫作中彷彿在經受洗禮。一次次在他人的痛苦磨難和燦爛輝煌中經歷著我的人生。人生於是豐富。

徜徉於歷史之中，我選擇了我的主角盛唐的優秀女人；而在選擇了她們之後，我又選擇了我的視覺用現代人的觀點，重新闡釋她們。

我的歷史小說的創作原則首先是尊重歷史，然後是在歷史史實的前提下，最大限度地想像和創造。在寫作的手法上，我追求文本的完美。因爲歷史是一種艱深的思想，而唯有完美的語言才能將思想最大限度地表達出來。我希望讀者通過我的小說，既能讀到淒美的人生故事，又能把握殘酷的歷史眞實。

我一直覺得我用去生命中將近十年的光陰，先後寫作了《武則天》、《高陽公主》、《上官婉兒》是一段不會留下遺憾的創作經歷。因爲，她們已經成爲我生命中不可分割的一部分。而那個部分也將會在讀者的心中留下記憶。

我的這些歷史小說曾在大陸出版暢銷，如今能與台灣的讀者見面，爲此我眞的非常高興。我期待著台灣的讀者朋友能喜歡它們，並與我一道走進遙遠的盛唐皇宮，去感受那些美麗而又非凡的女人們驚天地、動鬼神的壯麗人生。

感謝吳錫清先生和大地出版社給我的這次機會。

最終她秉燭迎候著死亡。那麼美麗的生命，和那麼寧靜如水的氣度。在刀光劍影中，毀絕。便也是瑰麗的死。無悔而無怨。也不枉風雲的一生。只是那綿綿的情思斷了。愛不再有生命可以附麗。又是怎樣哀婉而淒寂，便讓那生之一切隨風而去。

上官婉兒，這個和武則天一道長留於青史的女人。

婉兒不是宮中的寵妃，而是秉國權衡的一介女傑。以她的傾國傾城的智慧，還有她曠世的才華，將天下操縱於股掌之中。那是上天賦予她的使命。婉兒貌美，但不是那種國色天香，也不曾因美而動天下。她沒有可能利用她的美。那美從她一出生，就注定不能給予她幫助。甚至連性命都不能保證。於是她沐著殺戮的血。在襁褓中，那麼小而柔弱的一個美麗生命，睜大無知的眼睛，看那血色的輝煌。不知道她還看到了什麼？透過壯麗的血光。那慘無人道的劫掠，然後便是長長的暗無天日的宮巷。四季的冷暖，包籠著那個掖庭宮中的女孩兒。從此婉兒不再哭泣。以爲命定就是奴隸和囚徒。也不再期待，能有浮出滄海的那一天。只挨著天眞爛漫的少女時光，讀書並且作文。以爲那就是最美的生活。以爲如此能終其一生。平靜而安寧的。和自己的心共同著。深宮永巷中的婉兒不求轟轟烈烈，只願心裡裝滿了她自己的內容。

但是上天不讓婉兒在詩文中成長。她的心有一天突然被冷酷的皇后搶走了。從此，什麼是成長？就是在無盡的苦難和林林總總的醜惡中。在恨裡。在陰謀詭計和相互的傾軋中。人類容不得一顆純淨的心。這個新的群體邪惡。朝廷被無數邪惡到極致的人，組合著並且統治著。而婉兒不幸身陷其中，那是怎樣的生之悲哀。在惡水中掙扎著。出污泥而不染的虛妄。也許婉兒被武則天發現時是一滴透明的水珠，而到了婉兒死期抵達的時刻，她已經是濁水污泥般的最黑也是最長的暗夜。

是誰如此塑造了這個女人？則天上帝，還有骯髒卑鄙的朝廷。忠誠和背叛。被傷害和陷他人於塗炭之中。眞的愛和眞的不愛。愛而不曾有的性，和淫亂中無法企及的愛，都是些什麼？就是婉兒的一生。她眞心愛過的男人，和她認眞敷衍的男人，全如浮萍一般。無望地隨風飄轉。只爲著生命。只爲著這一個目標。急流勇進，或者，忍氣吞聲。就是這樣，讓心靈千迴百轉，讓生命跌宕起伏。便也有揮灑智慧才華的樂趣，在其中。治人和治於人。生或者死。那死於非命的終局。

便是婉兒，莊嚴而平靜地秉燭迎向那利劍。那利劍在暗夜中閃閃的金屬的冷光。但有那燭光溫暖的照耀，還有那懸浮在劍刃上的死亡的勇氣。死便明亮而悲壯了起來，只留下那萬卷長詩。然後再散失。散失那「唯悵久離居」的別意。再然後歲月將婉兒的詩句散失殆盡，只留下這個女人的千古英名。

在暗夜中，她看到了一片迷濛的紅色。她後來才知道那就是血。是血的顏色在她的家中瀰漫著。點點滴滴地飄灑著。落到她的身上臉上。那麼溫暖的，帶著鹹腥的甜絲絲的味道。那時候她還在襁褓中。不知道親人的血意味了什麼，更不懂人類的冷酷和凶殘。她太小了。那個小小的可愛的寶貝的嬰兒。她圓潤的臉頰和櫻桃般新鮮的柔軟嘴唇所交織著的，是一首新生的讚歌。一個色彩繽紛的如氣泡一般的對生命的憧憬。

小小的婉兒。

當朝重臣西台侍郎上官儀家唯一的後代，唯一的女公子。

蠕動著美麗嘴唇的婉兒哪裡會知道她的貴爲公卿的家門的顯赫，更不曾了悟那淪爲階下囚的未來的慘淡。如此的跌宕。從崖頂落到谷底。全是命運的安排。是命運的捉弄。她正被那命運的黑手抓起。這也是依然笑著的，笑出咯咯響聲的，並且搖動著兩隻胖胖的小手的婉兒所不知道的。

這是前奏。序曲後便會拉開這個女人一生的大幕。在西元六六四年那個蒼茫的寒冬。先是武曌經歷了血雨腥風終於爬上了皇后的寶座，集後宮萬千寵愛於一身，又先後爲李唐皇室生下了李弘、李賢、李顯、李旦這四個英姿勃勃的皇子和美貌酷似母親的太平公主。在皇室的歡樂中，唯一的不足是那個當朝的皇帝高宗李治日夜被他的痛風病折磨著。他的身體正一天天地羸弱，而他的精神也正一天天地萎頓。於是病重的皇帝力不從心，遠離朝政。而朝中不能一天沒有天子，於是擁有天子風範的皇后便只能無奈地以女人之身頂上去，垂簾執掌國家的大事。在那個時代，武皇后當然是愛著皇帝的，唯其愛，才不能容忍自己的男人去寵愛別的女人。而在當時的後宮中，在武皇后的淫威下，皇帝幾乎就沒有嬪妃了，所餘不多的能接近聖上的女人，似乎除了武曌，就只有她的外甥女魏國夫人那樣的女孩子了。魏國夫人年輕貌美，國色天香。一副愁腸百結的樣子。她對他這個終日滯於寢宮的體弱多病的皇帝姨夫可能本來並無愛意，但偏偏這個可憐的聖上在病榻之上慢慢覺出了無聊和寂寞，希望枕邊能有個和他說話的女人。而皇后每日代他上朝與百官周旋，政事的繁忙使他們越來越疏遠。於是，在後宮得以常常相見的姨丈和外甥女自然就走到了一起。那是武皇后爲他們留下的縫隙。那時候武皇后將國家掌管得欣欣向榮，她正沉醉於政治的勝利所帶給她的成就感中。她想，有她在朝堂，皇帝就可以高枕無憂，安心養病了。但是她想不到，那個一向脆弱的聖上竟然大著膽子和她的外甥女卿卿我我，耳鬢廝磨，以至於他竟然許諾了那個不知天高地厚的女孩子做皇后的未來。後宮所發生的這畸形的亂倫之戀，一開始是任何人都沒有準備的。沒有準備便沒有提防，而愛的滋生常常就發生於這種沒有準備和提防之間。

這當然是危險的。在毫無防備的情況下，武皇后被她最愛的兩個親人之間的這一段讓她措手不及的愛情所襲擊。

武曌怒火中燒。怎麼會這樣。面對如此令人傷痛的尷尬，武曌再一次覺出了她在感情世界中的無望和失敗。於是大權在握且一向達觀的武皇后，竟也開始召方士入禁逐魔驅邪，以洩她心頭之忿。而將巫術帶進後宮是違反朝廷嚴禁蠱祝的法則的。而當年爲爬上皇后的寶座，武曌就是以蠱祝厭勝的罪名將王皇后、蕭淑妃囚禁並杖刑而死的。在那個後宮的時代，巫術是所有絕望女人的救命稻草。當她們無望，當她們痛苦憤怒，她們似乎就只能乞求那些巫言咒語來幫助她們擺脫內心那一份深深的情感的恐懼。所以對於後宮的女人，巫術是靈丹妙藥。而與王皇后、蕭淑妃不同的是，武曌在厭勝的同時，還有著一種更爲瘋狂的復仇心理。不單單是心理，而且是行動。她是何等女人。她怎麼能坐以待斃，眼看著魏國夫人一步步取代她在龍床上的位置。她更不能忍受的，是她的親人她最愛的人對她的背叛。不單單是李治，是魏國夫人，就是她的親兒子親孫子，如若忤逆了她背叛了她，她都會不顧一切毫不猶豫地將他們置於死地，這是被已往歲月所證明了的，更何況一個魏國夫人。

於是，在高宗李治和魏國夫人的纏綿悱惻、鏤骨銘心，不知身後是凶險的時刻，看上去超然大度、不拘小節的武皇后便成功地策劃和導演了一幕家宴中鴆殺情敵的慘劇。那個從此踏上不歸路的女人，自然就是年輕貌美甚至已不把姨媽放在眼中的魏國夫人。僅僅是一杯家人團聚的美酒，就讓有恃無恐的魏國夫人轉瞬之間七竅出血，魂歸西天，讓那個年輕的皇后的夢想破碎成虛妄的碎片。

高宗李治的痛不欲生可想而知。想不到他病中的最後的一點愛也被皇后搶走了。他對這個飛揚跋扈、心狠手辣，無所不用其極的老婆簡直是恨之入骨，不共戴天。於是他抱著病弱之軀，強忍著身心的疼痛，即刻行使他天子的權力，以厭勝的罪名向武曌發起了討伐。他要廢了這個無法無天的皇后，要讓這血債累累的女人滾出皇宮。他要用皇后的血，去祭那個可憐可愛的無辜少女。他要讓武曌知道誰才是眞正的大唐的天子、後宮的主宰。

其實，這原本是很純粹的皇帝與皇后之間的個人恩怨，感情糾葛，但夫妻之間的事情一經納入皇室，就不再是個人的而是整個朝廷整個天下的事情了。於是，李治在盛怒之中召來的第一個人，就是朝廷中專門執掌文墨的西台侍郎上官儀。硬是把一個才華橫溢的今後可能會大有作爲的臣相，無端地捲入了一場後宮男女的爭風吃醋中。

這位赫赫有文名的上官儀就是我們那個小小的襁褓中的婉兒的祖父。一個朝廷的命官。一位將五言詩寫得綺錯婉媚、獨成「上官體」的詩人。那時候他正在做官的路上一路青雲。太宗時便累遷於秘書郎，及至高宗在位，又將這個辭采風流的上官儀累遷爲秘書少監、銀青光祿大夫、西台侍郎，可謂身居扼要，舉足輕重。不單單是高宗器重他，就是皇后武曌也把他當作自己無比信任依賴的心腹。就是如此的一個上官儀，又招誰惹誰了？也許他全部的過錯，就是太優秀太傑出，太被皇帝皇后所看重了。皇帝在憤怒的第一時刻召見他，是因爲對他的信賴；而皇后在第一時間打擊他，是因爲他對她的背叛。而皇后平生最恨的，就是那些背叛了她的人。

高宗歇斯底裡，只想復仇。上官儀匆匆趕來時，見聖上正滿臉怒氣地在大殿裡踱來踱去地等他。皇上臉色嚴厲，嘴唇鐵青，往日的溫和蕩然無存。一見到上官儀，劈頭便說，快給朕擬一份詔書。皇后越來越無法無天了。盡做傷天害理的事情。這樣的女人怎麼能做皇后？朕要廢了她。

高宗的慷慨激昂令上官儀周身冒汗。做了多年的朝臣，且耳聞目睹了朝中變遷，以他的經驗和穎悟，他深知皇上是根本無法與皇后抗衡的。於是他只能坦誠勸誡皇上，這種廢后的舉動事關重大，不是氣頭上說說就可以做到的。而高宗就是決心已定，說朕已忍無可忍了。朕就是要廢她。廢她爲庶人。你就趕快起草詔書吧，這是朕的命令。

於是上官儀拿起筆。他是不得已而爲之。他被擠在夾縫中，找不到自己脫身的計策。實際上，上官儀已經意識到自己大難臨頭了。他沒有把握這個懦弱的李治憑著一時的意氣就能把武曌廢掉。而一旦廢后失敗，那麼第一個遭到殺身之禍的，一定是他這個起草廢后令的上官儀。然而君令不能違。而君君臣臣，又是上官儀爲官的一條最基本的原則。於是上官儀只能拿起筆，在詔紙上寫下了：皇后專恣，海內失望，宜廢之以順人心。

沒想到這幾個字墨跡未乾，武曌便氣勢洶洶地闖了進來，捲起了一股令人膽寒的陰風。她抓起廢后的詔書就一步步逼近李治。她問他，這是什麼意思？你爲什麼要廢掉我？你到底要幹什麼？十幾年來我爲你生兒育女；你生病期間，又是我早起晚歸爲你打理朝政。我有什麼地方得罪你了？我又怎樣使天下失望了，以至於非要把我趕出皇宮才可以順人心？你究竟是怎麼啦？如果你眞的這麼恨我，那麼就拿著這詔書到朝廷上去宣讀吧。現在我的生死就握在你的手中，我的四個兒子和一個女兒的生死也握在你的手中。如果你忍心，就把我們母子六人趕出這後宮吧。去呀，去宣讀這廢后的詔書呀……

這時候的李治已經周身顫抖。他退著，說不，這不是朕的意思。

不是聖上的意思？那麼是誰？

是……是他……高宗李治竟然指著垂立於一旁的上官儀。

是他想廢我？

是他，是他叫朕這樣做的。

懦弱無能的李治，終於不敢承擔廢后的罪名，將所有的罪責，和盤推給了上官儀。

這時候滿心恐懼的武曌才顧得上去看站在大殿另一側的那個鎮定自若的上官儀。那麼是你了？是你要廢我？你不是剛剛經我批准才升任西台侍郎的嗎？我記得我一直信任你，眞是人心難測，那麼告訴我這是你的意思嗎？

此時的上官儀早已面無懼色。事實上自從皇后走進大殿自從皇上膽戰心驚，上官儀就已經看到了他的結局。對皇上把罪名扣在他的頭上，上官儀一點也不吃驚。他覺得面對這樣一個毫無骨氣更談不上氣節的男人，他已無須爲自己辯解什麼了。這場廢后的風波，不過是當權的男人和當權的女人之間的一場角逐的遊戲罷了。但可惜的是，他被無端捲攜了進去。遊戲終會結束，而他已必死無疑。上官儀其實並不怕死。在這個充滿了血腥的朝廷上，死人的事他已經司空見慣。他只是有些心疼自己的學問和才華，他本來是可以利用它們報效國家的。他還留戀自己的家庭。他爲將與那個剛剛出生的美麗的小孫女上官婉兒做永遠的告別而特別難過。他是那麼疼愛她。她是他的掌上明珠，他想看著她怎樣在他們這書香門第一天天成長爲一個才華超眾的娉婷少女。他剛剛才感受到婉兒所帶給他的天倫之樂。他原以爲他的晚年生活會是無比溫暖歡樂的，但是，這一切都只能是遺憾了。他必得要替這樣的一位天子承擔罪名，儘管不值得，但他只能視死如歸。

於是上官儀直面武曌，他說是的，詔書是我寫的。說過之後，他便大義凜然走出大殿，回他自己的家中等待慷慨就義。

上官儀的剛烈使武曌無比憤恨。她先是將手中的詔書撕得粉碎，然後對著上官儀的背影恨恨地說，好吧，既然你願意當這個替罪羔羊，那就去死吧。

其實武曌心裡也非常清楚上官儀是無辜的。但是必得要有一個人來成爲皇上腳下的台階。李治儘管唯唯諾諾但他畢竟是皇帝。皇帝當然是有權決定她的生死存亡的。於是武曌走過去溫柔地抱住那個依然在顫抖的李治。她讓他坐下，把他的頭輕輕摟在她的胸前。她想她再不能觸犯他、激怒他了。於是她哭了，她說我知道那不是聖上的意思。聖上怎麼會忍心把我和孩子們趕走呢？一切都會過去。掀過這一頁吧。我們彼此都不要記恨。是有人存心要離間我們，我們怎麼能陷入這些圖謀不軌奸佞小人的圈套呢？我們曾經那麼相愛，我們又一同經歷了那麼多磨難，多少年來，誰也不曾拆散我們，今天也不會。聖上，我們會重新開始的。你說呢？

於是這一場權力和生死的較量，就在這一番眼淚抽泣和繾綣柔情中以平局告終。

從此高宗李治沉默。因爲他終於看清了他在武曌面前的劣勢。於是他不再抗爭。他知道命是不可以爭的。

幾天之後，上官儀果然以與被幽禁的已廢太子李忠共謀造反獲罪。理由是，上官儀在李忠還是陳王時期曾任過陳王府的諮議參軍，李忠被廢爲庶人之後，上官儀自然和李忠一樣對武皇后是心懷不滿的。上官儀當然清楚這是欲加之罪，何患無辭。他坦然面對屠刀，面對上官一族滿門抄斬的終局。他便是因坦然而名垂千古。在他身後的幾十年裡，他並不知他最疼愛的孫女婉兒曾經是怎樣權秉朝政，怎樣地成爲皇帝的嬪妃。那都是他身後的事了，所以他無從爲婉兒驕傲，也無從爲她的諸多失節而羞辱。

在上官一族的誅殺中，只留下不滿一歲的婉兒和她的母親被趕進掖庭宮充爲宮婢。

便是在家族的滅頂之災中，婉兒被不斷飄灑在她身上臉上的那無數血滴吵醒了。她不知道那紛紛墜落的紅色水珠是什麼。那是她從沒有見過的，她爲此而歡欣鼓舞。她伸出兩隻胖胖的小手，奮力在空中抓著。她想抓住那紅色，那血滴，和那些在殺戮中正在失落的生命。還有響聲，撕裂著的喊叫，疼痛還有哭泣。絕望的、求救的、也還有斥責，有大義凜然慷慨陳詞，還有，在憤怒中的沉默。那種沉默的力量。

上官儀當然不會向這個污濁的人世求和。他或許覺得死才是最乾淨，最無憾，甚至是最快樂的選擇。至少，他今後再不必爲皇后那樣殘暴的女人服務了。他知道，大唐自落入懦弱的李治手中，就已經意味了大唐的衰落。他身爲李唐的臣相而又不能爲李唐效力，那他又算是什麼李唐的朝臣呢？所以他寧願去死，無悔無怨，就去殉了對他無比欣賞的唐太宗李世民吧。他還知道，那個專權的武瞾本意上是不願他死的。她也欣賞他並需要他爲她的王朝掌管制命。眞正把他送進死牢的，是那個高宗，是皇帝對皇后的深層的反感和恐懼。一個男人。一個萬人之上的男人因害怕一個女人這麼輕易地就出賣了另一個男人，出賣了他身爲天子的尊嚴、人格和良心。那麼他上官儀還有什麼好留戀的，他再也不願看到朝廷和皇室的道德淪喪了。只是，上官儀所不忍的，他的正義正直竟要遭至株連九族。武皇后不僅要他死，還要他的親人他的幕僚們也和他一道死。這才是上官儀最最傷痛最最自責的，他可以死，而那些親人有什麼錯。然而朝廷連坐的法則是不可更改的。連坐或者誅殺九族的意思就是，盡殺之。一個不留。以絕其歸望。如若對罪者一族不斬盡殺絕，一旦有人漏網，將誅殺親人的仇恨銘刻在心，有朝一日，反攻復仇，那不是在給自己製造危機嗎？所以朝廷的法則冷酷。所以必得殺了上官全家，殺了他的兒子上官庭之，不能留下他的根，不能留得青山在。

庭之便也無悔無怨。他生於官宦之家，自然從小懂得這家中與朝廷之間的規則。他因父親而榮，當然也必得隨父親而枯，這是天經地義，沒有什麼好說的，他只是不忍告別年輕的愛妻鄭氏，更捨不得那個剛剛出生的珍珠一樣寶貴的女兒婉兒。他臨行前抱起他的寶貝。他把婉兒緊緊抱在懷中，流著淚親吻著甜絲絲的臉蛋兒，他想他從此再也見不到她了。那時候婉兒正安睡。她還沒有被家中瘋狂的殺戮所吵醒。她也沒看見她父親那異常絕望傷痛的神情，感覺不到她的小手是怎樣被她的父親放在嘴唇上親吻著。她不能理解一個死之將至的男人跟他最愛的女兒訣別時的那一份絕望的心情。她睡著，偶爾會笑，不知道一會兒會有血光照亮她的夢境。上官庭之最後將他的妻女緊緊摟在胸前。他不忍離開她們，他不想孤獨上路，他甚至想過，與其讓妻子女兒配進掖庭，充爲宮婢，受人間女人最重的懲罰和無盡的苦難，還不如他們一家三口一道死，死在一起，一起到天國的什麼地方相聚，過他們平平安安的家庭生活。但是，朝廷的衛兵們容不得庭之再想什麼，這個年輕公子的頭顱就在鮮血的噴湧中落地。那是種怎樣的慘烈。在親人的身邊，婉兒便是沐浴著這親人的滿腔熱血，開始了她人生的旅程。

然後便是被母親緊緊地抱著，被趕進了後宮陰暗的永巷。那個專門關押宮婢牢房一樣的掖庭。那永遠的不見天日，永遠的苦海無邊。

在那漫天飛舞的血滴中，又有那鄭氏鹹澀的眼淚匯了進來，也掉在婉兒的身上臉上，透明的，就稀釋了她身上臉上的那些親人的血。婉兒依然不懂，那一滴一滴從母親眼睛裡墜下來的水珠是什麼。她不懂什麼是眼淚，爲什麼會有眼淚。她依然是伸出她的小手，去抓那一滴滴透明的東西。她玩著笑著，在母親不停墜落的眼淚中發出咯咯的笑聲。她什麼也不懂。不懂災難，不懂失去親人的苦痛，更不懂得仇恨。那麼小的婉兒，被裹在溫暖的襁褓中。只是突然地，那迷霧般的紅色不見了，接下來，是黑暗。

這就是永巷。

而永巷是什麼，從此漫漫的黑暗是什麼，還是婉兒所不懂的。她只是覺得慢慢地睏了，她閉上眼睛，覺得她被搖晃著，在一個溫柔的搖籃中。她也是後來才知道那是在母親的懷抱中。她被母親抱著。天上是夜空中閃亮的星星。她沒有心情。因爲她不懂。她只是在母親溫暖的懷抱中，所以她並不怕黑暗，也不怕長夜。那漫漫的無盡無休的永巷。一間一間陰暗潮濕的木頭房子。緊連著。木格裡一張一張向外張望的女人的臉。那麼悽慘的蒼白的而又美麗的。看著，這滿身血污被趕進掖庭的鄭氏母女。她們或者同情或者冷漠，或者幸災樂禍，嘴角上掛著得意的邪惡。這些被長久壓抑的宮婢們早已沒有了人的心腸，她們恨不能天下女人都像她們一樣，受這永無盡頭的永巷之罪。

然後咣噹一聲，婉兒和母親被關在一個陰暗潮濕、密不透風的小房子裡。從此這就是婉兒的家。從此婉兒就在這裡長大。然而婉兒並不覺得這裡冷酷。她以爲她天生就是這窄小木屋的女兒，她就應當是在這永巷中度過童年、少年，終其一生的。她毫無障礙地接受了她的命運，她甚至很歡樂，很幸福，有母親和她在一起，她覺得她是天下最幸運的女孩。她除了永巷上空那一條遙遠的藍天，和夜晚的星空，和永巷中宮婢以及去勢的宦官們的臉之外，什麼也沒有見到過；更不像她貴族出身的母親那樣，婚前婚後都享受過官宦之家的富足安樂，享受過男人的愛和撫摸。所以婉兒快樂。因爲她沒有經歷過生存的跌宕，也沒有對往事的記憶。她就是掖庭的女兒。就是宮婢。就在最底層。她唯一不曾忘記的，是她生命的最初時刻的那紅色。迷濛一片地，就永遠儲存在婉兒的意識中。籠罩著。畢生。直到日後她眞的經歷了那一切，才眞正懂了什麼是血。

當紅色消褪爲掖庭宮的漫漫長夜，上官儀的時代便結束了。而上官儀的結束也就是高宗李治的結束，從此他自願放棄，將權杖拱手交給武瞾。於是史書對此無比感慨，不禁血淚盈襟地說，嗟！及儀見誅，則政歸房韓，天子拱手矣！

那是少年英雄的夢想。

那是武三思想都不敢想的。

在軋軋的牛車中。如此漫長的旅程。幾十天的風風雨雨，幾十天的長途跋涉。牛車中的那個少年武三思已經筋疲力竭。直到臨近都城，牛車才換上馬車，而且是有著皇室徽章的那種豪華的馬車。這眞是武三思想都不敢想，而又是親身經歷的。遠方那壯麗輝煌的龍門由遠而近。那是怎樣地氣象萬千。三思儘管一路顚簸，疲憊不堪，但他還是被這皇城的氣勢震懾了。他異常興奮，簡直不敢相信從此就要生活在這樣的都城裡了。那是天壤之別。是與他記事以來就沒有離開過的窮鄉僻壤的龍州所不能比的。滄海桑田竟只在姑母武皇后的三言兩語之間。這世間的事眞是太神奇了。武三思，這個和父親武元慶一道被貶放外任的孩子，眞的不敢相信他又回來了，回到了這個他曾經晝思夜想的地方。

武三思睜大眼睛，從皇室的車輦中探出頭來。他左右觀望著，這洛陽街市中繁榮興旺的一切。他之所以全神貫注，其實並不是因爲街市中的熱鬧；而是他在體驗著一種終於回來了的興奮和喜悅，那是種復仇的快意，他想，這裡將是我的舞台，自古英雄出少年。

三思雖然年少，但卻清楚地知道他所以這樣那樣的一切。他的童年是在悲哀不幸中度過的，僅僅是因爲他的父親武元慶是當朝皇后武曌同父異母的兄弟。他們一家，原本憑著祖父武士彠跟唐太宗李世民的交情，一直非常富有地住在四川廣元。但自從姑母武曌被選進後宮，廣元的武家就成了皇親國戚。於是武元慶自然就膨脹起來，以妹妹的貴爲才人，而在鄉裡橫行霸道。待到武才人在皇帝的更迭中，幾經轉折，終於成爲當朝皇帝李治的愛妃以至最終攀上皇后的寶座，元慶、元爽兄弟也自然順理成章地攜家眷赴京城，來到中原的洛陽做起了國舅和京城的小官。

這本來無可厚非。如果元慶、元爽是飛黃騰達的武皇后同父同母的親兄弟，或許武三思這類姪兒輩的公子們，也就能像皇后的親姐姐賀蘭氏的兒子賀蘭敏之那樣，自由出入皇宮，成爲洛陽城中的紈絝子弟，裘皮寶馬，盡享風流了。只是元慶家門不幸。其實那也是武元慶咎由自取。天性的以強凌弱使他在妹妹於後宮的永巷苦熬的日子裡，對武士彠孤苦的遺孀楊氏極盡欺凌之勢，害得楊氏在十多年艱難歲月中，始終在淚水和罵聲中度日。那是怎樣刻骨的傷痛。楊氏雖出身名門，卻因丈夫過早辭世而在龐大的妻妾成群的家族中處於劣勢。女兒雖然進宮，卻又始終抑鬱不得志，甚至淪爲奴婢。加之楊氏與武士彠所生，皆爲女兒，身邊沒有一個七尺男兒支撐著，楊氏的苦就可想而知了。偏偏武曌要注定苦熬十幾年才能戴上皇后的鳳冠霞帔。那麼這十幾年間，無依無靠的楊氏就自然只能獨自一人受著族人的欺侮。首當其衝者，就是元慶、元爽兄弟。他們目光短淺，怙惡不悛，根本就想不到他們一直在後宮艱難掙扎又絕不放棄的小妹妹能有揚眉吐氣的一天。於是鑄成人生之大錯。

然而世間的事情就是這樣今非昔比，斗轉星移。

楊氏生存在世，最大的幸運就是她生下了一個偉大的女兒。

武曌終於獲得她想要的一切。她一步一個血印地堅忍地向上爬著，以美麗和青春做著擲地有聲的人生賭注。武皇后的大權在握終於使武家光宗耀祖。當然首先是楊氏來到後宮，緊接著，武家所有的親屬們便紛紛離開廣元，如蝗蟲般湧進了都城。他們這些京城中的鄉下人蠅營狗苟。出身的微賤並不能阻擋他們外戚崛起的慾望。沒有多久，這幫武姓男女就開始在朝野飛揚跋扈了起來，那不斷升遷的勢頭簡直銳不可當。

武氏一族的封官晉爵完全是為了與貴為皇后的武曌的身分相匹配。武曌對她的這些宗族親戚特別是對從小就欺侮她的兩個哥哥元慶和元爽沒有任何好感。但由於長久離家，對他們所知甚少，便也就無所謂愛恨了。她只是覺得她一個人在前面衝鋒陷陣，浴血奮戰，打下江山，而他們輕而易舉地便能搭上她的船榮華富貴，不大公平。但也沒有別的選擇。她的身後必得有一個龐大的家族集團。她必得把他們當作這家族勢力的一重砝碼，讓他們當上朝廷的命官以撐持她背後的那個也許是虛幻的背景。而最終置元慶、元爽於死地的，其實還是那個在十幾年終日以淚洗面的生活中受盡凌辱的楊氏夫人。

楊氏夫人怎麼能容得她的敵人與她一道同享富貴。何況，讓她的仇人和她一樣享受這皇室之榮的就是自己的女兒。楊氏堅信，女兒可以讓他們貴，也可以讓他們窮。楊氏還堅信，她是能夠左右她女兒的，哪怕她已經坐在那個至高無上的寶座上。

於是楊氏做了惡人。她一把鼻涕一把淚地要女兒想一想，她們那些作惡多端的窮親戚該不該享受今天的榮耀？

於是武曌想。武曌在想了很多天之後，終於向皇上遞上了那一份奏摺，懇請皇上對她的親屬削官降爵。那時的元慶已官至宗正少卿，元爽也已升任少府少監。但皇后的一紙奏書，便將她的這兩個兄弟趕出了京都。元慶被貶至龍州任刺史，而元爽則貶至濠州又轉至遙遠的振州。於是這兩個劣跡斑斑的兄弟自食惡果。他們還來不及在他們顯赫的位子上得意忘形，就被逼上了貶遷的路程。結果元慶剛剛抵達龍州，就因抑鬱愁悶而一命嗚呼，將武三思們丟在那個偏僻荒遠的地方；元爽也在流配振州之後，悲忿而死，讓他的家眷們無辜地在嶺南的瘴濕之地苦熬。

武后的此番以武氏族人的性命爲代價的舉動，無疑引起了朝廷百官的一片譁然。不知情者，對武皇后爲抑制外戚勢力的擴張所採取的這一大義滅親的舉動無比欽佩，肅然起敬。畢竟外戚擅權，是自有朝堂以來歷代皇室的通病。更何況眼下掌管朝政實權的國舅長孫無忌，就是典型的外戚專權。所以歷代王朝都會把限制外戚勢力作爲一個規則，但又朝朝代代都不能改變這一外戚顯貴的狀況。皇帝寵愛的女人，就一定是兄弟姊妹皆列土。而如武曌般，積極主動請求削弱自己族兄們官爵的，幾乎歷代少有。於是，一場家族內部的是非之爭，竟然被升格爲新皇后激濁揚清的清明之舉。其實明眼人一看便知，武皇后以退爲進的這一招實在是非常高明，他不僅以抑制外戚勢力的舉動向同是外戚的長孫無忌宣戰，同時也剷除了她母親深惡痛絕的仇人。可謂一石二鳥。

這便是武三思那位充滿智慧的姑母。她從那時起，甚至更早，就學會了這種一箭雙鵰。這在後來，就成了武曌治家治國的法寶。無論遇到怎樣的難題，她都會試著用這樣的方法去處理，去制衡。當然後來，她把這樣的權術玩得越來越嫻熟，也越來越陰險。她深知，唯有如此才能堪稱一位眞正的政治家。也便是這樣，年幼的武三思才被因皇后的大義滅親而遭受厄運的父親所牽連。他的童年，是在那不見天日的深山老林裡度過的。

於是，在武三思幼小的心靈裡，從小就埋下了仇恨的種子。他恨這個權傾天下的姑母。他想他還不如沒有這樣的親戚。他恨這個女人無所不用其極。恨她貶謫了他的父親還不夠，還要把他們這些無辜的孩子囚索在這荒涼遙遠的地方。他和這個做了皇后的女人有著不共戴天的仇恨。他永遠不能原諒這個歹毒的女人。他發誓有朝一日他如果能夠見到她並且接近她，他想他是絕不會放過她的。他要殺了她。他要用這個女人的血祭他可憐父親的亡靈。他目睹父親在鬱悶中的悲慘的死。他覺得他的父親實在是太可憐了，他要爲他的父親報仇。

然而就在這個少年武三思的滿腔仇恨中，也還夾雜著某種莫名其妙的期待。他隱忍著，並堅信某一天，他冷酷的姑母一定會把他接回京城。他不知道是從哪裡來的這種預感。大概是他和他的姑母到底血脈相通吧。於是他等待。這一天。他知道能幫他實現返京夢想的，只有一個人，那就是他恨得發瘋的這個女人。

皇家的馬車終於停靠在那扇紫紅色的大門前。在此之前，武三思似乎已經體驗到了那種衣錦還鄉、揚眉吐氣的感覺。他說不出自己到底是一種什麼樣的心情。總之一切太複雜了。首先是恨。是復仇的願望。而其間又似乎還有朦朦朧朧的愛或者感動。

在京城的一個簡樸的府第中，武三思見到他闊別多年的堂兄武承嗣。承嗣也是剛剛從嶺南的瘴濕之地返回，風塵僕僕的兩兄弟見面後幾乎沒有什麼話。他們分別多年，又偏隅一方，所以他們差不多不認識。

他們被幽於這個清冷的院落中休養生息，並被換上了十分體面的朝服。他們只知道暫時幽禁於此，是爲了等待皇后的接見。三思和承嗣見面之後才知道他們的父親都已經死了。是父親的死提醒了他們依然身處險境。儘管他們回到了京城，難道就不會是皇后要將他們斬盡殺絕嗎？他們這樣想著就更是心懷惴惴，不知道此番返京是禍是福，更不知他們會不會被皇后派來的刺客所刺殺。

這種疑慮重重、生死未卜的感覺使他們在等待著覲見皇后的第一個時辰都心有餘悸。他們的這種驚恐和擔憂完全是建立在對皇后的最基本的認識上，那就是他們的父親都死於皇后的那一紙奏文。爲此他們坐臥不寧，夜不成寐。再這樣一天一天地等下去，他們就要崩潰了。然而他們就是在這樣極度的恐慌中等待著，煎熬著。那種一天長於百年的感覺。他們想，與其在這裡惶惶不可終日地等死，還眞不如回到嶺南或遙遠的深山，在那裡，至少不會受到心靈的折磨和摧殘。

事實上眞正的局面遠沒有武氏兄弟想像的那麼可怕。如果他們知道皇后是眞想把他們接回朝廷，留下武姓的根，也許就不會終日惶惶如驚弓之鳥了。在此之前，武后的所有兄弟都已經死盡，就是被她賜予武姓，指定爲武氏家族唯一繼承人的外甥賀蘭敏之也因忤逆了她，而被她殺死。其實這就是皇后爲什麼要把少小就離開京城的武承嗣和武三思匆匆接回宮中的原因。這兩個在遙遠的流放之地長大的翩翩少年，事實上已經是武氏唯一的男性子嗣了，而貴爲國戚、聲名顯赫的武姓又不能一天無冑。是不是該把承嗣和三思接回來？這也是皇后幾經籌謀之後決定的。就像是當年是不是將他們的父親元慶、元爽趕出京都，也是武皇后在沉默了很久之後才痛下決心的。她當然知道這兩個從小受盡磨難的男孩子會恨她，甚至還懷抱著爲他們的父親報仇的願望，但是她同樣知道，她能夠制服他們，而且易如反掌。她會讓他們從此乖乖地臣服於她，並會死心塌地地爲她做武姓繼承人的。

而兩兄弟不知道姑母的這一片苦心。他們日復一日地在惶恐不安中等待著。這種幽於別所中的等待在某種意義上有點像熬鷹。在凶猛的鷹隼沒有被馴服之前，獵人便通常要用黑布蒙上牠們的眼睛。讓牠們什麼也看不見什麼也不知道。遮住眼睛的黑布使牠們永遠處在黑暗中，永遠是不盡的長夜。這樣曠日持久。直到有一天牠們俯首聽命。不會再逃跑。也不會再傷及牠們的主人。牠們會心甘情願且竭盡全力地爲它們的主人服務。牠們會被放飛，把牠們鷹隼的凶猛全部用於主人所要獵取的那個目標。而三思、承嗣就是武皇后腕中的這樣兩隻生氣勃勃的小鷹。

如此，這兩隻武姓的鷹隼就在這忐忑不安的幽禁中被熬了出來。待到覲見姑母的這一天終於到來，他們即或是沒有完全地被馴服也已經肯定是英雄氣短了。更泯滅了那種復仇的願望。這一回他們是眞的要進後宮了。他們是偏僻地區的平民百姓，根本就不知道眞的皇宮是什麼樣。所以，想像中巍峨壯觀的皇宮使他們望而生畏。他們手腳冰涼，周身顫抖，他們是戰戰兢兢走進皇后政務殿的休息室的。他們哆哆嗦嗦地佇立在門邊，幾乎沒有了思維，更不會想到他們死於憂忿的父親們了。

他們跪在地上叩見姑母。他們不敢抬頭，只看見眼前是那由一串串玉石連綴起來的珠簾。他們知道在那珠簾的背後一定就是他們的姑母了。但是他們不記得她了，他們只在民間聽到過關於這個女人的絕頂美麗的傳說。他們趴在地上，將頭撞在石板地上，叩出膽戰心驚的響聲。依然是生死未卜。他們的心彷彿要跳出胸口。他們不知道下一個時辰等待他們的是什麼，他們也不知道，就在這翠簾之下，會不會就有飛刀砍來，將他們的頭顱永遠地留在這氣勢恢宏的政務大殿了。

你們就是我的姪兒啦？怎麼不抬起頭來呢？讓我看看你們。

武三思無法言說他當時的感覺。珠簾後的那一串濃郁的鄉音使他突然有了種莫名其妙的感覺。有點溫暖的。那種唯有親人才會有的口音。那威嚴中的溫柔。

你們終於回來了，眞讓我高興。如今我們武家，就靠你們頂門立戶了，你們是我的親人，我一直在想念你們。爲什麼不起來？過來，讓我看看你們。

在一陣玉石清脆而溫婉的撞擊聲中，依然垂首跪在那裡的武三思和武承嗣覺出了一種花的清香在緩緩向他們襲來。那麼濃烈的花的香氣，然後，他們就被那隻溫熱而柔軟的手拉了起來。彷彿在夢中。他們站起來。他們抬起頭，卻不敢相信他們睜開眼睛所看到的。

那麼驚異的目光。彷彿不是人間。他們看到了什麼？那個天仙一般的美麗女人。他們發誓從沒有見過如此之美的女人。那美是無法形容的，是有著一種巨大的吸附力量的，是不容反抗也無法反抗的。那美所昭示的，似乎只有愛；而那美所導致的，似乎也只有無條件的服從，和，永不背叛的忠誠。

這就是皇后武曌的力量。

這就是武三思們十幾年來日日夜夜不停詛咒、時時刻刻咬牙切齒的那個他們憎恨的女人。

這是怎樣的反差，怎樣的不和諧。武三思們傻了，不知道是該相信自己十多年來的仇恨，還是該相信此刻這瞬間的敬愛。

這便是武曌，她以她女人所特有的武器，在刹那之間就破碎了兩個英雄少年的復仇夢想。畢竟是她把他們從窮鄉僻壤中接回，畢竟是她讓他們重新過出人頭地的皇室生活。那麼他們還有什麼不平衡不滿足的？從此，他們眞的就像熬順了的鷹隼或是餵飽了的走狗一樣，緊緊跟隨在他們這位皇后的姑母身後。他們對這個女人的忠誠，甚至超過了武皇后自己的兒女。他們從沒有背叛過這個救他們於苦難之中的主子。他們爲她可謂是鞍前馬後，爲她實現女皇的夢想立下了汗馬功勞。他們也許並不眞的愛他們的姑母，但是他們只有徹頭徹尾地依附於她，盡心竭力地爲她服務，他們才能活著，才能生存。才能活得好，活得滋潤。也才能永遠高人一等，盡享榮華富貴。

就這樣，武后的一個溫暖的微笑，就泯滅了武氏兄弟刻骨的仇恨。於是新的一頁掀開。武皇后說，來，來見見你的兄弟姊妹。我希望你們從此就是親人了。你們都是我的孩子，我的寶貝。

婉兒像一株仙草。就在永巷那一道狹窄的藍天下，純純眞眞地長大了。在生活中她並沒有什麼想要的。她很滿足，因爲她根本就什麼也得不到。於是婉兒自得其樂。及至稍大，便開始在母親的督促下，每天堅持到後宮的內文學館中去讀書。後來讀書便成了婉兒唯一的願望。她不僅喜歡讀書，而且刻苦。那是因爲有一天她知道了她一直崇拜的那個女人就是從這裡走向偉大的。那個女人對婉兒來說很重要。就像是照耀著她的生命的那一束中午的陽光。那是個甚至比母親還重要的女人。婉兒愛母親，但母親畢竟柔弱；但那個女人卻是堅韌而頑強的，那才是婉兒最最敬佩的一種女人的品格。婉兒覺得那個女人才堪稱偶像，她雖然從沒有見過她，但是她就是發自內心地崇拜她。她的不甘命運。於是婉兒也不甘。當然婉兒並沒有信誓旦旦，但是她骨子裡是想有一天能走出永巷，走出掖庭，走向朝廷的。那是她的志向和理想。一個小小的婉兒，讀著書的婉兒，她竟然已經朝這個方向，開始了一個小女孩的努力。

婉兒每日潛心讀書。除了母親，和掖庭中的其他宮婢幾乎沒有接觸。清晨她總是踩著星月，聽著房簷上玉石綴成的美妙的風鈴聲，走進那個有點暮氣沉沉的內文學館，聽那個很老邁的但卻有著很高學問的宦官老師爲她講課。那樣的一位老人。儒雅而清高地，終日守候著文學館中那一冊一冊的藏書，爲沒有人來讀它們而扼腕嘆息。他臉上布滿皺紋，穿一身灰色的長袍，那麼尖細而蒼老的嗓音，說出的卻全是世間的眞理。所以婉兒覺得他了不起，她心甘情願每日坐在這個枯燥而執著的老人對面，聽他說這世道的滄桑。婉兒總是聽他抱怨，說這後宮裡肯來讀書的人越來越少，眞是江河日下啊。他說哪像武皇后當年，她總是孜孜不倦，整天長在這書本中。他還說皇后的確是一個聰明絕頂的女人，她對這些書中的道理，總有一種天然的領悟。她便是拿了這文學館的書作階梯，最終登上皇后的寶座。誰說書中沒有氣象萬千，難道皇后不是曠世英雄嗎？然後老人說他老了。他老了這文學館也就該關閉了。但是他會被關在其中，因爲他就是死了也捨不得館中的這些藏書。

婉兒聽著老人的教誨。她覺得她越來越喜歡老人，也越來越喜歡這文學館中的書了，那是那個偉大的女人讀過的書。婉兒想她願意與老人作伴，就守候著這些書，就永生永世地讀它們。

婉兒是在五歲的時候，被她的母親鄭氏牽著，走進這文學館的大門的。那是她貴族的母親的唯一選擇。她並不渴求著婉兒能由此而走出永巷，那是她早就斷了的念想，她只是覺得她的女兒該讀書，她不想讓這個有著高貴血統的女兒，有一天眞的淪落爲沒文化也沒教養只有著一副空洞美麗的宮婢。所以她做出了這個選擇。她深知婉兒唯有與書相伴，才能眞正地心高志潔，出污泥而不染。何況婉兒僅僅五歲，便粗通文墨，對文史顯示出一種強烈的興趣，那麼，她何不讓文學館好好雕琢婉兒這塊美玉呢？鄭氏夫人堅信，唯有這裡，才是後宮裡婉兒最適合待的地方。

於是，她們走進了那個黑洞洞陰沉沉但到處是書到處是灰塵的大房子。婉兒儘管很聽話，但是她還是被嚇壞了，她怕這黑暗，怕老師臉上刀刻一樣的皺紋，怕房樑上結滿的蛛網而房子裡漫布著的那種被塵封的書的味道。婉兒緊緊地抓住了母親的手。她哭著，向外跑，她說她不要進來，不要來這裡。而那個老態龍鐘的師傅竟伸出鷹爪一般的枯瘦的手抓住她，用他那尖細的嗓音呼喚她，並用他矍鑠的目光凝視她。婉兒奮力地掙脫著，她並且高聲地哭喊著，說我不要這裡，我要回家。那一刻一向溫和的鄭氏夫人突然變得殘暴，那是第一次，她伸出手狠狠地打了婉兒，然後連拉帶拽地把這個委屈的小姑娘揪了回來，把她硬按在老學士的腳下，讓她磕頭，從此拜老學士為師。婉兒抽咽著。做著母親要她做的一切，直到極不情願地坐在老學士的書桌前。書案上是一支紅色的蠟燭。那跳盪的燭光。那是婉兒在這個清冷的地方所感受到的唯一的溫暖。

那時候婉兒只有五歲。五歲時的天眞和明媚。她之所以能屈服下來，坐在古書中間，是因為她終於知道那是母親的願望。母親希望她讀書，她就讀書，因為婉兒雖小，但她還是諳知了年輕母親的艱辛。鄭氏雖然遭遇不幸，但她的母性意識提醒她絕不能沉淪。如果不是為婉兒，在事發的當時，當看見丈夫和公公被戮的那一刻，她眞想就奪過那把沾著自己親人的血的長劍，刺進自己的心窩，和最愛的人生死相伴。但就在那一刻，她聽到了婉兒的笑聲。那笑聲是那麼純眞，就懸浮在血色中的，那麼燦爛而明媚。然後她就看見婉兒向上伸起的那晃動的小手。她想抓到什麼。什麼呢？那血滴？或者，親人的撫愛。那麼小的婉兒。又是那麼無辜。如果她也隨丈夫而去，那婉兒怎麼辦？便是這關於婉兒的念頭，驟然間將她攫走。她發瘋般地跑向婉兒，在殺戮中把這個美麗的嬰兒緊抱在懷中。那一刻堅定了信念。她在心中發誓，婉兒死，我就死；而如若婉兒活下來，那麼今後的路無論怎樣艱辛，她也一定要活下來，僅僅是爲了婉兒。爲了她深愛的男人留下的血脈。

於是，在深深的永巷中，鄭氏夫人英勇地活了下來。她把她和婉兒的那個小小的木房經營得十分溫馨，爲了承載這個慢慢長大、無憂無慮的女孩的笑聲和哭聲。婉兒什麼也不懂什麼也不曾看見，那麼鄭夫人爲什麼要讓她看到眼淚呢？她不想讓婉兒知道家門的不幸，她千方百計要婉兒相信的，就是她們母女天生就住在這掖庭宮中。掖庭就是她們的家。她要婉兒相信並接受這個現實。唯有認命，她們才能活得歡樂。

鄭氏安下心來，從此她的生活中只有一個目標，那就是全力以赴地培養和教育女兒。她想，即或讀書不能使婉兒出人頭地，但學習本身也會使一個女孩子的內心和生活變得充實。她鼓勵婉兒學習，還因爲這掖庭宮的環境太糟糕了。她實在不想讓自己出身高貴的女兒像那些糊裡糊塗、每日閒言碎語的宮婢們那樣，最終成爲無奈也無聊的女人。鄭夫人便這樣努力著。她與生俱來的貴族氣質和修養，無疑爲婉兒營造了一個非常好的生長的環境。加之婉兒天生麗質，冥頑好學，使她果然在污泥一般的掖庭中，出落成一株清清純純的仙草。那仙草般的飄逸和潔淨，以至掖庭中的那些微賤的宮婢們都不敢碰她，更不願玷污了她。甚至，大家都寶貝著她，用最清潔的一面面對她。她們都寵愛這株青翠欲滴的小草。她是整個掖庭出類拔萃的女兒。

婉兒便是這樣長大。她繼承了母親的美麗堅忍和父親乃至於祖父的才華。所以婉兒剛滿五歲，就懂了母親的心。

她天生的聰慧、對知識的渴望，和在學習中那種咄咄逼人銳意進取不斷問著爲什麼的姿態，終於使鄭夫人覺出了她的捉襟見肘，力不從心。她的學識終歸是有限度的，這也就是她爲什麼硬要把小小的婉兒送進那個昏暗的甚至死氣沉沉的內文學館中，她堅信婉兒只有這樣學習，才能成爲一個眞正的女人。

便是這樣，從此婉兒每天孤孤單單地坐在那個老學士的面前，聽他講經講史，賦詩作詞，上著講不完的課程。她坐在那裡。睜大眼睛。用耳朵聽著，也用筆記著。有時候老學士會停下來，咳嗽。咳嗽時他枯瘦的肩膀奮力的顫動。婉兒就看著他。等他。直到那咳嗽平息，那尖細的嗓音繼續開始鳴叫著……

這樣日復一日。從五歲的某個清晨開始。後來，婉兒不知道在她幼小的單調生活中，她還有別的什麼事情好做了。後來她慢慢適應了那個老學士，她甚至喜歡上那個老人，她覺得他眞是博學多才，無所不知，他本身就是一個取之不盡、用之不竭的知識倉庫。那倉庫裡眞是太神奇了。那是人間的一切。後來，婉兒覺得她此生能跟著老師學習，是最大的幸福。從此她就是這樣，清晨踩著星月，踏進文學館的大門，開始她充實的每一天。知識對於她來說，每天都是新鮮的。

自然那個原本沉悶衰朽的內文學館，也因爲婉兒的到來而生動明亮了起來。從此老人也盼望著那株綴滿露珠的仙草一樣的小女孩的到來。他每天等她。然後傾盡全力地讓她知道那古往今來天地之間的一切。

婉兒便是從老人那裡，得知了當朝皇后早年被構陷於後宮的那一段歷史的。也知道武皇后就是在這個文學館中奮力苦讀，才有可能成爲朝廷侍女，以至於最終成爲偉大的皇后。老學士當然沒有對婉兒講這個了不起的武才人曾經是怎樣被先皇李世民寵幸，又是怎樣因《宮廷秘錄》中「唐三代而滅，武姓之女王昌」的字樣所拋棄。更沒有說這個在內文學館勤奮學習的女人是怎樣在做著太宗的宮女時，就開始與皇太子眉目傳情並以身相許，以至於李治一經即位，服喪期滿，就迫不及待將感業寺中削髮爲尼的武皇后接回了後宮。老學士當然也沒有講，那個女人是在怎樣血腥地清除王皇后和蕭淑妃的障礙後，終於榮登皇后寶座。那都是些不光彩的歷史，是爲尊者諱的。所以老學士不會對婉兒說這些，那時的女皇正光焰四射，權傾天下，何況文學館中的這位老人還是眞心熱愛和崇拜女皇。他眞心覺得這個女人偉大英明了不起。他說這樣的驚世之才，千年也不會出一個，更何況，她還是個女人。他說他是由衷地爲他曾教過的這個女人感到無比的驕傲和榮耀。

老學士之所以對武曌懷有如此深的感情，還因爲皇后不是那種忘恩負義的女人。如今在爾虞我詐的險惡中，過河拆橋的勢利小人實在是太多了，甚至還沒過完河，就開始爲他們的恩人設置陷阱。但武曌不是這樣的人。如今她儘管做了皇后，並且垂簾掌管著天下大事，但是她還是時常會來探望她的恩師，希望請他做她兒子們的老師。只是老學士自己婉言謝絕。他的年事太高，又難捨內文學館這塊故土。他說他在這個崗位上待了幾十年，他只想留在他熟悉熱愛的地方了此殘生。於是皇后便不再強求，反而不斷爲他添加俸祿，讓他在自己習慣的地方安之若素，頤養天年。不僅如此，皇后還會常常回來探望她的恩師，單單是這一點，就沒有幾個人能做到，由此可見武皇后在老學士的心中是怎樣的一番形象。

從此，皇后便成爲婉兒心中的一道陽光。她時時刻刻地從老學士的嘴裡流到婉兒的心裡，她也時時刻刻照耀著婉兒。隨著婉兒對皇后了解越多，她就越是覺得這個女人偉大，重要。後來，婉兒有了一個最大的願望，那就是，哪一天，能在她讀書學習的這個地方，見到那個偉大、非凡的皇后。然而久而久之，因爲她總是沒能見到皇后，她的願望就成了她的夢想。她總是夢著，期待有一天奇蹟出現，夢想成眞。

通常皇后來探望她的老師，都會提前通知，讓來此讀書的宮婢們迴避。然而唯獨那一次。那是一個寂靜的下午，內文學館中只有婉兒一個女孩在看書。就是那麼突然的，彷彿從天而降，一個鳳冠霞帔美輪美奐的女人就款款出現在昏暗的文學館內。

彷彿一輪太陽。

驟然照亮了那個寂靜的午後。

婉兒被驚呆了。張大眼睛怔怔地站在書案旁。

武皇后在那些書架前來回走著。她用手輕輕撫摸著那浩如煙海的一捆捆竹簡。她拿起一些書來，並仔細地撣掉那書上的灰塵。她臉上閃過的是一種迷茫的神情。然後，她才走近她的老師，對他說，我是多麼想再來這裡學習，和您在一起。這裡給我力量，也給我一種心靈的支撐。只是我太忙了，也太累了。卻只能獨立支撐。女皇又說，若是我的孩子們能到這裡學習就好了。他們或許才會知道他們的母親能有今天，是多麼來之不易。但是他們不肯學習，也不想懂得奮鬥的意義。他們只是坐享其成，而不思進取，那怎麼會成爲一個好的君王呢？聖上的身體越來越糟，我眞的快支撐不住了。沒有人來幫我。無論是聖上還是我的孩子們。我不僅僅需要這皇室的安樂，我需要的是智慧，是力量，是需要能幫我把天下治理好的人才。

那一次皇后特意帶來了太醫，她要太醫專門爲老學士問診下藥。皇后認眞地聽著老學士的病情。她反覆叮囑老人一定要堅持服藥，她最後說，我總是惦念著您的身體。就是坐在大殿上，我也會常常想著您……

皇后說到這兒竟潸然淚下。緊接著她就像一陣旋風一樣地消失了。

婉兒依然愣在那裡。她使勁眨眨眼睛，想證實她剛才是不是眞的看見皇后了。

那一次，皇后並沒有看見那個站在陰影裡滿臉驚愕的小女孩。她心裡只有她體弱多病的老師，和她無以傾訴的滿腹的委屈。

那也是婉兒第一次見到皇后。她簡直不敢相信人世間還有這麼美這麼氣度非凡的女人。這女人對婉兒來說實在是太重要了，是對她的生命的一次猛烈的衝擊。

婉兒終於見到了那個女人。

皇后離開之後的內文學館頓然失色，一片凋敝。老學士黯然神傷地坐在那裡，低著頭，久久沒有說話。他背對著婉兒。他的肩背在不停地抽搐著。這樣良久。

婉兒走過去。她站在老人的面前。她用純淨的大眼睛看著老人，她問他，你哭了？

這時候老人才意識到還有婉兒在身邊。於是他問婉兒，你見到她了？

婉兒點頭，說她眞的很了不起。我愛她。

老人說，婉兒，來，咱們開始吧。

婉兒永遠也不能理解她在讚美皇后時母親臉上那似是而非的神情。那是種不置可否，又茫然無措，總之，母親並沒有和婉兒一樣陷在那種見到皇后的興奮與幸福中。婉兒爲此很憤怒。這是她第一次不能理解母親。於是她問母親，難道皇后不美嗎？緊接著她又步步緊逼，難道皇后不偉大嗎？難道皇后沒有才華嗎？難道皇后不重感情嗎？難道皇后不善良嗎？難道皇后沒有同情之心嗎？

這是鄭夫人永遠也回答不上來的。然而婉兒依然不願意放過她。她說，母親難道就不肯說哪怕是一句讚美皇后的話嗎？母親難道不覺得婉兒應當像皇后那樣，懷抱著偉大的志向，從這後宮中走出去，成爲一個對天下對社稷有用的人嗎？母親，你說呀。

婉兒這樣逼問得緊了，鄭夫人竟然落下淚來。這更使婉兒百思不得其解，她跪在母親面前，她說，母親，你這是怎麼啦？你爲什麼要哭？難道我說的不對嗎？難道皇后不好嗎？可是我今天見到了她。我一看見她就知道我愛她，而她日後也會愛我。

不，婉兒。鄭夫人緊緊把她的女兒抱在胸前。她只說，以後不要再去文學館了，就待在家裡，讓我們長相廝守。

母親我願意永遠和你在一起，可是這裡畢竟是掖庭。這裡的女人永無出頭之日。您就忍心看著女兒永遠深鎖在這黑暗中嗎？不，母親，我不願意永遠待在這裡，而只有皇后能救我出這苦海。她今天就和老學士說了，她需要智慧和才能，她需要有才華的人在她身邊。

可是婉兒，那也絕不會是你。

可是如果是我呢？

沒有如果。孩子，聽媽媽的，你是永遠不會被選拔到皇后身邊的。我也不願意這樣打擊你，但這是事實。你必須接受。別再去文學館。也別叫皇后再看見你了。

她根本就沒有看見我。

那就更好了。孩子，回家來吧。有些事你不懂。那朝廷是險惡的。根本就容不下你這個純眞的女孩子。

就是說皇后也是險惡的了？

婉兒，你叫我怎麼跟你說。

鄭氏無以言說。那場血腥的殺戮是她所親歷的。而往事依稀。那當然是婉兒所不知道的。她那時候才剛剛出生，她怎麼會知道她自己的祖父和父親，就是被她今天所無比迷戀的女人殺害的。這樣家族的血仇難道不該讓婉兒知道嗎？但是十多年來，鄭氏沒有向婉兒透露過哪怕一個字。她知道她們母女儘管逃脫了死亡，但後宮依然是險惡的。她不願讓天眞爛漫的婉兒早早就了然這世間的險惡。她很難保證婉兒在獲知了她的身世之後，還會如此地純潔快樂，無憂無慮。而一旦婉兒嫉惡如仇，一旦她意氣用事忤逆了皇后，那她們母女就眞的在劫難逃了。鄭氏在這黑暗的掖庭，含辛茹苦地把婉兒帶大，她不希望她的女兒會由此身處險境，她要她的女兒活著。她要婉兒如花似玉地生長在她的翅膀下。她不想讓她的女兒在仇恨中長大。仇恨太可怕了，它會像疾病一樣毀滅掉一個人的全部良知。這些年來，她深知被浸在仇恨中的生活是怎樣痛苦，怎樣的令她恐懼。她就恨。恨皇后，恨皇上。恨得她白天坐臥不寧，晚上夜不成寐。她甚至一千次地策劃，一旦有了接近皇后皇帝的機會，她就一定會像荊軻刺秦王那樣，撕碎那兩個毀了她美好家庭的罪魁禍首。她絕不留情。絕不原諒他們。她要讓他們死。讓他們的兒女去體驗痛失親人的絕望和悲哀。可惜她從沒有這樣的機會。所以她就只能日夜被復仇的慾望所煎熬。而她越是仇恨，就越是被不能復仇所折磨，她也就越是覺出了婉兒不應該仇恨，不應該被仇恨所困擾，甚至不該知道有仇恨，不該知道她的家族和她自己的悲慘的故事。

這就是鄭氏夫人難言的苦衷。她又該怎樣對婉兒說呢？

也許，這還不是眞正讓鄭夫人悲哀的。十幾年的奴婢生活，早就磨沒了她的心性。她已經不再夢想也不再期冀什麼可能會發生在她和她女兒身上的奇蹟。鄭氏之所以垂淚，是直到今天她才意識到，她的女兒正在對她的未來懷抱著一種不切實際的夢想。而那恰恰就是因爲，婉兒不了解她的身世，不知道自己就是那個被皇后斬殺的上官儀的孫女。她從小把婉兒送到內文學館讀書學習，並不是爲了她能因此而走出掖庭。她們是走不出去的。就是後宮所有的女人有一天全都熬出了頭，她們母女也永無出頭之日。女皇怎麼會把她的仇人放出去呢？而婉兒又爲什麼要把她的一生寄託於她的敵人呢？想不到內文學館的學習生涯竟使婉兒懷抱了這種非分的妄想，那麼她當年把她送來這裡，不是就害了她嗎？那是心比天高、命比紙薄的殘酷。鄭夫人是了然這一切的，而她又不知該怎樣把這個做著白日夢的女兒拉回來，拉回到現實的生活中。

於是，鄭夫人沉默。

她不想破碎女兒的夢，又深知女兒的夢原本就是破碎的，只是她自己不知道。

婉兒又接著問母親，你不是說，有算命先生說，及我長大，必秉國權衡嗎？

那要你是個男孩兒才會成爲這樣的人。而你是個女孩。女孩子怎麼能成爲掌管國家社稷的人呢？

怎麼不行？婉兒說，皇后不就是女的嗎？

而坐在天子位置上的是皇帝。

可如今大唐的朝政又有哪一項不是由皇后決定的？

怎麼可能？權秉天下的當然是聖上。

唉哎母親，你眞的沒聽說嗎？皇上早就不上朝了。他病得很厲害。現在臨朝的是皇后。儘管她垂簾聽政，不能名正言順地坐在皇帝的龍椅上，她不是依然能把王朝管理得很好嗎？

是的……是的……

鄭氏知道，隨著婉兒一天天地長大，她已經有了自己的對事物獨立的看法，有了自己的愛恨情仇。那甚至是她作爲母親，都不能左右的。是文學館中的知識，打開了她的眼界，讓她看到了自身以外的世界，甚至看到了對她來純屬虛妄的未來。而這些對婉兒來說，才是悲劇性的，是致命的。鄭氏一定要想方設法，在不傷害婉兒的前提下，讓她看清自己的現狀。

婉兒不再理睬母親。因爲她已經越來越感到了母親的狹隘和目光短淺。她覺得母親已經不能夠理解她，更不能理解她的追求。她想那可能是母親終日被囚禁於後宮中，不知道掖庭以外究竟是一種怎樣的景象。母親也沒有見過皇后。根本就感受不到皇后是怎樣的偉大，不了解皇后是怎樣注重那些有才華的女人，更不信有一天皇后會把她帶出掖庭。婉兒的感覺從來就沒欺騙過她。她眞的已預知了那個一定會屬於她的未來。而那未來也必定是那個偉大的女人給予她的。婉兒堅信那一切。那絕非渺茫的夢想，而是近在咫尺的希望。所以她必須爲之努力，必得更加勤奮地學習，以縮短她和她的夢想之間的距離。

從此，婉兒的希望就附麗於皇后的英明上，常駐婉兒的心中。她每每坐在老學士的對面，聽他講書，而心裡想的，卻全是那個每日垂簾的皇后。她想像著那個女人怎樣梳妝打扮，怎樣臨朝聽政，她還想像著有一天她又是怎樣來到她的身邊，看她作詩塡詞，然後，牽著她的手說，婉兒，來吧，到我身邊來吧。我需要你的幫助，朝中的政務太多了，我需要你來幫我打理……

婉兒便是這樣夢著。她愛皇后。皇后在她的生命中實在是太重要了。那是婉兒信念中的唯一一道光環。那光環照亮著婉兒成長的路。

太子李弘是武皇后最最疼愛的孩子。便是依靠這第一個兒子，武曌才眞正穩固了她在後宮中的地位。原本壓迫在她頭上的王皇后和蕭淑妃，也因爲李弘的誕生，而迅速失去了她們皇后和寵妃的位子。從此李弘在他母親的護衛下，無憂無慮地長大。他舒舒服服地住在東宮，恬靜而安然地生活著。也許李弘太養尊處優太嬌生慣養了，所以他儘管很快長成七尺男兒，卻依然是懦弱的，單純的，甚至是無能的。

歷史上所記載的李弘一生做過的最重要的一件事，就是他曾非常勇敢地私下探望他的兩個被深鎖牢獄的姐姐宣城和義陽公主。她們是蕭淑妃生下的兩個可憐的女兒，也曾被高宗李治視爲掌上明珠。然而連蕭淑妃也已被皇后所杖殺，那麼又有誰敢站出來保護這兩個無辜的女孩呢？身爲父親的李治尚且不敢，那麼還有誰？然而，終於有李弘站出來爲他的兩個姐姐伸張正義。李弘儘管是李治和武曌的兒子，李弘儘管懦弱無能，但李弘是正直善良的。是宣城、義陽兩位大唐公主在牢獄中的悲慘境地讓李弘不忍，於是他不得不在滿朝文武的面前跪在垂簾的母后面前，請求她，就放了那兩個奄奄待斃的公主吧。

單單是微服私訪獄中罪人就已經大逆不道了。何況李弘又是不知天高地厚地在滿朝文武的面前爲兩個姐姐求情，這就等於是在眾人百官面前指責武曌喪盡天良，這就等於是在羞辱他的母親。那一刻珠簾後面那武曌的忿恨可想而知。在她的無地自容的尷尬中，她被逼到死角上。

李弘當然並不知道他母親曾怎樣獨自垂淚。李弘還太年輕太幼稚，他根本就不能理解母親爲什麼要把蕭淑妃所生的皇子皇女統統趕出皇宮。武皇后這樣殘酷地處置那些孩子自然有她的道理。是她在皇室裡待得太久了，也是她曾經多少次目睹了宮廷中爲了皇權兄弟姊妹的相互傾軋和殺戮。她不想讓這樣的慘劇也發生在自己的孩子身上。她不願看到做了太子的李弘被其他兄弟殺掉，更不願讓純潔軟弱的李弘拿起劍去傷別人，讓他人的血弄髒了李弘蒼白的手。無論殺人還是被殺都是可怕的。而武曌的孩子們必得遠離那些可怕的事。但有武皇后挺身站在李弘的前面，用她自己的身體去拼殺去搏鬥，擋出明槍暗箭又將對手擊敗，從而爲她的孩子們殺出一條通往安全通往權力的路。是她犧牲了善良正直才換來她孩子們的善良正直；是她的凶狠殘暴、心毒手辣才能讓她的孩子們一個個仁義道德，潔身自好，並且能無憂無患、自由自在地在寧靜祥和的氛圍中長大。難道她錯了嗎？難道她不該殺了王皇后、蕭淑妃，留待她們哪一日反撲過來，將她撕成碎片嗎？難道她應該把蕭淑妃的兩個兒子和兩個女兒繼續留在宮中，等待著有一天他們羽翼豐滿，再把她自己的兒子從東宮太子的位子上拽下來，讓他們這些兄弟反目成仇，相互殘殺嗎？

武皇后獨自垂淚。她悲憤。而悲憤之後是滿腹的委屈。她想不到自己爲兒子所做的一切，有一天竟成爲兒子反對她的口實。那麼如果照這樣發展下去，如果李弘再提出將被母后流放的兩兄弟上金和素節也接回來，那麼她爲之努力奮鬥幾十年的心血不就付之東流了嗎？這當然是絕對不行的。

武瞾畢竟是武瞾。她畢竟是這個天下，是古往今天都不會再有的唯一的女人。面對幾近置她於死地的兒子，武瞾當即就做出了一副很通達的樣子，彷彿太子所提起的是一件年深日久她早已忘記的往事。她說是應當將那兩個女孩下嫁了。她還無限感慨地當著滿朝文武讚美太子的仁德與善良。她說未來有太子這樣的賢君，必定是天下和睦，四海安寧。然後她躲進寢殿獨自垂淚。然後她很快就下令放出暗牢中奄奄一息的宣城和義陽。再然後她又把這兩個公主下嫁了朝中兩個異常低微的小官，讓誰對此都說不出什麼，又啞巴吃黃連般地，滿嘴的苦。

武皇后在做著這一切的時候，可謂有條不紊，不動聲色。但是事過以後，無論是皇后自己還是太子本人的心裡都非常明白，在他們母子中間，已經有了一重仇恨，一個難以解開的結。

從此太子開始疏遠母親。他已經越來越看清母親的歹毒，並且深知，以母親的秉性，她是絕不會放過任何一個與她作對的人，哪怕那個人是她的親人，是李弘。於是李弘開始對母親處處提防，但終究太子還是防不勝防。道高一尺，而魔高一丈。最後，李弘終於沒有能逃脫母親的狠毒。

於是很快。李弘被鴆死於武皇后的合璧宮綺雲殿。那是在一個其樂融融的家宴中。父親母親。還有兄弟姊妹。那才是眞正的祥和美好，天倫之樂。然而，就那麼突然地，李弘便歪倒在地上，七竅中溢出的，都是青春的血。

這是這個家庭中第一個親人的死。

這死便從此掀開了死亡的長卷。

家中最哀痛的那個人當然是母后。她緊緊抱著那個正在變得僵硬的兒子。她呼喚他親吻他，不惜讓兒子的鮮血染污了她的衣裙。無論這個有著反骨的兒子是誰殺的，哪怕是她自己，是她自己在兒子的酒中下毒，但無論如何她最疼愛的李弘死了。也無論李弘怎樣地反抗她敵視她疏遠她，但李弘到底是她的兒子，她生了他養了他，這點是永遠無法改變的。所以武皇后怎麼能不傷心？她所不喜歡的，其實只是兒子慢慢獨立的思想，而那個年輕的生命和軀體，她還是深愛的。如今，她愛的東西和不愛的東西都隨那一杯毒酒而去，她從此就再沒有李弘了，再沒有這個就住在近旁住在東宮的兒子了。她再也看不見他的臉摸不到他的手聽不到他的聲音了，哪怕是反抗她的聲音……武皇后緊抱著這個早逝兒子的屍體，絕望著哭著，任那個僅有的二十四歲的青春生命在她的懷中消逝。

然而歷史懷疑，武曌眞的會愛護她的孩子嗎？比起王朝社稷，比起地位權力，她的孩子對她來說，實在是微不足道。國家和權杖，才是至高無上的，才是她畢生的最愛。爲了她的最愛，她將不惜以犧牲親人的生命爲代價。她寧願獻出一切。只不過，這一次爲維護她的權力所付出的代價有點慘痛。她所失去的畢竟是她的親兒子。她所流出的，畢竟是她心中的血。

武皇后眞的悲痛欲絕，爲此，皇后廢朝三日，讓天下同哀。再然後，武皇后不惜動用國庫大筆錢財和萬千民工爲自己贖罪。她以天子的規格，在洛陽郊外爲李弘修建了恢宏的陵墓。李弘的恭陵方圓百裡氣勢磅礴。以至於人們至今不知那是武曌爲了寄託她作爲母親的不盡的哀思，還是爲了掩蓋她殺親滅子的血腥的罪惡。

太子李弘的暴死，自然也傳到了後宮，傳到了懷著青春夢想在文學館內奮力苦讀的婉兒耳中。後宮中的女人們，都知道太子是個非常善良又非常懦弱的年輕人。還知道這個與世無爭、順從馴服的太子，是聖上的掌上明珠，他的驟然離去，無疑對皇室是一個很大的打擊。

而就在朝廷上下爲太子的殞命而萬分悲痛的時候，後宮中還有一股潛流在暗自行走，那就是在宮婢中廣爲流傳的太子係皇后所鴆殺的謠言。這樣的信息不脛而走，如瘟疫一般在後宮蔓延著，無疑這也就大大毀損了武皇后的形象，特別是動搖武曌在婉兒心中至高無上的也是不可侵犯的形象。如此，皇后便是可以侵犯的了。皇后親手鴆殺了自己的兒子，那皇后又何以堪稱大慈大悲、大恩大德的國母？皇后既然連她親生的兒子都容不下，她又怎麼能容天下？偶像正在坍塌。這才是讓婉兒最最傷心的。她曾經是那麼熱愛她崇敬她，她甚至爲了皇后而跟母親爭吵不睦。在婉兒那種青春少女的心中，莫過於有人來搶奪走她心裡的那一片聖潔了。如果信念倒塌，而那信念又是她自己為自己建立的，那麼還有什麼？信念已無足輕重，關鍵是她會連對自己都失去信心。婉兒傷心極了也痛苦極了。她不願意聽後宮那些下賤的婢女們得意地把那些污言穢語如髒水般地潑在皇后的身上，她甚至因此而遷怒地太子，她認為是太子的死使皇后無辜背上了惡名聲。

於是婉兒去問老學士。

老學士的沉默不語使婉兒意識到其中必有老人難言的苦衷。

那麼就是說那不是謠傳了？眞的是皇后殺了她的兒子？不，那不是眞的。皇后怎麼會去殺太子？她愛太子，她是太子的母親呀！天下哪有母親殺兒子的？不，聖明的皇后怎麼會去做這種事。不，那不是皇后，公公，你說呀，那不是皇后幹的，對嗎？

老學士無言以對。當婉兒逼得急了，最後他只能搖搖頭說，孩子，這人間的事情不是人能左右的。

婉兒對老學士的回答似懂非懂。婉兒便帶著傷痛和疑慮回到家。她沒有對母親提到這心中的忿悶，她想反正母親對皇后是懷著偏見的，她當然會輕信那些謠言的。

於是，太子被鴆殺的事成為婉兒和母親談話時的一個禁區。她們誰都小心地繞過那個話題。只是到了睡覺之前，鄭夫人突然莫名其妙地抨擊起那些專愛傳播謠言的後宮婢女們。鄭夫人說：別去理她們。都是些長舌婦。就會製造流言。好像除了造謠惑眾，她們就沒有事情可做了。她們恨所有比她們好的人。整天像餓貓似地睜大眼睛到處搜尋著。聽見風就是雨。甚至沒聽見風就有了雨。把白的說成是黑的，你怎麼能相信她們呢？

鄭夫人的話讓婉兒有點摸不著頭腦。她睜大眼睛望著母親，不知道母親是眞的不信那些關於皇后的流言，還是僅僅爲了平息她滿腔的怨忿。她有點疑惑地面對著母親。她想讓母親告訴她事情的眞相是怎樣的。但是她最終還是什麼也沒問。她可能是害怕眞相的。

而對於武皇后鴆殺自己兒子的傳言，鄭夫人其實是深信不疑的。以她自己所親歷的那場家庭的大災難，那個心狠手黑的皇后又怎麼不敢殺自己的兒子呢？既然是太子爲了兩個姊姊而敢於和皇后對抗，既然是太子敢揭母親的瘡疤並且敢當眾羞辱她，皇后又爲什麼要容他呢？以殺戮而清除異己，在皇后那裡早已是家常便飯。而死在皇后刀下的人，也早已屍骨成堆，又何必在意添上一個兒子呢？

皇后就是那個凶手。這是確定無疑的。這是鄭夫人毫不猶豫的判斷。但是她並沒有把她的這個判斷告訴女兒。鄭氏到底是鄭氏，她終於沒有把她的想法說出來，就像是她始終沒有把她們家族的恨事告訴婉兒一樣。她不願意破碎女兒的夢想。她或者並沒有意識到，在女兒成長的過程中，是需要有一個夢想來支撐的；但鄭夫人卻深知，一旦婉兒也深懷他們這個被皇后所滅絕的不幸家族的深仇大恨，那婉兒的性命也就危在旦夕了。

所以鄭夫人說了那些抨擊後宮長舌婦們的話。她甚至說任何的母親都愛她們自己的孩子，只是愛的方式不同罷了。

然後婉兒安靜地睡著了。

第二天清晨，婉兒醒來。她說她做了一個夢。夢見皇后。皇后說她沒殺太子。太子是死於政治。那麼政治又是什麼呢？

幸好武皇后有很多兒子。幸好當李弘逝去之後，他還有三個兄弟可以依次搬來東宮，接替他太子的生涯。

首當其衝的便是李賢。李賢當時二十二歲。正是英姿煥發，風華正茂。李賢是極不情願地搬來東宮的，他更不願意從此在母親的監視下生活。

李賢是朝野盡知的一位風流才子。但是李賢卻從來沒有把他的才華當作負擔。儘管他從小就迷戀讀書，且一覽不忘，被他的父親高宗李治看作是他所有兒子中最有才華、也是最堪擔重任最適合繼承王位的，但是兄弟中排行第二的位置，便使李賢失去了可以成爲一代偉大君王的可能性。但李賢並不爲此耿耿於懷。可能是因爲他的智慧通達，再加上他對手足之情的看重，使得李賢從未有過對皇位的覬覦之心。於是在李弘死去之前，李賢始終和李弘保持著一種親密無間的兄弟之情。他愛他的哥哥，但同時也很惋惜李弘的懦弱和他的那種孤僻內向的性格。李賢是懷著那種哀其不幸又怒其不爭的心情去看待李弘的，同時又很謹愼地袖手旁觀著。他是能夠準確地找準自已位置的那種聰明人。他很懂事。他從一開始就把自己結結實實地安置在沛王府中。娶妻生子，騎馬狩獵。遠離權力爭鬥的中心，過著一介風流皇子的瀟灑而太平的生活。

李賢親眼目睹了李弘在朝堂上逼迫母親釋放兩個姊姊的那一幕。那一刻李賢眞是出了一身的冷汗，他覺得他簡直不認識他這個哥哥了，更不知李弘爲什麼要出此錯棋，將母親和他自己陷於被動與無情中。那一刻眞是太可怕了。而且李賢當即就意識到李弘的死期不遠了。二十二歲的李賢當然了解宮中的你死我活。但是他眞的不願意看到在自己最親的親人中會發生如此衝突。不。爲什麼要這樣？李弘在爲那兩個本來和他沒什麼關係的公主請命時聲淚俱下，而坐在珠簾之後的母親也已是熱淚盈眶了。怎樣的劍拔弩張。又是怎樣的一觸即發。李賢實在不願看到這些，不願這皇室中的恩怨被擴展到朝廷上來，讓百官嘲笑。如此的一發而不可收。李賢知道這樣的衝突對立所造成的一定就是彼此的仇恨和報復。後來的情形果然不幸被李賢料中。李弘從此與母親愈加地疏離。在疏離中他更加孤僻抑鬱，乃至於絕望，崩潰。而母親呢，則在尷尬之中收拾著殘局。但是看得出在表面的大度中，她已痛下了決心。她是不會放過這個當面羞辱她、反抗她的兒子的。她要拿出對付一切敵人的那鐵腕來整治她的兒子。父父子子，君君臣臣。道理是一樣的，無論誰有悖綱常，都將付出代價。

李賢太了解他這個實際掌管著天下的母親了。他將他的母親看得很透，既看透了她的英勇頑強、意志堅定，又看透了她的凶狠殘暴、笑裡藏刀。李賢知道母親爲人處世只有一個原則，那就是順我者昌，逆我者亡。這是她身邊任何人難逃的法則，哪怕是她的親人。所以李賢總是離他的母親遠遠的。他總是逃避她，疏遠她，從不和她拉扯母子親情。李賢總是慶幸自己是母親所生的第二個兒子。更慶幸有李弘這樣善良的哥哥從小就在太子的位子上擋著他，也就是保護著他。李賢需要這樣的保護。需要李弘的這種保護所給予他的安全感。他因爲在李弘忤逆了母親之後，才格外地爲李弘擔心。他不知道會發生什麼，但是卻知道一定會發生什麼。於是他憂心忡忡地等待著。他知道那一天就要到來了，李弘是突然當不成太子了。他很怕哪一天母親會宣布廢掉李弘……那麼接下來的又會是什麼呢？李賢一想到這些不寒而慄，以爲末日來臨。

然而，那還是李賢所沒能想到的。李弘竟然沒有能等到他被廢的那一天。母子間的仇恨和對立終於被解決，竟是在一場和和睦睦的家宴中。那麼神奇的。魔術一般的。父皇母后來了。兄弟姊妹來了。李弘終於也來了。但旋即便消失了。而且永遠永遠地消失了。

那就是母后。以她獨有的方式。她甚至都不忍心向天下宣告她要廢黜她最最親愛的李弘。她不想以這樣的方式羞辱李弘，於是她寧願殺了他。也許這才是母后心中叛逆兒子的最好的結局，讓李弘暴死在太子的位子上。是天災人禍。是力所不能及的。是命，也是母親挽回她的面子她的尷尬的最好的台階了。她沒有理由因李弘的正直就剝奪了他的皇位繼承權，但是，她卻可以因李弘的暴死而將這個令她無比失望的兒子淘汰出局。這是何等的大手筆。這便是母親，和她的威嚴、微笑背後隱藏的殺機。

這殺機是在李弘抱病走進母親的合璧宮綺雲殿時，李賢便在母親的滿臉柔情中看到了。母親那麼關切的目光。還有隱藏在關切背後的那深深的惋惜和傷痛。李賢想，那一定就是有了結果了。那一定是母親已經痛下決心了。她一定已經知道她就要永遠失去她的這個兒子了。於是她才會那麼眞誠地關愛著李弘，那麼細心的詢問著李弘的病情，並盡釋前嫌地輕聲告訴李弘，忘了那些吧。讓往事隨風而去。她是母親。她是愛李弘的。從李弘一出生，她就深愛他。而這愛永遠不會變。無論在哪裡，這深愛都會永遠地綿延不絕地伴著他……

母親的話音幾乎未落，那一刻就到來了。

那是怎樣的一場家宴。生病的父皇。慈愛的母后。兄弟姊妹。一個不少地聚在一起。全家人。其樂融融。觥籌交錯。但是李賢卻看出了這是他們這個幸福家庭的最後一次團聚。最後的一次。團聚。然後就是支離破碎。一個破碎的家庭。又何談愛的永遠相伴，綿延不絕？然而這僅僅是一個開始。可是一旦開始……

李賢不寒而慄。

幾乎是轉瞬之間。李賢看到了什麼？父皇看到了什麼？而兄弟姊妹們又看到了什麼？母親的安排終於有了結果。她那愛的誓言還沒有消失，還縈繞在奄奄一息的李弘的耳畔。李弘是帶著母親的微笑和愛的陪伴走的。所以，儘管他的耳目口鼻中全都淌出了鮮血，但他的神情還是安詳的，是獲得了畢生最大慰藉的。然後是母親的眞的傷痛和悲哀。母親沒有表演。她眞的抱起李弘流血的身軀，親吻著他並且呼喚著他。然而無濟於事。她是知道的。因爲那一切都是她安排的，也是她最最期盼的結果。

李賢沒有哭。在那一刻他只有一個念頭，那就是，這是必然的。他承認這是母親最智慧的選擇了。她儘管丟失了她的一個兒子，卻穩固了她說一不二的權威。

李賢沒有哭，但卻非常害怕。與其說他看到了李弘的死，還不如說他看到了自己所要面對的那深刻的危險。一旦在他們兄弟姊妹中動了殺戒，那麼殺一個和殺兩個又有什麼區別呢？所以李賢很害怕。此時此刻，他恨不能不是他自己，而是他的弟弟英王李顯、相王李旦，或者乾脆是那個根本就沒有繼承權的太平公主。他知道他從此要面對的是什麼，他也知道父皇以及滿朝文武對他的期望是什麼。他更知道，母親對他的要求是什麼。

不，李賢不要面對這些。他不要成爲太子，繼承皇位，那不是他喜歡的事。他不管那是不是父皇母后的期望。他必得違抗他們，傷他們的心，他必得遠離東宮。他之所以希望離開是因爲他知道東宮就是人的墳墓。他愛父親，卻深知父親的軟弱和有名無實；他愛母親，卻更了解這個女人的歹毒和大權在握。他無法在這種混亂的君臣關係中生活。但死生有命，也是李賢所諳知的。

於是，當李弘的葬禮結束，當李賢不得不搬進東宮，他就非常睿敏地爲自己選擇了一條足以抵禦危險的太子之路。而其中最最關鍵的，就是不要讓母親覺出他是個咄咄逼人的危險人物。李賢的這種創造性的選擇，後來被他最小的弟弟承襲下來並發揚光大。李旦便是依靠這種無足輕重的生存方式而如履薄冰地終於壽終正寢。這是武曌的五個兒女中，唯一走完人生的。儘管那人生也是風風雨雨，起起伏伏，但是李旦走完了它。

而李賢是什麼人？李賢儘管明智地選擇了恬淡人生，但是他骨子裡到底是那種咄咄逼人，任情任性。他天生的聰明才智辭采風流是武皇后的驕傲，但同時也是對這個有著無限權慾的母親的威脅。

但是無論如何，在最初的幾年裡，李賢還是做得很好的。他非常成功地做出了對政事漠不關心的樣子，讓掌管政事的母親高枕無憂。而不問政治又不能高高掛起，他必得尋到一個能遠離政事的載體，那便是他全心投入的一項學術的研究。那也確乎是一項他非常喜愛的學問。

西元六七五年，李賢在李弘逝去兩個月後接替太子的位置搬進東宮。自搬進東宮開始，他就啓動了一項對范曄所著的《後漢書》進行注釋的工程。這是一項浩繁的工程。必得長年累月方可完成。爲此李賢廣招學士，潛心著作，從此便陷入了那片浩瀚的歷史中。李賢可能是眞的對那段後漢的歷史發生了興趣。而對於那段歷史的漫長解釋，又恰好成爲了李賢的遠離朝政遠離母親自然也就遠離了危險的寧靜港灣。李賢歸避於此，又被這歷史的深意所陶冶。總之整整六年，李賢深陷在這注釋《後漢書》的工程中。他的這一番選擇，不僅被李治大爲讚賞，就是武曌也不得不對李賢的建樹心悅誠服。

便是在太子李賢兢兢業業修注漢書的時候，後宮中那個始終在內文學館勤奮苦讀的上官婉兒也開始出落得清清秀秀，裊裊婷婷。婉兒天生麗質，源自於她所出生的高貴家庭；而多年來文學館內那孜孜不倦的學習，又爲這個美麗的女孩子平添了一種優雅的氣質。那是一種由知識的擁有所形成的一種特殊的氣質。那不是一般的美麗，而是比美麗更爲深邃的一種東西。思想，或者，能夠洞穿一切的生命力量。

婉兒夢醒的時候才知道，那不是夢。

老學士就坐在對面的那把破舊的的椅子上。他也確實是剛剛說完了那個讓婉兒無比震驚的消息。

皇后眞的要召見我？婉兒眞的不敢相信。

老人鄭重地點頭。混濁的目光中那朦朧的欣慰。

她爲什麼要召見我？

她需要你這樣的女孩在她身邊。

我是怎樣的女孩？

聰明的有才華的。

明天？

是的，明天。

那我可不可以回去告訴母親？

去吧。不過要快點回來。我們今天一定要把這最後的幾章讀完。

那麼我今後還能來讀書嗎？

恐怕很難了吧。

爲什麼？

你要被皇后帶走。

去哪裡？

朝廷。

朝廷又是什麼樣？

你會喜歡那裡。

又是爲什麼？

因爲你滿腦子裡裝的都是朝廷，你熟悉那裡，也知道該怎樣在那裡生活，就像皇后。

可是我讀的是書。是文學和歷史。

所以你才能夠在朝廷中如魚得水。

如果我想你了呢？

就回來看我。

如果你病了呢？

我會照看自己。

如果你孤單了呢？

有書相伴。

如果你想我了呢？

就看天上的太陽。

婉兒飛快地跑回家。那時候天色還很早，掖庭宮的永巷裡一片寂靜。婉兒飛快地跑著，懷著一種莫名其妙的喜悅和激動。皇后要召見我了。我要去朝廷了。朝廷什麼樣？她又會見到什麼人？十幾年來，婉兒從未邁出過掖庭一步。除了母親、老學士和那些宮婢宦官們，婉兒根本就不知道那高牆外面的世界是什麼樣，更不知皇宮是怎樣是氣勢磅礴。所以她興奮。她飛快地跑著。她急促的腳步聲和她的心臟怦怦地跳動。她甚至聽不到清晨從終南山飛來的鳥兒的歌唱。那是她平常最最在意的但是她此刻不再在意了。她幾乎是一頭撞進她的小屋的。她高喊著母親，便也一頭撞進了母親的懷中。

鄭氏夫人嚇壞了。她使勁抱住那個氣喘吁吁滿頭是汗臉蛋紅撲撲的婉兒，問著她，怎麼啦？孩子，出了什麼事？

母親，我說過吧，那不是夢。

你在胡說些什麼呀？到底怎麼啦？你不是剛剛去讀書嗎？是老學士？老學士他……

母親，你瞎猜什麼呀！聽我說，是皇后。

皇后怎麼啦？鄭氏驟然間臉色蒼白。

皇后要召見我啦！

你說什麼？鄭夫人驚呆了。你再給我說一遍。

皇后要召見我啦。就在明天。我說過的這絕不是夢。母親，你難道還不相信嗎？

皇后要召見你？不，婉兒，她要把你怎麼樣？

她要把我帶到朝廷。母親，我的夢想成真了，這簡直是奇蹟，我真是太高興了。

可是，不，婉兒，不要去，不要跟她走。聽話。孩子，留下來。我們在一起，生死相伴。鄭夫人說著，便更緊地抱住了婉兒。她的臉色蒼白，甚至眼淚都流了下來。她緊緊抓住婉兒，彷彿婉兒就要被搶走似的。

母親，你到底是怎麼了？這一次婉兒奮力掙脫了母親的擁抱。你是什麼意思？你怎麼能這樣？我又不是去送死。這是好事呀！

是的，也許是好事。只是那地方太險惡。可是你才那麼小，你不知道……

這和險惡有什麼關係？你要知道，我是和皇后在一起。和皇后在一起還有什麼危險嗎？皇后需要有才華的侍女在她身邊。而我恰好符合皇后的條件又為什麼不去？對這掖庭的任何一個宮女來說，這都是個千載難逢的機會，可是，母親卻不許婉兒去，這又是為什麼呢？母親如果不是為了日後讓婉兒有所作為，不被這掖庭深巷鎖上一輩子，為什麼還要送我去文學館讀書？

那麼，老學士怎麼說？

就是老學士力薦婉兒的。

他？他怎麼能……鄭夫人沒有說老學士怎麼能把婉兒往火坑裡推。也沒有說，婉兒你知道什麼？你哪裡看到過咱們上官府邸被皇后殺戮的血腥場面。鄭夫人早已經魂飛魄散。她丟下婉兒，便像婉兒一樣急切地趕到了內文學館。接下來鄭氏與老學士的一段對話，是婉兒沒有聽到的。鄭氏依然眼淚漣漣，周身顫抖，一副如喪考妣的驚恐和絕望。她有點憤怒地問老學士，這是為什麼？為什麼要把婉兒往那火坑裡送？

她需要婉兒這樣的人才。她身邊的那些人都是草包。

那婉兒不是去送死嗎？

我了解皇后的為人。不論是誰，只要他有眞才實學，皇后都會以誠相待。

她知道婉兒是誰嗎？

她當然知道。但是她更知道婉兒是文學館中最出色的孩子，她相信我。

她難道忘了她與上官一家的仇恨？

最近武承嗣和武三思也被皇后接了回來。他們的父親也都是死於流放。父輩的罪名怎麼能繼續背在後代的身上呢？這一點，皇后從來是清醒的。

可是，婉兒還那麼小。她一旦不懂事忤怒了那個女人……不，我眞的不能讓婉兒去。十四年我含辛茹苦將婉兒帶大，就是爲了能留下上官家的一個根苗。婉兒是那麼可愛那麼純眞，不，我不能讓婉兒去，我……

你難道要婉兒在這掖庭的破房子裡待一輩子嗎？那就是你對婉兒的愛嗎？朝廷也許是險惡的，待在皇后的身邊也許是不安全的，但一個人只有待在險惡中，只有在不安全的環境中搏鬥，才能體現出他的價值，也才能成長。你把婉兒留在身邊也許是安全的。讓她永遠生活在你的羽翼下，永遠不見天日，不見世面，甚至放棄掉這次千載難逢的機會，遲早有一天，婉兒會埋怨你，會恨你的。她從此折斷了翅膀，不再會飛。僅僅是爲了滿足你作爲母親的安全感，夫人，請想想那値得嗎？而且，她就是留了下來，你們母女就一定會安全嗎？你難道就不能放婉兒去闖闖，說不定她會爲你們闖出一個新天地呢？

只是……

不要再猶豫了。何況事已至此，是什麼都不會改變了。明早，皇后就來。再說，那不是婉兒的夢想嗎？就成全孩子的夢吧。只是要千萬記住，不要對婉兒說什麼。那也是皇后的意思。到了她該知道的時候，她自然就會處置那一切了。

第二天清晨。

那個決定一切的時刻。

皇后果然輕裝簡從，準時來到了內文學館。此刻，皇后春風得意。李弘暴死的陰影早已煙消雲散，而新太子李賢埋頭訓詁他所無比熱衷的《後漢書》，對母親的政事不聞不問，給了武曌在朝廷中自由馳騁的無限空間，讓她無比放鬆，心情愉快。此間唯一讓皇后擔憂的，就是高宗李治每況愈下的病弱之軀。但那也是命中注定，武曌和御醫都無回天之力，而武曌覺得她對聖上最好的報答，可能就是盡力打理好朝政了。讓國泰民安來撫慰吾皇病弱的心靈。

在朝廷中出沒往返，遊刃有餘，使武皇后越來越堅信自己掌管天下的能力和才華。她不再懷疑自己，倒是對身邊那些愚笨僵化的朝相們，越來越覺得不滿了。她太需要一些年輕的有朝氣也有才華的人來打破這朝中的沉悶了。那是皇后所再也不能忍受的一種窒息，所以她才一直呼籲要不拘一格選拔人才，而她的提議在實現起來的時候，又是那麼舉步維艱。她知道是那些李唐的老夫子般的舊臣們在阻礙著她。而她又不能明目張膽地趕走他們，畢竟聖上還活著，也畢竟這是李唐的王朝。儘管是她武曌在實際掌管著王朝，然而她卻也只能是以皇后的身分，爲李唐垂簾聽政。她便是在這諸多的無奈中向她內文學館的恩師求助的。

便是這上官婉兒。老學士斬釘截鐵甚至是沒有商量餘地地舉薦了這個聰慧明敏的女孩。

只有她？皇后有點踟躕地問。

臣以爲只有婉兒。老學士再一次肯定地說。

你眞的力薦這個女孩兒？皇后也再一次追問。

我保證，她會幫助你的。

何以見得？

那是我的直覺。就像是當年我相信你會有今天。

你是說這個上官儀的孫女？你以爲我眞會用這樣的人嗎？她就像是一把匕首，隱藏在我身邊。她隨時會把復仇的利刃刺進我的胸膛。你以爲我眞該如此愚蠢地引火燒身引狼入室自討苦吃嗎？不，我不會要她的。她縱是有天大的才能我也不會用她的。就讓她死在這掖庭吧。別做美夢了。告訴我，這後宮難道就沒有別的什麼可供我挑選的人了嗎？

老臣以爲，除了婉兒，就眞的沒有了。

你就那麼肯定？

以皇后的雅量，難道容不下一個區區婉兒？而且以臣之見，你捐棄前嫌，大膽啓用上官儀的孫女，所換取的，定然是滿朝文武的更加心悅誠服。就是那些李唐舊臣，也不能不因欽佩你的勇氣和度量而對你折服。這是一舉兩得的好事，既左右了文武丞相們的人心向背，又俘獲了一個出類拔萃的人才。臣以爲，以殿下對婉兒的恩德，必將換來她的湧泉之報。何況婉兒並不知道她的身世。今後也不會知道。更何況她是那麼崇拜殿下……

如果眞是這樣，那麼好吧，就讓我們一道來冒這個險吧。傳婉兒。我倒是要看看這個婉兒究竟值不值得我冒這個險。

然後，婉兒的那個夢寐以求的時刻就來到了。對於婉兒來說，這是她一生中唯一的一次應試，而且是在皇后的面前，在她最最熱愛最最迷戀也是最最崇敬的女人面前。那是種怎樣的驚心動魄，怎樣的地動山搖。然而婉兒不怕。不怕也不緊張。她淡淡妝，天然樣，十分得體地走到女皇面前向她叩謝請安。那是怎樣的優雅大氣，又是怎樣的質樸純眞。不卑不亢中的畢恭畢敬，默默無言中的滿心期待。這就是婉兒。婉兒一出現就攫走了皇后的心。她眞的在她的侍女中，從沒有見過婉兒這樣的女孩子。她幾乎是一見到婉兒，就喜歡上她了。她說不清這是爲什麼。只是心靈中的一種觸動。她看著婉兒，那欣賞的心情溢於言表。

然後婉兒便在桌前奮筆疾書，依次爲皇后命題作文，草擬詔令，又賦詩數首。婉兒也不知哪兒來的力量，大概就是因爲她是在她深愛的女人面前，是因爲她日後太想和這個偉大的女人在一起了，所以婉兒那天的應試，可謂是一種超常的發揮。一切都是得心應手，又一切都是盡善盡美盡如人意。當應試結束，婉兒抬起頭，她從皇后那裡看到的，是驚喜而愛慕的目光。

這可能就是她們主僕之間君臣之間第一次的相視，卻是相視無言。婉兒怔怔地看著皇后。那麼直率的目光，那掩飾不住的欣喜和熱愛。

在相視良久之後，皇后才不得不把她的目光移開。她知道她喜歡這個女孩，喜歡她那種沒有做作，也沒有故意矯飾的天然姿態。她即刻想到的，還有她的女兒太平公主。她甚至想到應該讓婉兒這樣聰明絕頂的女孩常常與太平公主一起玩，公主身邊的那些侍女實在是太傻了，竟然沒有一個抵得上這個永巷生長起來的孩子。看著婉兒那癡迷的目光，和只有掖庭中女孩才會穿的那深棕色的麻布衣服，皇后彷彿又回到了她十四歲時剛剛被選進後宮住在掖庭的那段日子裡。可能就是那段傷心的回憶而觸動了皇后的惻隱之心；可能皇后就是爲了憐惜自己，才不忍讓這個同是十四歲多才多藝的女孩終生埋沒在永巷的灰塵中。

皇后想了很多。

皇后也想了很久。

那是一段很長久的沉默。然後，皇后站起來，並伸出手拉起一直跪在那裡等候著最後裁決的婉兒的手，武曌說，我已經五十歲了。

武曌又說，願意和我走嗎？那麼，就來吧。

婉兒情不自禁地把皇后的手，緊緊貼在她的嘴上。

那是一段燃情的歲月。連皇后都沒有想到，婉兒的出現，竟會在她的家庭中引起那麼大的騷動。他們這個皇室中的每一個成員，都對婉兒的到來持有著他們自己的一種態度。

此時已病得很重的高宗李治，對婉兒的到來深懷恐懼。其實他懼怕的並不是婉兒所懷的那一份復仇的願望，而是武皇后的那一份如此的申明大義，不計前嫌。武曌將婉兒這種女孩召至身邊的舉動，讓高宗更加覺出了武曌這個女人的深不可測。他看不透武曌的葫蘆裡究竟賣的是什麼藥。世間已經沒有她做不出來的事情了。一切的違背常理。一切的膽大妄爲。所有舉措都是難以理喻的，以至於竟然會把她親手滅掉的家族的後裔安置在她自己的身邊，那麼，還有什麼樣的仇敵不能接近她嗎？這樣看來，婉兒的到來比起武曌把武三思他們接來實在是小巫見大巫了。三思他們的怨恨算什麼，他們的父親不過是在外任之地因貶官流放抑鬱而死罷了，而上官儀和上官庭之是被他出賣又被武皇后滿門誅戮，在牢獄中被活活殺死的。那又是一種怎樣血光四射的深仇大恨。如此的血仇都可以在皇后的一個燦爛明媚的微笑中消泯殆盡，那世間就眞的不會有什麼更令人震驚的奇蹟了。婉兒的到來所帶給病中皇帝的，是他對皇后的更不能理解和更加地懼怕。而他想做的唯一事情，就是找個機會告訴那個不諳世事的小姑娘，一定要小心侍候皇后，萬萬不可掉以輕心。

對婉兒的到來採取冷漠態度的，是武皇后最小的也是她最最親愛的女兒太平公主。她對母親身邊的這個據說才華橫溢的小宮女格外地不屑一顧，每每見面也是很不以爲然的樣子。太平身爲公主，又是這皇室中唯一的公主，唯一的小妹妹，她就自然是更加地嬌生慣養，頤指氣使，不可一世。宗族中其他的成員也都很難和她接近，更不要說從掖庭出來的婉兒了。

太平公主是以她的聰慧穎悟著稱於世的。這也是她的母親武曌爲什麼對她尤爲鍾愛。其實這也就是武皇后與眾不同的地方，無論她身處怎樣的環境，她都會對身邊有才華的人格外看重，尤其是那些女人。她不管那些有智慧的女人是誰，哪怕她們是她的敵人。比如她就特別欽佩那位曾寫過《女則》三十卷的唐太宗李世民的皇后長孫氏。她雖然沒有能見到她，但長孫皇后所遺下的《女則》她卻是讀過很多遍。她儘管不喜歡長孫皇后對女人的規範，但是對那個女人勤於思考的生存方式是非常欣賞的。再比如她由衷佩服的那個叫徐惠的女人，她知道徐惠被召進宮裡，並不是因爲她的美貌，而是她朝野盡知的才華。也許是唐太宗見到的漂亮的女人太多了，所以他才厭倦她們，而對徐惠這種知書達禮、多才多藝的女人情有獨鍾。就在武曌被打入冷宮的同時，徐惠卻從才人到婕妤不斷地升遷著。按理說武皇后應當對徐惠刻骨仇恨，但是她依然敬佩她甚至仰慕她。在某種意義上，當她身陷絕境，仍不放棄，日夜在文學館內發憤讀書，其實就是徐惠在激勵她。是徐惠身上的那知識才華在誘惑她。

所以，當日後武曌有了這個寶貝女兒，她對女兒最深切的關愛就是爲她請來了最有學問的老師。在學習的問題上，她打破了綱常倫理，堅持兒女平等。她甚至覺得，唯其女人，才更需要智慧才華，來幫助她們擺脫性別所帶給她們的微賤和不幸。她不喜歡女人太依賴於她們的美貌和青春。青春美貌固然重要，她就曾擁有過驚世的美貌和青春，卻依然不能擺脫冷宮的窘境，而是當她擁有了老學士所給予她的智慧和才學，她才能一步一步地走到今天。所以，她對女兒的要求是，成爲一個有思想有智慧的女人。這便是武曌作爲皇后與歷代皇后不同的地方。這也是她爲什麼下決心，把仇人的後代接到自己身邊，並把婉兒介紹給自己女兒的眞正原因。她是希望婉兒能影響太平。她希望公主也能從婉兒的文章和詩詞中，看到那卓然超群的智者風範，儘管，婉兒只是個年僅十四歲的小姑娘。

然而太平公主見到婉兒之後，還是很格格不入的那種感覺。這是兩個都很聰明也很有才華的女孩子之間的那種說不清、道不明的感覺。不是妒嫉，更不是仇視。但卻是若即若離，彼此利用，相互戒備而又相互依賴的。這就是她們從相識就採取一種各自的態度。日後，她們也始終延續著這樣的一種關係的狀態。而其間，當然還有一種從小一起長大的那種近乎兩小無猜的友情。畢竟，成長中的太平公主是需要一個除母親之外的能理解她的女伴的。她的很多閨中的私語，也是需要找到一個同齡的姊妹一般的女孩傾訴的。

那麼那就是婉兒。

婉兒之所以能將她和太平公主之間的這種近乎友誼關係維持畢生，還在於絕頂聰明的感覺很快就找準了她和太平公主之間的那種主僕關係。她總是能夠堅持住自己奴僕的立場，總是心平氣和地看待這種不平等的狀況。後來，無論婉兒的才智有多高，官位有多高，她都堅持著自己是太平公主的奴僕。而就是這樣的一種關係，便很快消除了太平公主的某種防範，而使她們確實是建立起了一種甚至超越了主僕關係的純粹的友情。而這友情中最重要的一個部分，也就是她得以相通甚至得以平等的那一份智慧。那種在很高的位置上的女人的智慧。是智慧使她們能夠對話；也是智慧，使她們能在對方遇到困難時，相互關照和幫助，搭救對方於危難之際。

她們便是因爲這智慧，將她們的友誼維持了很多年，乃至於畢生。無論皇室中的男人和外戚們是怎樣地爭鬥，而婉兒又是多深地捲入這爭鬥的漩渦中，但她卻從來沒有一絲一毫地傷害過太平公主。而智慧的太平公主也自然是了悟了婉兒的這一片苦心的。所以她才能在婉兒最終被唐玄宗李隆基所殺害的兩年後上書，奏請聖上爲婉兒恢復名譽，賜謚「惠文」。這大概也算是太平公主對婉兒多年來對她的愛護和友情的一種報答了吧。她是敬佩婉兒的。婉兒已經是她政治的生命中不可分割的一部分。

對婉兒懷著另一重敬重的，是從小就生活在相王府中的相王李旦。李旦是武皇后最小的一個兒子，也是最有忍性在某種意義上也是最聰明的孩子。天性的柔韌和總是急流勇退的性格，使李旦始終對婉兒採取了一種不卑不亢但卻又十分友好的態度。當出水芙蓉般的婉兒突然出現在母親身邊，當婉兒的那一份才華和清純突然閃亮在他的眼前，他不是不動心，而是沒有能力捲進二哥、三哥對婉兒的明爭暗鬥的搶奪中。他永遠不會奪人所愛。哪怕那所愛就在他的身旁。他當然也像所有的男人一樣，喜歡婉兒那種既美麗又聰明的女孩。他認爲婉兒是那種世上罕見的奇女人，就像是百年千年都不會再出現的母親武曌一樣。所以他才格外地欽佩婉兒，在欽佩之中的那種很深邃的敬重。所以當他的兩個哥哥先後離開朝廷，而偏偏是他坐在天子的位子上，他便像敬畏母親一樣地敬畏母親身邊的這個婉兒了。他甚至已不再把婉兒當他的同輩人來看待，而是把她當作了母親那樣的長輩。儘管婉兒比李旦還要小兩歲，但李旦在感覺上確乎是要比婉兒弱小很多。所以他對婉兒從未懷有過非分之想，而他本來就沒有很多能和婉兒接近的機會。他做太子時，婉兒是女皇寸步不離的近臣；而當女皇魂歸乾陵，婉兒又成爲繼承王位的三哥須臾不可離開的嬪妃。他爲婉兒所動過的唯一的感情，就是當自己的兒子隆基殺了婉兒之後的那一份深刻的哀痛。他眞的很傷心，不單單是對那美麗生命亡失的一種惋惜，也還有內心深處的某種像生命破碎的一種疼痛。那時候，李旦才知道在他生命的某個深處，對婉兒竟是懷著那麼深刻的愛情，也才知道很多年來，他對婉兒不僅僅是敬重，還有著一種很深邃的聯繫。那聯繫在平時是看不到的。是被他的冷漠他的客觀所掩蓋住的。他甚至還對婉兒的淫媚頗有微詞。而一旦，婉兒死了，他從此再也見不到她，也無法與她交談，他才知道這是生命中怎樣的一種缺憾和從此怎樣的一種寂寞。畢竟是一個幾十年來始終活動於他們皇室成員之間的一個女人。親人一般的一個女人。他不能接受這個失去婉兒的朝廷。這就是爲什麼他再度稱帝之後而又總是去意彷徨。

在武皇后的兒子中，被婉兒迷戀得眞正神魂顚倒的，是那個後來終於做成皇帝的中宗李顯。李顯初次見到婉兒的時候，正是二十二歲風流倜儻的英王，且大有祖父李世民的那種浩浩氣勢。英王李顯雖在他的王府中已擁有韋氏一類美麗的妻妾，但是在母后處初見那個氣質優雅的年輕女孩婉兒時，還是不禁心驚肉跳，夜不成眠。他實在是從沒見到過這樣的女孩。他不知道婉兒這樣宮婢出身而又過目成誦、了知天下的年僅十四的女孩究竟是被什麼做成的。在他看來，婉兒是天降才人，是個奇蹟，否則她怎麼能小小年紀，就能爲母親草擬出如此經典的誥命？婉兒實在是太出色了，她不僅很美，而且很有智慧。在後宮中，美並不能算什麼，但智慧就十分難得了。而婉兒恰恰就是這種難得的女人，她不僅能在床笫之間派上用場，還能在朝政上下舉足輕重，這才是英王李顯眞正看重婉兒的地方。

他甚至想過，倘若有一天他做了皇帝，他也一定要用婉兒爲他掌管詔命的。當然，他也會要求婉兒和他上床，做他的嬪妃。他要將整個的婉兒據爲己有。他要佔據這個女人的所有東西。她的美麗她的才智，還有，她的身體。

英王不願錯過婉兒這樣的女人，因爲他覺得婉兒對他來說太重要了，就像是當年他的父皇一定要把他父親的嬪妃武媚娘弄到手一樣。顯然，一定是做太子的父親太愛武媚娘了，而武媚娘對父親來說也太重要太切膚了，所以父親才會無論冒怎樣的風險，哪怕是冒著忤逆他的父親唐太宗李世民的殺身之險，他也絕不會放棄當年那個美麗非凡而又智力超群的母親。所以李顯也信誓旦旦，一定要把婉兒弄到手。他甚至在第一眼看見婉兒的時候，就堅信他和這個女人中間，一定會有一段天長日久的恩怨。是生死相依的那一種，又是充滿了坎坷艱辛地。他這樣堅信著，便在婉兒到來的第一天，就對這個還依然處在驚慌中的小女孩投過去那種大膽的能讓婉兒覺察到的一種關切而且是愛慕的目光。他知道，從此，追求這個女孩的漫長旅程就開始了。他知道這是一個漫長的過程，所以他並不著急，他要耐心地等著這個在心智上早慧的女孩在感情和肉體上也慢慢成熟，他很自信。他知道遲早他會擁有婉兒的。

但是沒有幾天，李顯就意識到了那條追戀婉兒的道路並不平坦，甚至布滿陷阱和荊棘的，甚至遍布著血和傷痛。其實根本就沒有路，而是要靠他自己一步一個血印地蹚出來。因爲沒有幾天，他就看出了婉兒在他面前的那種冷漠鎮靜，不苟言笑。憑著英王對女人的經驗，他當然看出了這是婉兒對他的不感興趣。她總是那麼心無旁騖，目不斜視，但是，她當然不是對所有的人都沒有興趣的，譬如說，婉兒對的她的主子武皇后，就從來是滿懷了愛戴和崇拜。這在她的目光中是看得出來的，她甚至愛皇后到一種癡迷的境地，進而表現出來的，就是那種極端的服從和謙卑，那種英王所不喜歡的奴顏婢膝。他想這個未來的他的女人，怎麼能對皇后如此的奴顏媚骨呢？

而其實這些，還並不是最令英王不安的。婉兒的屈膝，至少還能證明她的忠誠。關鍵是，她的目光所更多關注的，竟然是已住進東宮的新太子李賢，他的二哥。那也是李顯從婉兒那麼純潔透明的神情中了悟出來的。那是顯而易見的愛。還有少女的那種緊張和羞澀。大概只有當李顯看出了婉兒另有所愛之後，他才第一次對他的二哥有不睦之想。他想二哥有什麼，無論人品才華還是他的舉止相貌，都是不能和他相比的。他想二哥唯一可以驕傲的，就是比他早生了幾年，更多地擁有繼承皇位的權力。但是時世變幻，誰也說不準天下是誰的，婉兒何以從小就要如此勢利，而將她的心隨便就給什麼人呢？她就那麼相信太子能給她幸福嗎？

讓英王李顯備感失望和失敗的，便是住在東宮的第二任皇太子李賢。李賢確乎不如英王威武高大、氣宇軒昂，但他卻有著一種獨到的男人魅力。那是種被掩蓋住的力量。是一種能夠肝膽相照的坦蕩胸懷。

因爲李賢就住在緊鄰母后的東宮，而李賢又身居太子、監國，每每處置朝政，所以婉兒在皇后的子女中，所見最多的，就是當時二十四歲的李賢了。那時的李賢，已做了兩年的太子，他不僅把全部精力，都投注在《後漢書》的注釋中，每每涉及朝政，也總是公正明審，深受文武百官的愛戴。婉兒一生所佩服的，就是那些滿腹經倫的飽學之士，不用說太子李賢是怎樣地在政壇出類拔萃，就是他對《後漢書》注釋中的那一番熱情和獻身，就足夠婉兒傾慕的了。她想太子眞的非常了不起，一點也不像她想像中的那些皇室公子哥們的奢靡淫亂，只鍾情於聲色犬馬。所以她是佩服太子的。覺得他能承擔起修注《後漢書》這項浩繁的工程，實在是很偉大。

那時候武皇后對她的這個兒子還是十分欣賞的。她覺得李賢雖然不像英王那麼相貌堂堂，也不像李弘那麼柔弱無爲。特別是朝廷上下對太子一致稱頌，更讓武皇后認同了聖上李治的觀點：李賢，是他們的四個兒子中，最有出息也是最具帝王氣象的一個。所以他們很爲太子驕傲，他們認爲江山就是要李賢這樣的明君來繼承。於是，在武曌垂簾之時，凡遇重大事件，總會把太子召來一道商討。她既要聽李賢的見解，也還要把她從政的經驗傳給李賢。那時候李賢和他的母親還是很和諧的。因爲李賢有他的《後漢書》可以訓詁，還有他完全把自己置身於朝政之外的一種姿態，讓他執掌朝廷實際大權的母親很放心。

所以那時候武曌是愛她這個兒子的。她對李賢的欣賞鍾愛之情總是溢於言表。有時候武皇后興奮起來，她還常常會帶上婉兒和幾個親近的侍女，不通告就來到李賢的東宮學館中，去看他怎樣帶領學士們修注《後漢書》，並在她的侍女們中間對太子的勤奮讚不絕口。

皇后的突然而至完全是爲了給李賢一個驚喜，是想向太子說明她是關心他的，她並且每每帶去銀兩布帛，獎掖那些每日在故紙堆中辛勤勞作的學士們。皇后眞的是一片誠心，有婉兒做證，但是太子不知是聽了誰的挑唆，慢慢地，他竟然以爲這是母親的突然襲擊，是對他不放心。

李賢堅毅剛健，臉上是很粗放的男子漢線條。雖然不是明目皓齒，卻也是稜角分明。他不僅過目成誦，辭采風流，且騎馬狩獵，短刃長戟無所不能。宮內宮外，年長年少的女人們，幾乎都把李賢當作了她們的夢中王子。生命和精力的旺盛，使李賢在入主東宮之前，就在沛王府中做了三個兒子的父親。但是無論怎樣兒女繞膝，還是怎樣把自己囚禁於故紙堆裡，李賢那皇親貴胄的紈絝之心還是擺脫不掉。一遇機會，便會任情任性，聲色犬馬，將生命輕擲。

而此世間，李賢所懼怕的唯有一人，那就是母親。因爲他知道這世間唯有母親能握住他的生命，是能夠決定他的生與死的。於是，李賢凡是出現母親身邊，都會表現出一種與李賢的天性南轅北轍的馴服。這當然是李賢裝出來的。因爲他想活著。所以他順馴，而他順馴的表現就是他永遠的沉默寡言。李賢大概知道言多必定語失。所以他不講話。他以不講話來維持他與母親的之間的平衡。

這是李賢的僞裝。李賢便是以他的這種僞裝，而俘獲了皇后身邊很多女孩子的心。他是那麼堅毅，又是那麼不苟言笑。他從未正眼瞧過母親身邊的任何一個年輕的侍女，他不屑與他們交往，哪怕她們其中有些女孩很漂亮。李賢越是冷漠孤傲，自然就越是能打動那些小侍女們的心。她們被這個有著堅硬外表的男人迷惑，只要李賢一來，她們的眼睛就會不由自主地放起光來。這就是李賢作爲男人的魅力。那些愛慕著李賢的小侍女們甚至私下裡議論，如果有來生，只求能做李賢的侍女。哪怕只有一夜風流，一生足矣。

便在侍女們對這個白馬王子似的太子的青春萌動中，婉兒也被感染了。其實她本不在意李賢，儘管她有一些能與太子接近的機會，她都讓那些機會在她的不在意間流走了。她也不覺得可惜。她覺得太子就是太子，而不是什麼有魅力的男人。她是在武皇后的身邊待了兩年之後，當她十六歲的時候，她好像才恍然大悟，意識到原來太子是那麼吸引著她。

那是少女的騷動。但是婉兒不承認。她覺得她和那些庸俗的侍女們絕不一樣，她們所愛慕的是太子的位置和相貌，而她所傾慕的，則是太子的人格和才華。她從來沒有奢望過自己和太子會怎樣。婉兒知道那只是虛妄，毫無意義的。婉兒是一個實際的人。那是她自從和皇后在一起所學到的一種人生態度。她想與其對太子想入非非，還不如腳踏實地地向皇后學習權秉國政的藝術。

於是婉兒對李賢很淡然。她不想擠在那些迷戀李賢的庸俗的侍女隊伍中。她只是任憑著李賢身上的那種神秘的力量吸引她誘惑她。她聽之任之。無可而又無不可。特別是到了後來，李賢對他的母親開始心懷芥蒂，他就更是很少到皇后的後宮中來請安，自然婉兒也就很少見到李賢了。婉兒知道那是不可能的。她一個小小的奴婢，怎麼會引起大唐的堂堂太子的注意呢？婉兒認爲傾慕太子簡直是一件最荒唐的事。她覺得那些侍女們可能都瘋了，而且慢慢地在皇后與太子的交往中，婉兒意識到，恐怕有什麼就要發生了，婉兒預感到，那可能是一場可怕的悲劇。

有一天在朝上。那是很久以後的一天。李賢和其他皇子以及文武百官到來了。婉兒伴隨著皇后，在簾後。她再度看見了李賢。但李賢垂首，始終如一的姿態。她遇不到李賢的目光。但朝堂百官中也有遇不見婉兒目光的，那就是英王李顯。李顯一往情深一如既往。他儘管得不到絲毫的回應，但是他鍥而不捨。哪怕隔著珠簾，他也要盯著婉兒。其實那是婉兒感覺得到的。她即或不去看他，也能知道英王的目光是怎樣不停地在她的身上游動著。

那天覲見結束，朝臣們紛紛退出大殿。皇后像突然想起了什麼，叫婉兒去追回太子，把太子帶到政務殿來，她有事要和他商量。

於是婉兒匆匆去追。在熙熙攘攘退朝的百官中，直到追出殿門，婉兒才看見太子正和他的兄弟一路說笑著朝外走。婉兒加快了腳步。一路小跑。她想她不能從身後叫住太子，所以她繼續朝前跑，直到跑到太子和英王、相王的前面。她氣喘吁吁。在匆匆的屈膝禮後，便喘著粗氣說，太子，太子請留步，殿下……殿下要您去她的政務殿。

三兄弟被突然出現在他們眼前的婉兒阻擋了。他們都很驚訝，每個人臉上的表情都不一樣。然而他們卻都目不轉睛地看著婉兒。他們不知道眼前的這個美麗姑娘是怎樣從天而降的。他們都很興奮，又有點大惑不解。於是他們怔怔地看著婉兒，欣賞著這個依然在喘息、滿臉紅暈的女孩。

也許是他們太在意婉兒了，所以他們儘管聽到了婉兒的話，卻不知道婉兒說的到底是什麼。

倒是太子李賢很快醒悟過來，於是他有點不耐煩地說，你在說什麼？再說一遍。

李賢冷漠的話音剛落，李顯便驚呼著，是婉兒？有什麼事？你怎麼來了？

唯有站在一邊的相王李旦是清醒的，他沒等婉兒複述她的使命，便對太子說，二哥，是母親在叫你。

是的，是皇后。婉兒急切地複述著，皇后請太子回政務殿，說有事要商量。

她又要幹什麼？太子一臉的不愉快。

這時候英王也不管什麼母后什麼太子，對他來說，在此刻，婉兒才是最最重要的。於是走近婉兒，在和婉兒很近的地方，輕聲地問她，聽說婉兒的詩做得極好，哪天能不能在母后的家宴中也代我應制幾首？

英王誇獎了，奴婢不敢。

有什麼不敢的，聽說你尤其擅長五言詩，就像你祖父上官儀……

奴婢的祖父？婉兒驚愕地睜大眼睛，奴婢從不曾聽說祖父會做詩，英王是不是搞錯了？

哪裡，那是朝中有名的「上官體」，一時間滿朝文武爭相效仿綺錯婉媚的「上官體」，婉兒眞的不知？

三哥，母親在叫二哥。李旦提醒著李顯。

太子李賢就低著頭站在那裡，聽著李顯不肯終止的談話。

李顯接著說，一定是你祖父的遺傳，讓你寫出如此瑰麗的絕妙詩行，我讀過你的很多詩，譬如……

婉兒，你是說皇后在叫我？李賢強行打斷了李顯的話。那一刻，婉兒正執著於英王所說的關於她的祖父。那是她從未聽說過的。她很驚訝。想知道家族的歷史究竟是怎樣的。而她的母親從來就沒有如實地告訴過她。一提到父親，母親就總是躲躲閃閃。而越是躲閃，婉兒就越是覺得其中必有隱衷。所以婉兒充滿期待地看著英王。她希望英王李顯能告訴她，她的家世究竟是怎樣的？她的祖父上官儀又是誰？她爲什麼從來就沒有見過他？婉兒太想知道這一切了。

然而太子李賢的聲音響起。那麼嚴厲的。那聲音彷彿從很遠的地方傳來，就像雷。從天空的某個地方滾過來，就炸響在婉兒的頭頂。那麼低沉的一陣巨響，婉兒被驚嚇得一陣哆嗦。她有點驚恐地望著太子。她的臉由紅而變得慘白，她說是，是的，是皇后。

皇后幹什麼？李賢繼續嚴厲地問。

皇后要太子回政務殿。

什麼時辰？現在還是明天？

現在。就是現在。此刻。

那你還在這兒耽擱什麼？我們快走吧。李賢說著就扭轉身，逕自向政務殿走去，把婉兒和他的兩個兄弟甩在身後。

太子的憤怒讓婉兒的眼淚頓時湧出了眼眶。她突然覺得傷心極了也委屈極了，也是第一次，她覺出了做奴婢是多麼地可悲，而世道又是多麼地不平等。婉兒哭著，不知如何是好。倒是英王走走過來，摟住了婉兒的肩膀，安慰她說，沒事的，你快去追上他就是了。

太子眞的生氣了嗎？婉兒求助般地望著李顯。

他就是這個樣子。沒事的。快去吧。

婉兒這才告別了英王和相王，又是一路小跑地追上了太子。太子逕自向前走著。他大步流星，沉默不語。儘管，他知道那個柔弱的婉兒就在他的身後悄無聲息地跟著他，也儘管，他聽到了婉兒的那隱忍的抽泣聲。李賢就這樣冷酷地向前走著，直到他們來到了政務殿大門外的那條寂靜的石板路上，李賢才突然地停了下來。扭轉身。看著婉兒。然後問她，你跟了母親那麼久，難道還不了解她？你難道眞不知道落實她的批令要雷厲風行，不能有片刻的遲緩？而你怎麼還敢延誤？在那裡聽英王胡說八道？誰知道他是從哪兒道聽途說來的。這長安城每個門窗都在製造謠言，你竟然還會那麼認眞地相信他？那麼，你和那些下賤的長舌婦們又有什麼區別呢？

婉兒低著頭。她眞的非常痛苦。就算太子的每一句話都對，可是她是誰？她敢不回答英王的問話嗎？她不過是皇后身邊的一個下賤奴婢，她該怎麼辦？她不僅不敢違抗皇后，這皇室中的任何一個人她都不敢違抗。不論是誰的一句話，都能讓她轉瞬之間就命喪黃泉。像她這樣卑微的女人，是沒有是非的，有的只是服從。服從所有比她地位高貴的人。

人是不平等的。生來就是不平等的。儘管婉兒也有傲骨也有尊嚴，但她的卑微將她人性中的一切全都毀滅了。所以她能怎樣？剩下來的只有逆來順受，獨自垂淚。

婉兒只有十六歲。

趕快擦掉眼淚，向皇后稟報我來了。還是太子在講話。然後太子又接著說，記住。太子說記住的時候，他已經扭轉身不再對著婉兒了。

他說，記住。我下面要說的話，永遠不會說第二遍了。而且無論今後發生了什麼，我這話都是作數的。所以，記住。

記住，我從第一眼看見你，就知道你是個了不起的女孩。我也知道你現在肯定在想，太子有什麼了不起，人生來就應是平等的。但是現實就是這樣不公平。這是任何人都無不改變的。你是掖庭中長大的，所以你永遠是奴隸。無論你是怎樣恃才傲物，你都永遠是母親的宮婢。你將永無出頭之日，除非有一天你做了哪一位皇上的嬪妃。所以你要認清自己。你要時刻保持清醒的頭腦並時刻警惕著。聽著，別相信英王的那些話。也別去想它。更不要打聽。那將會引來殺身之禍，你還不想死吧？所以按我說的去做。我不會傷害你。這裡是皇宮。到處是暗藏殺機。不是遊戲，而生死存亡。本來，這地方對你就不合適。沒有人能保護你。只能靠自己。靠你隨時隨地的審時度勢，和自知之明。懂了嗎？這是我的肺腑之言。我只是不想在我活著的時候，而你已經離去了。

李賢說完，就轉身走進了政務殿。

婉兒隨後也跟了進去，她向皇后稟報了太子李賢的到來。然後就站在了皇后的身後。

她聽著皇后在向太子說著什麼。但她已經不知道皇后對太子說的究竟是什麼了。她腦子裡轉來轉去的都是太子的話。有些話她不懂，但有些話她知道那是太子眞心對她好。但是她不能理解，太子在對她好的時候爲什麼還要羞辱她，爲什麼還要拼命傷害自己的自尊心。她不懂太子爲什麼要用這樣一種扭曲的方式來關心她，提醒她，愛護她。她更不懂太子爲什麼要說，他的話是永生永世作數的……

婉兒這樣想著。

當她警覺著不再這樣想的時候，皇后已準備回後宮了。而政務殿中的太子早已無影無蹤，不知去向。

婉兒本來是一個非常實際的女孩子。但是太子那天所說的一段話，竟讓一向實際的婉兒做起了白日夢。那是純粹女孩子的一種不切實際的夢想。單單是憑著太子的一席話，婉兒就覺得她和太子已經很親近了。

婉兒一廂情願地這樣想著。她還想，既然太子能對她說出他的肺腑之言，那麼他們之間還有什麼不能談的。婉兒也有肺腑之言，但無論在掖庭，還是在後宮，她都一直苦於沒有一個相知的人可以傾訴。婉兒想不到竟會是太子走進她的生活，走進她的心。太子的坦蕩和對自己深切的關照。婉兒眞的覺得太子就是她的親人了，甚至比親人還親，那是一種靈魂的貼近，是肝膽相照。婉兒這樣想著便切盼著能再度見到太了並與他長談。她希望太子能聽她傾訴，能理解婉兒這樣做著宮婢的女孩子的心靈。婉兒甚至想，今生今世，她即或做不成太子的女人，也應該成爲太子的朋友。也希望太子以平等待她，把她當作生命的摯友。

但是婉兒再也沒有得到過能與太子單獨見面的機會。婉兒知道如果太子想見她，他是能夠安排的，他可以找到一千個他們單獨相見的理由。但是太子沒有。他在說過那一番箴言之後，就好像突然在婉兒的視野中消失了，消失得無影無蹤。即或是太子就在皇后翠簾的那一面，就和文武大臣們站在一起，他們已經近在咫尺，但卻也咫尺天涯。不僅僅那道透明的珠簾是一道永恆的屏障，就是他們之間那高貴與卑賤的差別，也將是一道永遠無法逾越的鴻溝，這是很久以後婉兒才意識到的。

婉兒被冷落著。以至於她不敢相信太子確曾對她說過什麼。有幾次在政務殿的甬道上，婉兒與太子擦肩而過，而太子就彷彿從不認識她，哪怕是甬道上沒有人，太子也不理她，彷彿他們是路人。

婉兒百思不得其解。

婉兒和太子越來越遙遠。

他們是用心靠近的，而現在分離的，也是他們的心。

這樣日復一日。婉兒被太子的冷酷折磨著。是太子要婉兒覺得他關心她親近她，也是太子要婉兒把他裝在心上的。然而，太子又是那麼不近人情地從婉兒的心中拿走了他。

婉兒從此再不能接近太子。她強迫自己要努力忘掉這個男人，並且徹底斷了她對這個男人的念想。但畢竟石板路上的那一幕太深刻了，就烙在心上，那是婉兒想摳也摳不掉的。也許恰恰是不再能接近太子，婉兒才更加懷念他。那很多不眠的夜晚，婉兒想的，都是太子說過的話，慢慢地，她竟然覺得在夜深人靜的時候能獨自回憶著太子的話，也是她的一種幸福了。

太子說，我從第一次看見你，就知道你是個了不起的女孩。

婉兒想，這就是說，太子並不是不在乎我。而我過去一直以爲，太子怎麼會注意到一個小小的奴婢。就站在皇后身邊。那麼弱小而卑微的。而李賢是誰？一個王朝的太子。一個王位的繼承人。他是那麼高高在上，怎麼會第一眼就看出我是個好女孩呢？不，那不是眞的。太子那低沉的聲音響著。就在我的耳畔。那麼寂靜的甬道，太子向我走來。他那麼飄逸的姿態。貼近我並叫著我的名字。他有力的臂膀。他說別以爲我不在乎你。他把手放在我的臉上。他說婉兒你是這麼美你是我最最看重的女人。你的才華還有你的詩。可是你爲什麼不是我的女人？你爲什麼不能住進東宮？來吧，跟我走。你當然是我的。不論今生來世，你心裡都只能裝著我，唯有我……不。那是夢。然後夢醒了。是不盡的長夜。黑黑的庭院。雲在遮月，有花影搖動。詩中所言不盡的，總是相思和離別的苦。聽沙漏細細的聲響。熬著不眠的時辰。那是今生今世的疼痛。有風吹過。房簷上叮叮噹噹的風鈴，驚擾了我的夢。那眞的是夢。是夢中情人。醒了才知道夢是怎樣的虛妄。身邊並沒有太子。太子並不在乎我。一個小小的宮婢。但皇后在乎我，她才是我眞正的所愛。幸虧世上有皇后。那是生命的慰藉。皇后才是一切。也才是我的未來。

太子說，你肯定在想，太子有什麼了不起，人生來就應當是平等的。他怎麼會知道我在想什麼？而在那一刻，我恰恰就在想，爲什麼人和人不平等。是的我並不覺得我比誰差。不要以爲我卑微，我就沒有聰明和才智。我甚至比那些王孫貴族更優秀。我從不渾渾噩噩而是用大腦爲人處世。我做著微賤的奴婢卻也有著和所有人一樣的尊嚴。然而太子說現實是無法改變的，除非我能像皇后那樣做了某個皇帝的嬪妃。那麼那個欣賞我的皇帝又是誰呢？太子呢？不，不可能，這世間眞正欣賞我的只有一個人，那就是皇后。那麼，我就將永遠是皇后的侍女，永無出頭之日了嗎？我的未來究竟在哪裡？誰又是我眞正的希望呢？

李賢又說，別相信英王的那些話。別去想它，更不要打聽，那會引來殺身之禍。

英王說了什麼？我的祖父上官儀？祖父是誰？他又在哪兒？爲什麼從來沒有人對我提起過。那綺錯婉媚的「上官體」？爲什麼老學士從未讓我讀過祖父的詩？母親每每談到我的身世也總是躲躲閃閃，諱莫如深。這其中究竟有什麼難於啓齒的？我在一天天長大。可太子爲什麼不讓我相信英王的話？爲什麼還要恐嚇我，說這將引來殺身之禍？然而我太想知道那一切了。我的身世對我來說永遠是一個解不開的謎。我不知道往事的秘密，就意味著我不知道我是誰。不知道我從哪裡來又怎麼能知道我將往何處去呢？我連我自己是誰都不知道，我又怎麼能在這個險惡的環境中生存呢？而太子要我蒙在鼓裡。如盲人摸象般不知道這浩大的世界是怎樣的。我便是這樣被母親和太子蒙住了眼睛。那無窮的諱事。不能對我講的。黑暗中，唯有這不盡的永巷。

李賢又說：這裡是皇宮。到處是暗藏的殺機。不是遊戲，而是生死存亡，本來這地方對你就不合適。

那麼什麼地方才適合我？那個暗不見天日的掖庭宮嗎？那些群氓一樣的宮女們。虛妄著那一天天凋零的美麗。不，我不要一生囚禁在那裡。就是皇宮裡的環境再惡劣，也要比掖庭好上千萬倍。即或是死，我也情願在這明亮的大殿中痛快地死，而不願讓掖庭的昏暗一天天銷蝕著生命。所以我夢想著能走出掖庭。是皇后把我從苦海中救出，讓我夢想成眞。這有多麼重要。從此改變人生。這就是我爲什麼會崇拜這個女人。如果說這世間還有讓我爲之獻身的人，那就是皇后。唯一的女人。她就像夜空中的星，爲我引路。能從此生活在她身邊，哪怕是生活在險惡中，婉兒也將在所不辭。這是種怎樣的幸福。這是太子這樣的人所不能理解的。他根本不知道掖庭和朝廷對婉兒來說意味了什麼。掖庭是女人。而朝廷是男人。婉兒怎麼能甘願做掖庭柔弱的女人呢？就像皇后，她甚至不甘在後宮引領萬千佳麗，而要在朝廷執掌男人的偉業。太子怎麼會說不合適呢？他不了解我，也並不眞正了解他的母親。他一定也和那些帶有深刻偏見的朝官們一樣，對他母親的垂簾聽政不屑一顧，甚至以此爲羞，對女人執政懷有天生的成見。所以他才不知道他的母親有多麼偉大，也不可能知道這王朝的權杖所帶給皇后的是怎樣巨大的樂趣。難道朝廷眞不是女人應該待的地方嗎？難道皇后不是比歷代君王都稱職的那個翠簾背後最英明的國君嗎？無論人們怎樣地議論她，詆毀她，甚至反抗她顚覆她，但是怎樣？權力不是依然牢牢地掌握在她的手中嗎？這是一個怎樣神奇的領域。皇后帶我走了進來，讓我從此對這裡也產生了濃厚的興趣。我彷彿天生就該是生活在朝廷裡宦海中的人。唯有在這裡，我才會有那種如魚得水、其樂無窮的感覺。這裡怎麼會不適合我呢？我看得見那暗藏的殺機，所以我能避開它；我了然這朝廷的生死存亡，才能將這當作一種智力的角逐並置身於其中。不，我不是通常意義上的女人，就像皇后不是通常意義上的皇后。我也不是太子所要求的那樣的女人，我有我的追求，也有能給予我生存之可能的勇氣和判斷力。因爲，在某種意義上，朝廷就是我的家園。

太子還說，沒有人能保護你，只能靠自己。

我知道那是太子的關切。可是，我又要誰來保護呢？當初，皇后被先君冷落的時候，又有誰來保護她呢？這都是老學士說的，他說皇后就靠著她堅韌的意志自己奮鬥出來。一個怎樣不屈不撓的女人。一個怎樣的女人典範和楷模。這便是後宮的女人，也是我自己。沒有別人可以依靠，甚至，沒有別人可以訴說。那獨立支撐的，是自己的生命。

婉兒便是這樣想著。一遍又一遍地回憶著太子說過的每一句話，甚至每一個字。她想著，解讀著，玩味著。她覺得想著太子的話就等於是在跟太子對話。是的，李賢，一個這樣的男人，就以他的肺腑之言俘獲了純眞的婉兒。然而他扭轉身就拋棄了她。讓她從此在白日夢裡，滿足著自己虛幻的慾望。婉兒不停地問著又反問著。她永遠也弄不清在她和太子的關係中，太子究竟在扮演著一種怎樣的角色。

那不過是一個秋天的夜晚，婉兒來到太平公主的府中。那是公主要她來的。她需要婉兒幫助她籌備一次兄弟姊妹間的聚會。

那時候太平公主對婉兒，已經有了種莫名其妙的感情和依賴。她覺得婉兒畢竟與母后身邊那些無知的宮女不同。婉兒的美麗大方和高雅氣質，特別是她非凡的才華，讓太平公主不得不佩服。再加上在她們越來越多的交往中，太平公主發現在她一籌莫展的時候，婉兒總是能爲她想出最智慧也是最有效的辦法，幫她渡過難關。這樣久而久之，太平公主就在欣賞婉兒的同時，又開始依賴她。事事處處需要婉兒爲她出謀劃策，慢慢地她們眞的成了好朋友，那種無話不說的閨中姊妹。

那時候，太平公主和她的哥哥們的聚會越來越多。那因爲大哥李弘的突然死亡，使他們兄妹之間也突然都覺出了一種潛在的危機。於是那種惺惺相惜的感覺油然而生。大哥的死使他們意識到，他們中的哪一個說不定哪一天就要離他們而去。所以他們不停地聚在一起。他們彼此相愛，手足情深，他們之間那種深刻的血肉鑄成的感情，是歷朝歷代都很少有的。而且以武皇后的殺人不眨眼，她的兒女們卻是如此地團結如此地和睦相處，這是古往今來的歷史學家們都很難理解的。

高宗李治和武皇后的這五個兒女，確實是在一種異常和睦的環境中長大的。首先李治就是個溫和慈愛的父親，所以他從小要求他的兒女們友好相待。那是因爲李治親歷了他的兩個親哥哥爲了王位的相互殘殺，最後兩敗俱傷，雙雙滅亡，反而讓他坐享其成登上皇位。儘管那已經是幾十年前的傷心往事，至今李治一想到那兩個哥哥的彼此攻訐殘暴傾軋，就不禁心有餘悸。所以，他不停地對他的兒女們說要友愛，要珍視這血脈相通的手足之親。他說，朕不想在自己的家中看到親人的血。他還說那血終究會報應的。要以血還血。孩子們因爲熱愛父親所以他們便信守著父親的教誨。久而久之，這手足之情便成爲他們的一種生命的原則，他們是寧可自己遭遇不幸，也絕不會傷及他們的兄弟姊妹的。

在這個和睦的皇室家庭中，來自另一個方面的關於相親相愛的教育，是他們的母親。儘管武曌在人們的心目中是一個殺人成性的魔鬼，儘管她在後宮和朝廷的沉浮中確曾濫殺無辜，甚至殺害自己無數的親人，但是，她是愛她自己的孩子的。她便是因爲這愛才去殺人。而她殺人的目的無非是爲了保護她自己；而她也只有保護了自己，才能保護她的孩子們。這是武皇后的另一種愛。也是眞愛和深愛。她是犧牲了自己名聲，是把自己捆綁在罪人的恥辱柱上，才換回了她的孩子們的安全的。她能不去殺那些進犯他們這個和睦家庭的敵人嗎？她能不挺身而出去殊死搏鬥嗎？ 也許是武皇后殺的人太多了，她所親歷的殺戮也太慘痛也太切膚太觸目驚心了，所以她一邊殺人，一邊又不斷地告誡她的孩子們要相親相愛，同舟共濟。有時候她的指縫間還滴著他人的血，她就在她的孩子們中間大談手足之間的仁愛。於是，她的孩子們果眞就在那一片祥和中長大，看不到慈愛的母親身後已經是屍骨成山。直到，他們的大哥在那次家宴中突然殞命於母親的懷中。

孩子們被嚇壞了。這是他們在這個本來和睦團圓的家庭中第一次經歷了親人的死亡。那麼輕易地，大哥就死了。他們兄妹都目睹了那死亡。他們也都哭了，以至於弘的葬禮之後很久，他們都不能相信他們的哥哥從此就沒有了。他們就再也見不到他了。他們因此而絕望。同時覺得他們的家庭從此就殘破了，而破鏡難以重圓。

所以他們才會常常相聚。爲了這短暫的能夠團聚的時光。兄弟們有時候會喝酒，喝醉。一開始，他們只是爲了忘掉大哥；而到了後來，他們在酒醉的時候，就敢壯著膽子發出疑問了，究竟是誰害死了大哥？

就是在這樣一個秋天的夜晚，婉兒來到了太平公主的府中，幫助公主準備那次兄妹之間的聚會。

太平公主對婉兒說，母后也會來。

婉兒很驚訝，她問，平時不只是你們兄妹幾個嗎？

是爲了二哥。太平公主說。

爲了太子？太子怎麼啦？

是我強迫他來見母親的。

太子和皇后不是每天都要見面嗎？

但是你難道就感覺不到他們之間的緊張嗎？你整天在母親身邊就看不出來？二哥越來越疏遠母親了。

那是因爲太子很忙。他在忙著注釋《後漢書》，無論如何那是一項很浩繁的工程。

那是他的托詞。我太了解二哥了。他是在有意疏遠母親。就像是大哥曾經在朝堂上當眾羞辱母親。他們這些人也不知是怎麼了。難道母親會不愛自己的兒子？這朝上就是有些人總是在挑撥他們母子之間的關係，而二哥竟然聽信了他們這些奸佞的讒言。他其實一點也不知道，母親是怎樣看重他。或者他根本就不想知道。

公主這麼一說，我倒眞是想起來了，在政務殿皇后問太子修注《後漢書》的事時，太子說，母親隨時可以搜查。當時我們都覺得太子的回答很冒犯。想不到皇后還是和顏悅色，說，是聖上想親自賞賜太子和太子府中的學士們。

二哥就是不知道怎麼了。不過婉兒，這些千萬別對別人說。這只是我自己的感覺。我只是不想在我愛的人中間這麼劍拔弩張的。我只是再也不想失去親人了。我只想母親和二哥能和好。所以婉兒你要幫助我。席間盡量爲母親做幾首好詩，讓她高興。同是你也可以悄悄地勸勸二哥。

我？勸太子？那怎麼可以，他不會聽我的。

怎麼不會？看得出的，二哥喜歡你。當然三哥、四哥也都喜歡你。

公主快別瞎說了，婉兒只是一個奴婢。

你可不是一般的奴婢。這一點，不僅母親，我們兄弟姊妹都知道。好了，去迎接他們。

然後便是席間。

武皇后款款而來。她雖然已年過五十，但卻依然美麗，是那種氣勢恢宏而又太平盛世的美麗。她素衣素裙，溫婉柔和，特別是和兒女們在一起時的那一份隨意隨和，使人很難想像她垂簾聽政時的那一份威嚴與霸氣。但眉宇間的堅毅卻依然還在，還有她的智慧所閃爍出的那誘人的光輝。一家人在席間果然快樂。大家在親情的籠罩下談笑風生，並舉杯祝聖上龍體早日康復。婉兒就侍奉在皇后的身邊，她雖然身爲侍女，大家卻也不把她當下人看待。

婉兒注意到了在這樣的場合，皇后是怎樣主動地和太子交談。她總是親切地向太子問這問那，她的那一份親和的願望和努力有目共睹。但是。令所有人不安的是，太子自始至終的那種不合作的態度。整個席間，他沉默寡言，不苟言笑，對母親的問話，也只是回答得異常簡單，有時候乾脆就是「是」或「不是」，不僅弄得母親很尷尬，兄妹們也全都很掃興。李賢的不冷不熱不鹹不淡不卑不亢，使太平公主精心籌劃的這場家宴幾近不歡而散。當武皇后不得不起身黯然離去的時候，婉兒看見太平公主狠狠地捅了李賢一下，他才主動地走過去送皇后。

李賢是攙著皇后的手臂送她下石階的。婉兒看見了在那個瞬間，皇后是怎樣緊緊地抓住了她這個兒子的手，就彷彿李賢的手是她在遭遇沒頂之災時的救命的稻草。皇后好像還想對太子說點什麼，她可能想說，李賢，你是我的兒子，我是愛你的。但是還沒有等皇后把她想說的話說出來，李賢就陡然抽走了他的手，害得皇后差點跌下石階，幸好有婉兒和太平公主扶住了皇后，就在皇后即將跌倒的瞬間，婉兒從皇后的眼中看到了一道凶光。不過那凶光轉瞬即逝。那是所有的人都不曾見到的。而婉兒已經爲太子的生命擔憂了。

然後武皇后恍若無事般在侍女們的簇擁下，離開了女兒的家。她可能有點黯然神傷，那是寫在皇后臉上的一種表情。李賢可能也看見了，或是對自己的抽出手臂有幾分自責，所以他一直默默跟在皇后身後，直到皇后踏上她豪華的車輦，李賢才說，皇后走好。

李賢就那樣佇立在秋的暗夜中。四野是蕭蕭落木。那是很悲涼的一種景象。李賢不知道爲什麼有點想哭。他當然知道男兒有淚不輕彈，但是，他知道無論他和母親都已陷入絕境，他們母子都已在劫難逃。

什麼叫皇后走好？太平公主怒氣沖沖地對著太子喊。你就不能叫她母親嗎？難道她不是你母親嗎？

我稱她什麼，用不著你來告訴我，可是你並沒有告訴我，在咱們的聚會中你會叫她來。

她來怎麼啦？

她來我就不會來。

母親就這麼叫你害怕？

我是不知道這個家中誰又會死在她的手下。

你怎麼能這樣說母親？你就那麼恨她？

她不是我們的母親。至少不是我的母親。

可明明是母親生下了你，生下我們大家。

大哥也是母親生的。她比對我們任何一個都更寵愛他，又怎樣？

你懷疑母親？

不，我只是懷念大哥。

大哥不是母親殺的。太平公主高喊著。

但願不是。可是大哥還是死了，把東宮的苦難留給了我。

可你是王位的繼承人。這時候英王李顯走了過來，他也覺得李賢對母親太苛刻了。

拿去好了。英王相王，你們誰喜歡誰就拿去好了。我寧可不要這個王位。而且說不定是那個女人在時刻覬覦著父親的皇位呢？所以，你們懂繼承人意味了什麼嗎？就意味著刀已經架在你的脖子上。大哥已經解決了，接下來就是我了，是你們。

二哥，求你不要這樣說母親。我知道母親是愛你的。太平公主流著眼淚懇求著。

她更愛她的權力，而我們是她最終登上權力高峰的障礙。

二哥你爲什麼要這樣說，我不想看著你和母親這樣，我愛你們。太平公主哭著趴在李賢的胸前。

那一刻太子的眼睛裡也是淚水盈盈。但是他強忍著。他推開了那個哭作一團的小妹妹，他說，原諒我，告辭了。

李賢說過之後，便義無反顧地朝外走。

不，二哥，你別走。我知道你不開心。可我要你來，是爲了讓你高興的。太平公主趕緊叫身邊的婉兒，去攔住他。我有話要對他說。

婉兒便追了出去。在蕭瑟而寒冷的晚風中。滿目飄零的落葉，就像是一首哀悼的長歌。這時候李賢已經走出太平公主的大殿。他不停地向前走著，向前走著，他不知自己走向的是地獄還是天堂。他就這樣茫然地走著。他想不到婉兒會突然出現在他的面前。攔截他。

婉兒，怎麼會是你？你沒有和母親走？

是公主要我留下。也是公主要我請太子回去。她想告訴你，她的這場家宴是專門爲你安排的。她不想傷你的心。

怎麼會是爲我？是爲了皇后吧？

太子你難道看不出公主是怎樣愛你嗎？她不想再失去一個哥哥，不想再失去你了。她說你是她愛的兄長，太子，回去吧，別叫公主傷心。

是別叫我母親傷心吧。你回去，告訴太平，別再費心了。什麼都無濟於事。是我自己。我不想再當玩偶了。

可是皇后是信任你的。婉兒說 。

你知道什麼？你怎麼配說我們家裡的事？你不過是她身邊的一個小奴婢罷了。

我是奴婢也罷，賤人也罷，但我知道，皇后是信任你的。她不止一次當著滿朝文武百官誇讚你，說你才是堪以大任的太子。

這眞的是她說的嗎？好一個聰明的婉兒。你竟然聰明到連她的虛情假意都聽不出來了。她不過是說著玩的。一個太子算什麼？我不過是不幸被她拿在手中的一個小蟲子，隨時隨地都會被她捏死，碾碎。她捏死我將易如反掌。你跟她這麼久難道還看不出來嗎？所以我想掙脫，我想反抗，就是死也死得光明磊落。說什麼我是堪以大任的太子。那眞是騙人的鬼話。我其實根本做不了什麼皇帝，這一點你看得清嗎？她不會隨便把皇位給任何人的。就是父親死了，也不會讓我繼位。不單是我，我們兄弟誰也得不到皇位的。因爲我們有母親。因我們的母親太偉大也太殘酷了。爲了那個皇位，她竟然不惜殺了她的親兒子。婉兒，相信我，她會一個一個地殺下去的，而最終，她是要登基稱帝，開天闢地，一個多麼偉大的女皇啊！這一點你也看清了嗎？反正我是看清了。她生下我們兄弟就是爲了在她通往皇位的路上陪著她玩的。可是我累了。我也沒有那麼愛她，我們至高無上的母親。所以我不願伺候了。看到了嗎？婉兒。她給我們兄弟留下的，只有兩條路，要嘛唯唯諾諾，屈辱一生；要嘛，就只有死路一條。

可是太子，你爲什麼非要往死路上走？

因爲我沒有活路。

當個傀儡，有什麼不好？

我不願意，那不是我的性格。

你只需苟且幾年，皇后總有……

婉兒，是你嗎？我這才知道你的厲害，你是想說皇后總有老死的一天，可是她要是不死呢？

李賢一步步走近婉兒。他幾乎就要貼住婉兒的身體了。然後他低下頭，在婉兒的耳邊低聲說，可惜的是我等不到那天了。除非我先殺了她，我又不願讓她的血弄髒了我的手，弄髒了我的一世英名。

婉兒一步一步地後退著。她還從來沒有被一個男人挨得這麼近過。她有點害怕。又有點渴望。她的心怦怦地跳著。她說，太子，太子，你還是回去吧。

回去？你讓我回去？公主不是叫你把我帶回去嗎？

可是，可是太子你喝多了，你還是回家去吧，啊……

你說什麼？說我喝多了？我說了什麼不該說的話嗎？你完全可以去告密。

不，太子，我不是這個意思。

那你是什麼意思呢？婉兒！

這時候太子李賢突然把婉兒緊緊地摟在懷中。他使勁地抱住婉兒，不讓她掙脫。然後他便親吻著這個被嚇壞了的女孩。他親吻她撫摸她，男人的那一套太嫻熟了，他甚至把他的手伸進了婉兒的衣裙，他甚至觸摸到了婉兒那正在發育的青春的乳房。那是李賢不能抑制的一種慾望，一種男人的慾望。他感受著那個不停掙扎而周身顫抖的女孩，感受著他的正在變得僵硬的舌頭是怎樣在婉兒那甜澀而柔嫩的口中橫衝直撞。李賢瘋狂地侵襲著婉兒。他知道婉兒是他夢寐以求的。他就那樣任憑他的慾望蹂躪著婉兒。他前進著，踐踏著。他的慾望勃起著，而婉兒，終於抵擋不住他的劫掠，而在他的臂腕中癱軟下去。月光下，婉兒的那麼蒼白的臉，和被他撕扯開的衣服裡裸露的那麼美麗的乳房。

李賢抱住幾乎昏厥的婉兒。他突然不再親吻她也不再衝撞她。他把婉兒被他弄得零亂的衣服整理好。他就那樣把婉兒緊抱在胸前，等著她從那從未經歷過巨大的歡樂中醒來，然後在婉兒的耳邊輕輕地對她說。

他說不能不能你不是那樣的女人。不是我們男人想要的那種女人。我是那麼看重你，所以我們不能這樣。別以爲我不在乎你。婉兒，我從第一眼看見你就愛上了你。你是那麼與眾不同又是那麼光芒四射。從此你就一直吸引著我，讓我情牽魂繞，又欲罷不能。給我力量，讓我能抵禦這強烈的愛。婉兒，說你也愛我，你也願和我同生同死。但是，不。婉兒我知道你是誰。我也知道你從哪裡來，又將到哪裡去。你和我一樣是生而不幸的人。你本來應當是滿懷著仇恨的你應當是背負著復仇的神聖使命的，然而，你的眼睛裡爲什麼竟充滿了對她如此愛慕甚至崇拜？連這些也和我一樣。是的是的我崇拜她。那是她永遠也不會知道的她永遠也不會知道我是怎樣深愛著她。她太美也太卓越了，她才堪稱那個偉大而非凡的女人。有時候我想我寧可死在她的手下。就像李弘。李弘死前的目光說，他是心甘情願的，只要能躺在她的懷中。你看婉兒我什麼都對你說了。我爲什麼要對你說這些，你我是那麼陌生。是因爲你的眼睛。你的眼睛是那麼純潔清澈，能濾掉我心中的全部恐懼和憂傷。它們是那麼美。美而柔順，讓我覺得望著那雙眼睛時，心裡是透徹而安全的。婉兒知道嗎？這就是你。恐怕連你自己也不知你是怎樣地好，怎樣地聖潔而崇高吧。所以和你在一起的時候，我就只想把心裡的事全都對你說。我每時每刻都切盼著能和你這樣在一起，但是我又怕見到你，你不會知道那將會是怎樣地不幸。我說過這不是遊戲而是生死存亡。縱然你有千般智謀，這世間又有誰能逃得過她的掌握。沒有人知道我住在東宮是怎樣的苦。像牢籠一樣地，每分每秒都置身於她的監控下。我就像是生活在一個透明的房子裡，哪怕我穿戴整齊也一如赤身裸體，能理解這樣的感覺嗎？所以我只想逃走，只想著遠離她。我只有離開她才能感覺到我活著，我存在，否則我就只能是一個玩偶，或者，行屍走肉。我憑什麼要整天埋頭於注釋《後漢書》，耗費掉生命中的大好年華？我本來是慾望著海闊天空的，或者大丈夫戰死沙場。然而生爲她的兒子，我就只能是躲在這枯燥沉悶的故紙堆裡，讓我的勇敢和雄心淹沒在這無能與無奈中，能理解我嗎？婉兒，婉兒你在聽我說嗎……

婉兒就那樣被緊抱在李賢的懷中聽他訴說。她剛剛從那一陣巨大的狂喜中擺脫出來。那是她從未經歷過的一種女人的震撼。她的身體被零亂著。那麼瘋狂而熱烈的一切，那一切幾乎使婉兒窒息。然後她終於被那個男人放棄了。他珍愛她，讓她躲過了她很可能躲不過的女人的那一劫。現在好了一切都平息了她被他摟抱著只聽訴說。那又是怎樣的一重深邃的境界。一切是那麼平靜。平靜而悠遠，就彷彿這傾聽與訴說並不是發生在他們兩人的中間。多麼好，在這個秋天的夜晚。那個略帶酒氣的年輕的男人的氣息。婉兒哭了。爲了那個男人對她的信任爲了他和她的平等。婉兒任憑著李賢對她所做的一切，一切。無論是他的強暴還是他如此深情的傾訴。於是婉兒也慢慢抬起她的手臂。那是第一次，她主動伸出手臂從身後抱住李賢。這樣她就能更加切膚地感受到她對面的這個男人了。她知道她也愛李賢。深愛他。那一刻，她想無論發生什麼，無論她作爲皇后的侍女而與太子如此接近會惹來怎樣的殺身之禍，她都顧不上了。她只要能這樣和李賢擁抱在一起。她只要李賢能撫摸她親吻她把當作親人對她訴說。她只要能和李賢生生死死地在一起。她只要他們能長相廝守，天長日久，不，哪怕單單是這一刻，她寧可爲這一刻去死……

然而，李賢卻突然放開了她。李賢不僅放開了她還把她推得很遠。婉兒驀然睜大眼睛。她看著對面的太子，不知道在他們之間又發生了什麼。這到底是一個怎樣的秋夜，婉兒不知道。但當她聽到了另一個男人的聲音後，她扭轉頭，才發現英王此刻就在他們身後。英王顯得有點尷尬侷促。爲剛才的那一幕。他是無意間看到太子和婉兒擁抱在一起的。那一刻他簡直不敢相信自己的眼睛。是英王李顯主動提出來要找二哥和婉兒的。他覺得他們離開得太久了，尤其是婉兒，他不知二哥是不是會傷害婉兒，他是不想婉兒受到傷害的，哪怕婉兒僅僅是個母親的侍女。

李顯有點尷尬地站在那裡。站在那突如其來的、他毫無準備的一幕前。他在他們的對面顯得有點孤立，有點無望，於是，李顯扭轉身就走了。他先是退著。搖著頭。他不相信。然後便轉身跑走了。

是李賢從身後叫住了李顯，他說，三弟，你回來。帶這個女人回去。就像她說的，我確實喝多了。把她拿去吧。我告辭了。

可是，要不要送送你？李顯怯怯地問。

你不必介意。懂嗎？李顯。她不過是個奴婢。過來，拉住她的手，帶她回去。她可以是任何人的，對嗎？三弟？只要是別觸犯了母親。

二哥，你怎麼能這樣對待婉兒？

我該怎麼待她？把她看作是公主嗎？可惜她沒有這個命……

李賢踉踉蹌蹌走出了太平公主的庭院。

而李顯果然走過來拉住了婉兒的手。他看見了婉兒的滿臉淚水。李顯輕輕地摟住婉兒，用衣袖抹去婉兒的眼淚。他不知該怎樣安慰這個抽泣不已的小姑娘，他說，你別哭了。別理二哥。他眞的喝多了。他本來不是這樣的……

婉兒卻奮力掙脫了李顯。奮力掙脫了那如此溫暖的關切。她獨自跑進太平公主的大殿。把那個無比關切的李顯丟在身後，丟在寒冷的秋夜中。婉兒之所以不顧一切不計後果地拒絕了李顯，因爲在那一刻她確乎是有著一種不顧一切的心情。哪怕死。她被李賢的那麼深刻的愛和那麼無情的嘲弄逼迫得幾近瘋狂。她不知道李賢是愛她還是恨她，更不知道李賢對她的愛是眞實的，還是對她的貶低奚落是眞實的。如此的起起伏伏，恩恩怨怨，婉兒眞的被李賢弄糊塗了。但是她愛這個男人。強烈地愛。她是平生第一次被一個男人擁抱，親吻，和撫摸。像夢一樣。她希望能永遠待在那個夢裡。她不喜歡她的這個夢寐以求的夢被打破。她不能忍受英王李顯愚蠢地跑來就打碎了她的夢打碎了她的心。所以她恨李顯。那種發自生命的切齒的恨。她怎麼能被那個破碎了她的夢的人安慰呢？她怎麼能繼續和他一道待在秋夜中呢？所以她跑了。她傷害了李顯。她也許知道李顯對她的那一片深情。她也許還知道李顯是不會傷害她的，所以她才敢狠狠地傷害李顯。

婉兒一回到太平公主身邊，臉上就綻出了一團燦爛的微笑。哪怕那微笑背後全是眼淚，但是婉兒笑了。婉兒的微笑讓李顯倒吸了一口冷氣。那是他又一次想不到的。他想他猜不透這個女孩子。他想她眞是深不可測。

婉兒回到了皇后身邊，已經是午夜。婉兒想不到直到午夜，皇后竟還在等她。

那時候婉兒已恢復了她心中的平靜。那是婉兒在皇后身邊所必須保持的一種心境。那是因爲她了解皇后。她知道她該以怎樣的心情，和這個她既懼怕又崇拜的女人打交道。

婉兒回來的時候已經很晚。她照例要到皇后的寢殿通報她的返回。她覺得很累。是心的很累。那種莫名的興奮的和莫名的恐懼擠滿了她的心。那是種剪不斷理還亂的思緒。折磨著她，讓她無所適從。

她輕輕走進皇后的寢宮。寢宮的大殿裡亮著幽暗的燭光。大殿裡靜極了，只有幾個值夜班的宮女在門口守候著。婉兒想皇后一定已經睡了。她想報到後她也要儘快回她自己的房間，她只想獨自想想這個晚上究竟都發生了什麼。想不到婉兒剛剛走進皇后寢殿的大門，就有神色嚴峻的宦官迎上來，說，你怎麼回來得這麼晚？

是殿下要我留在太平府上的。

皇后一直在等你，宦官的臉色變得更嚴肅。

皇后等我？她還沒有睡？婉兒一下子有點慌張。她不知皇后在等她是不是和她回來太晚有關係，婉兒這樣想著，竟發起抖來。因爲畢竟在那秋的寒冷的暗夜中，在太子的瘋狂的擁抱中，聽太子說了很多皇后的壞話，她不敢相信在萬籟俱寂的黑夜中，竟也遍佈著皇后的耳目，她想這樣的皇室實在是太可怕了，就像太子語重心長對她說起的那樣，到處都暗藏著殺機。那殺機無所不在。

婉兒怕極了。她怯怯地望著宦官，公公，皇后找我有什麼事？

殿下從公主府一回來臉色就不好，公主那邊究竟出什麼事啦？

沒有啊，皇后走的時候很平靜。

快去吧，誰知道這宮裡是怎麼回事？就沒有一天安靜的日子。你也小心才是。

婉兒怯怯走進皇后寢室。果然武曌獨自坐在燈前。在幽暗的光下，皇后顯得柔和美麗又難掩滿心憂傷。她和顏悅色地讓跪拜的婉兒起來。然後，她問她，那邊剛剛才散？

是，是的，殿下。

太子也是剛剛才走？

不，殿下剛走，太子就回東宮了。

他不開心？

奴婢不知道。

你不曾看出他恨我？

不。奴婢沒有。

你也沒有聽到他指責我？

不不。奴婢什麼也不曾聽到。

他是在指責我。他眞的恨我，婉兒你難道看不出嗎？很多年來，他總是千方百計躲著我。他先是苦熬六年注釋范曄的《後漢書》，將我拒之於他的學問之外；好不容易將這項工程完成，他又閉門東宮，對朝廷上的事不聞不問。後來我請他來這邊坐坐，他也從來不肯過來。我是什麼？不說我是在替聖上執掌朝政，就憑我是他的母親，他難道就不該來看看我嗎？他將這爲臣爲子之道，全不放在眼中。再後來，他就派人殺了我的正諫大人明崇儼。明崇儼招他惹他了？不過就是說了句太子滿臉憂怨之氣，不宜做天子的話。明大人說說又何曾奈何他。這天下不是我和聖上的嗎？我和聖上不是欣賞他的嗎？如今這樣自毀前程倒是讓明崇儼說中了。一個天子，怎麼能氣量如此之小？而他又如此濫殺無辜，婉兒你說，聖上能把皇位輕易傳給他嗎？婉兒你怎麼不說話？

殿下是要奴婢說？

是的，我就是想知道你是怎麼看的。

可是……

沒有什麼可是，你就說吧。

那麼，奴婢以爲當朝太子容止端雅，天性穎悟，每每涉及朝政，總是處置英明，深得滿朝文武的讚美。何況聖上……

我不是要聽別人怎麼說他，我是想知道婉兒你，你是怎麼看他的？這大唐的社稷可以放心交給他嗎？

奴婢認爲，太子是一個値得堪以大任的人。他有果敢，有建樹，有浩天長虹之勢，一旦擁有皇權，定然會成爲有作爲且英名永存的一代君王。

就是說，這皇權可以放心交給他了？

只是，奴婢覺得太子不知道爲什麼，他總是不能善待自己，總是不能好好對待他所擁有的這一切。皇后所用「自毀」那個詞，婉兒以爲用在太子身上，實在是再恰當不過了。可能是太子太有個性，或者是太看重他做人的尊嚴了。不。奴婢這是妄加評判。

你說的有道理。李賢太任性了。或者聖上從小對他太過於寵溺了。反而害了他。

不過，以奴婢的觀察，太子是愛皇后的。

愛我？他愛我爲什麼總是逃避我？他愛我爲什麼總是意氣用事？他愛我怎麼不履行他太子的義務和職責？他如果眞的愛我，又爲什麼要殺了那明崇儼？

殿下，明大人不一定是東宮所殺。

那麼是我在猜忌他啦？這樣的不擇手段不是東宮所爲又會是誰呢？他是怕他的王位繼承權被他的兄弟搶走。

據婉兒所知，太子與他的兄弟姊妹一直相親相愛。而且，太子確實無意爲了太子的位置而在兄弟間劍拔弩張。他甚至根本不想做這個太子，他……

他還對你說了什麼？

殿下，太子眞的很愛您。他崇拜您。他說您太美麗也太偉大了，他甚至說，您是天下的男人都很企及的，那種非同凡響的女人……

這眞是他說的？

是太子親口對奴婢說的。

他竟能對你說這些？

不，沒有，是奴婢無意間聽到的。

婉兒，你不用緊張，你即或是他的紅顏知己也沒有什麼不好。其實賢兒是値得女人去愛的男人。可惜他宮裡的那些女人都太俗氣了，所以他可以和她們生兒育女，卻不能和她們心有靈犀。自然，她們也不會給他什麼好的影響。他喜歡女人，但卻遇不到你這種明敏聰慧的女人。婉兒，幫助我，去勸勸太子。既然他能夠對你說出那些肺腑之言，他也能聽進你的勸告。讓他知道，我並不想傷害他，更不希望看到日後的某一天，是我把他從東宮趕走。太子是我的兒子我的血肉，但國家社稷肯定比一個爭氣的兒子更重要。這是北門學士們所寫的《少陽正範》和《孝子傳》。是我讓他們寫的，在某種意義上，也是專門爲李賢寫的。過去曾幾次請人帶給他，希望他讀了之後能從此了悟做太子的規矩和做兒子的德性。可他反而與我更加疏離，每每問起，他也總是抵拒搪塞，顧左右而言他。做太子就是要有太子的規範，怎能如他這般自行其是，忘乎所以，那國家不知會被他蹧蹋成什麼樣子了。天下不是兒戲，而是生死存亡。我從小就對他說過，可惜他至今不堪造就。婉兒，明天你替我把這兩本書再送到東宮。要親自交到太子的手中。告訴他，我只希望他能珍惜他所擁有的這一切。這一切都是我給他的。包括他的生命。我可以給他這一切。但同樣我也可以拿走。只是，他不要逼我……

婉兒托著那兩本書垂首而立。

好了。你可以走了。我也要睡了。明天還要早朝。聖上的身體越來越不好，可是我的兒子們又是這麼不爭氣。彷彿生下來就專門爲了和我做對。賢兒什麼時候才能懂得社稷意味了什麼呢！

武皇后疲憊的神情。

婉兒走過去吹滅了那幽暗的燈。婉兒離開的時候百感交集。心的深處是不盡的悲傷。

婉兒不知道她同情的是皇后還是太子。不知道從什麼時候開始，婉兒就被突然地捲入了皇后與太子的爭鬥中。在那個劇烈旋轉的渦流中，婉兒被裹攜著，被挾持著。她被擠在了一個透不過氣來的夾縫中，承受著從皇后和太子兩方面壓過來的對對方的仇恨與咒罵。

婉兒無所適從，而又滿懷著期待。正因爲她被敵對的每一方勢力都視作朋友，所以，她便也心血來潮，決心做一回親善大使。可能是她太崇拜皇后也太看重太子，所以她非常害怕有一天，皇后和太子眞的會失和。她知道那將是一場怎樣的慘劇。那就眞的不是兒戲了。也不再是劍拔弩張的緊張狀態，而是，刀劍相向，人頭落地。那才是婉兒眞正不願看到的。她不能保證這一幕慘劇就不會發生。儘管她沒有看到那個先太子李弘的死，但李弘死的那悽慘卻是婉兒可以想像的。因爲六年來她已經太了解皇后了。她知道皇后的心有多高，手有多狠。皇后才是眞正的無冕之王，皇后也才是眞正的說一不二，不容異己。婉兒不能理解的是，李賢這個如此明達的太子，怎麼就不能看清他早已是身處險境，危在旦夕。哪怕太子的身後有著聖上的關愛聖上的器重，但畢竟聖上早已大權旁落且病入膏肓。太子怎麼能倚仗著如此虛弱的支撐去和那個實權的母親對抗呢？那麼太子不是主動往火坑裡跳，就是他困獸猶鬥，決心一死了。他不肯勉從虎穴暫棲身，更不想留得青山，地久天長。

婉兒作爲皇后的特使來到東宮。婉兒被阻擋在東宮空曠而冰冷的院落中等待。有戶奴向太子稟報婉兒的到來。但是婉兒並沒有很快見到太子。

其實婉兒對來見太子還是很緊張的。儘管她是皇后的特使，她有公務在身名正言順，但是幾天中發生的這許許多多的事情，還是讓婉兒對她與太子的見面感到了幾分恐懼。那是一種非常複雜的且難以言說的感覺。是她切盼著又害怕著的一種心情。但有一點足以給予婉兒勇氣，那就是當太子危如累卵的時刻，她要救助他。婉兒深知，在這種勢力的對抗中，皇后是不可撼動的，而可以勸說的唯有太子。所以她要勸太子，要說服太子，不要用他脆弱的生命，去撞皇后的鐵拳。爲尊嚴而粉身碎骨，未必就是眞的英雄。而大丈夫能伸能屈。總有一天，他會奪回大唐的政權。

婉兒這樣想著。她就不緊張了。她想她見了太子就對他說這些，她是來救太子的，是因爲她對太子的那一份深深的情意。婉兒這樣想著。慢慢她覺出了冷。她才發現已經好幾個時辰過去，而她還依然被冷落在東宮那個淒冷的院落中。已經是很深的深秋。天陰沉沉的，很冷。後來，天上就飄起了雪花。零零星星地，飛舞著。婉兒站在那裡。有東宮的家奴們偶爾從她身邊走過。他們的神情都很冷漠，沒有人告訴她，太子在做什麼？他爲什麼還不見她？

後來那深秋的雪越來越大。婉兒想是冬天了。雪落在她的身上頭髮上。再融化，化成冰的水，刺透著婉兒的肌膚。婉兒被那徹骨的冷侵襲著。她就在那冷中等待著。後來婉兒被凍得麻木了。她不僅四肢麻木連大腦也麻木了。她已經不知道她爲何而來。她已經沒有了衝動和慾望，她甚至想，生死有命，就讓太子與皇后的恩怨隨這漫天的大雪而去吧。

婉兒很蒼白。

她已經無所謂。

沒有愛也沒有恨。

她終於覺出了她的可笑。無論在哪兒，她其實不過是個奴婢。她怎麼可以對一個奴婢的作爲信心百倍，寄予厚望呢？

婉兒被凍僵的思維。她是在紛紛揚揚的大雪在太子的院落中鋪了薄薄的一層之後，才終於被帶進太子的寢殿的。婉兒很驚訝。她不知道爲什麼她要被帶進太子的寢殿。那是太子睡的地方。於是婉兒很警覺，婉兒儘管年輕但是她已經諳知這宮中的一切，所以她異常謹愼地向裡走著。那一片越來越深的白天的黑暗。婉兒想這裡不對，她不知道會發生什麼。婉兒的怦怦跳動的心，她想她怎麼能在這種地方把莊嚴而冷酷的《少陽正範》交給太子呢？這不是太子對皇后最大褻瀆嗎？

太子的寢殿很溫暖。有著一種婉兒所不熟悉的氣息，在吸引著她。那可能就是那種男人特有的味道。那當然是婉兒所陌生的。就像這寢殿。彷彿每一處都是迷宮。婉兒被帶著向前走著，她充滿了好奇，慾望，而又始終是冷靜的，冷靜而又小心翼翼。婉兒被帶到最深的深處，在那個黑暗零亂的大床邊，婉兒終於看見那個披著白色絹絲長衫的李賢。李賢的頭髮披散著，那樣的一種落拓失意，又是那樣的一種飄逸自然。婉兒在很遠的地方停步。身上的雪花在一片一片地融化著並溫潤著她。看見一個這樣的坐在床邊的太子，婉兒很震驚。而震驚之後的一種感動和溫暖又緊緊地包籠了她，於是婉兒向後退著，她已經不知道該對太子說什麼或怎樣說了。

太子離開他的床走向婉兒。他用一種放蕩的目光看著婉兒，那也是婉兒所不熟悉的。然後他摟住婉兒的肩膀對床上的什麼東西說，看吧，這就是我跟你說過的那個女人。

婉兒被太子這無禮嚇呆了。她睜大眼睛向床上看過去，才發現躺在床邊的，竟然是一個幾乎赤身裸體的男人。婉兒更加震驚。她儘管聽說過皇室中到處是狎戲戶奴的公子王孫，卻從來沒有眞的看見過。而她今天眞的看到了，而且是在她懷了一種莫名其妙的深情的男人的床上。

婉兒後來才知道，這就是太子十分寵愛的戶奴趙道生。太子對這個妖冶的男人始終懷有一種無法解脫的迷戀。儘管他已經妻妾成群兒女繞膝，但是他就是不滿足，他覺得那種男女之間的關係太過於平靜不夠刺激。所以他要趙道生。他或者只有在趙道生所給予他扭曲的愛和性中，才能眞正體驗到一種駕馭王朝的感覺。

婉兒簡直不敢相信自己的眼睛。或者說她被眼前的這一幕由兩個男人組成的淫蕩下流的景象嚇壞了。她哆嗦著。上牙碰著上牙。她奮力掙脫著太子的臂膀。她想逃出去，再也不看這令她噁心的場面。

太子怎麼能這樣？婉兒一邊掙脫一邊流著眼淚問李賢。

你要我怎樣呢？太子滿臉的不屑，說，像那個搶奪了李唐江山的女人期望的那樣，每天在書院中道貌岸然地讀那些聖賢的爛書嗎？就是眞的讀懂了那些爛書又能怎樣呢？

不，我不想看見你這樣。

你不想看見？你又有什麼權力不想看見？我怎樣了？我怎麼使你們這些猖狂的女人失望了？你是說他？不錯他是戶奴，但他卻是此世間最能理解我的人。只有和他在一起，我才能忘了那所有朝廷上的爭權奪利，才能忘了那個貪得無厭的女人。她把王朝拿走又能怎樣呢？這王朝難道就不再姓李，而會姓她那個微賤的武嗎？

就算是皇后在執掌著你們李家的江山，但是她每天辛辛苦苦做的也都是正經事。而太子在做什麼？太子或許眞像那個正諫大夫明崇儼所說，終是成不了大器。

我成了大器又怎樣？就能打倒她嗎？

沒有誰毀你。是你自己在毀自己。既然你不想要你的前程。那麼還要別人爲你操什麼心呢？婉兒說過之後轉身就走。她知道已經完了。結束了。所有的努力都將無濟於事。她看到了這一切。她知道太子已經無可救藥。

憤怒的李賢一把抓住婉兒。他說你回來。說說我的前程在哪裡？

你在逼她。

是她在逼我。你竟然連她在逼我都看不出了。眞是近朱者赤呀。說，是她在逼我。

你讓我噁心。這一回婉兒眞的掙脫了李賢。她也眞的厭惡了讓個讓她失望甚至絕望的太子。她奮力向外跑著。她一邊流淚一邊在心裡罵著李賢。她說你就這樣死吧。你就只配這樣死，和那個戶奴一道……

而你難道不是奴婢嗎？李賢從身後將婉兒攔腰抱住。他把婉兒緊緊地抱在懷中，然後在她的耳邊惡狠狠地說，別忙著走呀，主子交給你的任務還沒完呢。你不怕她賜你死嗎？她可是個什麼都做得出來的女人。拿來，不還是那兩本破書嗎？什麼北門學士？還不是一幫子庸才，走狗，她所豢養的御用文人。拿過來，把那兩本書給我，好向你的主子交差呀。

李賢從婉兒的手中奪過了那兩本書。他奪過來後，轉身就把它們扔進了那個正在燃燒的火盆中。火勢因爲那《少陽正範》和《孝子傳》而熊熊燃了起來。那是種怎樣熱烈的燃燒，燒著「正範」和「道德」。火於是發出呼呼的聲音。那是歡呼，那是洗禮。

然後李賢放了婉兒。他說好吧，就如實稟報你的主子，說太子和戶奴鬼混，還燒了皇后的一片苦心。

婉兒看著太子。她流著眼淚問太子，你眞不把你的生命當回事嗎？讓他走。讓那個讓人噁心的男人離開你。別這樣過日子。別把你自己的生命當兒戲，太子，婉兒求你了。

婉兒說著竟跪了下來。她聲淚俱下，她說太子不是在乎婉兒嗎？那就不能聽婉兒的哪怕一句忠告嗎？婉兒是愛慕太子的。只要太子讓那個戶奴走，婉兒情願以死相報。

你眞的願意爲我而死？那麼除了死你還能給我什麼？

婉兒連死都在所不惜……

那麼好吧。趙道生，你出去。我倒要看看這個奴婢她願意給我什麼？

接下來的那一幕便是婉兒自己也看不到的。如急風暴雨一般，她彷彿被蒙上眼睛，被按倒在一個不停搖盪的木船上。婉兒的衣服被撕爛。她幾乎裸體地和另一個赤身裸體的男人在一起。她被強暴著撞擊著凌辱著。那是她從不曾有過的和男人在一起的這樣的經歷。她身體所承受的那所有的暴行令她眩暈。她緊閉著雙眼。任人宰割。那深入骨髓的疼痛。還有那無法抑制的激情。在美與刺痛之間的，是婉兒油然而生的溫暖的愛意。她扭動著呻吟著。她無處可藏可躲她想逃走卻又瘋狂地眷戀著讓她傷痛的這一切。她那麼青春的身體。她的由嘴唇由乳房而傳導至全身的那麼深邃的感動。她想那才是她眞正想要的。她不顧一切，她寧可在這樣的時刻就死，就死在這個男人的懷抱中。

然而，又像從前。

突然地，太子從她的身體中遊離了出去。他站起身。離開了她，並把她的被撕爛的衣服扔給她。婉兒一如陷在了一個空洞的虛妄中。她甚至依然在喘息著，她身體中的亢奮還依然在她的神經中傳導著。

婉兒又一次不知道她在經歷著什麼。她怔怔地看著躲得遠遠的那個男人。

李賢把衣服扔給婉兒。他說快點，你快穿上。走。離開這裡。離開東宮。這裡早已是墳墓。所有的人都在醉生夢死地等待著那個終局。可是你不一樣。你是好女孩。誰都可以毀滅，但你不可以。走吧走吧。別讓我再看到你。也不要再捲進我們母子間勢不兩立的爭鬥中了。我已經不抱幻想。我決心抵抗到底。而你不該也拖進來，也如我般死於她的刀下。不。你已經夠不幸了。離開吧。離開這是非之地。離開我。你是無辜的。無辜者尚且如此，何況我們這些深懷罪孽的人。走吧。

婉兒離開。帶著滿身滿心的傷痛。又是一場夢。夢醒之後，婉兒的頭髮很零亂。

在皇后的政務殿。皇后得知婉兒回來，卻沒有停下手中的事情來問她什麼。她只是說你回來了。她只是抬起頭看了婉兒一眼就把她丟在一邊。她也許根本就不知道婉兒的心中是怎樣的思緒翻轉。她想將她所看到的關於太子的一切，一切的噁心都嘔吐出去，她不想從此在她的心中裝著那些骯髒和下流。

婉兒有點心不在焉地做著皇后要她做的事。有些事她總是做錯，做錯之後是皇后嚴厲的目光。婉兒不知道皇后爲什麼對太子的事絕口不提。婉兒惶惑著。直到皇后要離開政務殿，婉兒才鼓起勇氣，走向皇后。她想說關於太子，她想說她已經把《少陽正範》和《孝子傳》交給太子。可是婉兒還什麼都沒有說，她就已經是眼淚汪汪、泣不成聲了。

皇后的臉色依然很嚴峻。她不管婉兒是怎樣地心緒不寧，她突然問，怎麼會去那麼久？是太子不肯見你。

不，不是。婉兒不知道她爲什麼要爲太子辯解。

那麼是你有意耽擱了，你不知道這裡很忙嗎？

奴婢不是有意耽擱的。

是的，我知道。我知道你在東宮庭院中站了很久。下著雪。他是有意在折磨你。但是，婉兒，你知道嗎？那其實並不是在折磨你，那是他在蔑視我。

不，不，殿下，太子不是那個意思。

他是什麼意思我還不知道嗎？然後，你在他的寢殿見到了什麼？

婉兒睜大眼睛望著皇后。她簡直不敢相信東宮裡竟遍佈著皇后的耳目。婉兒這才第一次領教了什麼叫隔牆有耳。她驟然之間非常害怕，她不知皇后的耳目還看到了什麼……

然後皇后很平靜地問婉兒，在那裡你是不是看到了太子的一個戶奴？

不不，奴婢沒有看見什麼，奴婢只是把殿下送給太子的書交給太子。

你不必爲他遮掩。他玩戶奴在宮裡已是人盡皆知了。也許只有你不知道。今天你也看見了。

他就想讓我們這些愛他的人，看到他是怎樣地下流無恥，不可救藥。他就是要用他的這些醜惡來傷我的心。我太子解太子了。現在這朝廷上下、皇室內外，唯有一人不知太子的邪惡，那就是聖上。唯有聖上被蒙在鼓裡，不知道他如此器重的兒子是怎樣和他一樣，也病入膏肓了。只不過聖上是病在身上，而太子是病在腦子上。他想得太多，也太複雜了。以至於他不願做一個像樣的太子。幸好沒有人把李賢的劣跡惡習稟報聖上。那會把聖上氣死的。所以你不必爲太子遮掩。他的羞是遮不住的，他已窮途末路。告訴我，他見到那兩本書後都說了些什麼？他是不是又在罵我？是的，你不用說我就知道太子的臉上是怎樣一種輕蔑嫌惡的神情。婉兒，你說，太子還有希望嗎？而我辛辛苦苦操持的這大唐社稷，敢交給這樣一個荒淫無度而又不思進取的太子嗎？

武皇后語重心長。說到傷心處不禁落下淚來。

婉兒不知道該怎樣回答皇后。但是她知道太子的墮落確實讓皇后傷心絕望。到了此刻，連婉兒自己都無法說清是否能把社稷交給那個自暴自棄的東宮儲君。她很難過，也很無望，在皇后的眼淚和悲傷中，婉兒再也控制不住自己的滿心傷痛。她便也眞的哭了起來。她不知該對垂淚的皇后說什麼，怎麼說。她理解皇后，理解一個母親對不爭氣的兒子的那份失望的心情。婉兒不停地哭著。她不想在皇后面前再隱藏什麼。她不想把那一切因太子而生的痛苦和鬱悶再彆在心裡了。她想她和皇后是彼此理解的，她們是同病相憐，是同樣的痛心疾首。婉兒哭著，她驟然覺得在她和皇后之間有一重新的關係。那是超越於主僕的，是那種很親近的彼此相知、肝膽相照的關係。

也許婉兒與武皇后確乎是有著一種神秘的能夠相互感應的關係。因爲當婉兒想著她們之間的這一份知己的時候，武皇后也伸出手把婉兒攬在了她的懷中，她輕輕地拍著婉兒抽泣不已的肩背，輕聲地對她說，好了，孩子，別哭了。她讓婉兒的頭靠在她在她已經有點乾癟的胸前。她說，我知道你很痛苦。太子讓你失望了吧？你覺得你的心被他弄碎了，你本來把他當作神一樣的男人來崇拜的。李賢確乎是個好孩子。多年來聖上如此地看重他不是沒有道理的。

但不知道他突然被什麼蒙住了眼睛，他從此就只有一個念頭那就是背叛我反抗我。他爲什麼要這樣？我不是他的敵人是他的母親。然後他就像這樣開始蹧蹋和毀滅他自己。他就是這樣毀滅給我看的，讓所有愛他的人傷心，這就是他背叛我反抗我的方式。唯一的方式。燒了他自己的生命的船。

皇后感慨萬端。她可能覺得她的滿肚子苦水沒有人可以訴說，而唯一，面對著她女兒一樣的這個小小的宮廷侍女，皇后竟然有一種想要傾訴的慾望。她把婉兒輕輕地摟在胸前。她說婉兒，讓我告訴你一段我所經歷過的痛苦往事。已經幾十年過去，卻彷彿就在眼前。是賢兒。是賢兒使我經歷過的那段痛苦的往事歷歷在目。那時候我還剛剛進宮。是先皇李世民選進來的宮女。那是第一次，我走進先皇的甘露殿。我不知道，就在白天，先皇剛剛下令血洗了東宮。那是怎樣的慘烈。東宮屍橫遍地，血流成河。那時候住在東宮的是太子承乾。

承乾是先皇的長子，也是他最最看重的兒子。承乾名正言順地住在東宮。就像賢兒。但是，那個承乾一母同胞有著手足之親的弟弟青雀卻一直在覬覦著太子的位子。於是他每每羅織罪名，陷承乾於不義之中。於是承乾走上了自毀之路。他同樣變得古怪孤僻，憂心忡忡，以至於常常不辭而別，到終南山上騎馬狩獵，不參政上朝。他甚至也開始狎暱一個叫稱心的戶奴。承乾越來越離譜的舉止，讓先皇又憤怒又痛心。那一場東宮的殺戮實在是刻骨銘心。

稱心就被攔腰斬斷在承乾的面前，那時候承乾絕望的撕心裂肺的喊叫聲一直在皇宮縈繞著，而東宮的血腥之氣也是數月不散。就在那個晚上我第一次見到了太宗。太宗似乎一下子就衰老了，那苦痛和深深的絕望也是溢於言表，揮之不去。就在那個夜裡，先皇終於下決心，要廢太子爲庶人。那個夜晚我始終銘記，但是到了今天，我才眞正地理解先皇當時的痛苦和絕望。承乾也是先皇的親兒子。爲父母者，不到萬不得已，他們怎麼會傷害自己的孩子呢？

婉兒你都看見了，如今的賢兒簡直就是當年那個承乾的翻版。他們同樣地遠離朝政，疏遠父母；他們也是同樣地聲色犬馬，嫖狎男妓。賢兒爲什麼要這樣？他爲什麼要追隨那個已被他的兄弟逼迫得無路可走的承乾呢？難道他眞有承乾那麼痛苦嗎？沒有人陷害，也沒有人在爭搶他的王位，沒有。他的兄弟們都是善良的孩子，是我教育出來的，他們是絕不會爲了權力而相互傾軋的。李賢已經坐在太子的位子上。那是他的幸運。可是他爲什麼就不肯把握住他的這幸運呢？他爲什麼還要這樣往下滑落呢？除非他眞的恨我。是他在逼我。是的，是他在逼我走上先皇那不得不重新選擇的路……

殿下，殿下……

婉兒，你能了解我嗎？這些話我沒有任何人可以說。我不能對聖上說，也不能對我的孩子們說。儘管他們是我的親人，但是他們誰都不能眞正地了解我。而唯一我最信任的，也是唯一能了解我的，唯有你，婉兒。因爲你幾乎每天都和我在一起，你是最了解我的，也最了解我爲什麼會對太子的墮落而如此痛心。對嗎婉兒？你知道我心中的苦，對嗎？

婉兒在皇后的懷抱中。婉兒拼命地點頭。婉兒並不是爲了阿諛誰，而是，她眞的被皇后的那一番肺腑之言所感動。她覺得皇后做母親實在不容易。她也意識到，確實是太子李賢辜負了他母親對他的一片苦心。

婉兒就這樣被皇后摟著。那一刻她突然有了一種異常溫暖的感覺。她覺得皇后就恍若是她的母親。甚至，比她的母親還要重要，因爲，皇后所給予她的一切，包括這愛和信任和引導，是她默默無聞的母親所不能給予的。

婉兒你回去吧。我也累了，我要回後宮了。

婉起身離開。一種輕鬆的感覺。她覺得她的心裡不再那麼亂了。她也不再爲太子那麼情牽夢繞而又痛苦不安了。她覺得她在皇后的懷中哭過，她聽到了皇后那麼眞誠的傾吐，她心裡好過多了。而且，她得知了皇后對她的如此信任。婉兒知道這對她才是最最重要的。因爲她知道皇后對於她、對朝廷乃至於對整個天下意味了什麼。

婉兒告別皇后，姍姍離去。婉兒走到政務殿大門的時候，皇后又突然叫住了她。婉兒回來。皇后又說，你不必回來。

殿下要婉兒做什麼嗎？

武皇后若有所思的樣子。她望著婉兒，彷彿千言萬語，又彷彿欲說還休。不。皇后說，沒有什麼了。你走吧。噢，我只是想告訴你，你長大了，也越來越漂亮了。我眞的很喜歡你。也慢慢離不開你了。只是，孩子，你的頭髮有點亂，你不必解釋什麼。我了解你。我也是從你這麼大走過來的。我是說有點零亂的頭髮也許更好看。那是種女人的韻味……

從此李賢和母親的關係越來越緊張。無論旁人怎樣努力地從中調解，他們之間的緊張關係都不能得到哪怕一絲一毫的改善。他們的積怨彷彿越來越深，每根弦都繃得很緊，而且他們之間的每一件小事，每一句話甚至每個語氣，都能引出對方的懷疑、猜忌甚而怨恨。儘管他們在朝廷上還要時常相見，以禮相待，維持住一種在眾人面前的表面的也是虛僞的和諧，但是接近和熟悉他們的人實際上已經看得很清楚，他們的克制程度已經到了最大限度，最後的崩潰、反目已經是個時間問題，或是，只需要找到一個契機、一個爆發點罷了。他們就像是一座處在活躍期的火山，隨時都將噴發出那炎熱的岩漿來，燒毀一切。

而緩解了那一觸即發的，是不久之後，李賢終於獲得一個能遠離母親遠離東都洛陽、到長安去處理朝政事務的機會。李賢獲此機會欣喜若狂。他想，他終於可以在一個遠離母親的地方自由地呼吸一段時間了。他太需要這段輕鬆的也是能夠延緩生命的時間了。否則，他生命的弦就要斷了。他會發瘋，會崩潰，說不定他哪一天就會衝向那珠簾背後的母親，殺了她，同時也殺了他自己。是上天不要他們母子殘殺。至少是此刻，上天要他們母子分離。李賢在接到敕命後便即刻打理行裝。他恨不能立刻就走，迅速逃離。在臨行前，他甚至沒有向他的父親母親辭別。

而在李賢臨行的前夜，倒是武曌在她的綺雲殿準備了一個豐盛的晚宴，爲太子餞行。

皇后說太子明早就要上路，途中八百里，穿山越嶺，一路會非常辛苦，所以要爲太子送別。皇后也早早地就把帖子送到了東宮，她還同時叫來了其他的孩子李顯、李旦和太平公主。這是一個名副其實的送別的家宴，是一個一家人充滿親情、和和美美的團聚和送別的宴會。這一次的晚宴是皇后精心安排的，而且每一樣菜餚出都是皇后親自點定的，特別是，太子從小就喜歡吃的那些飯菜。

武皇后的用心良苦一目便可了然。

這一切婉兒是親眼所見。她想皇后畢竟是皇后，皇后氣度是世人所根本不能比的。儘管皇后對兒子的種種劣跡已經忍無可忍，深懷成見，但是在李賢要上路的時候，她還是要仁至義盡地爲兒子餞行。她在李賢要走的這段時間裡，武皇后總是說，太子這一路八百里，眞不知他會多辛苦。儘管李賢已經長大成人，但，兒行千里母擔憂的心情是不會改變的。

到了家宴約定的時辰，皇后竟然還躊躇地不知道該選擇哪件衣服出現在這樣的場合上。她反覆說不能太正規了。要親切隨和。她甚至說李賢喜歡紅色。他認爲紅色才是眞正熱烈的顏色。

武后到底沒有選擇紅色。她或許以爲紅色太張揚，太像血的顏色了吧。所以她穿了溫和一點的淺棕色的麻布織成的長裙，首先來到了宴會大廳，在那裡等著她的孩子們。

英王李顯、相王李旦和太平公主依次抵達。早就過了約定時辰，卻依然不見太子前來。太子不僅不來，他甚至都不曾派人來爲他的缺席而請求原諒。而這家宴，明明是皇后專為她的這個兒子準備的，李賢卻不來，那一份尷尬便可想而知了。皇后坐在那裡，顯得有點悲傷和落寞。飯菜全都冷了。一遍一遍地加熱。直到日落西山，皇后才不得不說，看來太子是不會來了。幸好我沒有提前稟告聖上，不然他的病又會加重幾分。想不到，賢兒竟會如此怨恨母親。

也許是二哥沒有收到請柬？太平公主天眞地說。

也許是吧，那麼，咱們就不等他了。

為什麼不派人再去叫他。我去吧。太平公主說著站起來。

不用去了。太平，過來，坐到我身邊來。為什麼非要他來，咱們聚在一起為他送別的心意盡了，就很好了。來吧，孩子們，我們開始吧，即或是太子不在，來，舉起酒杯，這杯酒也是咱們為他送別的……

一場精心安排的應該是充滿濃濃親情的家宴，就這樣，結束了。當兒女們告辭，武曌說，我請你們去東宮。我是說，替我和聖上，去送太子。婉兒，你和他一道去。再一次，把這兩本書交給他。就說，不，什麼也不要說了，他會懂的。

婉兒接過那兩本書。依然是《少陽正範》和《孝子傳》。婉兒看見了皇后眼中的眼淚。在月光下。那淚光。婉兒不敢再看皇后，她想起了皇后講給她的那段太宗和承乾的往事。她不敢相信那就是皇后決心已定。她不希望看到這兩本書就像是兩把劍，直刺進太子的心窩。

東宮一片黑暗。他們走到近處才發現，正有一輛輛馬車靜悄悄地從東宮駛出。只有馬蹄的嗒嗒聲。星夜兼程。誰都沒想到太子李賢把他的行期從明天清晨提前到今天夜裡。李賢的行動已經越來越詭秘，越來越離奇。慢慢地連他的兄弟姊妹也不能理解他了。

英王李顯騎著馬好不容易找到了有著東宮徽記的太子的馬車。他跳下馬，攔住太子的馬車，這時李賢掀開馬車的窗簾。

二哥怎麼深夜就動身？英王走過去說。

怎麼是你？

你為什麼不來參加母后為你送別的宴會？

沒看見嗎？我不是已經走了嗎？

家宴是母親專為你準備的，你難道不知道？

李賢說，我怎麼會不知道？我收到了她的帖子。又是那個綺雲殿。我一看見綺雲殿的字樣就害怕了。我怎麼敢去呢？忘了幾年前大哥就是在那裡暴斃的嗎？大哥何以暴斃？他走進來的時候還在和我們兄弟姊妹談笑風生。可是誰會殺大哥呢？無非是那個害怕未來和她爭權的人。

你在胡說什麼？我們兄弟姊妹都曾無數次到綺雲殿進餐，怎麼都不曾被鴆殺呢？

你們是什麼？你們現在無足輕重，對她不構成任何威脅。而如若有一天你也當上了太子，你就會知道這東宮裡是怎樣地處處充滿殺機。倘若你還想活著，就必得時時小心謹慎，在危機四伏中爲自己找到一條求生之路，哪怕是苟且偷生。我沒有別的方法可以抵禦殺戮，但是我可以不去綺雲殿，不喝那個女人的酒。我沒有大哥那麼傻。隨便幾句甜言蜜語的邀請，就吃虧上當乃至於賠上了性命。大唐王朝本來就是我們李家的，怎麼容忍一個武姓的女人在那裡指手畫腳說三道四呢？那不是太黑白顚倒、世無天理了嗎？而她又是什麼人呢？不過是祖父的一個小小的宮婢罷了。她不僅淫亂後宮，竟然還要篡奪神器，我和她不共戴天。

可是，她畢竟是我們的母親。她生了我們，又養育了我們，她……

英王連你也如此淺薄。母親又怎樣，你難道不知這皇室中，從來都是親人殺親人的嗎？弒父弒君，兄弟殘殺，古往今來，歷朝歷代全都是如此。幸好我們兄弟手足情深，那是因爲用不著我們爭權奪利，互相殺戮。我們之間沒有權力之爭。和我們爭權的唯有一人，那就是母親。總有一天，我們兄弟會被她斬盡殺絕。說不定哪一天她還要登基做女皇呢。這一點我早就看透了。我們是障礙。不是我們要妨礙她，而是天理不容。告辭了。顯弟，好自爲之吧。

李賢說著放下車簾。他要車夫前進。那馬車剛剛開始啓動，從後面追過來的婉兒又氣喘吁吁地跑了過來，她大聲說，等等，請太子留步。但馬車不肯停下。那是李賢的指令。馬車越走越快，而婉兒，竟然絕不放棄地在馬車後奮力追趕著。

這樣跑了很遠。

婉兒曾經被石板絆倒，但是她爬起來繼續不顧一切地向前跑。那一刻婉兒不知道哪兒來了一股蠻勁兒。不追上太子的馬車她就絕不罷休。她懷裡抱著皇后交給她的那兩本書。她想她一定要把它們交給太子。她不知道是不是她自己在太子走前想最後再看到他。

後來太子的馬車終於停下。停在夜色中，等著已經被甩得遠遠的婉兒追上來。婉兒喘著粗氣。滿臉的淚水。她幾乎跌倒在站在那裡等著她的太子的身上。

你要做什麼？太子十分冷淡地說。

是皇后，是皇后要奴婢來……來爲太子送行……

婉兒，你爲什麼總是要攪在我們家的事情中？我不是無數次和你說過嗎？先管好你自己的事。就因爲你是她貼身的僕人你就安全了嗎？你以爲她信任你，她就眞的會信任你嗎？你以爲你是誰？她連她的親生兒子都不信任，怎麼會信任你這樣一個人從掖庭宮走出來的婢女呢？

不，奴婢不想證明什麼，只是，皇后一定要奴婢把兩本書交給太子。

她眞是瘋了。太子咬著牙根著說。這個女人她到底要幹什麼？她一而再、再而三地把這兩本爛書送過來。我已經知道她是什麼意思了，你懂嗎婉兒？這是追殺令。那麼好吧，就讓這追殺令見鬼去吧。你就說，太子早就把生死置之度外了。

李賢說著，就開始一本一本地撕扯著那兩本書。他奮力撕扯著，直到把它們撕成碎片，又把那所有的碎片重新塞在了婉兒的手中。他說拿去吧，全拿去，交給她，讓她給別的兒子去讀吧。她不是有那麼多的兒子嗎？她可以一個一個地殺。直到她沒有兒子她孤身一人，她就可以如願以償了。

李賢說著重新坐上了馬車。

婉兒抓住了李賢的車窗。婉兒說，太子，奴婢眞的擔心……

爲我擔心？那不值得。我不是一個負責的人，更不是一個值得你如此擔心的人。回去吧。你沒有看見嗎？英王在等你。你的任務已經完成了。你已經把她的追殺令交給我了。行了婉兒，咱們就在此告別了吧。說不定我們眞的就此永別了。不過，咱們能這樣相識已經非常幸運了。就爲了此生能知道世間有你，有個叫婉兒的女孩，就足矣了。今生今世我都不會忘記你。

太子的馬車在深深的長夜中漸行漸遠，很快就被那淒涼和黑暗所吞沒。從中原大地到翻越秦嶺天塹，那將是怎樣艱辛的漫漫的旅程。

婉兒被留在暗夜。彷彿被丟棄。那麼孤獨而憂傷的。一種永生永世的絕望。在寒冷的風中。

婉兒被置身在黑暗的曠野中。她無法解釋太子這種男人。他們有著那麼高的心智，卻不願對自己的生命負責。但無論李賢怎樣毀滅著他自己，他卻已經在婉兒的生命中永恆。

是他讓他自己的生命這樣披肝瀝膽地燃燒起來，才能讓他在婉兒的生命中懸浮著，並永遠照亮著婉兒腳下的路。

婉兒被身後的那雙臂膀抱住了。婉兒知道身後是誰婉兒沒有掙脫。婉兒任憑身後的那人將她扭轉過來，任憑他要她面對他。於是婉兒就面對了他。她後來就趴在那個人的胸前哭了起來。她哭得很傷心。為遠去的那個男人。那時候婉兒還意識不到眼前的這個男人對於她的未來有多重要，也不知道被這個男人這樣喜歡著有多重要。

然而婉兒就是婉兒。婉兒的天生優雅是因為她的血管流淌著的是眞正貴族的血。儘管那時候，婉兒並不十分清楚地知道無論她的父親還是她的母親都出身於顯赫的官宦之家，也不知道她是怎樣世襲的名人之後，大家閨秀，但是她的天生高貴的氣質和風範，卻讓她舉手投足都氣度非凡，而不像出身微賤的武皇后那樣，為了向上爬而寧可出賣人格，毫無廉恥之心。婉兒所走的是和武皇后完全不同的人生之路。武皇后為了能繼續留在皇宮，當李世民那顆蒼老的巨星即將隕落，她便能夠不顧一切厚顏無恥地抓住太子李治那棵救命的稻草。她可以給李治以愛情，也可以給他身體。她的目的性很強，那就是要李治愛上她，並在危險時救她於水深火熱之中，救她於長安郊外的感業寺中。就是在那個原本聖潔的地方，她不擇手段地褻瀆神靈，用她的淫蕩引誘李治這個當朝的天子。她利用男人在性愛中的貪婪和脆弱，讓她身體上的每個部位都閃爍出奪目的性的光彩。她是如此的骯髒卑鄙，又是如此地令男人神魂顛倒。她在那個古鐘長鳴、修行戒度的地方，與繼承了皇位的男人柔情繾綣，雲雨風流。以至於她終於得以讓她削髮為尼的肚子裡懷上了當朝天子的血肉，以至於她終於重新被接進後宮，集萬千寵愛於一身，在擊敗了聖上身邊所有的女人之後，榮登了那皇后的寶座。在武曌不斷向上攀爬的道路上，這個女人可謂是無所不用其極，可謂是天良喪盡，無惡不作。

然而婉兒就是婉兒。婉兒的血管裡流淌著貴族的血。她沒有武皇后那樣的野心，也沒有武皇后那樣的無恥。婉兒生命中最大的功利之心就是她要活著。而她所做的每一件事也都是爲了她這個最神聖也是最實際的生活的目標。婉兒便是這樣尋找著她身邊能給予她這種生存可能的人。武皇后，還有她所能接近的那些宮廷裡皇室中的男人。她爲此而放棄著那種眞實而純粹的感情。她視那些爲無用的東西，而活著所需要的，是那些有用的東西。她幸好有她的身體她的天生麗質。她幸好可以用它們來交換她的生命，甚至她的自由。她便是這樣以生存爲中心地選擇著取捨著。她才能在如此骯髒佈滿陷阱又漂著血污的宦海中沉浮著。有時候她也會出賣道德和良知，但是她不是爲了踩著他人的屍骨向上爬，而僅僅是爲了能活著。她的人生的目標其實已經很低了，但卻依然要喪失掉很多被稱之爲生命中最寶貴的東西。身處如此困境的人，又何談氣節和品格。那是婉兒在幾十年爲活著而掙扎著的生涯中，慢慢才了悟的。也是慢慢地，純粹的眞情的婉兒成爲了一個冷血的人。她慢慢將她的性情喪失殆盡，慢慢將人生的所有眞諦參透。

然而當太子李賢的馬車緩緩駛離皇宮時，婉兒還是個年輕的姑娘，還會用心而不是用她的大腦去體會她的苦痛。她說她不明白太子爲什麼就不能好好對待他的生活，她還不懂太子爲什麼要一步一步地把自己送上絕路。

英王把婉兒摟在懷中。英王一點也不是乘人之危，他確實被二哥的那一番痛徹肺腑的話所震動了。他是敬佩他的兄長的。他也是眞心希望他能和母親和好的。他便是在這樣的心境中把婉兒緊摟在胸前的。在那一刻，他們都需要彼此的慰藉，都需要能有一個疼痛背後的支撐。

李顯說，二哥一定是瘋了。

不，他是清醒的。你想想他說的那些話，這世間還有比他更清楚的人嗎？他是清醒地把自己逼上絕路。他不想再和你們一道走這條佈滿了荊棘的路了。他厭倦了，所以他以反抗來毀滅自己。那一切就要發生了……

你說什麼？婉兒，要發生什麼了？

眞的。我早就預感了。遲早的。他已經徹底放棄他自己了。你看，他已經下決心了。皇后也已經下決心了。看這些碎片，就像是開戰的宣言。

那麼有誰能救二哥嗎？

婉兒搖頭。

那麼倘若沒有我和李旦呢？

婉兒依然搖頭，婉兒說，怎麼會有倘若呢？

很冷的夜風。英王李顯緊抱著婉兒。在那一刻，他們甚至感覺不到他們的身體是怎樣很緊很緊地貼在一起，他們被他們所共同看到的這一幕震驚了。是很久之後，當婉兒不再哭泣，她才掙脫了李顯的懷抱。她面對著李顯。突然的一種莫名其妙的依賴感，她突然覺得李顯是那麼溫和那麼包容。所以她任憑李顯幫她擦去滿臉的眼淚，任憑李顯在這寂靜而寒冷的午夜呵護她。

李顯突然問，你愛二哥，對嗎？

婉兒搖頭，說不，不，我只是非常敬佩他。

你是愛他。而他也愛你。只是你們不願承認罷了。但是，既然你這麼愛他，你又為什麼不去幫助他？

我怎麼能幫助他？我不過是你母親的一個侍女。他能聽我的勸告嗎？他已經在自毀的路上越走越遠了。幾年來，你們也和我一道目睹了太子是在怎樣地掙扎，他無非是想擺脫李弘那樣慘死的厄運。然而你們兄弟姊妹又有誰認眞地想過太子的處境？又有誰眞心地和他談過？他總是那麼孤獨，把他鎖在他充滿了恐怖和迷亂的心靈裡。沒有人幫助他，也沒有人去把他引領出那個可怕的誤區。以至到今天，已經不再有人能幫助他了。無論他是怎樣明敏聰慧，才華超眾，他就要毀滅了。眞的，英王，難道你還看不出嗎？太子他就要死了。

你不能這樣詛咒太子。你本來是能夠幫助他的，如果你願意的話。但是你可能更忠實於母親。你認為母親之於你才是第一位的。所以你才忽略你自己。忽略你對二哥的感情。你的心裡只有母親。你永遠只生活在她的陰影下。你如果能正視你的感情，你就不會這麼冷漠地見死不救了。

英王你是這樣看我的？

只是你自己看不到罷了。

就是說如果有一天太子眞的慘遭不幸，那就是我害了他？

我只是說他是那麼看重你，他是能聽進你的話的。

可我是誰？我不過是一個最最微賤的奴婢。我只有一種選擇，那就是侍奉你們的母親。我心裡只有皇后又有什麼不對呢？我愛戴她並且忠誠於她這是我做奴婢的本分。是太子不該這樣對待自己，也不該這樣對待你的母親。她很傷心。她盡力了。她仁至義盡，她本不想看到在自己的家中滴滿她親生骨肉的血，那麼又有誰來安慰她，來體恤她的不幸與苦衷呢？而我，被擠在這個夾縫中，我該怎麼辦？

婉兒說著，便又痛哭了起來。她覺得她很委屈，很痛苦，又很無助。她哭著。她掙脫著，她說，放開我。我不要你來安慰我。

婉兒我知道你是無辜的。我也不該指責你。我知道你身處夾縫很爲難。你不要哭了。你聽我說，你知道嗎？我一直是愛你的。從第一天在母親的綺雲殿見到你，我就眞的愛上了你。那時候你只有十四歲。你是那麼清純和美麗。你的才華和智慧是世間任何女人所不能比的。我喜歡你並且崇拜你。可是你從來都不願意看到我是怎樣地迷戀你。你總是躲避我。你的心裡只有二哥。我也愛二哥。我們是兄弟。但是我不能看著他是怎樣把你擁在懷中，又是怎樣地拋棄你。爲此我恨他。恨他不能好好地愛護你。我知道他是愛你的，但卻又不肯對自己的這份感情負責任。他是那麼自私。他如果眞的愛你，就不該這樣毀滅他自己了。他是個僞君子膽小鬼，婉兒他不值得你這樣去爲他痛苦爲他擔憂。婉兒就讓他去吧。忘了他。開始你的新生活，別再錯過這次機會了。

什麼機會？

情感的機會。

英王，婉兒不懂你的意思。

你還不懂嗎？我眞愛你，並且尊重你。

英王你以爲我們能夠怎樣？不，不要說了，我只是你母親的奴婢。

我可以向母親把你要來。

不，皇后是不會把婉兒給任何人的。我也永遠不會離開皇后。

婉兒你聽著，我並沒有要求我和我同床共枕，我也知道那是根本不可能的。我只是希望你能看到我對你的感情，能和我共同擁有一種超越了那種肉體關係和君臣關係的友情。也許我們的友誼對你的未來至關重要呢？

英王是說，未來有一天你會……

那是不言而喻的。

英王怎麼能這樣想。你不是說你們手足情深嗎？

婉兒你不是也很實際嗎？我沒有任何歹意，也不想從我的哥哥手中奪權，如果是歷史把你推到了那個位子上呢？我只是想說，無論怎樣，我會永生永世對你好。

那麼好吧，英王，我接受你的友誼了。只是，我們誰也不可能想得那麼遠。恕婉兒直言，沒有未來。未來只屬於一個人，那就是皇后。

那麼我們就想現在。現在是你和我在一起。在這漫漫長夜。這一刻比什麼都重要。

在八百里之外的太極殿中，太子李賢確實度過了一段徹底舒心徹底痛快的日子。他無憂無慮，盡情享樂，特別是無須戒備和警惕，讓他頓覺身心眞實的輕鬆。他很想在長安久居下去，因爲他太喜歡這氣勢浩大的太極殿了，他在這裡能時時刻刻感受到他的祖父唐太宗李世民的一世英明，氣吞山河。他唯有站在這空曠的太極殿內，才會覺出這裡之於他是怎樣地親和，而他置身於此又是怎樣地渺小，他生爲武曌之子又是怎樣地不幸。他覺得唯有長安才是他們李唐王朝眞正的福地；只有這裡，才能使他們李唐的霸業氣象萬千，而那個溫和的平坦的中原大地，根本就不是大唐駐足的地方。

李賢眞的太喜歡太極殿了。喜歡這壯麗的殿宇，浩大的屋簷。李賢在長安期間，幾乎每天都要來太極殿，坐在他祖父李世民坐過的那把已經破舊但卻堅實無比的皇椅上，聆聽那殘敗的四壁所紀錄下來的祖父的聲音。那永遠的貞觀之治。那才是眞正的偉大。

李賢本來是懷抱著偉大的抱負的。那是每個皇室中的男人都必然會有的雄心壯志。如果不是他對那個擅權母親深惡痛絕，也許這個曾因注釋《後漢書》而名垂千史的章懷太子，很可能會成爲一代了不起的君王。史書因此而對他總是多有褒獎，說他不僅「容止端重」，且聰明絕頂，「讀書一覽不忘」，在朝事中也總是「處事明審，時論所稱」，深得高宗李治的寵愛。然而皇室中複雜的你死我活的爭鬥毀了李賢。是李賢主動將東宮和朝廷的關係複雜化的。他容不得他的母親，他的母親也容不得他。就彷彿是一山容不得二虎，哪怕這二虎是親人，是母老虎和她的虎兒子。

而大山只有一座。總要有一個被趕走。既然是武皇后的兒子們都那麼不成熟，那麼不堪以稱王，那麼山中就只能是母老虎說了算了。於是李賢與母親的積怨越來越深。後來就已經是一個永遠也解不開的結了。而且最終的爆發就只在一觸即發之間。

所以當李賢遠離中原，遠離母親的地盤，他終於得以在最後的時刻過了一段眞正的好日子。儘管太極宮在久乏人氣甚至年久失修之後，顯得有點荒涼破敗，李賢還是覺得這裡眞好，他來到這裡就彷彿是回到了眞正的家。他不知道這太極宮中其實盛著他母親太多的苦難和艱辛，他如果知道，可能會在這裡生活得更開心。

李賢只是在這最氣勢磅礴的地方，再不能做英雄豪傑的夢了。於是他更恨他的母親，也更熱烈地毀滅著他自己。他已經沒有自律的願望和能力，他在長安的生活可謂窮奢極欲到了頂點，他把這也當作了一種有點扭曲的對他母親的反抗和報復。他終日縱情歡樂。歡樂到一種瘋狂。這是一種變態的生活，一種沒有明天也不希望有明天的放縱。他不是帶著人馬馳騁在秦嶺的林中狩獵，就是在禁苑中與左右打馬球。他酗酒恣意，與能找來的女人盡享歡愉，如此還不夠，他還要和他特意帶來長安的戶奴趙道生夜夜相伴，在斷袖的雲雨中尋求刺激。

便是這樣的一個李賢，便是這樣打發著這所剩不多的遠離母親日子。他這樣蹧蹋著自己的時候，彷彿他根本就不是那個兢兢業業修注過《後漢書》的風流才子。反正李賢已經無所謂。無所謂他怎樣地生或者怎樣地死。他已經看透了一切。這是他自從李弘的死就看透的。他知道他既然被囚進東宮，就最終難逃這一劫。

李賢是自甘願墮落自甘毀滅的。這是他死前的最後的掙扎和反抗。他知道他已經英雄末路，而在四面楚歌之中唯一讓他不能釋懷的，是他對母親身邊那個婉兒的牽念。他想這是他此生用心去愛的唯一的女人了。他覺得比起自己，也許婉兒的處境更凶險。他不知道那個一天天長大的女孩是否能善終，但是他知道他已經盡力幫助她了，給她忠告，讓她知道在危機四伏的宮廷裡究竟該怎樣生存。也唯有對婉兒他是深懷著一種責任感的。這就是他爲什麼總是渴望著見到她，而每每見到又總是想方設法冷落她。他覺得婉兒是他生命中唯一不該放棄的。但他還是不得不放棄她了，因爲他已經放棄了他自己。但他想他就是死了，他不死的幽魂也會時時刻刻追逐婉兒，給她以愛的關切。

太子李賢在長安的所作所爲，無疑很快就傳到了他母親的耳中。於是長安的太子很快接到敕令，要他打點行裝，儘快返回洛陽的居位。然而李賢置母親的敕令於不顧。他太眷戀長安這座古城了，他太迷戀於他在這裡自由自在的生活了。於是他拖延著。他對母親的命令不理不睬，就像是他可以燒了也可以撕碎母親送給他的那信條一般虛僞的書。李賢的忤旨自然使武曌格外惱火，於是，敕令一封緊接著一封地被送抵長安，李賢被一次一次地催促著，而他卻一天一天地耽擱著。李賢很固執。這一點很像他的母親，所以李賢才注定要成爲母親的敵人。儘管李賢已經視死如歸，但隨著歸期的臨近，他還是覺出了幾分沉重。

總之李賢已經難逃一死。所以他返回洛陽後，就更是背水一戰地公然與他的母親對抗。他明目張膽地把武曌說成是殺人如麻的劊子手，她不僅殺朝臣殺宗室甚至連她的親生兒子也不放過。他揚言他和武皇后不共戴天。他甚至希望她能儘快來殺了他。

李賢的瘋狂叫囂顯然是惹惱了武皇后。皇后忍無可忍，她寧可不要這樣的兒子，她知道她已經徹底失去李賢了。既然事已至此就絕不能再有遲疑。她絕不姑息養奸，縱容自己的兒子；更不想等待了，她已經等待得夠久了，她怕夜長夢多。

武曌是在痛下決心之後，才派婉兒去東宮的。她對婉兒說，她出此下策全都是太子逼的，她只是苦於沒有一個能廢黜太子的證據。她說太子已謀反良久，他那裡一定有屯集的兵器。所以她要求婉兒利用太子對她的信任，努力查出太子謀反的如山鐵證。

那時候武皇后已深知婉兒對她的感情，卻不知婉兒對她的忠誠。其實那時候她早已握有了罷黜太子的足夠罪證，但是她還是把婉兒送去了東宮。她要讓東宮事件成爲一塊試金石，她要知道她所信任的婉兒在關鍵時刻是否對她忠心耿耿。

唯有清純無比的婉兒被蒙在鼓裡。那時候婉兒還不知道皇后做事總是一箭雙鵰、一石幾鳥。皇后既要徹底摧毀東宮勢力，又要試出奴婢的忠心。她既要在身體上徹底擊垮李賢，又要以他一向看重的婉兒的變節來摧毀他的信念。這便是武皇后陰險狡猾的謀略。爲了達到她牽一髮而動全身的目的，她是不惜毀滅青春的身體和美麗的信念的。

婉兒當然知道她是身負使命的。所以當她初見長安返回的太子時，她確實是懷了一種非常複雜又異常曖昧的心情。儘管皇后派婉兒來，名義上是要侍奉太子；但其實他們誰都清楚，婉兒是皇后派來監視太子的。正因爲他們全都了悟了這一層，所以他們的感情儘管複雜曖昧，但是他們面對面時卻並不尷尬。

李賢一見到婉兒就牽住了她的手。李賢說走，我帶你去看些寶貝。

李賢牽著婉兒的手，在東宮的花園裡走著。他一反常態地十分親切的樣子，和顏悅色，而且春風得意，一點也沒有往日的那種壓抑和冷漠。他說他在長安的時候很想她。他說她是他無論天上人間最最牽念的一個人。他還說你怎麼來得那麼晚，他說你如果來得再早些或是再年長些，他就一定會從母親那裡把婉兒要來做妃子。李賢說得輕鬆隨意，又眞誠自然。李賢說的是那些話讓婉兒的眼淚禁不住落下來，因爲婉兒知道李賢無論是怎樣憧憬未來，他都是死期臨近了。

所以，看來我們今生今世只能做兄妹了。你不願意嗎？婉兒，你怎麼哭了？你不要哭。你傷心是我最最難以忍受的。別這樣，婉兒，我不是回來了嗎？母后不是叫你來侍奉我了嗎？我們不是在一起了嗎？

可是，太子，我……

你什麼也不要說，你說了反而會破壞我們此時此刻的一切。來，牽住我的手，這裡有點黑。

這裡是哪兒？

這裡是我的馬廄。

太子爲什麼要帶我來這裡？

看到了你就會知道了。

馬廄裡很昏暗。昏暗而陰森的，那種馬的和乾草的氣味。李賢緊抓住婉兒手，帶著她深一腳淺一腳地向深處走。越走到深處就越是昏暗。慢慢地，婉兒越來越害怕，她不情願地被李賢拽著磕磕絆絆地向前走。後來婉兒停住腳步，她說太子的馬廄這麼大，我們這是要去哪兒？

李賢說走吧，你跟著我就不用怕。知道我想送給你什麼嗎？

奴婢什麼也不要。

那麼你連一個在皇后那裡立功得獎的機會都不要嗎？哪怕是幾匹麻布。我要看著那布帛爲你做幾件漂亮的衣服。

太子是什麼意思？

什麼意思也不是，就是要我心愛的女人美麗。

可是，不，太子，我不想再往前走了。

來吧，別害怕，相信我，我怎麼會傷害你呢？你之於我，是比我的生命還寶貴的。看哪，我們到了。看見這個巨大的洞穴了嗎？鋪滿了乾草。這就是那個藉口了。鐵證如山。她足可以洗劫東宮了。不不，婉兒，你先不要看。告訴我，你是不是皇后派來的？不不你不要告訴我了。我知道你說不出欺騙我的那些話。那不要說了。讓我們來想想在這一刻，在這個巨大的洞穴前，在一切昭然若揭前，想想，我們該做點什麼呢？婉兒，說，此時此刻你最想要的是什麼？

回去。婉兒周身顫抖著。

你冷嗎？

婉兒點頭。

很冷嗎？

婉兒點頭。

想讓我抱抱你嗎？

婉兒遲疑了一下，點頭。

那麼我能親親你嗎？

婉兒猶豫了片刻，終於還是點了點頭。

然後李賢就緊緊抱住了婉兒。他說婉兒你眞是個好姑娘，我恨不能把你呑下去，讓你成爲我永生永世的一部分，生生死死不分開。婉兒你知道嗎你是天下最美的女孩，又是最最不幸的。你能原諒我對你總是那麼粗暴無禮嗎？你能原諒我總是傷害你讓你哭嗎？不，那不是我的本意。如果我不愛你我早就佔有你了。那對於我這樣的男人簡直是易如反掌。無數的女人我都是那樣得到她們的，但對你不行。你不是那種可以任人蹂躪宰割的姑娘。你有尊嚴，很高傲，你是不能隨意被男人碰的，這也就是我爲什麼要遠離你。你我生不逢時，所以上天讓我們相遇就是上天在懲罰我們，降苦難於我們的心上。願意屬於我嗎？就在此刻。這已經是最後的時刻了，我們的時間不多了。婉兒，告訴我，你願意嗎？

那是今生今世天上地下的一種許諾。

唯有李賢和婉兒知道那許諾意味了什麼。

然後是昏天黑地天搖地動海誓山盟刻骨銘心。那才是眞正的永恆。從此永遠瀰漫在婉兒的意識中。

好了。當這一切結束。李賢的有點蒼白的臉。他說，聽著，當這一切結束，我就把我的性命託付給你了。

婉兒不解地看著李賢。她覺得唯眼前的這個男人才是她在這個世界上最親的人。

李賢說著便跳下了腳下的那個深洞。他扒開柴草，婉兒便在馬廄裡的微弱的天光下，看到了那一件件深埋地下閃動著咄咄寒光的兵器。

婉兒驟然間不知所措，她脫口而出，你怎麼敢私藏兵器？

你知道嗎？就是一個再堅強的男人也有害怕的時候。沒有人眞正看到過我的內心，我的內心就像是這個私藏兵器的深深洞穴，每時每刻都都充滿了恐懼和緊張，以至於都容不下我對你的好好的愛。我反抗母親，但是我更懼怕她。東宮與後宮只一牆之隔，我知道母親隨時隨地都可能在一個意想不到的時辰殺了我。與其讓那個女人的劍隨時隨地地懸在我的頭頂，日夜被這恐懼所折磨，還不如頂上去，迎向那劍，寧可粉身碎骨。這就是我爲什麼要四處蒐集兵器鎧甲，就是爲了有朝一日，兵發東宮。我寧可這樣去死。寧可戰死。就是赴湯蹈火，也在所不惜。

婉兒被李賢的這突如其中的起兵謀反計劃嚇呆了。她不能想像這個剛剛和她繾綣柔情的男人，轉瞬便成爲一個蓄謀已久的野心家。她不能把親人的李賢和謀反的李賢聯繫在一起，她不敢相信這個窮兵黷武的太子竟要將他毫無準備、手無寸鐵的母親置之死地，那是怎樣的喪盡天良，大逆不道。

婉兒驚懼地叫著，不，太子，你不能這樣。

那麼你要我怎樣呢？要我逆來順受做任她擺佈的玩偶嗎？大哥又何嘗不是如此，到頭來又怎麼樣呢？還不是被母親輕而易舉就捏死了。

可是，皇后並沒有要發兵剿殺你。

把你派來不是和發兵一樣嗎？而且這東宮的耳目遠不止你一個。

但是，太子，不要。眞的不要。你說，這兵器不是用來對付皇后的，而爲了東宮的安全，你這樣說呀！

李賢不屈不撓，他說，誰都知道在這種地方要獲得安全簡直是癡心妄想。這點兵器又能抵禦誰呢？能抵禦得了那浩浩幾十萬羽林軍嗎？東宮轉眼就會被蕩平。那是誰也抵擋不住的。我沒有安全。我唯一的安全就是要讓這劍戟直刺她的心窩，我要讓她的血祭我們李氏的廟堂。我遲早要起兵。要爲慘死的李弘報仇。

李賢你放棄這個怪念頭吧。求你了。你不是一直沒起兵嗎？你不是一直在猶豫嗎？那就放棄吧，你不是說過你深愛著她嗎？

那不是眞的。我恨她。我之所以遲遲不能發兵，完全是爲了父親。父皇奄奄一息。他已經看到家族親人太多的血。他的心很疼。他是因爲對不起祖父對不起宗族對不起我們李唐王朝才從此不願上朝的。他是聖上，卻被挾制於一個女人的鐵腕中，他有一肚子難言的苦。是因爲聖上。完全是因爲聖上。我不想讓他再經歷這血腥殺戮的場面了。他已經目睹了李弘的死。我不想再讓他看到母親或者我的死了，所以我只能等待。你懂嗎？那才是我的眞意。

太子決心已定？

婉兒我能與你披肝瀝膽，便死而無憾了。

婉兒在那天傍晚回到了依然在政務殿等她的皇后身邊。在很昏暗的燈下。當婉兒說出了一切之後她覺得她卑鄙極了。她並且心如刀割。心帶著鮮血一片片地破碎著。李賢畢竟是她以身相許的男人。是她最心愛的人。她怎麼能出賣她最親的人呢？但她就是出賣了他，她知道她將永世不得安寧。

就這些嗎？武皇后冷酷地問。

婉兒說，那可能是爲了自衛。

單單是匿藏這麼多兵器就足以構成死罪了。還說什麼自衛。他明明就是在謀反。

可是，殿下……

你不要再爲他辯解了。那武器還不能證明他的野心嗎？

是的，也許太子所爲不夠磊落，但是他並不想傷害您，更不願傷害聖上。

他會不會傷害聖上我不知道，但他對我已是恨之入骨。如果對李賢這樣怙惡不悛的叛逆者都不能嚴厲懲辦，那江山社稷就眞是風雨飄搖了。你還有什麼要說的嗎？

奴婢沒有了。

那就回東宮去吧。無論如何，穩住太子，剩下的就由我來安排吧。

婉兒懇請殿下開恩，別傷害太子。

還輪不到你爲那個逆子求情。這宮廷的爭鬥從來就是你死我活。怎樣處置太子我自有安排。

你去吧。這些不是你該考慮。

婉兒在暮色褪盡的時候回到了太子身邊。婉兒的心情很沉重。這是第一次，她將她愛的人的性命交付給他的敵人。婉兒心懷惴惴。不僅是不安而且是一種疼痛。她不敢抬起頭看太子的眼睛。在太子面前她已經羞愧、惶恐得無地自容。那是第一次，她不知道該怎樣說怎樣做。是將她的出賣隱瞞，還是讓太子知道她是個卑鄙無恥的女人。

而李賢用異常平靜的目光看著婉兒。他覺得在經歷了那一番驚心動魄之後，他已經能夠平靜地看待婉兒了。他問她今天的黃昏極美，有壯麗的斜陽，如血一般，燃燒了整個天際，想約你一道看殘陽，像悲歌般地令人震撼，卻找不到你，你去了哪兒？

我回後宮去看了母親。婉兒怯怯地說。

不會吧？你根本沒回掖庭，而是去了政務殿。

太子在跟蹤我？

你難道不知道嗎？這皇宮裡的每堵牆都佈滿了看不見但卻透風的眼。我們最終都會毀於這隔牆有耳。做奸細的滋味不好受吧？

什麼奸細？

好了。不說這些了。我知道你也是萬不得已。我不怪你。因爲我愛你。感謝母親在這最後的時刻把你送來。讓你我在這個風雨欲來的時刻守在一起。來人哪，點亮東宮所有的燈，讓我們等吧。

等什麼？

你我都知道我們在等什麼。

太子，太子你殺了我吧。婉兒突然跪在李賢的腳下。她哭著，她說，先殺了我吧，別讓我看到那場血腥的洗劫。那是奴婢最最不願看到的。奴婢也不願意看到太子被傷害。那都是奴婢的罪惡，奴婢罪該萬死。

婉兒說著去拔太子掛在腰間的劍。她抽出了劍，並將那劍直抵她的胸膛。太子用力地和絕望的婉兒爭搶。那劍刃就割破了太子的手，李賢的血便如一道道血色的飛虹在夜空中飛舞。那迷濛的血霧。婉兒突然覺得她彷彿在什麼地方見到過這溫暖而甜腥的血霧。在記憶的很深很深的深處。婉兒不知道那似曾相識的景象曾在哪裡出現過，她立刻丟下了劍，下意識地伸出手去抓那紛紛墜落的李賢的血滴。

婉兒最後抓住了李賢受傷的手。她撕破她的裙子去包紮李賢的手，她不停地問著李賢是不是很疼？是不是很疼？然後婉兒就跪在那裡將李賢受傷的手貼在她的臉上。她淚流滿面，她說太子，是婉兒害了你。是婉兒傷害了她在此世間最親最親的人。

李賢把跪在他腳下的婉兒扶起來摟在懷中。他忿恨地說為什麼要這樣？為什麼要我們彼此殘傷？她知道的。她什麼都知道。她知道我是怎樣地深愛著你，卻又故意安排你來揭發我，讓我們自相殘殺。她是怎樣地狠毒。但婉兒記住，我永遠不會怪你。你也不用自責。是我有意讓你看到那些兵器的。是我有意讓你得知一切並告訴她的。來吧，婉兒，讓我們一起等待。我知道這是必然的。我也不會逃跑。不會從此苟且偷生，連這也是為了你。

可是，太子，能否將兵器轉移？如果沒有兵器，皇后就不能定你的罪了。

婉兒你真是天真。她還是要殺掉我。而且要連你一起殺。不，我不想讓你死。我要你活著，有朝一日，為你的家族報仇。

報仇？報什麼仇？

你不就是為了復仇而活下來的嗎？

婉兒不懂太子的話。

遲早你會懂的……

那血海深仇。

婉兒哭泣著。她說太子我不想失去你。她說太子，奴婢今生今世就再也見不到你了嗎？

別再哭了，婉兒。讓我們慢慢等待。你看東宮的所有燈都點燃了。大殿裡多亮呀。亮如白晝。她知道我從小就怕黑暗。所以她總是在我的床前爲我點燃一盞午夜常明的燈。她一定看到了東宮已成一片燈海。她一定知道那是我在等她。她就會當著我的面，首先殺了你。她會說並不是讓你到東宮來的，而是你擅自跑來淫亂，敗壞了後宮的風氣。她要看一看你對她是否忠誠。她對你將永遠深懷芥蒂。你是她天然的敵人，但她就是要冒著生命之風險來使用你，征服你，這便是她的天性。婉兒你不要心懷愧悔，那眞的不是你的過錯。你的心不過是我們母子爭鬥中的一顆美麗而晶瑩剔透的犧牲品。婉兒，聽到了嗎？禁軍的腳步……

直到清晨。當啓明星亮起。一夜整裝待發的禁軍終於在武皇后的一聲號令下攻進了東宮。兵士們直奔馬廄。馬廄裡的兵器當即便被輕而易舉地翻找了出來。

那一刻武曌留在後宮。

那一刻武曌的心裡很悲哀。

她遠遠看著東宮裡徹夜明晃晃的燈光。她知道那是她的兒子在對她示威。她很憤怒。她咬牙切齒在心裡罵著，李賢你不要逼我。在她最後發出清洗東宮的旨令前，她心裡一直很迷亂。她想我的兒子怎麼敢這樣對待我；她還想這一次終於眞正體會到當年李世民下令清剿太子承乾的東宮時，是一種怎樣絕望的心情。一樣的絕望。絕望還有無奈。她終於不得不舉起刀劍，向她自己的親生骨肉宣戰。

馬廄裡的五百套兵器被堆放在東宮的庭院中。那是武曌所沒有想到的，她只知東宮藏匿兵器，卻不知藏匿的兵器竟有五百套之多。五百套是什麼概念？如果太子眞的起兵，那五百套兵器的武裝就足以把她武曌送上斷頭台了。

武皇后更是滿腔怒火，怒火中還燃燒著她深深的悲哀。她當即下令將李賢囚禁了起來，並立刻濃墨重彩地將李賢起兵謀反的消息稟報了皇上。高宗拖著病弱的身軀。那時候他幾近雙目失明，痛風病已折磨得他死去活來。但是他還是拖著病弱之軀爲他最最鍾愛的兒子求情。

他說放了李賢吧。李賢也是你的兒子。

正因爲太子是我的兒子，我才更要大義滅親，不能赦他。

在武皇后的義正辭嚴中，高宗李治只能退下陣下，獨自垂淚。

而李治是誰？他才是聖上。他才是萬人之上有著無限權威的那個天子。而他竟然要仰武皇后的鼻息，那天下還有什麼公道？

武皇后令婉兒起草的那一份詔書不可更改。那是在武曌的盛怒之下，由婉兒一筆一劃地寫出的。武皇后在婉兒草擬著那份置李賢於死地的詔書時，滿臉是淚。她不停地說著她是多麼愛李賢，她對李賢是怎樣寄與了厚望，就彷彿要將李賢送進地獄的那個人不是她，而是正在起草詔令的婉兒。

婉兒沒有眼淚。她的心已變得堅硬。縱然她在起草那份將自己最親最愛的人毀滅的詔文時有千般悔恨萬般傷痛，她都不曾有一絲一意的流露。也是第一次，她看出那是皇后在表演。她不知道皇后那虛情假意的淚水是怎麼流出來的，更不知道皇后的那一顆母親的心腸是由什麼做成的。

儘管皇后怎樣地不情願，婉兒還是將那殺無赦的詔文呈在了皇后的眼前。婉兒知道那才是最令皇后欣慰的，因爲那詔令爲她徹底剷除了心頭之患。

兩個如此堅強的女人。

她們都認爲自己是愛李賢的，而李賢又恰恰是被她們置於死地的。

幾天之後，處置太子李賢的詔書下達：太子懷逆，廢爲庶民，流放巴州。

垂簾聽政的武皇后，在聽著侍郎宣讀那一份詔令時，臉上麻木得就像是一塊鐵板。她沒有眼淚，她沒有悲傷。她知道這其實還不是對李賢的最終的處罰。

史書上說，章懷太子以母子之愛，穎悟之賢，猶不能免於虎口，何況他人乎！

從此，高宗不再上朝。他連朝政也不再過問。他的心滴著血。李賢是他永遠的傷痛，直到幾年後他潸然辭世。

一個曾經風流倜儻且成就卓著的皇家公子就這樣被廢黜，並被押解於蜀地巴州的窮山惡水中，在一所破敗的皇家行宮裡苦度餘生。那裡有高山流水，卻四季悶熱潮濕，遍山的竹林終日被籠罩在連綿不絕的霧氣中。那裡沒有自由。很少見陽光。連空氣都是壓抑的沉悶的悲哀的。

從此李賢再沒有離開過那裡。他終日鬱鬱寡歡，但卻心靜如水。過去的那種縱情縱慾、放浪不羈的生活徹底遠離了他。他有時候會思念長安。會想到依然生活在母親身邊依然身處險境的婉兒，但卻也只能想想而已了。他從此所能聽到的，只有山中啼血的杜鵑了。

李賢所有近臣和親信，在他被囚禁的那天，就一個不留地被斬盡殺絕。最先拉出來問斬的，當然就是最令武皇后不齒的那個戶奴趙道生。

李賢所藏匿的那五百套兵器，也被盡數運到洛河南岸焚毀，向天下昭示太子的罪惡。那熊熊的火焰和滾滾的濃煙，遮住了洛陽城上面的半個天。圍觀者成百上千。成百上千的好事者興致勃勃，不知道皇室中究竟發生了什麼。將謀反的罪證當眾銷毀，這也是武皇后精心安排的。她不僅僅是要燒給天下百姓，也是燒給一切企圖反對她的人的。

在銷毀兵器的那天，武皇后沒有上朝，而是獨自一人在禁宛中騎馬。她坐在馬上。讓馬兒緩緩地兜著圈子。她仰頭望著洛陽上空的濃煙。她想這就是李賢的下場。她這樣想著不禁黯然神傷。她想李賢畢竟是她的兒子。但是那壓頂的黑煙捲去了他。她從此再沒有這個兒子了。

唯有婉兒沒看見那遮天蔽日的濃煙。那一天她被恩准躲在母親在掖庭宮的房子裡。她鎖住自己。不吃不喝。母親叫門也不開。後來婉兒病了。發著高燒。她依然鎖著自己。甚至連皇后專門派來的御醫也不見。

三天之後，婉兒回到政務殿。她消瘦了許多，但卻神色澹定，彷彿脫胎換骨。她和皇后誰都再沒有談論過太子的事。就像那是永遠永遠掀過的一頁，從此不會再讀的一頁。她們甚至都不會再提起太子李賢的名字，恍若永遠忘記了曾生活在她們身邊的這個很親近的人。這成了她們之間的一種默契。那是她們生命中永遠的忌諱。

婉兒果然如李賢所期待的，獲得了皇后所賞賜給她的那幾匹絹帛。但是她沒有像李賢所希望的那樣，用那絹帛為自己做漂亮的衣服。婉兒在得到那絹帛的當天，就把它們分發給了掖庭的那些窮困可憐的女人們。婉兒的心情很淒愴。那是只有她自己才能體會到的一種心境。在很深很深的那個地方。

直到李賢被押解著踏上那遙遠而又荒涼的巴蜀之路，婉兒才真正知道被李賢所終結的是一段怎樣明媚的時光。從此沉入黑暗。從此在婉兒身邊在早朝的大殿在政務的廳堂在後宮在東宮在洛陽城中的所有地方，都再不會有李賢的影子了。李賢已經不在了。李賢亡失了。沒有李賢了。也不會再有李賢的音容笑貌。於是婉兒尋找。她遍尋宮城卻不見李賢的蹤影。她叩問蒼天。而蒼天語。哪怕是在夢中，李賢都不曾前來。李賢真的沒有了。活著，在那漫漫蜀道，卻等於是已經死了。

當再也見不到李賢，連意識中都不再有李賢，婉兒才覺出了她是怎樣想念他。一切是那麼迅疾。像天空劃過那顆流星。星光轉瞬即逝。接下來便是寂靜。那是萬籟的無聲。無聲也無怨無悔。李賢就走了。甚至沒有告別。

婉兒沒有告別。那是她自己的選擇。本來皇后准許她去看望囚禁中的李賢，但是婉兒沒有去。她無法面對。她太珍愛這個男人了。她不能原諒自己出賣了他。她從此愧悔無窮。

這愧悔便畢生糾纏著婉兒。它甚至改變了婉兒的一生。她從此不再是一個純潔的女人。她已經做過了出賣親人天良喪盡的事情。這樣的婉兒還是原先的那個婉兒嗎？那個心上的污點儘管看不見但它們已經永遠存在。那是婉兒自己對自己的審視。那是婉兒從此把自己當作了一個壞人。從此無法擺脫的罪惡感。特別是當李賢在日後的某一天被他的母親在巴州的居所裡逼死。婉兒就更是覺出了自己的手上沾滿了李賢的血。她想她才是那個始作俑者，她才是那個萬惡之源。殺害李賢的並不是皇后，她才是那個眞正的凶手。

是在很多年很多年之後，婉兒才從皇后的姪子武三思嘴裡得知，在武墨派婉兒去東宮之前，其實她早已經知道東宮藏匿了兵器。她完全可以不通過婉兒就清洗東宮，她已經枕戈待旦，勝券在握。但是她還是讓婉兒去了。婉兒的這一去對皇后很重要，她從此就擁有了這個畢生的心腹。然而她不管婉兒一世的清白就此被她毀了。那是婉兒一個人獨自承擔了十幾年罪惡和不安。她總是覺得李賢的魂靈在追逐著她。李賢的血紛紛墜落在她淒冷的夢中。她被驚醒。陪伴著她的是長夜中不盡的恐懼。

婉兒在獲知這一切的時候正把她的身體出賣給大權在握的武三思。婉兒覺得她雙重的骯髒，她已經是個沒有靈魂女人了。她如果十幾年前就知道她不是那個眞正的元凶，她也許就不會讓自己墮落成罪惡的女人了。她一直以爲她已無須負罪，因爲她就是罪惡，她就是那個罪惡的化身，那麼她又何苦在罪惡中掙扎，她已無所不爲。

婉兒這一年二十歲。婉兒在二十歲的時候已經是一個很明智的女人。她已將一切都看得很明白很透徹，她總是能審時度勢，把握時機，準確地選擇她自己的傾向和立場。婉兒便是這樣在朝廷和皇室中周旋著。這是她生活的圈子，所以她必得學會在這個圈子中斡旋的技能，如此她才能得以生存。當然要在這其中遊刃有餘也不是一件容易的事，甚至比做天子做皇后還要難。

所以婉兒的生存是艱難的。今天想來，若是武曌處在婉兒的位置上，她也未必能如婉兒那樣在宦海的沉浮中如魚得水。當然這是全然不同的生存方式。武曌的得以蒸蒸日上完全是因爲在她的身後，有著天下權力最大的統治者的支撐和寵愛。武曌所需要做的，就是使出渾身解數去瓦解那個最高統治者。她只需用她的美貌和身體拿下那個統治者的威嚴，她便可大路通天了。而婉兒有什麼？婉兒生活在武則天的時代她的美貌和身體是沒有用的。她有的只是忤逆了皇后的家庭背景，和在掖庭長大的辛酸歷史，以及，她身爲奴婢的那卑賤的身分。婉兒唯有靠自己。她背後沒有支撐，她只能靠著自己的心智。或者那心智就是她的支撐。她便是這樣自己支撐著自己在到處是殺機的圈子裡出生入死的。

婉兒越來越聰明。她不是用眼睛去看而是用腦子去觀測她身邊那些血腥的殺戮。她要躲開那些血，但又要多少沾上一點血。她深知在罪孽深重的人們中，她必得也背負了一重罪惡性，才能夠得以存活。譬如，對貶謫巴蜀的李賢。她傾慕這個男人，她甚至愛他，但是她還是讓自己沾上了李賢的血。

婉兒唯有沾上李賢的血才能是武曌的同夥。婉兒是希望成爲武曌的同夥的，因爲唯有武曌才能給予她生存，而爲了生存，她寧可沾上李賢的血。這就是遊戲的規則。

便是這樣的一點點李賢的血，讓婉兒鞏固了她在皇后身邊的位置。或者說，婉兒的位子就是靠他人的血一點點累積而最終安若磐石的。婉兒要這個位子，要這一份穩固，要待在皇宮，要侍奉皇后。婉兒並不是認爲唯有在此她的才華才得以施展她的價値才得以實現，不，那不是婉兒的初衷。婉兒的初衷僅僅是，她在陰暗的永巷中生活過，她看到過那些被遺棄的宮女們悲慘的生活，她不能想像再回到那陰暗的掖庭，更不能想像母親再搬回她們原先住過的那個木格子中。她愛母親，她不願再看到母親衣衫襤褸，終日以淚洗面。不，她不能再回到過往的一切，而要永遠擺脫苦難，婉兒唯有在權勢者中站穩腳跟。婉兒其實早就看清了如今的朝堂之中，眞正的當權只有一人，那就是皇后。皇后不僅集萬千寵愛於一身，而且集天下權力於一身。那麼她還有什麼別的選擇嗎？婉兒只有一種做人的準則，那就是對皇后的態度。

以皇后的好惡為好惡，後來就成為婉兒唯一的生存原則。

然而婉兒又不是那種無條件的唯命是從。婉兒是有著那種她該持有的尊嚴的。她從不奴顏媚骨，甚至時常會有一點她自己的愛憎和好惡。其實這依然也是武曌的好惡。因為武曌喜歡她身邊的人只是對她言聽計從。如果他們只是聽她的，那麼她何苦還要用他們？而且她用人的目的就是要使用他們的智慧，她希望他們動腦子，有獨到的見解，她甚至希望他們有時候有一點鋒芒，有一點不同的聲音。所以婉兒才會有了一個她可以獨立思考的空間，所以婉兒儘管被籠罩在女皇巨大的陰影下，她依然覺得她的思想是自由的。就比如她對李賢欣賞的態度。她從不諱言她是欣賞李賢的，並反覆告知皇后，李賢才是李唐王朝最合適的繼承人。她曾在皇后的面前歷數李賢的種種美德，她甚至為了李賢而不惜詆毀有點狂妄的英王李顯和過於軟弱的相王李旦。而慢慢地，當有一天皇后和李賢有了嫌隙，而隨著他們母子之間越來越隔膜越來越疏遠，婉兒對李賢的態度也不得不有些微的改變。她儘管不改對李賢的稱頌，但已不像以往那樣不遺餘力。她知道，畢竟，對太子取捨的大權是握在皇后手中。而到了最後的針鋒相對，生死攸關，婉兒便不得不成為那個娼妓一樣的奸細。那樣的婉兒還有什麼尊嚴。那是婉兒所不願的。她畢竟讀破萬卷書，她知道人活著是需要人格的。但比起人格，婉兒的生存乃至於她母親的生存才是更為重要的。所以她不得不捨棄她的人格。捨棄了李賢，而全然站在皇后的立場上。

這便是婉兒的態度。在李賢被廢的事件中，她確實穩固了她作為皇后貼身侍女，作為皇后最信任的心腹的位置。儘管她也曾深深懊悔也曾怨恨自己，但是她明確地知道她是一定要向前看的。既然是她認定了只有攀附皇后這一條路，她就必須堅定不移地朝前走。她不允許自己徘徊，更不允許自己動搖。縱然是她的雙手沾滿了她愛的人的血，縱然是她的人性已被踐踏得片甲不留，她也只能是跟定皇后，做她的誘餌，或者刀劍。

婉兒還知道，在政治的大潮中翻捲的人，是容不得沒完沒了地深溺於兒女情長的。唯有捨得下大情大義的人，也才能成大氣候，就像皇后。於是婉兒不再追思往事。她強迫自己忘記李賢。她要求李賢從此只存留在她心的某個永遠而又遙遠的角落。她要重新開始。因爲，新的太陽升起。新的一天到來。

然後是武曌的第三個兒子李顯閃亮登場。李顯便是這樣的一位新儲君，他轉瞬就搬進了那座血腥之氣猶存的東宮。他不在乎那裡的堪喜堪憂的境地。他有點頭腦發熱，顧不得想那麼多。他甚至沒有爲他一直敬重的二哥的被廢黜而悲傷。他或者是眞的早就瞄準了這個太子的位子。總之他堅定地站在母親一方，他認爲李賢就是不該私藏武器，陰謀造反，如此的大逆不道當然是天地不容。

李顯不廢吹灰之力，輕而易舉地就坐在太子的位子上。也許是李賢眞心誠意拱手將這位子讓於他，但是他卻絲毫不領情。也許是他也曾聽說那個母親的正諫大夫明崇儼對李賢的預言，說李賢的滿臉憂怨之氣，根本不堪繼承帝業。於是李顯以爲東宮當然就應該是他的。他跨進東宮高高的門檻不覺得是如願以償，而以為是天經地義。

大搖大擺住進東宮的李顯有點忘乎所以。說話的口氣也隨之大了起來，彷彿天下已經有一半是他的了。李顯的飄飄然亦是因為他的身邊沒有一個謹慎而智慧的女人。尤其是他所寵愛的那個韋氏庸俗淺薄。轉眼就成了太子妃使這個女人太興奮了。於是她便不合時宜地端起了一副儼然皇后的架勢，她的所作所為顯然深深影響了李顯，並埋下了他們日後不幸的種子。

那時候李顯時常往來於政務殿。與他的二哥李賢不同的是，李顯過問政務，而且勤政。李顯不知過分勤政也同樣會惹來殺身之禍。但其實李顯並不是眞的勤政，他往來於政務殿僅僅是爲了能更多地見到婉兒。李顯對婉兒的熱情從不曾減弱過。只不過當他看出婉兒對李賢的情有獨鍾，他便對婉兒敬而遠之了。如今李賢的被貶黜以及他的升遷，使他覺得新的機會到來了。他依然不改對婉兒的喜愛，他堅信他只要鍥而不捨，婉兒就一定會是他的。

然而在母親的政務殿中，婉兒總是埋頭工作，不曾給過李顯半點能與之接近的機會。她總是很嚴肅很冷漠，一心撲在皇后所交給她的各項政務中，彷彿不食人間煙火，更不要說去領悟新太子的滿腔柔腸了。

李顯在一個他精心尋找的傍晚，終於單獨見到了婉兒。他故意在很晚的時候，把母親交他批閱的奏摺送回到政務殿。那時候皇后早已回後宮休息，但李顯看到了婉兒還沒有走。於是他來。他的到來使婉兒很驚訝。她忙拜過太子，不知道太子有什麼事。

李顯說你很忙。讓我幫你。

婉兒說，不用，奴婢自己行。

婉兒說罷便繼續做自己的事情，而太子便坐在一邊，目不轉睛地看著婉兒。婉兒被太子盯得有些不舒服，她便抬起頭來對太子說，晚了。如果沒有什麼別的事，請太子回去吧。

而李顯依然堅持著坐在那裡盯著婉兒。他這樣看了很久，才突然說，你不傷心嗎？

奴婢傷心什麼？

你再也見不到我二哥了。

奴婢不傷心。那是太子罪有應得。

太子是我，而不再是他，你難道還不相信嗎？

奴婢怎麼敢不相信。當然你是太子了，請太子原諒。婉兒說過，就不再講話。她甚至不再抬起頭來，只是專心在那裡整理奏摺。

李顯又說，你知道這政務殿都發生過什麼嗎？

婉兒頭也不抬地說，太子請回東宮歇息吧。

人們說，母后就是在這裡和父皇搞到一起的。

太子怎麼能這樣說皇后？

是的就是在政務殿，人們就是這樣說的。那時候祖父正率領千軍萬馬親征高句麗。留下父親在長安城監國。那是一個漫長而寒冷的冬季。祖父連戰連敗，卻執意不肯收兵。於是那個曾是祖父才人的母親便在這政務殿中乘虛而入，向監國的父親大舉進攻。從此她鑽進了父親的懷抱，也就是鑽進了父親的心。母親當然知道父親未來要做皇帝的。

婉兒驚愕地睜大眼睛看著李顯。她想不到在這莊嚴而肅穆的政務大殿中，太子竟會說出如此不堪入耳的污言穢語。婉兒在那一刻甚至感到了恐懼，她想不到在皇后的面前一向唯命是從的李顯，在背後竟然如此地褻瀆他的母親。

婉兒義正辭嚴，她說請太子不要說了，我是敬重皇后的。

我也並沒有對母親不敬，我只是想讓你知道，你我現在的關係，包括我們所置身的這個政務大殿，和當年的父親母親實在是太相像了。婉兒你不覺得嗎？

奴婢不懂太子的意思。

婉兒你不覺得你太像母親了嗎？你是那麼聰明，又是那麼富有才華，以你非凡的才智和能力，你難道不願意成爲母親那樣的人嗎？

皇后是天之驕子，以奴婢這樣的凡人永遠也無法企及的。

婉兒你要知道未來的皇帝是我，你難道眞的不想成爲母親那樣的皇后嗎？

太子有太子妃。

當年父親也有皇后。

不，那不是奴婢的所求。

你就不能大膽地設想一下嗎？要實現這一切，你唯有依靠我。只有我能幫助你實現這樣的夢想。只要你對我好，我發誓會讓你從才人到婕妤再到昭容到皇后……

太子你真的不要說了。你說的這些的確不是奴婢的夢想。奴婢只想侍奉皇后。而且恕奴婢直言，太子也萬萬不可做此想。如今天下風雲變幻，誰也說不準未來真正握有大權的究竟是誰？

你是說二哥還會回來？

太子想得太簡單了。

那麼是相王？

相王從來沒有野心。

那麼又會是誰呢？

婉兒沉默。

不，婉兒，你別拿這些做盾牌。皇位就是我的。婉兒，別拒絕我。記得嗎？我說過，我一直在等你。別再錯過這樣的機會了。答應我吧，婉兒，行嗎？

太子請回去吧。太子太不了解你的母親了。她是無與倫比的。她才是真正的王。這就是婉兒想說的，也是想讓太子知道的。

李顯離開。一種莫名的失落。還有恐懼。他不知道婉兒的話意味了什麼。他不僅僅是在感情上沒能如願以償，他甚至還對他的未來產生了一種莫名其妙的惶惑。他離開的時候有點黯然神傷。

婉兒把李顯送出政務殿的大門。政務殿門外的那條長長的甬道已經是一片靜寂。有沉醉的晚風和滿天星斗。婉兒止步於那條甬道。那甬道對婉兒來說有著太多的記憶和創痛。

她便是在那裡親近了李賢，而李賢已如閒雲一般地流散。甬道早已是物是人非。每一塊鋪砌的磚石上所紀錄的都是婉兒青春的悲傷。那是婉兒不願想的又是不得不想的。

於是婉兒止步於那條甬道。她轉身回去的時候突然被身後的李顯拉住了。婉兒說不清在那個瞬間她是怎樣的一種感覺。她有點遲疑，但並不慌亂。她甚至知道這大概是必然的。她想她應當是了解李顯的。

她想那或者是所有做太子的男人的權力。

但她想不到李顯拉住她後就把她拽到了自己懷中。然後他就不顧一切地擁抱著這個他覺得他已經愛了一生一世的女人。他可能還覺得他終於獲得能接近這個女人的機會。所以他發誓絕不錯過這機會，他擁抱著並親吻著這個女人。

婉兒竟然沒有掙扎。這反而使李顯百思不解。她竟然那麼順從。聽之任之。李顯有點惶惑。他覺得他再一次不能解釋這個女人，他雖然緊緊地抱著她，他與她那麼貼近，但她卻彷彿那麼遙遠和陌生。

如果依著婉兒的心性，婉兒當然會拒絕這個乘人之危的新太子。但婉兒已沒有了心性，或者說她早已不是東宮事件之前的那純眞的女孩了。所以她沒有拒絕。沒有拒絕也並不掙扎。

她就是如冷酷的石雕一般被生硬地攬在李顯的懷中她緊閉雙眼，任憑李顯的撫摸和親吻。她不知道自己是不是需要那些。並不知道她是不是很嫌惡。但是婉兒做出了選擇。那是她在事發的瞬間就做出的選擇。她沒有了心性但卻依然擁有著心智。她便是依著心智而做出這人生取捨的。她允許了李顯。她讓自己待在李顯的懷中。她讓李顯在她的身上完成他壓抑日久的激情的發洩。

婉兒允許了李顯很可能是因爲在她的潛意識中有著某種強烈的攀附權貴的慾望。畢竟李顯已成爲太子，她當然不能也不願忤逆這個新太子。她或者也在冥冥之中預感到她的未來也許就眞的握在李顯的手中。她深知這個男人愛她。她或許也深知她可以利用這個人的愛，她甚至可以因爲這愛而控制這個男人。婉兒意識到這一點的時候，竟然會有莫名其妙的快慰。慢慢地，她就知道她到底有多卑鄙了。她並且已經不會再爲這卑鄙而無地自容。她很坦然。她坦然的理由很簡單，那就是她要活著。

便是爲了活著，婉兒置身於李顯火熱的激情中。她沒有愛，但也沒有厭惡。她只是憑靠著某種不自覺的也是天然的功利之心。而對面前的新太子趨炎附勢。她被李顯的激情騷擾著。被煽動的是一種身體的慾望。那來自身體內部異常熱烈的感覺。那是婉兒所不曾經歷過的。她也曾這樣被李賢擁有過，但那是滿腔的愛和渴望。婉兒不懂她不愛李顯爲什麼還會有那種身體的衝動。那衝動並不能代表她的心，但卻能代表她的身體。或許是她的身體需要這些，需要一個男人，需要被一個男人愛撫。便是在身體中那慾望的支配下，婉兒也伸出了她的雙臂，去擁抱了擁抱著她的男人。

婉兒很投入。她眞的滿懷了慾望。她想那可能是她的生命中即將開始的新篇章。她爲什麼不能接受李顯？就像是，她爲什麼不能接受現實。而現實是什麼？就是這個激情的李顯嗎？

就在婉兒在與新太子彼此認同的第二天。皇后突然問婉兒，告訴我，你是怎樣看新太子的？

婉兒異常驚慌。她不知道皇后又看到了什麼。她很害怕。她不知皇后是什麼意思，更不知該怎樣回答。她有點措手不及。她很沮喪，她覺得她永遠也不能洞悉皇后的心。

婉兒你不必有什麼顧慮。你覺得太子怎麼樣？

奴婢以爲，太子在其位，謀其政。

是的這些我都看到了，我只是想知道他是怎麼看待他自己的。

奴婢……

你不必吞吞吐吐了，我知道你們是朋友，何況他一直很看重你，告訴我，他是怎麼想的？

婉兒以爲，太子太看重他的位子了。

你是說他有野心？

不，是太子妃有野心。

太子妃？那個韋氏？你聽到些什麼了？

東宮裡議論紛，說太子妃已經開始爲她的親戚向太子要官。

她已經貴為太子妃，為她的家族封官晉爵也是情理之中的嘛。封官晉爵自然不容置疑，只是太子妃一族已開始在鄉里橫行霸道，很為百姓所不齒，辱沒了皇室的尊嚴。

這自然不好。

可是皇后，這一切在婉兒看來，都不重要。重要的是，太子對太子妃言聽計從，彷彿被控制在她的手中。婉兒是怕如若太子一旦擁有了天下，大唐王朝就難逃外戚專權厄運了。

有那麼嚴重嗎？莫不是你對太子妃有偏見？

請皇后相信奴婢。也許奴婢說得不對，但這卻是奴婢千眞萬確的一種感覺。婉兒只是想讓皇后有所省察，防患於未然，婉兒和太子妃之間絕無個人恩怨……

好了，你不要說了。我怎麼會不相信你，而去相信那個太子妃呢？當年明崇儼曾說英王最類太宗世民，怕只是說他的長相。太宗英明一世，威震天下，不曾有任何后妃敢來干涉他的朝政，看來太子是不能與太宗相類了。以太子之威，竟不能震懾他的老婆；那麼有朝一日他成為天子，又怎麼能震得住天下呢？

皇后恕奴婢直言，太宗果然英明一世，但他最終也未能擺脫外戚專權的命運。長孫皇后雖申明大義，不允許她的親屬左右朝廷，但可惜英年早逝，不曾看到國舅長孫無忌在朝中的飛揚跋扈。若不是皇后以大唐的名義力挽狂瀾，那王朝今天不知會落入誰的手中哩！是皇后賢明……

這些舊事你也了解？皇后有點不安地問著婉兒。

這些都是內文學館中的老學士講給婉兒聽的。

那麼，他還講給了你什麼？

皇后豐功偉績，是天下人盡皆知的。倘沒有皇后輔弼病弱的聖上，大唐怎麼會有今天的國泰民安。所以世人常說，殿下才是眞正的聖上。

眞有人這麼說？婉兒你不是在故意恭維我吧？

即或是沒有人說，人們也會這麼想。聖上已多年不曾臨朝，這是有目共睹的。這天下朝政還不是殿下在辛苦打理，日復一日。

婉兒，說心裡話我也不願意如此辛苦。畢竟我是一個女人，又不再年輕。只是聖上的身體一天不似一天，皇子們又是一個一個地那麼不爭氣。我本來對李賢寄予厚望，期待著他有一天能繼承聖上的王業。但是他竟如此自暴自棄，不堪造就。李賢尙且如此，對別的兒子我就更不抱什麼奢望了。這個家就是這樣了。只能聽天由命了。想想這些，有時候就覺得很悲哀。我眞的不敢想有一天聖上去了，這家這國會是怎樣的一幅景象。但總之我不會把聖上的朝堂交到我不放心的人的手中。那也是我幾十年經營的政權。對這政權我是負有責任的。我不能對不起聖上，更不能對不起打下這江山的李唐先輩們。

奴婢理解皇后的苦心。

我所以才會問你太子究竟怎樣？能否委以大任？

奴婢懂。奴婢也是實言相告。

我總是覺得我的兒子們不幸。在他們身邊總是沒有一個聰明的女人。所以不管那個愚蠢的太子妃怎樣張揚，我可以叫英王做太子，我也能像廢了李賢那樣廢了他。無論對於我還是聖上，國家的生死存亡都是第一位的。只要我活著，只要我一息尚存，我就不能讓大權旁落。我向天起誓。

西元六八三年，懦弱了一生的高宗李治，終於結束了曾帶給他無窮病痛和困擾的生命。他是在遠離長安，遠離祖宗的陵墓和廟堂的東都洛陽與世長辭的。多少落葉歸根又歸不成的感慨。

就彷彿顛沛流離，客死他鄉。無論他的皇后是怎樣地熱愛洛陽，但洛陽畢竟不是高宗的家。高宗辭世時的那一番悲愴的心境可想而知。幸好他駕崩時身邊有皇后。有了皇后他也就放心了。這是他一生至愛的女人，當然也是他可以託付女人。他深知幾十年來如若沒有皇后，這大唐的江山一天也支撐不下去。所以他與皇后落淚告別時是滿懷感激的。他因此而留下遺詔：太子李顯繼承王位，但一切重大國事必得由皇后處理。倘若太子繼位不是不可抗拒的規矩，高宗大概恨不能將他名下的所有權力，全都交給他的武皇后。他不知道除了由武皇后執掌大權，還有誰能堪此大任。這是國事政事，是關係到整個王朝生死存亡的，而能將這天下撐持的，恐怕唯有皇后一人。然後高宗便撒手而去。所有的人間恩怨從此風流雲散。他是在他的皇后的懷中死去的。他想這是個他愛他恨而他又離不開的女人，而此刻，他要離開她了……

這對於早已經人情淡泊的皇后來說，儘管聖上的死是一個遲早的必然，但她還是非常非常悲傷的。那時候在她的生命中，除了她與先皇李世民那短暫的才人的關係，只有李治這一個男人。她與他生活了幾十年。幾十年的恩恩怨怨，血雨腥風。她爲他生兒育女，又爲他掌管天下。他是她的君王，又是她的夫君。她仰仗他依靠他，因爲天下是他的；而她又利用他左右他，因爲她希望天下是她的。

而高宗的離去也許會帶走皇后今天的一切。她或許再不能垂簾聽政，再不能掌管國事政事，她要把天下的實際權力移交出去，移交給她已經長大成人的兒子。她不能違反天子的綱常。

朝廷在四天之中秘不發喪。

秘不發喪是因爲皇后要想方設法做好應付一切因聖上仙逝而可能突發的事件的準備。皇后儘管悲哀，但她還是鎮定自若地做好一切，她甚至在極度的悲傷中，做好了徹底將權力移交出去的準備。彷彿皇后也隨了皇上而去。她甚至不打算再上朝，再聽政，一個悲哀的女人怎麼能置她的悲哀於不顧呢？她只是在悲傷中盡力去做著她所應當做的一切，爲高宗安排國葬，同時爲她即將即位的兒子鋪平道路。

這使婉兒又一次震驚。她更加欽佩皇后了，她不知這個天下最偉大的女人，究竟心有多深，胸懷有多寬廣。她看著皇后默默地做著那一切。她被感動被震撼，並恪盡職守地完成皇后要她做的所有事情，包括起草各類更換天子的文件。在做著這一切的時候，婉兒驀然生出了很多的落寞。她不能想像那個今後不再是皇后臨政的王朝，會是怎樣的一種景象。她並不眞正了解那個即將繼位的太子李顯究竟是個怎樣的庸才，她不知道一個那樣不堪造就的君王會把社稷引領向何方。婉兒爲此而深懷憂慮，她也能理解皇后此時此刻的那種複雜的心情。婉兒跟隨皇后的時候皇后已經臨朝。所以婉兒除了皇后，不知道還能有誰能替代皇后。婉兒熟悉的，是皇后垂簾的朝政；而她崇拜的，也是皇后的政治才能。她認爲只有皇后才具備君臨天下的能力。她不相信李顯眞的能治理國家。她將懷念皇后當朝的時代。

但是，畢竟高宗已經仙逝。而天子駕崩，就必得有新天子承繼皇位，改朝換代。這是不能改變的必然。高宗的死就意味著高宗時代的結束，而高宗時代的結束，也即是武后時代的結束，縱然武皇后有千般能耐，她也只能隨高宗一道壽終正寢，再不能垂簾了。

就是這樣，一切都結束了。聖上去了，便也帶走了武曌執政的時代。

四天之後，向天下宣告爲高宗國喪。與此同時，太子李顯正式即位。李顯即位是二十八歲，正是一個男人最輝煌燦爛的時代。

而五十六歲的皇后，則在高宗國喪、太子登基的同時，被尊爲太后。那種太后的寂寞和蒼涼。從此深居後宮的狀態，是皇太后本人也不能適應的。那麼突然地，她就再不必每日清晨即起去趕早朝，那些佇立於大殿的滿朝文武們也不用再向她請示匯報，聆聽她的教誨了。一種恍若隔世的感覺，皇太后難道從此就眞的只能待在後宮，頤養天年了嗎？

一位君王的謝世，確實意味著一個新時代的來臨。

在這個剛剛到來的誰也不能適應的時代，當然一切要重新開始。悲傷的太后，當然不適宜過問朝政，而新天子的君臨天下，在某種意義上也就徹底剝奪了太后曾經那麼熱衷那麼迷戀也是那麼如魚得水的政治的舞台。這是太后不習慣的，又是太后不能違抗的。她還找不出一個重操舊業的無懈可擊的理由，儘管，她覺得那個皇位只能是她的。

而與此同時，從此每日臨朝，坐那個高高的龍椅上面對文武百官的奏請，其實也是新太子李顯所不能適應的。儘管他做太子已經三年，每日在太師太傅們的教導下學習怎樣管理朝政，但是當他眞的坐在聖上的位子上，便又眞的不知道該怎樣做這個聖上了。李顯是在他們兄弟中，唯一做了皇帝的。他的兩個哥哥僅僅是在太子位上要嘛被鴆殺，要嘛被流放，不曾有任何做君王的經驗能夠傳授給他。所以李顯很孤單，有時候也很茫然。在面對百官的奏請時，他既不能顯示他的無能，也不願向母親的臣相們請教，更不願求助於太后。因爲李顯知道，母親是不信任他甚至是瞧不起他的。顯雖然知道他比起母親相形見絀，但他卻有一個二十八歲的男人的自尊，和在其位、謀其政的勃勃雄心。所以他誰也不想依靠。他甚至有意識地表現出了一種剛愎自用。其實，那是他的虛弱。他在虛弱中獨自探索。而他在心懷惴惴的摸索中，難免就要求助於那個如今眞的如願以償做了皇后的韋氏。他夜夜聽著韋皇后在他耳邊吹著的那些枕邊風。他甚至聽憑著她的擺佈。而一個沒有任何政治才能和經驗女人，又能把一個同樣沒有政治才能和經驗的男人擺佈成什麼樣呢？

幸好，在這個關鍵的時刻，申明大義的太后把她最親近的婉兒留給了天子，輔弼他。

這是怎樣的一份饋贈！至少李顯是這麼看的。不單單是因為他對婉兒所懷的那一份深情，而是他在朝廷中確乎是已經捉襟見肘，苦不堪言。而婉兒的到來，就不啻是獲得了左膀右臂；不單單左膀右臂，他簡直是獲得了整個生命。

當李顯以君王的身分第一次在政務殿見到了婉兒，他的心中立刻被那種有著幾分得意的激情所搖蕩。他覺得依然冷漠、一身縞素的婉兒很美，她甚至更美也更迷人了。李顯想，朕愛這個女人。他不僅愛她的美麗她的身體，而此時此刻，他可能更愛她的心智和大腦。他太需要這個在朝廷跟隨母親多年有著豐富經驗的女人了。他坐在政務大殿高高的龍椅上，看著向他走來的那個不得不臣服於他的女人，他真的有一種君臨天下的感覺。在李顯的心目中，婉兒就是天下。而這天下今天終於是他的了，李顯想，這是上天的賜予。

婉兒默默走來。她低垂著眼睛。她從容地做著李顯要做的所有事情。她儘管對皇帝的諸多不知所云的旨令深懷不滿，但依然努力做到俯首貼耳，言聽計從。她只是在聖上太無知的時候，才非常小心地不露痕跡地點撥他。慢慢地他們的這種合作，在諸多磨合之後也變得默契了起來。李顯在他急需穩固地位的時候，並沒有急於向婉兒索要她的那一份感情。他大概認為反正婉兒是他的了，他想他不僅能獲得她的感情，他還將獲得她的身體，那是遲早的，既然天下已經是他的。

李顯在一個將政務處置到很晚的深夜，他覺得他很累了，他想稍稍休息一下，他突然地要所有的侍人退下，而只要婉兒留下來為他草擬幾分誥命。

然後所有的人退下。

在浩蕩的政務大殿中只剩下聖上和婉兒。

這一次李顯沒有任何過渡，他甚至連一句話也沒說，他逕直走向婉兒，並即刻把她摟在懷中。那時候他已經再沒有任何遲疑和膽怯，他知道他手中所握有的皇權就是一切，難道那偌大的皇權還換不來一顆女人的心嗎？

他說朕就知道會有這一天的。

他緊抱著婉兒。親吻著她。他說，你願意從此就伺候朕嗎？他問她還記得朕曾經對你說過的那些關於母親的故事嗎？你能想像得到嗎，這已成爲現實。此時此刻，你就在朕的政務殿裡，在朕的身邊。朕不必像父皇當年那樣，還要從感業寺把落髮爲尼的他心愛的女人接進宮。不，朕不用。你就在這裡，在我的懷中。你就是朕的。你別再拒絕。聽到了嗎？連天下都是朕的了。而你怎麼能不是朕的呢？聽到了嗎？婉兒，我不是在以勢壓人，我是眞的喜歡你。聽到了嗎？今生今世，只要朕在，你就只能是朕的。

婉兒在這樣的時刻，不能不想起遠去巴蜀的李賢和那個寂寞深宮的皇太后。然而她只是想想而已。在心裡想。她任憑著李顯在這個激情午夜激情地攫取著她。她逢迎著。她甚至響應著李顯的激情。她想聖上才是現實。此時此刻才是現實。她唯有被聖上索要，在某種意義上才能確保她的生存。畢竟李顯是聖上。是切切實實千眞萬確的聖上。而能被聖上所親近所擁有所迷戀，這是天下女人都夢寐以求渴望得到的。而她輕而易舉就得到了，她爲什麼要輕而易舉就放棄呢？

婉兒是個明智的女人，她跟隨皇后在宦海中沉浮了六年之久。她早就看穿了一切，她想她能混跡於此，早就知道心裡想的和用身體去做的是完全不同的兩回事了。

於是婉兒任憑著那個做聖上的男人在午夜政務殿中以他的方式擁有她。婉兒的身體所帶給他的那一份衝動使她再一次證明，身體和心確實有著非常非常遙遠的距離。她想她把她的身體給了聖上並沒有什麼可怕的。關鍵是她的心還是她自己的，她還可以在心裡想，想李賢，想太后，想她自己的身世和母親。婉兒想她的心還是屬於她自己的，這才是最最重要的。

而李顯對婉兒的激情淺嘗輒止。

這裡畢竟是政務大殿，李顯確實不敢在此褻瀆神靈；何況，李顯在婉兒面前也確實有著幾分拘謹，幾分其實在婉兒看來完全不必要的的英雄氣短。

李顯鬆開了婉兒。

那是沒有完成的慾望。

而李顯在心裡爲自己辯解，他說他要瓜熟蒂落水到渠成。他不必急於求成。他們來日方長。在這個夜晚這一刻，他不過是想傳達一種激情的信息罷了。他沒有別的所求。他只想讓婉兒知道無論發生了什麼，他都愛她。

而婉兒在告別了聖上的身體時，對他說，聖上終於成爲了聖上，眞是了不起。

李顯雖然沒有盡興，但依然欣喜若狂。那是他爲他自己設計的一個緩慢的過程，就像猛虎撲食，它先是撲倒它的獵物，但卻不急於呑噬它。那成就感就在它與受傷的獵物的周旋中。它看著它慢慢倒下。歸順。最終成爲它的囊中之物。這就比如是聖上和婉兒。是聖上不想讓婉兒立刻就成爲他的女人。他要那個欲擒故縱而且是充滿了美感充滿了誘惑的過程。他要長久地期待。他相信唯有長久地期待之後，理想的實現之於他才是眞正充滿了歡欣的。

李顯便是帶了這期盼回到了後宮。已經很晚了，韋皇后竟仍然在寢殿中等著他。

你怎麼還不去睡？李顯有點不愉快。

又和那個婉兒在一起？韋皇后彷彿醋意大發，和她在一起眞的很好嗎？

你快去睡吧，那是朕的事。

你的事也就是我的事的。做皇后的不是我嗎？你難道還會立那個小賤人爲皇后嗎？你們李家的男人難道就全都這麼沒出息嗎？

你別在這兒胡攪蠻纏了。朕要休息了。朕明天還要早朝。

什麼朕啊朕啊，你以爲讓你坐在那把椅子上，你就眞是朕了？別相信那個小賤人。你以爲是你母親體恤你的無能才把她給你的？你怎麼那麼蠢，你就看不出來她是那個老太婆留下的耳目，是專門來監視你的。你忘了，當年不是太后把這個狐狸精派到東宮，東宮才全線崩潰的嗎？你還以爲這是什麼好事？你眞是太可笑了。

可是婉兒是秉公辦事，是爲了朝廷。

那她爲什麼還要去勾引李賢？

你不是說如果沒有婉兒檢舉二哥，咱們就進不了東宮，也不會有今天嗎？

那是說著玩的。你以爲婉兒檢舉李賢是爲了討好你？那就大錯特錯了。那個賤人她只有一個主子，那就是太后，唯有太后。

那是因爲太后臨朝。如今臨朝的是我了，她當然也就會服從於我。我需要婉兒。我知道她非常了不起，她一直在幫我，她……

什麼她她的，那麼我呢？你對你身邊的皇后都視而不見，你一定是早就和那個賤人風流過了吧？

不，沒有，眞的沒有。

眞的沒有？如果眞的沒有，那麼你還等什麼呢？

於是韋皇后脫下了她的裙子。把她的魚一般光滑的身體塞進了李顯的懷中。她的身體是那樣的光彩照人。沒有雅俗之分。只是熱烈的肉體。那是李顯熟悉的。也是李顯不能拒絕的。他確乎是因爲沒能在婉兒的身體上完成他的慾望，所以，他便順勢將韋皇后壓在了他的身下。

然後，韋皇后就讓新天子相信了婉兒是不可相信的。她用她的身體讓李顯明白了，他能夠相信的只有一個人，那就是和他生兒育女、有著無盡的床笫之歡的韋皇后。唯有他們之間的利益才是共同的：他們的權力和他們共同的孩子。

距高宗辭世僅僅不到兩個月，便又有不幸的消息傳來。那時候婉兒已開始輔弼聖上李顯的新生活。她全力幫助李顯，她希望朝廷能和皇太后臨朝的時候一樣。婉兒於是很累。不單單是因爲李顯的無能，還有李顯背後的那個韋皇后總是對朝政充滿了濃厚的興趣。而她又不懂。不懂又瞎指揮，結果總是把好不容易安排好的一些朝政大事攪得亂七八糟，混亂不堪，要婉兒不知做多少努力才能挽回。所以婉兒很累。她不僅要幫助一個幾近白癡的皇帝，還要對付那個處處與她爲敵的攪水女人。韋皇后總是有意詆毀婉兒，並不遺餘力地將婉兒好不容易才做好的一些事毀掉。

所以婉兒焦頭爛額。她甚至都很少到後宮去探望依然在傷痛中的皇太后。但是婉兒並不在意。因爲她知道她現在奮力去做的這些事全都是爲了皇太后。她不想有一天一旦皇太后回來，還給皇太后的是一個爛攤子。所以婉兒儘管很累但是她無悔無怨。

但是有一天太后突然叫婉兒來後宮看她。直到這時，婉兒才意識到她已經有很多天沒去看太后了。她於是很慌亂。六神無主的樣子。她不知道太后那裡究竟發生了什麼。她的心怦怦跳著。她甚至莫名其妙就流出了眼淚。她想太后獨自一人待在後宮很寂寞很悲傷，她一路小跑趕到太后身邊，她推開太后寢殿的大門，她看見太后蓬頭垢面，正眼淚漣漣地靠在她的床頭等婉兒。

太后你怎麼啦？婉兒跪在太后面前，她輕輕地搖著太后，她問著，太后，你不要哭，告訴奴婢，出了什麼事？

太后如此傷痛的樣子是婉兒從不曾看到的。不論是幾年前廢黜李賢，還是兩個月前先皇辭世，太后都不曾如此傷心。她總是隱忍著。悲哀中的無比堅強。就是在高宗國葬的典禮上，太后依然能化悲痛爲力量，爲大唐王朝的未來慷慨陳詞……

可是眼前的武曌怎麼啦？她哭著。那麼絕望的哭聲。那是婉兒所不能理解的一種悲痛欲絕。

婉兒跪在武曌的面前。她抓著太后的手。她勸著太后但是她覺得她自己也快要哭了。這是唯有在太后身邊才會有的一種感覺。她受不了這個一向堅強的女人有一天突然不堅強了。婉兒知道，那一定是發生了什麼。那一定是特別特別重大的事情，但那是什麼呢？是婉兒猜不出的。

太后您怎麼啦？是不是不舒服？別哭了太后，奴婢求您了。婉兒央求著。

武曌依然哭著。直到很久之後，她淚眼朦朧地抬起頭。她看著婉兒。欲言又止。但是她最後還是說了，她說，誰說太子不是我的骨肉。他也是我的兒子。

婉兒被武曌的這句沒頭沒尾的話弄得很懵懂。她不知太后想說的是什麼，也不知道太后所說的是哪個兒子。

是李賢。武曌突然停止了哭泣，她睜大眼睛看著婉兒，她問婉兒，告訴我，他爲什麼要死？

李賢死了？不，太后，那不是眞的。連婉兒也不敢相信。她退著。她說不會的，太子遠在巴州，有誰會去害他呢？不，太后你說這不是眞的。太子他不會死。

他早已經不是太子啦。皇太后冰冷的聲音。婉兒你忘了嗎？幾年前他就已經被廢黜了。難道你不記得了？

奴婢沒有忘。只是，李賢他……他眞的死了？不，奴婢不信。

一開始我也不信。李賢也是我的兒子。他是我身上掉下來的肉也是我身上流出來的血。只是，聖上不會知道了。願聖上在天之靈安息。願太子早早與聖上在天國相會，願……

……婉兒囁嚅著。

太后說，是他自己朽木不可雕，是他自己在毀自己。他被貶偏居巴州，那難道是我的錯嗎？可是婉兒你是清楚的，如果他不被廢，一旦他登基，他第一個要殺的人就一定會是我，你說是嗎？婉兒？

婉兒點頭。婉兒並不知道皇后在問她什麼，但是婉兒點頭。她慢慢變得麻木。意識很朦朧。但有一點是清楚的，那就是，李賢死了。這個她此生眞正愛過的男人死了。是太后派人殺了他。是太后像殺了她的第一兒子李弘那樣，又殺了她的第二個兒子李賢。太后的手已經沾滿了她兒子們的血，而她又因爲她的兒子們的死而悲傷，那是眞的悲傷。讓婉兒不解的是，皇太后不是已經放棄了她的霸業，把它們交給了她的第三個兒子，她爲什麼還要殺李賢呢？李賢又妨礙誰了呢？莫不是皇太后還要她的權杖？

婉兒不寒而慄。她知道如果眞是這樣，那李顯也在劫難逃。不僅李顯，還有李旦。還有太后的所有孫子們。那所有能繼承李唐王位的人，都將是太后的絆腳石，也都將是太后用鮮血壘起的供她向上攀爬的階梯。

婉兒說，太后並沒有敕許李賢回來爲聖上送葬……

你是說是我殺了他？

奴婢不是那個意思。奴婢是說，聖上的死其實就意味李賢的死，奴婢知道，聖上一去，李賢的死期就不遠了……

你怎麼知道？

那是因爲，他們彼此太相愛了，他們誰都捨不得把另一個單獨留在痛苦中。

不，婉兒，不是這樣的。只是，一個錯誤的旨令。

一個錯誤的旨令就殺了李賢？

是我體諒他。武曌突然變得威嚴。他沒有被赦許回來爲聖上送葬。他一定爲此而非常悲傷。

他是那麼愛他的父親，他一定想見他最後一眼。但是他沒有被赦許。於是我想該去看他了。該去告訴他聖上在行前是怎樣牽念他的。我是派左金吾將軍丘神勣去巴州的。我是想讓李賢知道，我並沒有忘記他。儘管聖上去了但世間還有我，還有他的母親在關切他。可是想不到李賢就自殺了。在丘將軍他們還沒有離開巴州，他就在他居所裡自殺了。他怎麼能這樣？他怎麼能這樣丟下我？丟下我年老體弱在這沒有聖上也沒有李弘和李賢的宮殿裡。我並沒有派人去逼迫他。不是丘神勣這個昏官誤解了我的意思，就是李賢他誤解了我，他不肯給我一個讓他回來的機會。我是要讓他回來的。婉兒你聽我說過吧，那是遲早的。他是我的兒子，我也想他呀……

婉兒跪在那裡。她不停地哭著不停地搖著頭。她想說點什麼。關於李賢。關於這個永遠都不再能回來的男人。但是她卻什麼也說不出來。她就是張開嘴，也說不出她心裡想要說的那些話，甚至，她連哭聲也發不出，只有眼淚不停地流下來。

她只是跪在那裡聽著皇太后關於李賢的死亡的解釋。聽著那個白髮蒼蒼的老女人用謊言來欺騙她，也欺騙她自己。後來太后就眞的相信了她自己編織的謊言。那麼淒美的而又傷痛的。她相信她自己。將謊言述說得越來越眞實。而婉兒知道，如果李賢眞是被逼自盡，那麼逼迫李賢的除了皇后還有誰呢？如果說她的第一個兒子眞的是死於意外，那麼李賢就一定是她親手殺害的了。而她能夠如此明目張膽地殺了李賢，誰又能保證這個對權力熱愛得幾近瘋狂的女人不會殺了另外的兩個兒子乃至於女兒，乃至於她口口聲聲說著信任的女孩婉兒呢？

婉兒在這深刻的疼痛之後，她痛定思痛，便不再流淚，她的心也變得僵硬。過去，她即或是知道她今生今世可能再也見不到李賢了，但只要李賢活著，婉兒知道他是在一個很遠的地方活著，存在著，她的心裡就會充滿希望，那是種無須看見的心靈的寄託。但是，李賢死了。眞的死了。太后將婉兒心裡的那最後一片純潔的地方都劫掠一空，那麼，婉兒還有什麼可牽念可留戀的呢？

她的至愛，和她的畢生的懺悔，全隨了遠方那個燦爛生命的凋落而凋落。那麼，還有什麼必要反抗皇太后嗎？李賢已經死了。她的心也死了。

婉兒不再流淚。她說太后你不要傷心。李賢當然不是您殺的。是他自己。他自從校注完《後漢書》就開始用各種各樣的方式殺自己了。那是奴婢親眼看到的。是李賢不能自己善待自己。或許也不是丘大人傳錯了太后的旨令，是李賢自己想隨了聖上而去，在那邊陪伴著聖上，照料他。是李賢自己想結束這一切。一定是他自己。這是奴婢堅信的。所以太后不必爲此而難過，更無須爲此而自責了。

婉兒，這是你的眞心話？連老謀深算的太后都不敢相信那是婉兒說出的話。

奴婢眞的是這樣想。既然是李賢想結束自己，又有誰能勸住他呢？

但是很多人會誤解我。那些親太子的老臣們。已經有人在議論，說是我派丘將軍去殺李賢，還說我要把李家的後代一個不剩地全殺光，我該怎麼辦？

平息這些謠言。

怎麼平息。沒有人知道這謠言最初是由哪兒傳出來的，讓我去抓誰？

流放丘將軍。婉兒斬釘截鐵。

你說什麼？

流放丘將軍。婉兒再度堅決地說。

你是說讓我卸罪於他？

也是爲了敲山震虎。

婉兒你眞是越來越聰明了，我些年我沒有白疼你。

丘將軍本來就是有罪的。他不僅逼死了李賢，還讓太后背負了罪名。婉兒在說著這些的時候，那平靜的神情就彷彿是她已經沒有了心肝。

那麼接下來呢？這時的皇太后就彷彿是一個考官，在測驗著婉兒的智力。

在京城爲李賢舉行一個隆重的葬禮。讓天下看到太后的一片慈愛之心。

很好。就按你說的。你去安排吧。我累了。葬禮由聖上主持。讓世人看到，聖上是賢君。是珍重手足之情的。還有，我沒有選錯他。對嗎？

於是婉兒竭盡全力地爲李賢準備那場浩大的葬禮。李賢有婉兒如此嘔心瀝血爲他送葬，也不枉死一場了。婉兒很認眞也很投入。她在冷靜做著那些的時候，深深地隱藏了她的心。沒有人知道她是爲了寄託自己的滿腔哀思，還是千方百計地爲武太后洗刷罪名。

婉兒對這個盛大葬禮的全力以赴竟惹出當朝聖上的不滿。有一天，他爲了別的事遷怒於婉兒，他問她，很多的奏摺你不處理，何以至此？

奴婢一直在準備李賢的葬禮

一個忤逆的罪人死了，何苦要你如此費心？

他是你的手足兄弟。

是爲了你心上的痛吧？

以奴婢的身分，何以言痛。奴婢這樣做是爲了聖上的形象。是要讓世人看到聖上的情深意重。

不單單是爲了朕吧？

還爲了封住那些造謠惑眾者的嘴。

那就是爲了太后，對吧？爲了讓天下知道，李賢不是她殺的。

婉兒不再回答。

於是李顯更加憤怒。他說你們這些女人都是一路的貨色。要不皇后說，你只有一個主子，那就是太后……

這話是韋皇后說的？奴婢從小跟隨太后，如今太后不再臨朝，奴婢依然效忠於她，這有什麼不對嗎？

總之是你們兩人沆瀣一氣。你們總是口口聲聲愛一個人，又會不顧一切地把他殺掉。然後又虛僞地爲他送葬，誰知道你們要的是什麼把戲。你們全都是那種爲了權利而不顧一切的人。你們全都沒有心肝。既然你是那麼愛二哥，既然你在他被貶黜流放之後心裡還想著他，你爲什麼還要告發他？婉兒我眞的越來越不能理解你了。我知道你是不會再愛任何男人了，你甚至不願睜開眼睛看他們。告訴我李賢眞有那麼好嗎？他和你上床的時候眞讓你那麼神魂顚倒嗎？告訴我眞的那麼愛他嗎，以至於他死了你還要這麼費心地討好他……

聖上，奴婢不過是爲了太后的旨意而操辦這場葬禮的。太后特意要聖上主持，以告天下聖上是最賢明的君王。

全他媽的是演戲。你，還有那個老太婆。你們竟敢拿二哥的魂靈當道具，你們眞是太卑鄙了。

這皇室裡有幾個不卑鄙的，朝廷中又有幾個人不是在表演。奴婢勸聖上出席李賢的葬禮吧。那是太后的意思。聖上最好不要違拗太后的意思。太后可以讓聖上稱帝，但是也可以……

你是在威脅朕？

奴婢只是爲了聖上好。聖上儘管君臨天下，但天下依然是太后的，希望聖上能明察。

第二天清晨，武太后果然爲廢太子舉哀顯福門。李顯皇帝當然不敢不去，他儘管可以背後詛罵他這個心狠手辣的母親，但不敢當面違抗太后的旨令。

李賢的浩大的葬禮。

而李賢的屍骨依然在巴州的崇山峻嶺中。

李賢被追封爲雍王。生前死後。李賢的生命和死亡本身就是個莫大的謊言。那麼誰又會眞的傷痛眞的亡悼呢？

那個葬禮，唯有婉兒留在自己的房裡。婉兒是被太后特別敕許，可以不參加那盛大的謊言般的葬禮的。婉兒沒有陪太后登臨顯福門。她不願意置身於她爲太后編織的大騙局中，也不願意看見太后在李賢的沒有屍骨的靈位前表演。太后和李賢都是婉兒深愛的人。她不想用心介入到他們的這生死恩怨中。

婉兒把自己關在自己的房子裡。這一次她沒有哭，她只是更加清醒地意識到她是怎樣地卑鄙和骯髒。她是那麼清醒地意識著。後來她畢生如此，清醒帶給她更爲深刻的悔恨。

而在婉兒獨自反省的時候，唯一給她安慰的是，她想李賢終於如願以償了。

並不想逼死李賢，而是李賢偏要以死而使武曌成爲連續殺死兩個兒子殘忍的母親，成爲十惡不赦的千古罪人，李賢的目的達到了。

初登王位的李顯，無論皇太后的那些宰相們怎樣幫助他，他都不能好好擁有他的神器。他只會濫用他手中的權力，去滿足皇室的一些蠅頭小利。這樣久而久之，滿朝文武便對李顯十分不滿，因爲他們畢竟是長年和太后合作，他們所熟悉的是太后的工作方式，而太后從來是嚴謹的，而且是全心全意爲著國家社稷的。

李顯使朝堂失望。婉兒看在眼中。婉兒知道李顯這種莫名其妙的膨脹，其實都是因爲他背後的那個無限擴張的韋皇后。

既然朝堂是太后的。儘管朝堂已不是太后的，但是婉兒覺得它還是太后的。婉兒還知道朝堂中的無數臣相也都是這樣想的，因爲整個王朝所更換的唯有一人，那就是李顯。李顯代替了那珠簾背後的皇太后，僅此而已。太后僅僅是退到了那個更深的深處。皇太后深居簡出，但是並不等於朝廷就不是太后的了。

既然朝廷在本質上仍是太后的，於是婉兒就不能對聖上濫用神器不聞不問。有一天，她最終還是把她看到的那一切稟告了武曌，她覺得那是她對太后的一種永生永世的責任。當然婉兒在說著這些的時候顯得很和緩。她遠不像當初密報章懷太子李賢私匿武器時那麼態度堅決，義正辭嚴。因爲那時的太后還大權在握，至高無上；而今天的太后無論如何也是大權旁落，有點日薄西山的氣象了。所以誰也看不出未來的權力究竟會掌握在誰手中，所以婉兒在告著聖上的狀時才會如此的小心翼翼。這是婉兒在用心智於皇室的成員之間角逐。

太后問，你是說還是那個韋氏？

是的。婉兒委婉平和，她說，聖上爲了提高韋皇后的地位，已經不顧眾臣的反對，將皇后的父親韋玄貞從七品參軍的官位上，提拔爲豫州刺史了。

太后說，那也沒什麼，否則聖上的面子也不好看。

奴婢原本也是這樣想的。只是皇后仍不滿足，她奏請皇上，希望能將她父親以及兄弟的官位再提高。聖上已經要奴婢起草誥命，決定將韋玄貞左遷爲侍中宰相。

他要讓那個小小的參軍做侍中，這不叫天下笑話嗎？太后也不再能平靜。

當然這也無可厚非，只是婉兒想。倘若這樣一而再、再而三地下去，怕是難逃外戚專權的厄運了。

這個韋氏也過於貪心了，聖上怎麼能容許韋氏一族如此地飛揚跋扈呢？

婉兒以爲那不是聖上的過錯。聖上只是受制於韋氏，倘沒有皇后的貪心，聖上也不會做出如此令滿朝文武失望的決定。

這怎麼能說不是聖上的過錯？他太縱容她了。一個堂堂天子，竟屈從於一個女人的裙幃之下，這讓天下怎樣看待他？

奴婢以爲，那是聖上無意識的。

等到有一天他明白了，怕是天下早就是韋家的了。他不明白就是他的過錯。就憑著有一天他會斷送掉李唐江山，我就完全可以定他的罪。他怎麼可以這樣地褻瀆皇權。他是我的兒子。我可以叫他做天子，也可以叫做庶民。

武太后咬牙切齒。有了李顯在皇位上如此目空一切的表演，武太后第一次體會到了什麼叫得意忘形，忘乎所以。

史書上說，武皇后之所以敢放心大膽地把臨朝的權力交給中宗李顯，是因爲那時候在朝中輔弼李顯的是她非常信任的宰相裴炎。與其說武曌是信任她這個兒子，還不如說是因爲他信任裴炎。婉兒的閃爍其詞旁敲側擊無疑提醒了太后。但是她並沒有立刻就向李顯發難，是因爲她當時還沉浸在對高宗的無限哀思中，她不想在爲高宗服喪的日子裡，讓朝廷發生不愉快；再就是她還沒得到裴炎的有關李顯的任何微詞，她不想輕易對李顯的舉動評判質疑；可能還有一點是最重要的，那就是她其實一直在李顯和她另外的一個兒子相王李旦之間權衡著，她還不知道這兩個兒子哪一個最適合她，她直到找出了那個最適合她的，她才會動手。

於是第一次，太后在對李顯的盛怒中提到了相王。她僅僅是說，比起李顯，相王就顯得本分多了。他生性懦弱善良，這一點極像他的父親。

僅僅是憑著這輕描淡寫的提示，婉兒就即刻揣摩到了皇太后心靈的軌跡。

婉兒知道，那也許才是皇太后的眞意。她更看重的也許眞是相王李旦，是他似高宗的生性懦弱，與世無爭。唯有當權男人的懦弱無能，才能有珠簾背後武太后的叱吒風雲。她要的就是這樣的男人爲她做傀儡，做幌子。她必得依靠這樣的一層屏障，一層看不見的且不稱其爲屏障的屏障，才能在她所熱衷迷戀的政治舞台上施展才華。高宗是這樣的男人。而李旦也是。高宗的死逼她無奈交出了皇權，而她如若想再奪回皇權，那就唯有再依靠李旦了。這就是皇太後武曌的眞意。她其實並不眞想把她的權杖拱手交給他的兒子，特別是交給那個不學無術而又總是躍躍欲試的李顯。她最終不會那樣做的。她不放心並且也不甘心。她要最後試一試李旦。

她要看看李旦是不是心甘情願做他父皇那樣的玩偶，任武曌拿捏。那即是說，皇太后不肯放權了。那麼婉兒也就明白了，只要是太后不想放權，那麼權力就一定能回到太后的手中，朝中唯一可以和她爭權的兩個兒子李顯和李旦，顯然都不是太后的對手。當目標已經確定，當婉兒已經了然了太后的眞實想法，她也就不再彷徨。何況她本來就是皇太后的侍女；她本來就只有一個主子，那就是太后。於是她別無選擇也無須選擇。她的立場也變得堅定，她已經十分清楚她未來要走的是一條什麼樣的路，而她從此的所作所爲，也就只能是沿著這條路，朝著那個既定的目標。

於是聰明絕頂的婉兒隨即附和太后，她說相王雖然膽小懦弱，但他才是最最明智的。

何以見得？

太后您看，相王的三個哥哥相繼走進東宮，而相王從未有過一絲的不平衡。他總是能適時適勢地爲自己找到一種自得其樂的生存方式，他也總是能遠離矛盾衝突和權力的爭奪。相王不僅虛懷若谷，而且灑脫。那是隱藏在他的木訥和懦弱背後的一種非常聰明的人生態度。相王也許並不是做天子的材料，但是他卻是最適合坐在皇位上的那個人。即便是坐在皇位上，他也能時刻保持他清醒的頭腦和難得的明智。那是相王的天性使然。他將永遠不會飛揚跋扈，而總是能非常及時準確地找到他在不同環境中的位置，總是能審時度勢，有著常人所沒有的自知之明，這一點甚至勝於他的父皇。他永遠能知道什麼是危險，又知道他該怎樣避開危險。總之，婉兒以爲相王無論身處怎樣的位置，他都會顧全大局的。

你如此地爲相王遊說是爲了他嗎？

太后，婉兒同相王素無來往。婉兒才能客觀公正地看待他。

好吧，太后說，我知道你的意思了。我們的目標是共同的。婉兒，你才是最最聰明的。

然後那天裴炎終於氣急敗壞地來見太后。裴宰相滿臉的痛惜之色，他說太后，太后請您千萬過問一下朝政吧。

裴大人有什麼要緊的事嗎？太后的臉上異常平靜。她說先皇前留下遺詔，除非重大國事要我參議，平時一切政務均由聖上處置。

裴宰相聽罷就撲通一聲跪在太后面前，他說如今國家已是生死存亡。

裴大人你先起來，有話慢慢說。這朝堂之中究竟發生了什麼了不得的大事，非要我來過問。

是朝中任免事宜。

我以爲是什麼呢？區區任免之事也要我參與決策嗎？裴大人，請起來吧。

倘太后一天不過問朝事，臣就一天不起來。

朝官任免的那一類事情，我確實不想過問。

如果太后眞的不肯過問朝政，那臣下也就只能請辭回鄉了。微臣實在沒有能力輔弼皇帝，未來大唐倘若斷送，那也是微臣力所不能及的了。

眞有那麼嚴重嗎？連大唐王朝都要斷送，看來我就不得不過問一下了。說吧，什麼事？

聖上已放言要把整個天下都送給那個小小的參軍韋玄貞，臣以爲不可，滿朝文武也不能接受，而聖上執意，請太后參決。

就因爲他是韋皇后的父親？雞犬都可以升天啦？聖上要給他個什麼官？

侍中。

侍中？不過是個宰相。

太后，倘若聖上眞讓韋玄貞做了侍中宰相，那豈不是要整個朝野貽笑大方，更不知天下會怎樣看待聖上。臣屢屢上諫，希望聖上能有所反思改變決定，但臣的奏摺每每被駁了回來，聖上甚至對婉兒說，朕身爲天子，就是把天下都給了韋玄貞又有什麼不可以，何況一個小小的侍中。

是婉兒說的？

是臣親身聽到聖上對婉兒大喊大叫的。

一個小小的侍中，那麼什麼是大大的呢？是他的皇位？還是那個韋皇后的野心？聖上竟敢如此忘乎所以，爲了一個小小的女人，置社稷江山於不顧，看來，我是要過問一下朝政了。

一旦決定了下來，皇太后就絕不遲疑。很快，皇太后有一天突然宣布，早朝要在乾元殿的正殿舉行，而且她要親自前來，與滿朝文武共商國事。文武百官上朝之後，見正殿的四周站滿了全副武裝的御林兵士，一派壁壘森嚴。於是大家都緊張了起來，不知道朝中究竟發生了什麼。

太后與中宗李顯先後來到殿前。李顯坐在他的龍椅上，而太后依然坐在簾後。李顯不知太后爲什麼突然會來，殿堂裡又爲什麼劍拔弩張。但是李顯到此並沒有警覺，大概是他以爲他身爲聖上已經大權在握，他不信那個後宮的老太婆能把他大唐王朝的帝王怎麼樣。

皇太后正襟危坐，沉默不語。皇太后的沉默不語使朝堂中的空氣更加緊張起來。大概這樣沉默了有一個時辰，皇太后才微言大義，她說她今天有話要說。

然後她就要婉兒宣讀她的旨令。那旨令說，從即日起，廢李顯爲廬陵王，並即刻將他幽於別所。

頓時滿堂嘩然。

隨即便有殿前的左右衛士，不由分說地便把依舊茫然的李顯從皇位上拽了下來，並五花大綁。可能是直到此刻，李顯才眞正意識到他究竟失去了什麼，意識到了他自己究竟是誰，而那個正在登堂入室的皇太后又是誰。顯奮力掙扎著，但是他被左右衛兵狠狠地壓著動轉不能。然後他扭轉頭看見了武曌那嚴厲的目光。他是透過珠簾看到那目光的。那目光凶狠惡毒咄咄逼人。突然李顯變得不怕那目光了。他一點也不怕那凶惡的母親了。他對著武曌大聲喊著，你憑什麼？我才是皇帝。我才握有天下的生殺大權，你有什麼權力廢掉朕？

那是因爲你不能好好對待這權力。武曌威嚴而冷酷地說。

那也要有理由。我究竟犯了什麼罪？

你要把整個天下都送給那個小小的參軍，這難道不是罪嗎？可這天下又是誰的？你怎麼可以把這本不是你的東西隨便送人呢？你難道還不認罪嗎？

好啊，又是你！又是你這條毒蛇！這時候李顯才把他憤怒的目光朝向婉兒，他甚至想衝過去撕碎這個母親身邊的走狗。李顯掙扎著，他高聲喊著，我們李唐的兄弟們怎麼得罪你了，你非要置我們於死地。幾年前你出賣了二哥還不夠，現在又要來出賣朕……

你已經不是朕了。把他押下去。武曌惡狠狠地說。

李顯被向外拉扯著，但是他卻費力地掙扎著。那一刻李顯就像是一個瘋子，在士兵的押解下歇斯底里地吼叫著。他說婉兒你怎麼能相信她呢？你怎麼能跟著她一道來殺我們兄弟呢？你就那麼心甘情願做她的狗嗎？你就那麼下賤那麼卑鄙那麼沒良心嗎？你難道就看不出她殺人如麻嗎？她已經殺了我的兩個哥哥，現在又來殺我了。你就看不見她滿身是別人的血污嗎？你問問經她手上死掉的人究竟有多少？你再問問她你的祖父你的父親又是誰殺的？是誰下令將你們上官一族滿門抄斬，又是誰把你和你可憐的母親送進那地獄一般的掖庭宮的？去問呀，她就在你身邊。你難道不相信嗎？這皇宮裡只有你一人被蒙在鼓裡。你的親人全被她殺了，而你竟然還要死心塌地地做她的幫凶。你以爲有一天她不會殺你？這世上沒有她不敢殺的不能殺的人。這樣的劊子手竟然是我的母親。天下有如此殘忍地殺害自己兒子的母親嗎？這是我們李家的奇恥大辱，是我們李唐王朝的奇恥大辱。你們這些愚蠢的朝臣都是站在她一邊的嗎？你們但凡有一點良心就該衝上去殺她。你們拿著我們李唐的俸祿做著我們李唐的官卻要委身於這個武姓女人。你們不反抗不造反遲早有一天大唐的天下就會斷送在這個女人的手中。來呀，來救朕。朕才是大唐的皇上。父皇，父皇你在哪裡，來救我呀，婉兒，你也見死不救嗎？看在殺父之仇的份上，裴大人，裴大人救我……

李顯絕望的喊叫聲一直在乾元殿的大殿裡迴盪著。

滿朝文武目瞪口呆地看著大殿前母子之間的權力之戰就這樣結束了。太后受到了前所未有的羞辱，而李顯從此遠離了權力。

權力終於又回到了太后的手中。太后畢竟是太后，是誰也打不倒的。危機已經過去。一切又恢復到高宗辭世之前。朝政重新又歸於珠簾背後的那個女人。是那個女人平息了一切。

很快，廬陵王李顯被貶至房州。那個野心勃勃的韋氏自然也隨李顯去了房州。其實她不過是想為卑微的父親爭得一點榮譽，只可惜她操之過急，反誤了前程。還因為，她太笨了，她根本就不是婉兒的對手，更不用說太后。

廢黜中宗李顯的第二天，相王李旦繼位。這是太后事先就安排好的，當然也是順理成章的。整個權力轉移的過程完成得很順利，武太后非常滿意。畢竟天下又重新回到了她的手中。而唯有一點是太后一直不能釋懷的，那就是，關於婉兒。

也許婉兒對武曌來說太重要了。自從她把這個小女孩從後宮的內文學館中接出來，她就再也離不開她了。她從來就沒有把婉兒當作一般的侍女看待，她把她當作了女兒，甚至比女兒重要。婉兒爲她所做的一切，是她的兒女們都不曾爲她做的。她喜歡婉兒的聰慧優雅。她希望她自己的孩子們身邊，能有婉兒這樣一個姊妹。她不僅在婉兒身上看到了自己的當年，不僅由衷地欽佩婉兒在身處逆境時的那種頑強的進取精神，她還特別欣賞婉兒身上的那種單純的氣質。婉兒不是那種被選進宮中時刻等待著天子甘露的宮女，所以婉兒沒有那種被恩賜的慘痛記憶，也不曾體驗被天子冷落的淒愴。婉兒就是婉兒。天眞爛漫地長大。婉兒只是因家族的不幸而被打進冷宮的無辜女孩子。所以婉兒是單純的。是同後宮所有的宮女們不同的，甚至是和武曌不同的。

武曌眞的喜歡婉兒。用一種非常複雜的感情欣賞這個年輕的、氣質優雅而又才華橫溢的女人。她要她在她的身邊。她要能時時刻刻看到她。她不管婉兒對她是不是懷有仇恨。她對於婉兒的欣賞是超越了仇恨甚至是超越了地位的。那是女人之間的一種欣賞。那是唯有武曌和婉兒這種高智商的女人之間才會有的那種欣賞。武曌欣賞婉兒。她怕婉兒被傷害。更怕婉兒有一天會離開她。

武曌沒有想到廢黜李顯竟會給婉兒帶來不幸。她當然更不會想到，婉兒在聽到李顯的那絕望的關於她身世的吼叫之後，她竟能如此地鎭定自若，彷彿她所聽到的是別人的故事。婉兒的如此心平氣和讓武曌震驚。她簡眞無法想像這個女孩子的胸懷究竟有多寬多廣，她又有著怎樣的忍性和怎樣波瀾不驚的能力。

侍將李顯押出大殿。侍婉兒與太后一道處理完朝中大事。婉兒默默陪武曌返回了後宮並安排太后休息。第二天，她又早早來接太后，隨太后一道再度抵達乾元殿的正殿，在那裡向天下宣告相王李旦的繼位。

婉兒很平靜。她細心周到的侍奉著太后。那樣的一種默契彷彿又回到了從前，回到了太后垂簾聽政的那個美好的時代。就像是在這段時間裡，高宗並沒有死，李顯也並沒有登基，武曌並沒有被冷落在後宮尊爲太后，婉兒也並沒有聽到李顯在被廢黜的絕望中，當著滿朝文武告訴她，太后是她的仇敵。不，就像這一切都沒有發生。武曌還是皇后，而婉兒還是那個對皇后忠心耿耿的小侍女。

婉兒表現確實使武曌震驚。她不僅震驚而且心中很虛。她不知道婉兒的平靜後面究竟在孕育著並集結著什麼。她不知道已經在身邊多年的婉兒知不知道上官一家與她的那一段血腥恩怨。她想婉兒可能知道但也可能不知道。但到了今天，她覺得無論是否懷有仇恨，她都再也離不開這個女孩子了。她是那麼地憐愛她。武曌想，可能就是因爲婉兒是上官儀的孫女，她才決心把她接到身邊來。她不知自己這樣做是不是很明智。她不知這樣的一個對她深懷著仇恨的女孩子有一天是不是會殺死她。她接來婉兒在某種意義上就是接來了一把隱藏在她身邊、日夜懸在她頭頂復仇的長劍，是接來了一重時刻包籠著她的危險。她何苦要把一顆仇恨的種子種在自己身邊？又何苦要讓恐懼永不停止地困擾著並折磨著自己呢？

但是武曌就是這樣做了。把婉兒接來，接到她身邊，讓婉兒成爲她最最貼近的人。

她要婉兒侍奉她陪伴她，但她同時又交給了婉兒許多。她並且知道唯有婉兒是可以造就的，是會成爲一個像她一樣的了不起的女人的。

婉兒就是因爲武曌，才徹底擺脫了後宮那冷酷的生活。武曌甚至給了婉兒一小小的但卻溫馨的宅院，讓婉兒把母親也接出來，讓她們母女的生活從此平靜、富足、祥和。

婉兒便是因爲武曌而徹底改變了她的人生和命運。婉兒又會怎樣看待武曌所給予她的這一切呢？

武曌知道她是婉兒一家的仇人，但同時武曌也是婉兒母女的恩人。但是武曌不知道在這恩與仇之間，慢慢長大的婉兒究竟會做出怎樣的選擇。然而婉兒沉默。婉兒爲什麼要沉默呢？婉兒的沉默甚至讓武曌覺得在她與婉兒之間已經是危機四伏，隨時會爆發什麼。但是婉兒沉默。絕口不提李顯所說的那些。婉兒是那樣地諱莫如深。武曌覺得她簡直看不透這個女孩子了。她覺得婉兒實在是太深不可測了，她怎麼能把她的喜怒哀樂埋得如此之深呢？

所以最終還是武太后有點沉不住氣了。她再也不能忍受這沉默，也不願再這樣僵持下去了。正因爲她不願意失去婉兒，所以她才決定要認眞地與婉兒談一談。她做出這樣的決定甚至是很艱難的，就是決定罷黜她自己的兒子，也從沒有這樣費力過。她想她和婉兒已經朝夕相處六年。她們已經彼此熟悉了解，而且幾乎無話不談，那麼她們爲什麼還要躲著那個敏感的話題？她們爲什麼就不能開誠布公地談一談那段已經過去二十年的恩怨往事呢？

於是武曌就選擇了一個夜晚。在她燈火闌珊的寢殿中。那時候武曌已經是一個五十六歲的老婦人了，而婉兒正燦爛著她二十歲的青春年華。

武曌有點悲涼地問著婉兒，我是不是已經很老了？

婉兒毫不猶豫地就說不。婉兒不是有意取悅於太后。那是婉兒非常眞實的想法。

不，我是老了。常常覺得力不從心。我甚至都舉不起一把劍了。婉兒有點驚愕地看著武曌。她不知太后是什麼意思。但是婉兒依然是不假思索地就對太后說，婉兒會幫助太后的，不論太后的劍要刺向誰。婉兒這樣說同樣不是爲了表現她的忠誠，婉兒確實是這樣想的，她甚至不在乎那把劍是不是會刺向她。婉兒這樣說著的時候甚至滿懷深情，因爲她眞的不希望看到太后的蒼老，不希望有一天太后眞的力不從心。

這一回輪到武曌驚異了。但是當她看到婉兒的眼睛，她便不再懷疑婉兒的忠誠了。婉兒可以把她自己的悲傷與仇恨隱藏得很深，但婉兒對武曌的愛和崇拜卻是寫在她的每一寸肌膚每一個神情中的。那是深入骨髓又是滲透在每一個細胞中的一種忠誠的精神。那精神不容懷疑，這一點武曌也是清楚的。

然後武曌就開始了她與婉兒的那次長談。她上來就說，我本不願意讓你成爲射向章懷太子和廬陵王的箭，不想讓本來喜歡你的那些男人恨你。但那也是出於無奈。我沒有別的辦法。也沒有別人能替我把這兩個男人趕出皇宮了。他們是我的兒子。可他們又是那麼地不堪造就。大唐的王朝怎麼能容忍如此胡鬧、昏庸的君王去蹧蹋呢？所以，我只有利用你。我只有利用你去毀滅他們。那不是你的過錯，是他們做了王朝家族的敗類，是他們背叛了我，也背叛了他們李家的祖宗。我沒別的親近的人了。在我的身邊，我只信任一個人，那就是你。我知道無論什麼事只要你去辦，就一定馬到成功，而且萬無一失。這不僅僅是因爲你聰明，有能力，最關鍵的，我知道，還因爲你有著對我的滿腔忠誠。所以，我選了你去做射向我自己兒子的箭。你果然射穿了他們，讓他們流血倒下。你看見了他們的血和他們怨恨的目光。你爲此自責而不能原諒自己，但卻也不願指責我。對嗎？婉兒？看著我，告訴我你爲什麼要流淚？是不是我讓你的心裡很難過？

太后，奴婢從來就沒想過要指責您。奴婢知道那些怨恨婉兒的人是怎樣深深地傷害太后，並危及了王朝。婉兒難過是因爲太后是那麼能理解奴婢。太后總是能懂得奴婢的心，懂得奴婢心中那種種的苦和難……

這也是我幾十年來所一直在體驗的一種心境。多少年來，我一直在愛與恨、在親人與原則、在人性與權力這種種的困惑中矛盾著徘徊著並且選擇著。所以我此生所做出的那許多的決定都是靈魂掙扎的結果。在你的親人和你的權力之間做出選擇並不是一件輕鬆的事，你能懂嗎婉兒？我也總是心裡很苦，但卻已別無選擇。要想在這皇宮裡立足，有時候就是要狠一點，惡一點；否則，便是別人狠一點惡一點地來傷害你，置你於死地。這是我們這些宮中的女人所不得不面對的殘酷現實。婉兒，有一個話題是我們一直不曾涉及過的。但是它存在，我們不能總是繞過它。婉兒正因爲我是眞心喜歡你的，所以我不想總有那段往事阻擋在我們中間，讓我們總是心存仇嫌，不能彼此肝膽相照。那就是你的祖父上官儀，那是二十年前的事了，那時候你還……

太后請不要再提那段往事了。那是早已翻過去的一頁，婉兒從不曾放在心上。

你早就知道？

奴婢三年之前就聽說了。

三年了。而三年之間你卻從來不曾對我提起？你怎麼會知道？是你母親告訴你的？

母親怎麼會對婉兒說這些？知道後我也從未問起過母親。我知道那是因爲她疼愛我。她只想讓我安安靜靜地長大，並盡心竭力地服侍太后。

那麼又是誰告訴你的呢？顯然不會是廬陵王，那麼是誰呢？

是章懷太子。

是賢兒？在他廢黜之前？他爲什麼要對你說這些？是爲了讓你也恨我、反對我？

不，不是。太后，章懷太子曾眞心地喜歡奴婢。他不願意奴婢總是被蒙在鼓裡，以至於不能好好地保護自己。那時候李賢已經身處絕境，他已經不再關心他自己，而只是擔心奴婢日後的生死存亡。他說唯有婉兒能生存得明亮，他才能坦然面對他的死亡。今天連這些都已成爲了往事，奴婢又怎麼會去在意那些更久的往事呢？奴婢之所以沒把這些告訴太后，那是因爲奴婢從來不覺得那些會影響奴婢對太后的熱愛和忠誠。奴婢沒見過祖父和父親，但是奴婢卻銘記是太后把奴婢從掖庭帶出來的。所以奴婢不管曾有著怎樣的家世，奴婢只想著能以生命報答太后。

那麼，爲了李賢，你是不是嫉恨我？

不，沒有，眞的沒有。奴婢親眼目睹那是他自己在毀自己，是他自己走火入魔，太后已經仁至義盡。太后已不可能有別的選擇了。

婉兒如果你眞能這樣看我，如果你剛才說的都是眞心話，那我也就沒有白疼你一場了。但是我還是要告訴你，我並不是有意要傷害你祖父的。是聖上要廢掉我。婉兒你應該已經知道廢掉我意味了什麼，那就等於是要我死。而我那時候已經有了純眞可愛的四個兒子和正在蹣跚學步的太平公主。我死了不要緊，那他們還能活下來嗎？我的孩子們他們是無辜的，他們還那麼小。同樣的，沒有別的選擇。當時只有給上官儀定罪，而且是定叛逆的重罪，才能止住聖上的荒唐。我當然知道上官儀是無辜的。他只不過是爲聖上擬寫了一份廢后的詔書。上官儀怎麼能廢掉我呢？他只是不能違抗聖上的旨令罷了。而聖上又是如此地脆弱，把所有的罪責全部推卸到上官儀的身上。我至今不能忘記上官儀那鄙夷的目光。他看不起聖上，但是卻決心爲聖上而死。結果是用上官儀的血拯救了我們母子六人。在某種意義上，上官儀才是我們救命的恩人。婉兒，這就是我爲什麼要從小把你接過來，讓你和我的孩子們一道長大。

可惜我的孩子們一個個棄我而去。我失去了李弘，失去了李賢，如今又要失去李顯了。太平公主也嫁到了薛家，這偌大的宮城就剩下李旦一個兒子了，而且又總是那麼冷漠。婉兒，我眞的老了。總有一種蒼涼的心境糾纏著我。正因爲蒼涼，婉兒我才特別地在意你。我不想讓你和我的兒子們一樣恨我，我甚至反覆明令，不許任何人把你的身世告訴你。我要你愛我崇拜我服從我。我要讓你成爲整個宮廷忠誠的楷模。但是我知道我不能。那是我的一廂情願。我知道你會恨我。我可能也眞的值得你去恨。你看我搶走了你的祖父、父親，搶走了你的家。我讓你從一出生就生活在那個昏暗無望的冷宮中。而即或是你來到了我的身邊，我還是讓你失去了李賢，我知道李賢對你是多麼地重要，而你失去李賢又是怎樣地絕望。可是婉兒你爲什麼不恨我呢？你爲什麼還要一心一意地跟隨我呢？你本可以恨我的，你也可隨時隨地殺了我。而我就在你的面前。我對你毫無戒備。而且我已經是一個不再能掌管天下的手無寸鐵又衰弱不堪的老女人，你爲什麼不來殺了我？爲什麼不爲你失去的一切報仇呢？婉兒來吧，摘下牆上的那把劍，剜去我的心吧。你會看到我的心早已是傷痕累累。我已經孤身一人，一無所有。所有的愛和恨所有的燦爛輝煌都已不復存在。婉兒你爲什麼不動手呢？來，給你劍。就在此刻。就在此刻你殺了我吧。我欠你的。我愛你卻又不能再還給你的家庭。來吧婉兒，把那仇恨的劍刺向我，婉兒，婉兒你爲什麼要扔掉那把利劍呢？

婉兒跪在太后的面前。

婉兒流著淚。

婉兒說，之於婉兒，太后才是最最重要的。

那個夜晚，婉兒就睡在了太后的寢殿裡。婉兒不再彷徨。她覺得她離那個偉大的女人很近。她還覺得她是此世間最最幸運的人，她被那個偉大女人的光環照耀著。

婉兒的名垂千古並不是因爲她是個純潔美好的女人。而即將到來的婉兒的時代也依然不是因爲她的純眞無邪，而是，她正在慢慢地變成一個成熟的女人。不是性的成熟。婉兒還幾乎沒有與男人的性的經驗。她的所有與男人的親密接觸都是淺嘗輒止的。是因爲那些渴望與她親密的男人都太看重她了，把她當作了純潔乃至於聖潔的化身，不忍玷污了如此天使般的女人。婉兒的逐漸成熟是她的生存方式的成熟。是她年紀輕輕，就過早地在朝廷中學會了趨炎附勢，見風使舵。

這怎麼能是婉兒的天性？但是婉兒就成了這樣的一個女人。那是她不得不學會的一種在宮廷中生存的手段。就像是動物的媽媽們要首先教會牠們的幼仔怎樣抵禦自然界各種敵人的侵襲。然而婉兒沒有媽媽。婉兒的媽媽是進入不到婉兒所置身的那個龐大而複雜的朝廷關係中的。那是個深不可測的宦海。到處是看不見的急流和漩渦。在宦海中沉浮隨時都會有被淹沒的危險。那是婉兒的母親所無法涉足的，她更沒有能力去幫助她的女兒，儘管，她是那麼深愛著婉兒。

所以為了生存，就必得婉兒自己學會游泳。她這樣學著，以她自己對事物的判斷和選擇。慢慢地婉兒變得成熟變得讓人難以接近。在皇室上下滿朝文武的心目中，婉兒無疑是個絕頂聰明有智有謀的女人，但她同樣是個心懷叵測道德敗壞的女人。因為人們親眼看到幾年之中，她竟然先後出賣了章懷太子李賢和廬陵王李顯這兩個身居要津的皇子。人們並未看到李賢和李顯的不堪為人君，也看不到婉兒對太后的那少有的忠誠，而是一致地認定婉兒這個女孩子實在是太卑鄙了。她全然沒有她的祖父上官儀當年的氣節和風骨。她為了巴結太后，而不惜出賣他人的品性確實太惡劣了，被差不多所有能接近她的人所不齒。他們對婉兒所採取的態度竟然是敬而遠之。他們承認這個年輕女人的出類拔萃，但是他們遠離她。他們很怕和婉兒太近了，說不定哪一天自己也會被羅織上莫須有的罪名告到太后那裡。總之在那些人的眼中，婉兒是危險的，是不可能輕易與之親近的。

於是婉兒很孤單。

她清醒地知道她為什麼會孤單，而這孤單又會帶給她什麼。婉兒學會了孤單其實也就是學會了生存。而她學會生存的過程，在某種意義上也就是一天天變得卑鄙的過程，這一點婉兒也很清楚。婉兒還清楚，這是她的那個時代所有偉大的女人所必然要經歷的人生過程。而榜樣就是那個將永垂青史的太后。太后十四歲時從四川廣元被選進皇宮時，未必就是個凶惡狠毒的女孩子。是後宮激烈而殘酷的相互絞殺的惡劣環境，把太后培養成為這樣一個冷酷凶殘的女人，甚至是殺人不眨眼的女人。而只有太后的殺人不眨眼，太后也才能有今天。不是太后踩著別人屍骨蹚著別人的血河往上爬，很可能太后自己就是那累累白骨血色浪花。而能夠撿起他人的屍骨爲自己修築階梯，也絕不是常人所能做的。這需要能力，更需要勇敢。有哪個女人敢拿起他人帶血的屍骨去修築通向皇位的階梯？又有誰能不在乎自己的手上沾滿了他人的鮮血？而世間唯有武曌。

當然婉兒和武曌不同。婉兒是在後宮的平靜而溫暖的小屋中長大的。婉兒最大的苦痛，可能就是後宮的昏暗清冷和家中的貧窮了。也許幼小的婉兒連這樣的痛苦也沒有，因爲她從小就沒見過宮廷的浮華與喧鬧。婉兒以爲生活就該是這樣的。所以她認同了這種生活，甚至其樂無窮。她學習是因學習能夠使她的童年少年充實。她喜歡學習，並熱衷於明晰吏事，全是因爲她對這一類學問有著一種天然的親和。婉兒這樣做並不是爲了要改變自己的命運，她只是在內文學館中聽多了老學士的教誨，才知道原來她的學養和才華是可以爲朝廷效力的。

如果不是武曌讓婉兒接近朝廷，婉兒可能依然過著掖庭的那種儘管灰暗貧窮但卻平靜的生活。婉兒也會繼續純眞，繼續是那個天下最美也最好的女孩。但是婉兒不可能再美好再純眞了。因爲武曌爲她改變的環境是不美好不純眞的。婉兒就像一粒小小的透明的矽粒，轉瞬之間就被捲進了那架飛速旋轉的不斷傾軋出血漿的國家機器中。她隨著那機器轉動。她不能停下腳步，她知道她只要停下腳步，就立刻會被那機器碾壓得粉身碎骨。而她不想那樣無辜而且無爲地死去。婉兒確實曾以一種純眞的目光看人、善良的方式辦事。婉兒也確實惶惑過懵懂過，她可能會把從純眞到卑鄙的這個轉變的過程拖得很長，但是天生的穎悟使婉兒很快就弄懂了朝廷中皇室裡的一切。是婉兒的聰明讓她很迅速地就走上了卑鄙的路。

而讓婉兒將純眞損傷得最深的，是她對章懷太子李賢的一片赤誠。她是那麼深愛著那個男人，而最終又是她出賣了他。這一份以愛和純眞爲代價的賭注實在是太殘酷了。她換來了什麼呢？無非是安穩的生活和卑鄙的成熟。婉兒知道那是天下最大的騙局。而從此她將爲太后背負罪名。在那樣的愛和那樣的生死存亡中，以婉兒的心性她是寧可和她所愛的李賢一道去死的。但是太后要李賢死而不要婉兒死。在太后的心目中，婉兒比李賢更重要。所以婉兒只能活著，活著成爲眾矢之的成爲朝野上下輕蔑鄙視的那個道德淪喪的人。而婉兒又不能有絲毫爲自己辯解的可能，她不能說她也是受害者，太后早就知道了東宮有藏匿的武器，就是沒有婉兒的告發，太后也會下手了。不，婉兒當然不能說這些。她不僅不能說，反而要繼續充當太后監視她兒子們的那個美麗而凶惡的鷹隼。婉兒就是以這樣一種屈辱的方式忠誠於太后並換取生存的可能的。因爲屈辱，還因爲婉兒本來是一個有著強烈自尊的女人，所以有時候，特別是在那些寂靜的夜晚婉兒獨自一人，她便會非常非常恨自己。她不僅恨，她甚至覺得自己很噁心。

婉兒不知道太后是怎樣洞察她的。但是有一天太后突然對婉兒說，這種嫌惡自己噁心不舒服的感覺你會慢慢適應的。這當然也要一個過程。而克服這種困惑的唯一辦法就是，你不要總是想著你在傷害誰毀滅誰，而要想，他就要來傷害你毀滅你了，所以你必須趕在他前面。那是個千鈞一髮的時刻是個危在旦夕的瞬間，你怎麼能不搶先消滅掉你的對手呢？婉兒你要想活下去，就不要怕手上心上會沾上他人的血，也不要怕你的純眞會被玷污。你已經來到這宮裡很多年了，你難道看不出這裡本來就是污穢骯髒，血雨腥風嗎？婉兒就是在這濁水污流中成長。她被這污水濁流培養著造就著，成長爲一個沒有靈魂的人。婉兒可以對這污穢的一切安之若素，然而她此生唯一放不下的，還是她對李賢的那一片斑駁而複雜的心情。

如果說婉兒的純眞不再，那也是始於她對李賢的出賣。當李賢踏上了漫漫蜀道，婉兒的純眞便也徹底地崩潰了。所以婉兒恨李賢。她從此不能眞的再愛別的男人。她從此也不能再把自己看作是一個好女人。

從此她牽掛著李賢的靈魂。她知道李賢的靈魂是不肯安息的。他將永遠在巴蜀的窮山惡水中遊走，卻無法找到那條回家的路。從此婉兒永遠是一身縞素。她再也沒有如其他的女孩子們般穿艷麗的衣裙。她也從來不佩戴各種頭釵衣佩。她知道那些再也不會屬於她了。她變得淡泊樸素。那是一種眞正的淒愴之美。她說她在此世間唯一對不起的人就是李賢。她說在她的生命中畢生要做的一件事就是要努力找到李賢迷失的靈魂，並爲那靈魂引路。她說她不要李賢總是在那片暗不見天日的大山裡哭泣，她不要他總是在遠離家園的地方漂泊流浪。

婉兒從來就不相信丘神勣是錯誤地理解了太后的意思將李賢逼死的。當然婉兒也不太相信太后就那麼明目張膽地指示丘神勣將李賢賜死。那麼遙遠的被囚禁的李賢已無任何還手之力，他怎麼能再回來搶他的母親的權杖呢？所以一切是曖昧的。曖昧得並且模稜兩可，在李賢與負著太后使命的丘神勣相見時，什麼樣的結局都將是可能的。

李賢沒有被母親所殺，也沒有被丘神勣錯殺。婉兒是了解李賢那種男人的，她知道李賢既然能毫不猶豫地將自己的前程斷送，他也就能夠英勇無畏地將自己的生命毀滅。她知道李賢早就不能忍受那流放幽禁的生活了。漫長的四年幾近把他逼瘋。但是他隱忍著。他隱忍著可能是因爲他心裡還有著最後的一份期待。那就是對他的父親。他期待著他的父親高宗李治有一天能堅強起來。他堅信他的父皇是愛他的，也堅信遲早有一天父皇會來救他，赦免他。他便是這樣心存期待地在巴山蜀水中苦熬。而直到有一天，突然地，他在遙遠而閉塞的大山裡，聽到了父皇已乘鶴西去的噩耗，他的所有的期望便隨之破碎了，連他的苦澀的心。那是全線的崩潰。片甲不留的。父皇的辭世使李賢再一次看清了自己的處境。他想與其日後讓母后賜死，還不如先就自己處決自己，結束了這早已形同虛設的生命。李賢想到這些的時候就不再絕望。他甚至很興奮，甚至盼望著能早早結束。也許眞的丘神勣並沒有逼迫他，也許眞的太后並沒有要他死，是李賢自己。是李賢這個被廢的太子被罷的儲君自己想結果了自己。李賢不想說他的絕望他的苦痛，也不想說他活著卻等於死了，李賢不說這些內心的眞實，他只是乾乾脆脆就死了，他從此遠離他已不再期望的人間。

李賢是死給世人也是死給母親的。於是母親只好爲她的兒子舉行隆重的葬禮，並把雍王的稱號在他死後賜予他。而葬禮當然也是做給世人做給兒子的亡靈的。因爲她知道她如果不做一做這個葬禮的姿態，世人是不會放過她的。

這就是李賢以他三十二歲的血性男兒的生命，爲當朝民眾乃至後人留下了武曌永生永世也無法洗清的罪名。她殺自己的兒子。她是世間最凶殘的母親。

婉兒便時常這樣想著李賢。想著李賢的時候，她才能清理自己並懺悔自己。想著李賢的時候，婉兒也才能眞實地面對自己的醜惡和悲哀。她覺得李賢之於她，就如同是一場洗禮，或者是她純眞和她不再純眞之間的那道分水嶺。

李賢使婉兒愧疚。

李賢使婉兒思想。

而同樣的思想和愧疚，是婉兒偶爾想到廬陵王李顯時所不曾有的。婉兒不認爲她需要對廬陵王的被貶謫負責。那完全是李顯咎由自取，是李顯的行爲證明了他是根本不配坐在皇位上的。

所以婉兒只想李賢。後來，哪怕是很多年過去，她依然還是時常將自己龜縮於對李賢的那種無盡無休也是虛無飄渺的想念中。對李賢的想念後來乾脆成爲婉兒的一個精神的避難所。她覺得有這種思念眞好。在此她不僅能感覺眞誠，有時候她還能找到那久違的純潔。

婉兒想，她幸好還能擁有這個能使自己乾淨的時刻。像濾掉了所有塵世的污濁，因爲李賢的靈魂是乾淨的。婉兒很怕在日後的某一天，她會眞的成爲太后那樣喪盡天良的人，並且在出賣著道德和良知的時候也不自知。婉兒想，以她今天這樣的向著卑鄙滑落的速度，她很難想像自己的明天會變成什麼樣子。而後人會不會也像看待太后那樣，把她也當作是顚覆大唐王朝的千古罪人呢？婉兒一想到這些就不禁毛骨悚然。因爲她清醒地知道她確實在墜落著，並且正在墜入人性的谷底。那墜落的速度之快已經令她目眩。她絕望恐懼。但是沒有人攔截她，更不會有人伸出手來，救救她。

使婉兒迅速成熟的第二種心靈的經歷，那就是在那一天，她終於得知了她是誰，從哪裡來，又將會到哪裡去。

還是李賢。婉兒心靈的所有最強烈的震撼都是李賢帶給他的。那時候李賢還住在東宮。他還有能力保護這個他喜歡的姑娘。他就是那樣在擁抱著婉兒的時候在婉兒的耳邊訴說了那個駭人聽聞的事件。李賢緊緊地抱住婉兒，不讓她憤怒掙扎，甚至都不許她大聲哭。他緊緊地抱著她輕輕地拍著她抽搐不已的肩背。他說都過去了都過去了，你痛苦憤怒又能怎樣呢？難道你的祖父能從墳墓中活過來，你在掖庭十四年悲慘的生活能一筆抹銷？李賢說我告訴你這些是不想讓你至死都蒙在鼓裡。李賢說親人的死在皇室裡太司空見慣了，何況你還不是親人。李賢還說因爲他知道，他再也不能保護婉兒了。他已經看到了這一步，所以他必須讓婉兒清楚她所處的究竟是一種怎樣的險境。李賢還說他把婉兒的身世告訴她並不要她去復仇。他說婉兒根本就不具備復仇的能力，即使復仇，也不是現在，而要等到她羽翼豐滿的那一天。他要婉兒發誓絕不能用自己脆弱美麗的生命去撞擊那個強大而醜惡的女人。他告訴婉兒這一切的唯一目的，就是希望婉兒在沒有他的保護之後自己保護自己，並且要好好地活下去。

李賢在行前就是這樣勸慰婉兒的。而他自己卻在那個強大的女人面前被撞擊得粉身碎骨。這才是讓婉兒最最傷痛的。

李賢破解了婉兒心中的那個永遠的謎團。李賢讓婉兒經受了一次血腥的衝擊，又幫助婉兒度過了那個最危機的時刻。婉兒不能想像如果不是李賢要她發誓不復仇而只把仇恨的種子埋在心裡，她是不是當即就會拿起劍去殺那個殺害自己親人的皇后。她恨武曌，恨她將她和母親囚禁在暗無天日的永巷，而又總是假惺惺地關切著婉兒的那個兩面三刀的女人。她當然想殺了武曌。她可以不顧忌自己的春春不顧忌自己的生命哪怕赴湯蹈火但是她卻不能不顧忌她向太子許諾的誓言。她是因爲對太子的忠誠才放棄了她剛烈的人格和尊嚴的，然而婉兒想不到，她竟然從此就錯過了復仇的機會了，並且從此就成爲不再剛烈的女人，甚至連家族的血海深仇都被淹沒在她對武曌越來越深刻的熱愛中。

東宮的被清洗嚇壞了婉兒。而出賣太子李賢的罪名又壓倒了婉兒。當然還有那堅如磐石的誓言。那求生的願望。婉兒便是在這多重的壓力下慢慢消解了自己的仇恨。她不但消解了仇恨，而且爲了取悅於武曌，她乾脆連人格和尊嚴這些生命中最緊要的東西也全都不要了。

因爲婉兒是置身在政治的漩渦中。在政治的漩渦中無論君臣，又哪一個是乾淨的呢？首先權力本身就是最最殘酷也是最最骯髒的。那麼搶奪著權力的那些急功近利的手呢？婉兒終日穿梭於武曌的政治陰謀中。所謂近朱者赤。又所謂愛屋及烏。慢慢地婉兒覺得人就是應當這樣活。人就是活在陰謀詭計或者說是在權術和謀略中才是有意思的。武曌就是這樣把她皇后、太后、幕後天子的生活過得有滋有味，驚心動魄。她一會兒懷疑這個，一會兒屠戮那個。在政治的漩渦中掙扎拼殺的武曌沒有虛度她的年華，而有著足夠的政治才華輔弼武曌政治家生涯的婉兒，又何苦要虛度她的心智呢？

婉兒就是在這樣的耳濡目染中，開始瘋狂地追隨和崇拜武曌的。她愛這個女人，她迷戀她，便也就不知不覺地接受了她的影響，並被她有意識地培養和塑造。儘管武曌對她還是深懷了一重戒備，儘管武曌還是把她當作了一個下賤的奴婢，但婉兒還是無條件地把武曌當作了她的再生父母，當作了她精神的寄託和依靠。

如此婉兒不再糾纏她的家族仇恨。她的盲目崇拜使婉兒再也不能看到武曌手上所沾染的她祖父和父親的血，看不見武曌腳下踩著的親人的白骨。那些迷迷濛濛帶著鹹腥氣息的鮮紅的霧靄早已在婉兒的意識中散去。那一切都已經不再重要，重要的是，婉兒的生命中終於出現了這個值得婉兒崇拜的偉大的女人。她可以叫萬民臣服叫乾坤倒轉，她可能想怎樣就怎樣想殺誰就殺誰她可以……天下沒有她不可以的，這是怎樣的江河日月，氣呑山河。婉兒又怎麼能不仰慕這樣的女人不死心蹋地地追隨她呢？

所以當被廢黜的中宗李顯在乾元殿上高喊著，你的全家也是被這個狠毒的女人殺了時，婉兒才能夠不動聲色，靜如止水，之於婉兒，這已經是一個早就解決了的問題。她早就走出了這個家族仇恨的陰影。如果說，當初李賢對她說起這些時候她還悲忿還衝動還有血性想報仇，那麼到了今天，她還有什麼理由要向這個她崇拜的女人復仇呢？她早已經懂得了太后當年爲什麼要那樣做。她甚至覺得太后是有充分的理由那樣做的，不過是她的祖父不幸撞在了太后劍戟上。這就等於是一個人不小心從懸崖上跌落，又被湍急的河流捲走一樣，誰的過錯也不是，因爲婉兒知道政治就是這樣的。婉兒甚至認爲幸好有祖父的犧牲才成全了武曌這個卓越的女人。否則，如若皇后眞的被聖上廢掉，還能有皇后垂簾聽政這一空前的景觀，還會有婉兒在這政治的舞台上迎風搏擊、揮灑自如且遊刃有餘的表演嗎？所以婉兒眞誠地感謝她的祖父。感謝她的家人以生命爲代價爲她換來的今天的生活。是她的在政治中不幸落敗的家族成全了她，使她走上政治的舞台，讓她在其中淋漓盡致地表演。婉兒那時候當然還不會知道她會青史留名的，甚至比她的祖父更出名。她沒有過這樣的奢望，她只是在武曌的陶冶下，在對祖先的背叛中，一步步走向這個令她迷戀的政治的境界。當婉兒日後終於也非命於這個政壇的角逐中，不知道她是不是會有些失悔。

婉兒便是在充滿了凶險的政治道路上越走越遠。後來政治幾乎成爲了她的唯一，她不僅投進去她的心智她的生命，甚至把她女人的身體也攪和了進去。婉兒全方位的投入，使得她總是能夠在身陷絕境的時候拯救自已，化險爲夷。也是因爲了她對政治的孜孜不倦，潛心鑽研，使得她越來越具有政治家的風範，她的官也做得越來越高。後來到了她專秉內政、位高蓋后的時候，那個婉兒的時代就眞的到來了。她不僅能將帝王將相掌握於股掌之中，還能叫後宮的大小女人們都乖乖地聽從她的調遣。那時候婉兒在她的高位上叱吒風雲，其實就已經忘了她腳下踩著的也是她親人的屍骨，甚至是她深愛的男人的屍骨。婉兒只有在特別不得志或是特別孤獨憂鬱的時候，她才偶爾會想她一世清白的祖父上官儀。但是她馬上就意識到，她已經不配懷念她無辜的祖父了，因爲她已經不是祖父那一類清白無辜的人了。她已經很壞。或者被逼得很壞。那壞已經是不能改變的了，她也不想改變了。

儘管兩任太子的敗落，使百官對婉兒的品格頗有微詞，但是幾乎同婉兒一塊長大的睿宗李旦和太平公主，卻始終對婉兒抱有著一種信任和依賴，甚至，手足之親。無論是已繼承了皇位的相王李旦，還是下嫁姑表兄弟薛紹的太平公主，他們在嚴酷的現實中都看穿了，他們兩個唯一留在母親身邊的兄妹要想存活下去，就只能在母親面前俯首貼耳。沒有別的路。而既然婉兒是母親最信任的人，他們便也誰都不敢輕視婉兒。人們相信在二哥、三哥被廢黜的事件中，婉兒是無辜的，是爲母親承擔著罪名的。但是他們心裡其實也明白，母親的很多謀略，是出自婉兒的大腦。或者英明或者歹毒，總之母親的所作所爲，婉兒是難以擺脫干係的。

太平公主對婉兒懷有著一種姐妹般的感情。她不僅信賴婉兒，她甚至像崇拜母親那樣，對婉兒也懷了一種難以言說的敬佩。她永遠不能理解婉兒小小年紀，竟能在宦海中如此如魚得水，將政治的權術玩得如此高妙。而太平公主在本質上其實也是對朝廷上爭權奪勢感興趣的。特別是當她看到母親一個女人，竟能如此將大唐王朝的大權握在手中，她於是就更加羨慕母親的人生，她想女人就是該像母親那樣波瀾壯闊。而太平公主自從嫁給薛紹，遠離父皇和母后，她的生活就黯然失色。而她作爲女人的唯一作爲，就是不停地爲薛紹生兒育女，她和薛紹之間的婚姻是純粹的皇室聯姻。她了解薛紹，從小就了解他，因爲薛紹畢竟是她的親姑母城陽公主的兒子。他們可謂青梅竹馬，兩小無猜。說不上愛也說不上不愛，只是他們在一起待得久了，生活就變得越來越無聊。於是太平公主更願意回後宮來，更願意打聽朝廷裡的事，並總是積極參與她的意見。武曌則喜歡女兒能像她一樣關心朝政，她認爲女人不能只是養育兒女，天地很大，爲什麼就容不得女人問政呢？武太后不僅鼓勵女兒參政，她還很願意聽女兒的意見，就像她喜歡聽婉兒的意見一樣，她覺得太平和婉兒的意見，甚至比那些平庸臣相們的意見還要高妙很多。如果有時候武曌太忙或太累，她就讓婉兒陪著公主說話。有時候她在她們身邊靜目養神，聽太平和婉兒在那裡你來我往地聊著天，她覺得那眞是一種母親的享受，而關鍵是，她會覺得她們的談話有意思，她覺得這是兩個智力相當的年輕女人的對話。她曾經不止一次地對女兒說，一定要和婉兒好好相處。她說一旦母親沒有了，婉兒一定會幫助你的，婉兒是一個忠誠的人。她說她對太平公主和婉兒的這種情同姐妹的關係很欣慰。

而相王李旦繼位後，他果然不負母親，拿出了一副異常超脫的姿態。他雖然身爲一國之君，卻異常小心謹慎，事事請母親做決定。李旦是以他獨有的那一份看似無能的精明，迅速爲自己選擇了一種在險惡中求生的方式的。那就是他可以是天子，但這天子一定要純粹地徒有其名。那是因爲他親眼目睹了三個哥哥與母親合作後所遭遇的悲慘結局。他深知要想留在京城，保住性命，就絕不能眞的參與朝中任何大事。他知道唯有這樣，才不會和大權獨攬的母親發生衝突，如此他的生命才是安全的。所以李旦決心做一個天子傀儡。李旦覺得他的這種選擇才是最最明智的。

在一次為太后草擬文件時，婉兒與李旦不期而遇，他們見面後都遲疑了一下，但婉兒立刻施禮，為聖上請安。然後他們便有了一次意味深長的談話。他們這次談話距他們相識差不多已有十年的光景。即是說他們在十年中很少講話，無論是李旦還是婉兒，好像都不想使他們的關係親近起來。他們彼此了解對方。但是李旦對婉兒這個女人，從未像他的兩個哥哥那樣產生過那麼強烈的感情。當然他是欽佩婉兒的，他覺得婉兒這種有智慧有謀略的女人在某種意義上更像是他的姐姐，是他所不能駕馭的。儘管他還要年長婉兒兩歲，但因為他在四個皇子中最小，所以，他就像是兄弟姊妹中所有人的小弟弟了。因為彼此的疏遠，李旦很少和婉兒講話。他更多地是在一個客觀的立場上，遠遠觀望這個卓越的女人。他知道婉兒非常了不起，也知道她日夜待在母親身邊有多麼不容易。應當說他對婉兒始終抱著一種敬而遠之的態度，就像是他對母親。他天生喜歡自閉。走不進任何人的世界，當然，也不讓任何人走進他。

婉兒說，聖上很辛苦。

李旦說，朕必得做出這一份辛苦。

婉兒說，太后很欣賞聖上。

李旦說，我猜太后是欣賞朕根本就不是做天子的材料。

但至少陛下有清醒的頭腦和難得的明智。奴婢以為這才是最最重要的，唯有如此，才能把握住自己的人生。

婉兒便是如此把握人生的嗎？

奴婢覺得恰恰是在這一點上，奴婢和陛下很接近。俗話說大丈夫能伸能屈，可惜廬陵王就缺少這一份通達。他總是那麼容易被弄昏頭腦，就得意忘形，張揚失態。

婉兒這些話是說給朕的嗎？

奴婢只是了解太后，知道她所喜歡的是一種怎樣的合作方式。

你是說朕的方式還不夠好嗎？

陛下已經做得很好了。奴婢只是希望聖上能在皇位上坐得更長久。

你以爲朕能做得長久嗎？

奴婢認爲唯有陛下最聰明。因爲陛下從來就知道怎麼做才合適才得體。陛下既像是在盡心竭力履行著天子的命，又事事處處讓太后感受到大權在握……

你是說朕很卑鄙了？

這朝廷上又有哪個不是卑鄙的？陛下的三個哥哥不卑鄙，可他們所抱的全是不切實際的幻想。他們總是不能審時度勢，他們太看不清朝中的局勢也太不了解他們的母親了。所以奴婢萬望陛下不要效仿陛下的三個哥哥。爲了一時的衝動而丟了生命不值得。所以婉兒希望陛下能深謀遠慮。畢竟陛下還年輕，對陛下來說，才是眞正的來日方長哩！

朕記住婉兒的話了。一向冷漠的李旦在聽到婉兒的這一番肺腑之言後，竟也一反常態地動了感情。他說朕知道婉兒的好意。朕也知道母親是朕所見過的最勇敢堅強的女人。朕也知婉兒一樣崇拜她。朕知道在我們這個家族中，應當坐在這皇椅上的，不該是父親，不該是三個哥哥，也不該是朕，而唯一應該的是母親。母親是如此偉大。是如此具有君臨下天的風範。只是世世代代王朝的規矩阻礙了她。所以朕只好坐在這裡。朕是多麼想看到母親坐在這裡啊！你能理解朕嗎？

陛下才是最明智的。婉兒願幫助陛下。

婉兒和李旦的這段對話，事實上就定下了他們之間在未來的日子裡的某種聯盟、某種默契、某種基調。從此他們將共同遵守著某種不曾說出的諾言，各自以不同的方式侍奉在武曌的身邊。這大概是武太后身邊的兩個看似最忠誠最溫順，但卻是最清醒最明智的人了。唯有他們才知道太后眞正想要的是什麼，也知道他們在這場權力爭奪中所應扮演的究竟是什麼樣的角色。所以在太后在世的時候，他們都能善始善終地好好地活著。即或是婉兒最終死於非命，也不是死在武曌的劍下。而李旦也是沉沉浮浮，當武曌有一天眞的登基，他便又不溫不火地回到了東宮。明智的李旦只有一個願望，那就是和婉兒一樣地活下去。其實他們對生活的要求並不高，他們的全部所作所爲只爲了能擁有生命。好在李旦天生柔韌。他無論是貴爲天子，還是被貶爲相王，他都恪守著一種隨遇而安的原則。只是在母親的身邊他從來就沒有伸展過。只要母親在，他就永遠是一種屈辱的狀態，以至於是到了日後的某一天，他眞的可以做天子，眞的能統帥天下了，他反而懼怕了。他已經沒有了天子高昂的氣象。他已經被他的母親扭曲成侏儒，他已經萎瑣得不足以承載天賦神權了。於是他只能繼續以他的清醒和明智，早早將王位禪讓，退居到上皇的位置上。在徹底的超脫中，了此殘生。

終於在則天門下。六十二歲已步履蹣跚的武太后在經歷過重重險阻艱辛之後，走完了她向權力的最高峰攀登的路。她抵達了那個無限風光的頂峰。那是怎樣的一番景象。

那是空前絕後的西元六九〇年。

那是一個九月的豔陽天。

那一天秋高氣爽，人民聚集在則天門外，期待著那個令人振奮而又如此陌生的時刻。

偉大的太后終於氣宇軒昂地登臨則天門，在萬眾的歡呼聲中開始了她女皇的霸業。一項多麼輝煌的偉業。一個女人。唯一的。幾十年來她是怎樣衝破一道道重圍，她是怎樣衝決了那自古以來堅如磐石的世襲制度，她又是怎樣地超越了她的丈夫和她一個又一個兒子的限制，直到她最小的也是最後最明智的兒子李旦無比眞誠地連續三次請奏將皇位禪讓於太后，武曌才終於能夠以彌勒轉世的神話或者謊言，將她夢寐以求的那頂女王的皇冠戴在自己的頭上，成爲眞正前無古人後無來者的名副其實的女皇帝，那個眞正的唯一。

當然，在這充滿了艱難險阻的向權力巔峰攀登的路上，則天大帝也曾經歷過很多愛戴她的人對她的鼎力幫助，她每每想到他們，就總是感慨萬分。其中之於她最最重要也是最最刻骨銘心的，就是那個曾經是街頭賣藝的強壯英武的馮小寶。後來這個男人爬上了當時還是太后的武曌的床榻，他便改隨了武曌女婿薛紹貴族的薛姓，並從此成爲白馬寺中一個可以隨意出入太后寢宮的和尚。便是這個僧人薛懷義給暮年的太后注入了無窮激素，使一個老態龍鐘的女人不再美人遲暮。床上的繾綣柔情使太后的生命中青春再現，而身體中的這種生氣勃勃使武曌終於萌生了一定要親自榮登皇帝寶座而不再垂簾聽政的願望。亦是這個男人爲女皇修建了氣勢浩大的明堂和天堂，使女皇未來的王朝有了一個隆重而恢宏的依託。還是這個男人爲偉大的太后想出了彌勒轉世的絕招以蠱惑人心欺騙世人，使女皇的登基變得愈加神秘也愈加地順理成章。所以這個男人很重要。他不僅是女皇後宮午夜的眞正的君王，還是前台爲女皇眞刀眞槍地殺出那條血路的眞正的勇士。

而與這個男人幾乎同時出現在爲女皇登基掃清障礙、鋪平道路的隊伍中的，還有另一個男人，這就是十多年前被姑母接回都城的姪子武三思。誰也不知道武三思怎麼就突然成爲武曌組閣中的一個炙手可熱的重要人物。總之他開始頻繁地出現在他姑母的身邊，極盡阿諛之能事。他幾乎時刻不離武曌的身邊，他不遺餘力地向他的姑母搖尾乞憐，就像是一條狗在搔首弄姿地舔著他主人的腳。他是忠誠的，忠誠得有點奴顏婢膝。他不僅嘔心瀝血竭盡全力地爲他的姑母效盡犬馬之勞，而且心甘情願不厭其煩地爲他姑母的情人牽馬執鞭。武三思每每爲姑母屈尊折節，時常引來朝臣們的側目，但是他全不在乎。一時間，朝中似乎只有武三思才知道太后武曌想聽和想要的是什麼。後來直到武氏的子嗣們和薛懷義聯手接連不斷地組織民眾籲請太后登基，又獻上所謂的洛河寶圖，提出所謂的彌勒轉世，經過這種種的宣傳造勢，終於使司馬昭之心路人皆知。滿朝文武亦才恍然大悟，哦！原來太后並不能滿足於她垂簾聽政的現狀。她還想再向前邁一步。她與她的理想其實只有一步之遙，她只要掀開她面前的那一卷珠簾。

她原來是真的要做皇帝。

她原來是要做一個真的皇帝。

她要做一個堂堂正正的武姓皇帝。

是太后對皇權的慾望使武三思他們這些武姓的子嗣們突然變得無比重要。而事實上，因為他們也姓武，他們才會對武姓的事業格外地有興趣起。當時的武三思已官至右衛將軍，在朝中有舉足輕重的位置，他對他的姑母當然是感謝的。且三思又是在苦難之中被姑母接進皇宮豢養，使他徹底脫離了隨父流放的苦海，他對這位母親般的而又貴為皇后的女人自然是從少年時代起就懷了一種感恩戴德的感情。他始終不渝，忠實可靠，事事處處站在姑母的立場上，唯姑母之命是從。加之三思天生聰明，乖覺伶俐，於是他總是能將他的姑母伺候得很舒服，讓她在阿諛奉承和逢迎拍馬中感受到她的偉大和尊貴。於是，一向很講義氣的武曌便也對她的姪子們投桃報李，不斷為他們升官晉爵，提高俸祿，對姓武的後代們格外關照。特別是武曌登基以後，天下就便彷彿是武姓的了，因此武姓的子嗣們也就更加搶眼了。武皇帝信任他們也欣賞他們。當然她不僅僅是欣賞他們的忠實，也欣賞他們的聰明才智。特別是她讓三思他們從小所接受的也是皇室中最好的教育，所以當三思到了得以承擔大業的年齡便也能略涉文史，辭采風流。這便是武曌爲什麼要屢屢詔令武三思監修國史，特別是修撰她大周王朝的周史。在武曌的朝廷中，比武三思有學問有才華的文官可謂是不勝枚舉，一抓一大把，可她爲什麼偏偏讓一個只是略涉文史的人去監修國書呢？這便是因爲她只相信武三思，只相信武三思一個人，而大周的國書又是武則天非常非常重視的，那就等於是她武曌能青史留名的傳記。

當女皇開始了她輝煌的帝業，婉兒便開始了她作爲女皇最重要的侍女的生涯。武曌成爲女皇無疑給婉兒增加了很多政務的負擔，她不僅要爲女皇起草各類詔文，還要幫助女皇裁決處置百司奏表。那時候婉兒已經成爲女皇越來越離不開的一架日夜旋轉的工作機器。婉兒很累。沒有輕鬆的時候。她在不停地出賣著她的智慧和能力。無論朝政中的什麼事最終都要通過婉兒。因爲婉兒就在女皇的身邊。因爲女皇只信任婉兒。只是婉兒做到了如此高位，甚至她在女皇身邊的那種舉足輕重都超過了朝中宰相，朝廷的所有大事，女皇也都要婉兒參決，但是女皇在位的十幾年間，卻沒有給過她身邊的這個高級秘書任何的職位。彷彿婉兒天生就是只能供她使喚的奴婢，彷彿婉兒只能不計名分不計得失地爲她服務，鞠躬盡瘁，死而後已。

女皇六十二歲的時候婉兒剛好二十六。

這時候女皇的生命中已經歷了無數男人，而被沉重的政務拴在女皇身邊的婉兒，卻在經歷著一個年輕女人如花似玉的寂寞。當然政務的繁忙幾乎佔去了婉兒所有的時間，但是那些獨守空房的漫長夜晚呢？

沒有人能如婉兒般耐得住這無邊的寂寞。單單是每日婉兒要見到聖上與薛懷義的卿卿我我，就足夠一個成熟女人心旌搖盪的了。何況，每日在婉兒身邊出沒的，都是那些風流瀟灑的王孫貴族，朝廷精英，所以婉兒要以怎樣堅強的毅力，才能克制住她那一份蠢蠢欲動的春心呢？更何況，二十六歲的婉兒還有著傾城傾國的美貌，有著一份先天貴族血液中的優雅氣質和後天朝廷陶冶出來的雍容華貴，使得婉兒對她身邊的那些男人就更具有吸引力，而她又必得拒他們於千里萬里之外，婉兒便是在這種無奈的自我封閉中冷眼靜觀著後宮的驕奢淫逸，靜觀著女皇身體上的慾望怎樣不露痕跡地轉化成爲她的一種政治的取向。於是婉兒在慾望的煎熬中奮力爲女皇工作。她沒有別的選擇。她只能在絕望中苦熬。因爲她是在女皇身邊。因爲她和女皇的距離太近了，她沒有屬於自己的感情和空間。

婉兒當然不能對女皇的男人發生興趣，哪怕是那些被女皇丟棄的男人。她儘管和他們很接近，她甚至有著很多能和他們獨處的機會。但是她必須疏遠他們，並且在他們追求她並且騷擾她的時候拒絕他們並保持沉默。婉兒可能就曾經拒絕過女皇的那個花和尙薛懷義。她當然不否認這個男人的英武強壯，但是在婉兒高傲的心目中，她是看不起這個只會用性器取悅於女皇的男人的。婉兒甚至自覺她在對男人的品味上，是要比聖上高出一格的。

於是當有一天，這個正忙於爲女皇修建天堂的薛懷義星夜來到後宮求見女皇，而女皇在那一刻正躺在她的新歡御醫沈南璆的懷中，婉兒就曾經同這個男人有過一場默默的靈與性的搏鬥。是女皇非常冷酷地要婉兒把這個她已經嫌棄的不速之客帶走的。聖上不能見你。請大人回去吧。然後婉兒就只能沿著那條專門爲薛懷義修建的巷道把這個已經失寵的午夜的君王送回去。巷道裡一片黑暗。婉兒舉著燈。在寂靜的夜晚，婉兒聽著她身後那男人沉重的腳步聲，和他的粗重的喘息聲，她突然覺得這個被拋棄的男人很可憐，也很令人同情。婉兒這樣想著，當然她什麼也不能說。她甚至有點不解，她不知道這個一向暴躁的男人怎麼竟會如此順從，甚至對女皇的冷落不掙扎也不反抗。他們這樣向前走著。因爲無話可說也無話能說而顯得巷道更黑更長。大概是婉兒有了種莫名的緊張，大概巷道裡的青石板確實不平，婉兒不知道怎麼被絆了一下。她手裡的燈掉在地上並且熄滅。然而婉兒依然沉默著。她摸著牆上的磚石。她想藉著伸手不見五指的天光去找到不知道滾落到什麼地方的那盞已經熄滅的燈……

然後那個被慾望煎熬的男人就從身後攔腰抱住了婉兒。他把婉兒扔到了那個高高的石牆上，就開始拼命地擠壓她。婉兒眞的不知道她該怎樣了。她被眼前的這個男人緊緊地擠壓著動轉不能。而在這個黑暗的後宮的巷道裡，婉兒也知道她不能喊叫。喊叫只能是爲她自己惹來殺身之禍。於是婉兒在那個男人的強暴中默默掙扎著。她拼命地躲避著這個力大無窮的男人。她想能擺脫掉他的逼迫。婉兒奮力這樣做著，而這個男人竟然更緊地擁抱著她，並且他的手拼力揉搓著婉兒那豐滿的乳房。那是怎樣的一種久違了的身體感覺。婉兒正在變得迷亂，婉兒的身體中正在膨脹著一種連她自己也不能理解的感覺。那是種怎樣的難耐。巷道裡異常淒冷黑暗。不會有任何人來這裡救婉兒。這是一條早已被冷落、甚至被廢棄的秘密巷道。婉兒奮力地推著薛懷義，但是同時又有著一種想奮力迎上前去的感覺。那是一種怎樣複雜的心情，拒絕著而又渴望著，將身體頂上去而又想立刻跑掉。婉兒被折磨著，但她又發不出聲音。由她被揉搓著的乳房所發出的那種衝動，早已經傳遍了她的全身。她覺得她正被一種什麼東西所窒息。那發自身體中的。而婉兒越是掙扎，那個男人就越是被她的拒絕所鼓蕩。她已經發出了那種近乎絕望的呻吟。那種慾望的感覺。她想喊叫，而她的嘴又被那個男人的嘴堵住了。婉兒怎麼辦？她的整個軀體裡都充滿了年輕女人的渴望……

薛懷義在黑暗中已經脫掉衣服，露出了他堅硬的身體。他絕望地在婉兒身體上到處施暴，他不管此時此刻他所慾望的這個女人是誰。他可能覺得作爲女人婉兒比女皇更好，儘管婉兒這樣的女人是不能給他帶來任何利益的，但卻能在這樣的時刻滿足他報復女皇的慾望。何況，這又是一個如此高貴美麗的年輕女人。

婉兒忘記了她最終是怎樣掙脫那個男人的，忘記了那個男人是怎樣得意地走出那個黑暗的巷道，而那扇神秘的木門又是怎樣在他的身後永遠關閉的。婉兒撫摸著自己。那麼零亂的身體。不僅她的衣裙被撕破，她的衣裙上還沾滿了那種黏呼呼的讓婉兒噁心的液體。她無力地靠在冰冷的牆磚上。她知道自己已經被那個男人弄得很骯髒了，而她竟然又滿懷激情地回味著那個男人。那是種怎樣的難堪，怎樣的欲哭無淚的悲哀。

從此婉兒不再接近薛懷義。就是她再度與他不期而遇的時候，婉兒也儘快迴避他，不讓她自己看到那個男人英俊的臉和他的魁梧強壯的身體。她強迫自己忘掉那個夜晚，忘掉那個男人在她的身上所做的一切。

那時候女皇儘管已經很厭惡薛懷義，但是並沒有徹底與他了斷。她與這個男人之間，畢竟有千絲萬縷的剪不斷的關係，也畢竟，女皇登基全仰仗這個和尙彌勒轉世的異端邪說，她又怎麼能輕易就結果掉這個為她服務多年的男人呢？那時薛懷義的處境就彷彿棄之可惜的雞肋，讓女皇頗費躊躇。

而女皇的曖昧的態度讓婉兒也異常難受，因為她畢竟經歷了那樣的夜晚，她甚至從此慾望著那樣的夜晚再度來臨，而她又深知那樣的夜對她來說就意味著危險和毀滅。她知道倘若女皇不徹底消滅薛懷義她就總會危機重重。她寧可從此再不見這個男人，特別是再也不見到這個男人投過來的那色瞇瞇的目光，她知道那目光就等於陷阱，是他們誰也逃不掉的滅頂之災。而與其她被薛懷義這種男人拖著沉沒，她何不挺身拯救自己呢？她為什麼不能試一試呢？

然後就在女皇很徬徨的那一天。女皇有時候也會很猶豫很舉棋不定。婉兒就先發制人地眼淚汪汪地向聖上稟報了黑暗巷道中發生的故事。婉兒如此大膽地揭露薛懷義的時候，她其實並不知道女皇會選擇誰。在某種意義上她和薛懷義可謂是女皇的左膀右臂，女皇可能誰也不願意捨棄，所以她在聽到了婉兒所說的令她齒寒的那一切後，沉默了好久。

她沉默的時候低著頭。她抬起頭的時候臉上的表情已經很平靜。她說，朕對他已經仁至義盡了。你們自行處置吧。

婉兒說，聖上，那或許不是奴婢的意思。

那麼你的意思是什麼呢？

奴婢並不想陷陛下於不義之地。

你不用思前顧後了，就算是朕的意思好啦。

於是婉兒知道，薛懷義已是死路一條。即是說，女皇的這個男人的歷史使命已經完成了。

然後就有了薛懷義因叩不開女皇後宮的大門就燒了他為女皇親手建造的明堂、天堂的那把驚天動地的大火。那火熊熊燃燒。燒盡了長夜。清晨到來的時候，那兩座雄偉的建築已燃化為灰燼。那是女皇和婉兒親眼看到的。那火就斷了女皇通向上天的橋，也斷了縱火者薛懷義自己的後路。但是他覺得很痛快很酣暢淋漓，因為他畢竟燒毀了武曌的心肝肺，燒毀了她虛幻的信念。

那個夜晚婉兒本可以打開那個秘密通道讓薛懷義進宮的。他就是見不到女皇也完全可以在黑暗的巷道裡在婉兒的身上發洩他的獸慾。那個晚上也許薛懷義就是衝著婉兒來的。那個粗鄙野蠻的街頭藝人其實就喜歡強暴那種琴棋書畫無所不能的優雅女人的。所以懷義反倒慶幸聖上有了新相好，那麼他就可以名正言順地在黑暗的巷道裡踐踏那個自視清高的女人了。那也將給懷義帶來巨大的滿足感。

但是薛懷義並不知道他已經被出賣了。其實那個晚上女皇並不知道他來，女皇的床前也並沒有那個御醫爲她揉胸捶背。是婉兒故意把薛懷義擋在門外的，她也並沒有向聖上稟報他的到來。她任憑那個慾望中的男人凶狠地高聲拍擊著那扇秘密通道的木門，任憑他在宮牆外大喊大叫，聲嘶力竭。其實婉兒同那個薛懷義只有一門之隔。她已經被他的叫罵震疼了耳朵。但是她就是站在黑黑的巷道裡沉默不語。她不打開門，也不去通報聖上，而只是在心裡狠狠地說，你的死期到了。

也許那個晚上薛懷義見到了女皇或是見到了婉兒，也不論見到了這兩個女人之間的哪一個，他也許就不會燒掉女皇所無比珍愛的那座建築了。是婉兒自行決定把薛懷義擋在門外的。也就是婉兒擠兌得薛懷義去燒毀女皇的心肝，又把劍捅進他自己的心窩的。薛懷義死前的這一把火燒得倒是很有血性，很有男人的風骨，也很有英雄豪傑的氣度。他是在用自己的性命報復女皇，當然也就報復了婉兒。

婉兒在看到暗夜中驟然升起的那熊熊大火時，不知道爲什麼她的心裡竟有種莫名其妙的歡樂。她知道那熊熊燃燒的是女皇的聖殿，她還知道那火已經阻擋了那個男人再來強暴她。儘管婉兒一直輕蔑薛懷義那樣的男人，但是那通紅的火焰卻照亮了他，把他照得周身明亮，且偉岸高大。就彷彿永遠懸掛在了那烈焰之上。

婉兒沒有參加太平公主爲母親棒殺薛懷義的行動。但是婉兒知道這是那個享盡人間歡樂的男人難逃的下場。懷義終於如願以償。

其實給予婉兒更深刻的生命體驗的並不是薛懷義。這個男人在婉兒的生命中所留下的，不過是一道匆匆的淺淺的印痕。婉兒目睹了自薛懷義走進女皇的寢殿到女皇最終把他趕出人世的整個過程。婉兒覺得這個過程太驚心動魄了，既造就了一位偉大的女皇，也造就了一個末路英雄。不，婉兒所眞正在意的確實不是這個薛懷義，她一直想要弄清的是，女皇的那個哈叭狗一樣的姪子武三思究竟是怎樣走進她的視野，又是怎樣介入到她的生命中的。

很久了，婉兒一直沒有注意過那些蠅營狗苟的武氏子嗣們。她一直認爲他們都是些令人不齒的勢利小人，所以，她們一直像蔑視薛懷義那樣蔑視著武三思他們。也許是婉兒天生的貴族血統，使她對那些皇家子弟們有著一種天然的親和力。從太子李賢到李顯，再到李旦，無論他們有怎樣的毛病，她對他們還是深懷著那種由衷的熱愛和敬意的，她覺得他們才是値得她交往的人。

說起來，婉兒自從認識了那些李姓的皇子們，她就已經認識武三思了。她認識武三思是一回事，而他眞正走進她的視野又是一回事。十幾年過去，不是說武三思這個人有什麼變化，而是武曌變了，從皇后變成太后，又從太后變成了女皇。而女皇要她的大周王朝日月江河，她自然就更需要那些總是投其所好的武氏子嗣爲她鳴鑼開道。

婉兒還清楚地記得武三思第一次爲薛懷義牽馬時，她是怎樣地嫌惡。她臉上的表情自然也是冷漠而不屑地。她遠遠地站著，冷眼旁觀。但就在同時，婉兒也記得她所看到的女皇臉上的表情。那印象眞是太深了。婉兒從此銘記。那一刻女皇臉上的微笑是那麼明媚燦爛。那時候女皇和她的情人還彼此相愛。在那一刻女皇是那麼由衷地感謝那個能屈尊取悅於她情人的武三思。她當即就賞賜了武三思很多的絹匹。女皇如此慷慨的賞賜甚至是婉兒從未見過的。直到那一刻，婉兒才意識到女皇是多麼希望有人能對薛懷義好，能尊重和她睡覺的這個男人。因爲在當時，無論是朝中官吏，還是女皇自己的後代們，都對女皇與薛懷義的關係心懷嫌惡。他們不能接受女皇有男人，更不能接受這個和女皇同床共枕的男人卑微的社會地位，所以他們全都想方設法地冷落他輕視他，弄得女皇非常痛苦，覺得她和薛懷義之間的那種所謂的愛情很孤單也很無助，這也就是女皇何以對三思爲懷義牽馬如此感激涕零了。

武三思其實就是這樣走進婉兒視野的，以他卑微的行爲。婉兒才開始注意到武三思這個人，才開始想，這個相貌堂堂的男人爲什麼要如此屈尊如此低三下四地去做只有馬才會做的事情呢？其實過去婉兒對武三思的印象說不上好，但卻也不是很壞。相反，武三思對文史學習的熱情和興趣，反而讓婉兒覺得他可能是武氏兄弟中最有出息的。婉兒一直覺得畢竟讀書和不讀書是不一樣的。但是武三思爲薛懷義牽馬這件事讓婉兒反感透了。婉兒從此對武三思印象深刻是因爲她從武三思那裡受到了惡性刺激。她想一個讀書人怎麼能做出如此下賤的事情來呢？

大概是武三思在奴顏卑膝地伺候著薛懷義騎馬時，他也注意到了站在一邊的婉兒輕蔑的目光。他怎麼可以忍受姑母的一個婢女的輕視呢？但是武三思還是忍了下去。他是個什麼都能忍下去的男人，他可以忍爲姑母的情人牽馬，可以忍李家兄妹對他的不屑，當然也就可以忍姑母身邊的那個奴婢對他輕蔑的目光。但是，當騎馬的遊戲結束，當女皇和她的情人雙雙步入寢殿，當婉兒也準備回她自己的房子，驟然地，一個怒目而視的男人就橫在了婉兒的面前，劈頭就問，你以爲你是誰？

婉兒被嚇了一跳。她定睛才看出站在黑暗中的那個男人原來是武三思。一個武三思有什麼權力來責問她。他不過是女皇腳下的一條武姓的狗。婉兒很憤怒。但是她這麼多年來已經形成了她所獨有的憤怒的方式，那就是沉默不語，轉身就走。多年的被女皇所信任所重用使婉兒就這樣轉身就走。他走過去一把拉住了婉兒，然後就開始在婉兒的耳邊用最難聽的語言羞辱她。

是的你以爲你是誰？你難道不是女皇的奴才嗎？你不是也在死心塌地地爲她工作，你不是也在千方百計地巴結她討好她嗎？怎麼只允許你在她的面前趨炎附勢，就不准別人在她面前奴顏媚骨？別把自己裝得那麼高潔。你以爲你是誰？不是上官儀的那個女公子嗎？你若是有節氣，你若是但凡還有一點點家族的尊嚴，也不至於沒日沒夜地給你的仇人幹活，還跟著她一道去殺那些無辜的人。算了吧。收起你的那一套。你首先就是個奴才，怎麼還敢蔑視別人呢？你眞想既當婊子又立牌坊嗎？告訴你，魚與熊掌是不可以兼得的。你要眞是婊子就收起虛僞的清高吧。你不配清高，老子也不買你清高的賬。你這種婊子什麼也不是。就是給了老子老子還嫌髒呢。

這一次婉兒眞的怒不可遏。她竟然舉起手將一記耳光打在了武三思的臉上。這是婉兒平生第一次打人。連她自己都不知道她是怎麼舉起手的。她說我和你才不是一類人呢。我心甘情願侍奉女皇，但是我不會低三下四爲聖上的情人牽馬；不錯我是卑賤的奴婢，但絕不像你這麼下作。薛懷義是什麼東西。聖上與這等無賴攪在一起，這是聖上的不幸。

上官婉兒你聽著，你的這記耳光我可以忍下，但是我不得不懷疑你對聖上的忠誠。你就不怕我把你剛才說的那些話稟告聖上嗎？

你眞卑鄙！你愛怎麼做就怎麼做吧。當然你們這些勢利小人是什麼都幹得出來的。

婉兒說過之後果然轉身就走了。她想不到她竟然對武三思說了那些眞心話。她想可能是武三思的羞辱激怒了她。她不管武三思會不會到女皇那裡出賣她。她一點也不了解武三思，但是她想她就是被出賣了也無悔無怨。人到了被逼到絕路的時候當然什麼也不會顧。她說了眞心話，還打了女皇最寵愛的姪子，那麼她還有什麼可怕的呢？

婉兒知道當時女皇與薛懷義的愛情正如火如荼。置身在瘋狂變態的身體關係中的女皇當然視一切對她的情人冷漠的人爲敵人。她那時的心靈很脆弱也很敏感。她緊張焦慮，又爲此而到處樹敵。她不允許任何人當面或是背後詆毀她這昏天黑地的愛情。爲了她的愛的權力和尊嚴，她是不惜殺人的，哪怕是殺掉那些她的親人。當然婉兒也像她的親人一般。她最最害怕的就是她的親人看不起她，害怕那些她一向著重的人在她的身後指責她。

婉兒知道她指責了女皇的愛情意味了什麼。既然婉兒已經說了，她也就無須再怕，她等著武三思揭發她的那一天。

想不到這一等就是好幾年。幾年中武三思竟忍下了那個耳光的奇恥大辱。在那場衝突之後，他們更加疏離，女皇竟也沒有因此而指責過婉兒。

後來就有了薛懷義慘遭棒殺的事。

事過之後的某一天，婉兒與武三思在女皇的寢宮裡不期而遇。那時候女皇的心情很不好。不是因爲薛懷義的死，而是她畢竟心疼明堂、天堂那兩座象徵著她大周王朝的宏偉建築。盡管在表面上，武曌對她的這兩座建築的毀於一旦好像並不太介意，而實際上她還是非常痛心的，她迷信地認爲那場大火不僅讓她的殿堂化爲灰燼，而且是斷了她上天的路，是一種非常不祥的先兆。她一開始並不知道是婉兒有意將薛懷義拒之門外，也不向她稟告。她把所有的罪責都推在那個薛懷義的身上，她想薛懷義燒了她的聖殿，她就只能要薛懷義死了。

便是在女皇的無比沮喪的心境中，婉兒和武三思在女皇的寢宮內相遇。武三思是來探望和安慰他的姑母，他非常同情他姑母此時此刻那種一無所有的心情。武三思並沒有以爲他會見到婉兒。但是在女皇寢宮的迴廊裡他偏偏遇到了婉兒。於是武三思不知道爲什麼突然爆發積壓了好幾年的滿腔怒火。他蠻橫地擋住了婉兒的路，他問她，這下你如願以償了吧？你終於殺了他。

婉兒一臉的平靜，她說我沒有殺任何人。

你沒有殺他？你竟然敢如此冷酷地說你沒有殺他？那晚不是你把那和尚擋在門外的嗎？你逼他，是你逼他去燒了聖上的明堂和天堂。你以爲殺了薛懷義你就能逃脫罪責了嗎？你眞歹毒呀。記得我剛剛見到你的時候你還沒有這麼壞呀！如果你這樣的女人總是在聖上的身邊造謠惑眾的話，不知道哪一天我們就全都會死在你這個女人的手下了。

武大人還記得那一記耳光的仇恨嗎？

婉兒你眞是越來越惡毒了，你的手腕也越來越高明，你是個令人恐懼的女人。

我也曾有眞情。武大人你相信嗎？我的眞情也是永生永世，鏤骨銘心的，那是武大人所永遠不能理解的。如果聖上的周圍總是被你們這些武姓的勢利小人包圍著，那聖上辛辛苦苦創建的大周帝國就沒有前途了。

你是說，接下來你要殺我們武氏一族？你這個凶惡的女人究竟安的什麼心？你莫不是要將聖上所信任的臣相們全都殺盡，然後搶走她的權力？

怕是武大人才有這樣的野心吧？

好吧，咱們走著瞧吧。武三思說過之後就忿然而去。他恨婉兒。他覺得他和這個故作清高的女人不共戴天。他想他一定要報幾年前的一箭之仇。他還知道以他和這個女人之間的那種敵對立場，不是婉兒死就一定只能是他死了。

武三思氣沖沖地來到了女皇的龍床前。他看見的姑母在經歷了這次大火的事件後，彷佛立刻又老了許多。她變得羸弱，蒼白，她的內心很苦痛，好像對大周王朝的未來也不再抱希望。武三思看見女皇的樣子幾乎落下淚來。他是眞的心疼他的姑母，也眞的對大周的武姓的王朝寄予厚望。他跪在女皇腳下。他說陛下，你怎麼能那麼信任她？

誰？女皇緩緩地問。

不知道那個盛怒中的武三思對他年近七十歲的姑母都說了些什麼。但總之當天晚上，武三思一走，女皇就把婉兒叫到了她的寢殿。武皇帝的臉色很難看，但她卻故作鎮定地問著婉兒。

燒了明堂的那個晚上，那個薛懷義來求見過朕？

是的。婉兒平靜地說。她知道女皇的問話是什麼意思。她其實也知道武三思所要達到的究竟是什麼目的。

朕不管你和那個薛懷義是怎麼回事，朕只想問你知不知道那明堂、天堂是朕的命根？

奴婢知道。

那你爲什麼要逼那和尚去放那把火？你難道不知道那就是燒了朕的命根嗎？

奴婢並沒有逼那和尚……

你還敢頂嘴？太放肆了！你何德何能，敢在朕面前如此張狂？來人哪，把她拿下！把她給我綁起來！朕倒要看看一個奴才敢造什麼反。是你和他合謀來要朕的命。你們吃朕的喝朕的不知報恩報德反倒來坑害朕。你以爲那個和尚死了你就能逃脫罪責了嗎？你知道你燒掉的是什麼嗎？是朕的大周王朝啊！

武皇帝捶胸頓足。她身邊的所有侍從們都驚呆了。他們還從來沒有見過武曌如此地大動肝火，撕心裂肺。這是武曌自那場大火後一直被她自己壓抑著的絕望心情的總爆發。她喊叫著。像一個歇斯底里的瘋婆子。以她當時的心情，她把婉兒親手撕成碎片嚼爛的心都有。但是她已年老體衰有心無力了。最後她只是厲聲說，你們還站在那兒做什麼？還不快把她綁起來。你們怕她？怕她什麼？怕她有一天坐在我的皇位上來嗎？那是她癡心妄想！

婉兒當即被五花大綁了起來。在那一刻她驟然想起的，是當年廬陵王李顯做皇帝時突然被他的母親五花大綁的那一幕。一個皇帝尚可被武曌綑綁，何況她一個區區奴婢呢。但是婉兒沒有像當年被綁的李顯那樣反彈，大罵他的凶惡的母親。婉兒沒有這樣也無心這樣，她只是驟然覺得輕鬆了起來。從頭至腳，每一塊肌膚每一段神經，從血到肉，婉兒輕鬆了起來，那是她從不曾體驗過的一種感覺。一種解剖感。她想她在這宮中苦熬的日子終於有了盡頭，她甚至爲此而感到歡欣。她可能還意識到，其實她很多年來一直所期盼的就是這一天，這一天的這一個時刻。她所等待著，也是她最終難逃的，也就是女皇如此的宣判。婉兒沒有憤怒，也沒有悲哀。她的內心只湧動著一種發自肺腑的同情，那是因爲她眞的知道燒毀了明堂、天堂對那個蒼老的擁有著最後權力的女人意味了什麼。武曌爲了她的權力都失去了什麼。她失去的太多了，失去了她的親人骨肉也失去了她的人性。她所以才更愛她的朝堂她的江山。她所以不容有人毀了她的朝堂江山。她如若連這最後的權力也失去，那麼她還有什麼呢？她將一無所有，她將從此孤獨。婉兒知道這就是她爲什麼會不問青紅皀白就把她綁起來的眞正原因。她理解她。理解她並且同情她。但是婉兒眞的不恨女皇。婉兒只是不再懼怕她也不想再解釋什麼。所以婉兒站在那個絕望的瘋狂的女皇面前反而顯得很鎮靜，很大義凜然視死如歸。她被麻繩捆綁著。那繩索在婉兒身上勒出了很多道深深的印痕。婉兒很疼，那也是她從來不曾經歷過的，彷彿血流被阻隔，呼吸被窒息。但是婉兒挺著胸並且高昂著頭。她想她就是死也要死得英雄豪傑。她不管是誰把她逼上這條絕路的，她也不在乎那個出賣她誣陷她的人是不是那個卑鄙下流的武三思。她覺得此時此刻她已經進入一個嶄新的境界自由的境界，她從此不必再被這個爲權力而生而死的女人折磨，不必再被她敲骨吸髓，榨乾血汗了。婉兒想到此便無比興奮激動。這一次她放任自己，不再抑制，她就是這樣任憑著自己沉浸在這種極度歡樂明亮的心情中。那是怎樣的一種豁然開朗，又是怎樣的一番柳暗花明。

婉兒微笑著。柔和而明媚的。畢竟婉兒還是那麼年輕。她覺得她做這種辛苦的奴婢的日子已經夠久了。她要離開宮城。她要張開雙臂去迎接一種新的生活。她不管那新的地方是天堂還是地獄，但對於婉兒來說都將是美好的。

婉兒你如此地忤逆朕，如此地耍弄大周王朝，你知道你該當何罪嗎？

那時候婉兒已不知那冷酷的聲音是從哪傳來的。她彷彿是被那個聲音從一個很遠的地方喚回。婉兒睜開了眼睛才知道她依然是站在女皇的寢殿中。她對她身處的險境有點迷惑不解。她睜大眼睛迷惘地凝視著蒼老的女皇。她的目光只有女皇才懂的詢問的神情。

你裝什麼糊塗？你真的沒聽到嗎？朕在問你，忤逆了朕該當何罪？

是的，奴婢知道。

你知道什麼？

奴婢……婉兒說過了奴婢這兩個字後突然停住了。她聽到了奴婢兩個字後才突然意識到她連奴婢這兩個字也不願再說了。十多年來她說的已經太多了。她不想再說了也不願再做奴婢了。所以婉兒改口。婉兒說，婉兒知道，忤旨當誅。婉兒是死罪。

你知道了就好。是你背叛了朕。那就只能是告辭了。朕知道會有這一天的，這一天是遲早的。自從朕把你從那個內文學館中接出，就知道一定會有你我告別的這一天。只是朕沒有想到殺你的這一天會拖得那麼久，會一拖就是二十年。朕也知道不是朕殺了你，就是你來殺朕。你看你已經在殺朕了。朕知道當你看到那個和尚替你燒了朕的廟堂時，你是怎樣的喜悅。那是復仇之後的狂喜，所以朕要殺了你。反正都是一樣的。朕收養了你，爲什麼？可能連你也不知道。那就是朕要把你培養成一個和朕一樣的女人，一個能和朕勢均力敵的女人，否則朕在這個男人的世界中就太孤單了。你果然沒有辜負朕。你是那麼聰明那麼可堪造就，想不到你那麼快就成長爲一個朕身邊的舉足輕重的人物。二十年來，你始終忠心耿耿地陪伴朕、輔弼朕，朕的生命也正在一天天地依賴於你，離不開你，朕正在陷入你爲朕布下的圈套中。朕無論怎樣地糊塗，但有一點朕是清醒的，那就是朕知道遲早會有這一天的。其實朕更期望看到的，也許並不是今天的這一幕。是你在逼朕。不，朕想看到的不是朕先殺了你，而是有一天，當朕行將就木，當朕運轉不能，你來殺了朕。殺了朕並且取代朕。這偌大的朝廷，其實眞正能與朕旗鼓相當的，只有你。可是你爲什麼就不能再等等呢？你爲什麼要那麼急於復仇呢？你不願向朕再多學點什麼嗎？你爲什麼要那麼早就跳出來那麼急於要結束自己的生命呢？像李賢。那個你最難忘的男人。現在好了。你隨他去吧。朕知道很多年來你儘管對此沉默，但李賢是你的至愛，爲了他你一直不能原諒我。你一直認爲是我殺了李賢。朕這一生的確殺了很多的人，但唯有李賢不是朕殺的，是他在朕的心上潑髒水。當然這並不妨礙你恨朕。朕知道即或是沒有李賢阻擋在你我之間，也還有你的祖父和父親。你是決意要爲你愛的這些人復仇的。所以，這一天是必然的。我們終於等到了。只是，朕有點可惜，朕也眞的難過。當朕聽說是你故意將薛懷義拒之於門外，將他逼到了那個不得不放火的絕境上，朕說不清心裡是一種怎樣的感覺。你爲什麼不來稟報朕？你怎麼就能任憑他毀了朕的廟堂？這麼說來那個被朕下令棒殺的薛懷義是白死了。他是無辜的，而眞正的縱火犯是你。二十年來朕是怎樣待你的？你爲什麼要毀了朕的念想？朕已經想了很久。朕遲遲下不了這個決斷。朕不能想像從此與你長別離長相思是怎樣的一種景象。朕也不知道從此身邊沒有你朕是不是能承受。但是，就在剛才，朕下定了決心。因爲，你確實是一直橫在朕頭頂的一把劍。朕知道你隨時隨地都會來索要朕，你要用朕的頭祭你心愛的那些人。但朕就是把你懸在那裡，爲的是讓朕永遠是清醒的緊張的。現在你要走了。朕還眞有點捨不得。你就是走也要折磨朕，婉兒，朕失去你甚至比失去朕的親生兒女們還要痛心……但是，晚了。去吧，婉兒。到那個地方去見你愛的那些人吧，與他們永遠相伴。但是有一點你要記住，那就是在這二十年中，朕是愛你的。在這個世界上，再不會有像朕這樣愛你的人了，來人啊，送婉兒上路。

於是早就埋伏在屏風後面的幾個羽林武士跑了出來，又將手銬鐵鐐披掛在已經被五花大綁的婉兒身上。在那沉重冰冷的刑具下面，婉兒顯得那麼柔弱渺小，但是這個年輕女人的臉上卻毫無懼色。她沒有像中宗李顯被拉下王位時那樣大喊大叫。婉兒是有教養的，卻依然沒忘去施那個跪拜的禮節，她並且用一種非常凝重的聲音說，聖上，婉兒告辭了，望聖上保重。

說過之後婉兒抬起頭去看武曌的臉。她竟然看到了一向冷酷的武皇帝已是淚流滿面。武曌不敢去迎接婉兒的目光。她掩面轉頭。是武曌的眼淚讓婉兒的眼睛也頓時潮濕了起來。畢竟二十年。畢竟二十年來婉兒一直和這個已經蒼老的女人生活在一起，儘管她們彼此戒備彼此仇恨，但她們依然是這世間最親近的人，她們確乎是有著很深的感情的。倘若她們的分離這麼輕易，那麼她們之間這二十年來勝似母女的感情還有價値嗎？

婉兒長跪不起，她說請聖上不要難過。婉兒能有二十年與聖上相伴的日子就足矣了。婉兒沒有更多的奢求，只希望聖上能照管好自己。婉兒不論生死，都是聖上的奴婢。就是到了那邊，婉兒也會想念聖上的。如果有來世，婉兒定然會繼續……婉兒這樣說著的時候已經泣不成聲。婉兒所說的也全都是肺腑之言，在臨行的時刻，她不想再控制自己也不想再掩飾自己了。也是直到此刻，婉兒才眞正意識到她是愛武曌的。不是愛女皇，而是愛武曌這個做了女皇的女人。她是怎樣地依戀她。她是怎樣地不想離開她。她本來以爲是她要爲女皇送終的，但想不到卻是她要先行一步了。無論誰先走，人生終有一別。婉兒站起身，隨羽林兵士緩慢走出女皇的寢殿，那鐵鐐的沉重響聲在女皇的寢室中繞樑三日，經久不息。

武曌閉上眼睛。

她突然很惶惑，不知道就爲了兩座沒有任何實際意義的宮殿而失去有著實際意義的婉兒是不是值得。但是敕令已下，她只能閉上眼睛。她是閉著眼睛向羽林兵士們擺手的，意思是，去吧。

她不想看婉兒離別的那一幕。她不想讓婉兒赴死的那景象從此永無休止地折磨她。所以她閉著眼睛。她擺過手之後又想，婉兒的性命就在她如此輕易的擺一擺手之間，公平嗎？

但是，去吧！去吧！

在熬過了那個漫長的牢獄之夜後，是清脆婉轉的鳥鳴將婉兒喚醒。她想不到在這個陰暗潮濕的牢房她還能睡著。抬起頭她便看見了牢獄頂端的那個小窗裡射進的那一縷美妙的陽光。

陽光使婉兒的心情也美妙了起來，因爲她並不懼怕死，她甚至是深懷了必死的決心。所以她無悔無怨，慷慨赴死。那種赴死的熱情和歡樂鼓舞著她。婉兒想不到她竟能如此坦然地面對死亡，她想那可能是因爲賜她於死的不是別人，而是她敬愛並且崇拜的女人。所以當那個女人要她死，她便在所不辭。就像是當年女皇要她去監視她喜愛的太子李賢，她也不曾有過絲毫的猶豫。這就是她和女皇幾十年的關係。她對女皇的旨令總是不由分說，嚴格執行。包括在這一刻，她執行她自己的死刑。

當鐵門打開，婉兒便走出了那間陰暗的牢房。強烈的陽光照耀著她。她趕緊遮擋住眼睛，她想這陽光眞刺眼。

婉兒就這樣心平氣和、坦蕩從容地走向了後宮的一個小小的刑場。

她是那麼柔弱那麼美麗在宮中寬闊的石板路上顯得那麼孤單。那是一種異常淒美的赴死的感覺。一個年輕美好的生命就這樣殞滅了，甚至都沒有人知道沒有人來爲她送行。

婉兒款款地向前走著。她竟然在走向死亡時還依然保持著那一份優雅。她被一種莫名其妙的幸福感動著。她想原來死竟是如此簡單。然後她就走上了那小小的刑台，把她的美麗而且智慧的頭顱放在了鍘刀上。婉兒想其實美麗的被毀滅也許並不可惜，因爲天下的美麗實在是太多了；而智慧的被毀滅才是値得扼腕嘆息的，因爲眞正的智慧是那麼少，那麼値得珍惜，所以婉兒多多少少有點爲她的智慧的被泯滅而惋惜。婉兒在這最後的時刻還想到了她的母親。她想她最大的不孝就是不能爲她的母親送終了。她還想她是對不起母親的，對不起母親所給予她美麗而智慧的生命，也對不起母親是怎樣含辛茹苦在昏暗的掖庭中將她帶大。而她還沒有來得及回報母親就又把她的生命拿走了。她想她倘不離開掖庭，母親便不會在失去了她所有的親人之後，又失去她了。他們這些上官家的人怎麼能把母親鄭氏一人孤孤單單地留在世間？

婉兒就這樣想著靜靜地趴在鍘刀上。

她在等待，不，她甚至是在期待著那個意識飛散的時刻。她覺得那一定也像政治的遊戲那樣充滿樂趣令人嚮往。她希望體驗所有她未曾體驗過的東西，連同死亡。哪怕那是一種不再能復生的體驗。

婉兒便平靜地面對鍘刀等待著。也許是等得太久了，婉兒有點累有點不耐煩了，於是她扭轉頭，她想讓她的眼睛透過天井望見頭頂那碧藍的天空，然而，她卻看到了屠夫的頭。

於是婉兒知道了她已無須再等待。她知道那一刻在即，那是她光輝燦爛的彼岸。

然而屠夫舉起手來並不是要將她斬斷，而是像老鷹捉小雞那樣把她從刑台上拎了下來，讓她跪在地上，聽匆匆趕來的宮廷秘使向她宣讀聖上的詔書。

婉兒不解地跪在那裡。

婉兒不敢相信那詔書上竟說：婉兒忤旨當誅，但聖上惜其才而不殺。

婉兒一下子癱倒在地，她想，生死莫非也成爲了一場遊戲？

緊接著詔書上又說，聖上惜其才，止黥而不殺也。

於是婉兒惶惑。她明明是已經做好去死的一切準備，她不知道自己是不是能夠像對待死亡一樣坦然地對待這黥刑。婉兒無法說清楚死亡和黥刑哪一種懲罰對她來說更殘酷。死亡，便是將生命徹底結束；而黥其面，則是將生命留住，同是留住與生命同在的恥辱。

婉兒那個時代的黥刑即是遠古的墨刑。那樣的刑法通常是用於犯了死罪而又不殺的那些人。被施於墨刑的人通常會被關押起來，或是流放或是終身苦役。墨刑不僅是一種疼痛的處罰，而且是要留下羞辱印記的處罰。如此受過墨刑的人就將永生永世難逃罪惡的陰影，即便是哪一天他能擺脫牢獄之災、苦役之難，世人也一望便知這是個犯過死罪的人。從此這罪惡的印跡伴他一生。而那印跡的醜陋也是令人深惡痛絕甚至恐懼的。黥跡沒有任何美麗可言，那是深烙於鬢下頰上的一塊晦暗而墨黑的標記，而那標記上所顯示的，便是受刑者所犯的罪名。從此，留在臉頰上，那晦暗而墨黑的忤旨，就是年輕而美麗的婉兒所畢生要承受的。

婉兒跪在那裡。婉兒才眞正地悲傷眞正地開始痛惜自己。死不足惜，但是她怎麼能畢生承擔恥辱呢？婉兒不說自己是年輕而美麗的，但她畢竟是個女人。一個男人在臉頰上留下這樣的印跡尙且醜陋，而況，她還是個有著美麗容貌的女人呢？

於是婉兒才恍然大悟了聖上的眞正用意。婉兒想聖上才堪稱天下最殘忍的女人，她不要婉兒死，而要以黥其面而毀了婉兒尊嚴。這才是毀了婉兒的本質，是比生命還要重要得多的本質。她要讓婉兒永生永世抬不起頭來，永生永世做她的奴婢。婉兒本來已經接受了死亡的現實，而聖上爲什麼還要追來免死而黥其面的赦命呢？在世人看來婉兒眞是幸運。她終於可以不死了，而生命對於人來說才是唯一重要的。但是對婉兒來說這其實是更可怕更殘忍的刑罰，因爲她更看重的已經不是生命而是做人的尊嚴。而聖上就是屈辱了婉兒的尊嚴，並要她從此在漫長的生命歲月中，永遠佩戴著這個罪惡的印跡，讓她永遠背負沉重和醜陋。這才是眞正的刑罰，是將一個活人永遠地踩在爛泥和污水中。

婉兒求死不得。

在女皇的鐵腕中。

那萬箭穿心般的火辣辣的疼痛。

僅止是爲了讓婉兒永遠銘記，那是女皇的兩座聖殿的代價。

一切在轉瞬之間。刺面的疼痛使婉兒麻木。麻木的臉頰和麻木的知覺。但是婉兒的思維並沒有麻木，因爲就在轉瞬之間，她意識到她已經不是婉兒了。原先的那個婉兒已不復存在。過往的歲月已經被狠狠掀過，那麼未來的婉兒是誰呢？一個帶著晦暗的罪惡標記的女人。她將永遠也走不出女皇的控制和陰影了。

婉兒求死不得。這是她在整個被處罰的過程中最深刻的遺憾。甚至是無法補救的。

幾乎就在同時，婉兒剛剛從黥面的刑具前站起，她就被即刻帶回了女皇的政務殿，她的衣裙上甚至還帶著血帶著黥刑的墨滴。

那是怎樣的屈辱。

婉兒被鬆了綁，在眾目睽睽的大庭廣眾之下，被帶回了女皇的身邊。

婉兒求死不得。在穿越百官驚異的目光時，婉兒再度深刻地感受以那種求死不得的悲哀。

婉兒推開政務殿的大門，她看見女皇是怎樣艱辛地從皇椅上站起，又是怎樣步履蹣跚地一步步向她走來。迎接她。婉兒知道，此時此刻她所享受的，是女皇的最高的禮遇。她知道女皇從沒有走下過政務殿的階梯，就是高宗李治來到政務大殿的時候，她也從沒有如此地前來迎候。

而武曌爲什麼要迎候婉兒？迎候一個罪人？

武曌見到婉兒時的那種痛惜的欣喜的陌生的神情。婉兒知道那不是武曌裝出來的，她是眞的喜出望外，眞的憐惜婉兒，眞的慶幸婉兒沒有死，眞的因婉兒臉上的斑跡而認不出她來，也是眞的歡迎她回來，回到她身邊。武曌先是用鷹爪一般的乾枯冰冷的手抓住了婉兒的手。緊接著她又用脆弱而衰老的身體擁抱了婉兒。婉兒在武皇帝的懷中覺出了那個老女人由衷的抽泣。那種大難不死之後無比感慨的重逢。然後女皇牽著婉兒的手重新回到她的龍椅上。她不錯眼珠地看著這個失而復得的婉兒，然後是無比痛楚地伸出了她枯瘦的手去摸婉兒臉上的那依然疼痛依然腫脹的傷口。

婉兒一陣鑽心的疼。她覺得武曌的五個手指就像五把尖刀直剜進她的傷口。但是婉兒沒躲閃。她任那個悲傷的悔恨的老女人在她的臉上摩擦著。婉兒忍著疼。被那個眞心難過的女皇感動著。她竟然無怨無恨。婉兒想這可能就是她的命了。她逃不走，也死不成，被烙上罪惡的標記之後又重新回來。婉兒想她可能注定要跟隨這個老女人了。無論她對她怎樣，無論她殺她還是羞辱她，她都只能是跟定她。她就像武曌的命。武曌的身體之外的另一條命。她們將永遠形影相隨。今生今世。只要是她們一息尚存。

史書上說，婉兒是因爲忤逆了女皇而慘遭黥刑的。然而史書上並沒有說婉兒受到黥刑的具體時間，只說是「則天時」，即是說在武曌登基當政以後。那時候，婉兒跟隨了皇后、皇太后的武曌已經十四年。而在這十四年中，婉兒爲什麼從未犯過忤旨的死罪，而偏偏要在武曌當政之後，反而敢於如此明目張膽地反抗女皇呢？

這就是爲什麼至高無上的武則天要殺婉兒。這就是爲什麼她即或不殺她也要在她的臉上留下永恆的印跡。女皇這樣做完全是爲了讓那個有點自命不凡的婉兒記住，是她在十多年中讓婉兒的羽翼不斷豐滿起來的，也是她把婉兒培養成一個「百司表奏，多會參決」、「群臣奏儀及天下事皆與之」的在朝廷中舉足輕重的人物的。她要讓婉兒知道，她可以讓婉兒抬到百官之上，一言九鼎的位置上，也可以讓婉兒成爲一錢不值的階下之囚或是被罪惡的印跡纏繞畢生的可憐蟲。在朝廷中眞正握有生殺大權的唯有女皇。而不論誰都終將難逃女皇的手掌。

武曌將年輕貌美且足智多謀的女人黥面，一方面是想殺婉兒的傲氣，但更多地是爲了警醒自己。很多年來，武曌從未放鬆過對身邊任何人的警惕和戒備心理，哪怕是她的那些親人，她的兄弟姐妹、她的丈夫和她的兒子們。她戒備他們，提防他們。她告誡自己只有時時刻刻在這樣一種緊張的盯防狀態中，她自己才是最安全的。而唯獨對婉兒。唯獨是對婉兒，這十幾年來她幾乎完全繳械，完全放棄了那一重心理的防線。她可能是太愛婉兒了，太離不開她也太慫恿她放任她，給了她太多的權力和太大的能夠施展她的才華的空間了。總之是她太在乎婉兒了，讓婉兒在她身邊的位子太穩也太自由自在自鳴得意了。所以婉兒才能在她的朝廷中而不把她放在眼裡，所以婉兒才敢在她的面前自行其是頤指氣使。而那個引狼入室的始作俑者又是誰呢？還不是武曌她自己嗎？所以武皇帝要在她最信任的婉兒臉上刺上墨跡。她要時時刻刻提醒自己不能對信任、親近的人掉以輕心。她要自己一看到婉兒就意識到不要對任何人放鬆警惕。她要用婉兒臉上的墨跡鞭策自己，她要以婉兒爲鑑，她畢竟是因爲對婉兒的放縱而損失了她的兩座最偉大的建築，那教訓難道還不夠慘痛嗎？這就是武曌對婉兒免死而施黥刑的全部用意。如此，她果然至死都對身邊的人保持了一種清醒的認知。她從不輕易相信任何人任何事。她要每一個人都成爲她的對手，都感到在她身邊的不安全甚至岌岌可危。她要像對婉兒這樣，首先控制住他們，然後再利用他們。她知道唯有在所有的人中不斷地制衡，她才能永遠立於不敗之地，而婉兒就是那個最無辜的犧牲者。

如果說出身高貴的上官婉兒年輕時果然既美貌絕倫又穎悟過人，那麼就眞如她的主子武曌那樣，是一個天下難得的才貌雙全的奇女子了。武曌終其一生可能都是美麗的，沒有人能改變那美麗，只是那美最後被歲月銷蝕了。但是在三十歲以後的某一天臉頰被刺上墨跡的女人就很難再說她是美麗的了。想想那塊晦暗而可怕的疤痕從此橫亙於美麗之上，從此將美麗割斷，讓美麗破碎，那樣的一張女人的臉又將是一副怎樣的景象？所以墨刑以後的婉兒就不再美麗了，或者只能說婉兒是一個曾經美麗過的女人，而如今已是美麗不再。所以婉兒的心態也隨之發生了很大的變化。

那該是一種世界的變化。黥刑前婉兒雖然不敢與男人親近，但是她想得到男人的心還是有的。但是黥刑以後她就只能是帶著臉上的那塊晦暗的傷疤去看待人和事物了，特別是看待男人。她不再對男人抱哪怕一絲一毫的奢望，她從此封閉了她的那顆女人的心。

於是婉兒在男歡女愛的領域裡可謂是哀莫大於心死。她變得冷漠、拒絕，臉上也不再會出現燦爛的神情和明媚的微笑。那時候婉兒並不知在日後的某一天，她即便是帶著那晦暗的斑跡依然能贏得很多也很有權力的男人的愛。婉兒甚至不再照鏡了，也不再打扮自己。

後來婉兒的心思就更多地用於爲女皇處理朝政了。這也許恰恰是武曌所希望的。尤其是在女皇未來變態地忙於與年輕男人的床笫之歡時，婉兒簡直就是在替女皇施政了。她成了那個女皇背後的女皇，成了那個穩身的影子女皇。那是已經力不從心的武曌主動放棄了她的權力，而她在朝廷上下所眞正信任的，也還是唯有婉兒。婉兒當然也不會再忤旨了。她臉上墨跡教會了她凡事要三緘其口，三思而行。何況，女皇所發佈的各種旨令其實都是出自婉兒之手，那麼，婉兒又何苦要忤逆她自己呢？

然而各類史書上儘管反覆提到了婉兒是經歷過黥刑的，但是卻沒有說明婉兒究竟犯了什麼「忤旨當誅」的罪惡。「忤旨當誅」即是說婉兒違抗了武皇帝的旨意，而這種違抗的程度已經足以殺頭了。那麼婉兒所違抗的究竟是聖上怎樣的金科玉律呢？史書上沒有說。大概撰寫大周國史的當朝人也不曾摸清婉兒當誅的眞正原因，或是知道也不便於寫入史中，那麼日後撰寫新、舊《唐書》的人就更不清楚婉兒何以被黥了。

於是歷史所留給我們的只是婉兒被黥的這個事實，這便留給了我們無限的空間，讓我們去猜測，去想像。

其實當死的罪也許並不是罪，既然是自古以來，中國的封建朝廷就流行著一種欲加之罪何患無辭的風氣。也許正義之言肺腑之聲就是罪惡。也許蔑視皇權、批判現實就必得殺頭。甚至，那些明相賢臣爲愛護社稷而針砭時弊以死相諫就是他們當誅的原由。歷代的統治者，似乎都不能接受另一種忠誠的方式，他們所熱衷的，唯有逢迎拍馬，歌舞升平。而很多的王朝就是在這誤國毀君的甜言蜜語中消亡的。

所以婉兒當誅的死罪究竟是什麼就很難說了。而且武周的時期又是中國歷史上暴政的時期，尤其是武曌所器重的那些酷吏如狼犬般橫行霸道，形成了朝野上下的白色恐怖。不要說婉兒敢於直言武皇帝荒淫無度的私生活是禍國殃民，就是武皇帝的親孫子私下裡議論一下祖母令人不齒的私生活，最終都難逃殺身之禍，足見當時朝中的空氣是怎樣的緊張。

這樣說來，婉兒還是幸運的。比起女皇那些無辜地被賜死的孫子孫女們，婉兒的忤旨僅僅是獲得了臉皮的一塊印跡，而不曾失去性命。婉兒保存了下來，保存了她的生命和智慧。婉兒在這一次忤旨的事件中，只犧牲掉了她的美麗，而在純粹政治的舞台上，美麗又算是什麼呢？對於一個要在宦海中沉浮的女人來說，婉兒有她的智慧和她女人的身體以及女人身體上的性器官就足夠了。智慧才是最重要的。有了智慧，缺少美麗的女人的身體也是有價值的，何況，婉兒還有著那與生俱來的同樣能吸引男人的那優雅氣質呢。日後的婉兒，被女皇留住了性命的婉兒，果然將她女人的身體也加入了她用智慧操縱的政治中。她並且利用她的身體做了很高階位的女官，她甚至一度把天下最有權力的男人和女人們全都掌握在她的股掌之中。婉兒以她臉上醜陋的默敕，還成就了如此偉業，足以證明智慧對一個偉大的女人來說，有多麼重要。

武皇帝開始頻繁造訪她的姪子武三思的家。這在當時的朝廷中，實在是一種非常高的禮遇了。一位天子能不停造訪一個朝官的家，連女皇的親兒子住在東宮的太子李旦，也很少能在他的家中接待母親。當然武三思不是一般的朝臣，無論如何，他是他姑母的親姪兒，他的血管是和女皇一樣都流著武氏的血。但是武曌有比武三思血緣更近的親戚，她又何曾如此頻繁地造訪過他們？武三思和他們不一樣。武曌覺得他們武家，唯有武三思是可以造就的，也唯有武三思能理解她的苦衷。

武曌每每前往武三思的宅第，她總會動用很多輛皇家的車輦，浩浩蕩蕩。她會帶上她的侍從們，當然她也必得會帶上婉兒。那時候婉兒剛剛經歷了黥刑的苦難。不知道女皇是不是有意要把婉兒帶到武三思家的盛大晚宴上，是不是有意讓婉兒在世人面前無地自容。

那時候武三思正因爲成功地取悅了姑母而春風得意。武曌臨朝之後，便封武三思爲夏官尚書。不久，又隨著武姓勢力的不斷擴張，而累遷天官尚書，加封梁王。武曌如此地器重三思，自然是因爲欣賞他對文史的精通；但是更直接也是更隱秘的原因是，當滿朝文武都對武皇帝的情人不屑一顧時，是武三思給予薛懷義起碼的尊重和承認，這才是武曌爲什麼要讓三思不斷升遷，又爲了什麼要頻頻造訪武三思的家。一是她在三思的家中確實快樂，而同時，她也是做給滿朝文武看的，她要讓她的朝臣們知道，誰眞心對她好，她也會眞心對誰好。

武曌便是把婉兒帶到了武三思的家。她才不管婉兒與武三思之間的仇恨有多深。婉兒當然不敢違抗女皇，她知道她臉上依然腫痛的黥痕，就是她違抗女皇的結果。於是婉兒便在女皇身後，帶著她的標記第一次出現在武三思的家中。武三思的家眷們都很熟悉婉兒，當然他們都聽說了婉兒被黥刑的事。但是看見婉兒之後他們還是不敢相信自己的眼睛，不敢相信那個半邊臉都紅腫晦暗的醜女人，就是原來那個不離女皇左右的美麗的婉兒。儘管他們都曾認爲婉兒免於一死眞是太幸運了，但是當他們看到婉兒那張面目全非的臉，他們都一致認爲婉兒不如去死。

連眾人的感覺都是如此，婉兒的心情又會是怎樣呢？

那一天婉兒回到她自己房間的第一件事就是踩爛了她的銅鏡。在此之前，婉兒最後一次在銅鏡中看到她自已，看到了她的那令人恐懼的醜陋的臉。她知道那已經不是她自已了。沒有了原來的她，銅鏡還有什麼意義？婉兒大概就是爲了向以往告別，她才踩爛銅鏡。婉兒沒有哭。她甚至很平靜。她知道她的房間裡從此沒了銅鏡，也就是徹底斷絕她作爲女人的那一份念想。這樣做過之後，婉兒就神奇地不怕再被人看到了。婉兒想我就是醜陋的。我就是要給你們看。我就是要讓你們看著恐懼看著不舒服。婉兒甚至覺得醜陋也是一種武器，可以傷害他人洞穿他人。因爲婉兒在武曌的眼睛裡，就看到了她臉上的那醜陋怎樣地震驚了她，並使她恐懼。婉兒看到這些之後就坦然了，因爲她覺得她又獲得了一份武器，也就是獲得了一份對自已的保護。

婉兒便是懷著這一份坦然出現在武三思面前的。這是婉兒在黥刑之後第一次與武三思碰面。

婉兒沒有躲閃，而是把她那張武器般的醜陋的臉直逼著武三思的眼睛。她看到這個正對他的姑母滿臉堆笑竭盡巴結之勢的武三思突然收斂了他滿臉的虛假，他彷彿看到了一個什麼可怕的東西，他的眼睛頓時充滿了恐懼。顯然這個男人被嚇壞了。唯有那恐懼是眞實的，切膚的，以至於他對面那個姑母也不禁隨著武三思的目光轉頭望去……當然他們看到了婉兒。那是連女皇本人都很害怕的。唯有婉兒臉上的神情平靜而麻木。她對於這種她所帶來的驚恐的目光早已經熟悉。婉兒安之若素。她不遠不近不緊不慢地跟隨著女皇，直到女皇走累了，她緩緩走進武三思專門爲她布置的可供女皇休息的殿堂。那是女皇每次前來都會休息的房間。在那裡，都是武三思爲他的姑母精心挑選的美少年，他們是專門伺候女皇帝的。

然後婉兒在夜晚的風中等待。她獨自徘徊於人煙稀少的武三思家庭院的長廊裡。有時候她會坐在石凳上。眼望著夜空，無所思也無所想，對遠處各種男女的調笑和靡靡的絲竹管弦之聲無動於衷了。從此這世間唯有一件她能做的事，那就是爲沉湎於荒淫的女皇打理朝政。

其實以婉兒對女皇的怨恨，她早就想一劍刺進這個女人的心臟，看看從那顆心中流出來的血，究竟是紅的還是黑的。但是如今的婉兒連刺死這個她仇恨的女人的興致也沒有了。她知道女皇已死到臨頭，她不過是硬撐著她命若弦絲的軀體罷了。既然是她就要死了，那麼婉兒又何苦用她的黑心染黑自己的手呢？ 婉兒覺得那不值得。所以婉兒才能帶著她黥刑的疼痛和屈辱繼續爲女皇服務。她並且沒有感覺到有什麼不舒服或者不愉快。一切如往日般。任憑著那幾十年如一日的生存的慣性。其實那是婉兒對女皇的一種很深的也是很複雜的一種感情。那感情從一滴水，慢慢浸潤了她全身，吞噬了她的仇恨，並泯滅了她的良知。所以她寧可死心塌地爲女皇工作，那是因爲她已經雄心勃勃要成爲一個女皇那樣的女人，甚至要比女皇更偉大。

婉兒便是在女皇被那些美少年伺候的這段時間裡來想她和女皇的關係，來想她自己，來想她的現在和未來。白天繁忙政務使婉兒很累。她難得有坐在這長廊下獨自冥思的空閒。有如水的風吹過來。柔和著婉兒的身與心。婉兒於是忘了她臉頰上的傷痛。她突然覺得心情很好。午夜很好。獨自很好。她覺得在這樣的夜晚擁有這一切很好。她還能奢求什麼呢？ 只要沒有人來打攪她，只要讓她平靜的心融進這平靜的黑暗。

但是上天不讓婉兒安閒。在那一片寧靜的黑暗中，遠遠地便有一個人影順著花前月下的長廊走來。那是冤家路窄。儘管黑暗儘管遙遠，但婉兒還是一眼就認出朝她走來的那人個影是武三思。

爲什麼偏偏是武三思？

婉兒要逃到哪裡才能逃離這個置她於死地的男人？

婉兒不再平靜。她胸中的怒火就那麼突然地燃燒了起來。她想她對這個只會仰女皇鼻息的男人已經深惡痛絕恨之入骨。婉兒當然知道究竟是誰在女皇面前出賣了她，又是誰讓她差一點命歸西天。其實當婉兒被黥面的那一刻，她就已經想好了要怎樣報復這個男人，該怎樣以血還血以牙還牙了。而當婉兒重新回到政務殿的那一刻，她也就開始爲幹掉武三思蒐尋證據羅織罪名了。婉兒不信以她的心智就不能把武三思置於死地。婉兒發誓不達目的，絕不罷休。婉兒是在她的疼痛中恥辱中在她的心裡默默地也是狠狠地盟誓的。她想她絕不會輕饒這個男人，她要讓他死，而又不得好死。對已經痛不欲生的婉兒來說，要讓武三思償還血債也是她活下來的一個十分重要的原因。她要活下來。活到最後。她要親自把這個毀了她的男人送上刑台，凌遲而死。

於是婉兒才能隱忍著，觀望著，等待著。所以她才能在武三思向她走來的時候，繼續保持著她的平靜，而不是跳上去與他廝打。那不是婉兒的復仇的方式。她要殺人不見血。她要殺人而還要保持住一種優雅。

婉兒知道，匆匆走來的武三思是來探望他的姑母的。他唯恐他的姑母在他的家中會有什麼不舒適。自從薛懷義失寵，武三思就十分厚顏無恥地爲他的姑母設置了一個異常淫穢的場所，以迎合女皇變態的性興趣。女皇休息的那個殿堂中，全都是一色的美少年。據說那美少年的陽物也是一律地偉岸，給年邁的女皇帶來了數不盡的愉悅，哪怕是間接的。武三思憂心忡忡焦慮萬分，因爲他無法進入姑母休息的殿堂，於是他就永遠不知那些美少年們是不是把女皇伺候得很舒服。所以他就只能守在那個淫殿的門外。女皇在裡面待多久，他就在外面守多久。他在殿門外來回走著。他可能覺得他正在做的也是朝廷的要事。

婉兒同樣是在等女皇。她和武三思在做著同樣的事，但是他們的心情是不同的。

武大人何苦如此費心呢？有奴婢在此伺候就行了。大人請回吧。

婉兒便這樣遊魂般出現在武三思的面前。婉兒婉轉而低沉的聲音環繞著武三思，但是頃刻之間，武三思的神情就如夢初醒般。他又一次被嚇壞了。他抱住腦袋，拔腿便跑，但是被婉兒從身後拉住了。

婉兒非常平靜地說，武大人，奴婢眞有那麼可怕嗎？以至於大人嚇得要逃走？你眞的認不出我來了？我這樣子就眞的讓大人如此恐懼嗎？

武三思慢慢平靜了下來。儘管他的周身還在抖，但是他已經敢於把他的目光投向婉兒了。他不停地說，對不起，對不起，對不起婉兒。我眞的沒想到，你竟會變成這樣。

我這樣難道不好嗎？你看，連一向蔑視我的武大人，都不能不懼怕奴婢幾分了。這難道不是大人的功績嗎？

不，不婉兒，我本不是那個意思。

那你是什麼意思？你難道不了解聖上嗎？你白白在她身邊生活了幾十年。

不，我並不了解聖上。聖上剛剛才注意到我。我是犧牲了我的人格和尊嚴才引起聖上注意的。我也讀過書研究過歷史。我也知道人要有氣節有骨氣要活得堂堂正正而不是像狗一樣趴在主子的腳下搖尾乞憐。你以爲這樣的生活就輕鬆？我是沒有別的辦法引起聖上的注意，便只能如此低三下四，蠅營狗苟。我沒有顯赫的出身過人的才智，這宮中所有的人都瞧不起我，甚至連你也瞧不起我。可是我也像你一樣有決心有抱負，我也希望有一天能飛黃騰達從此不離聖上左右。我也曾發誓有一天要讓那些鄙視過我的人全跪在我的腳下向我乞求，我甚至還想像那些無能的皇子那樣贏得你的心，可是你多少年來就從沒有正經看過我一眼。與其這樣屈辱地活著還不如用奴顏卑膝在聖上那裡換回尊嚴。我這樣做了並且成功了，但是我剛剛開始博得聖上的歡心，你就來踐踏我。我受不了你那鄙視的目光，受不了你那一記高傲的耳光，更受不了你不動聲色就把薛懷義送上黃泉之路。你太可怕了，你所做的這一切就像箭一樣直插進我的心。你不僅讓我看到了我是多麼地卑鄙和可憐，你還讓我看到了我的處境是多麼地危險。薛懷義的下場也許就是我的明天。我看透了單單是聖上的欣賞和器重並不作數，倘若你不喜歡，那麼薛懷義就是下場。這就是我爲什麼要和你鬥。我知道你不喜歡我，所以我可能很快就會在聖上那裡失寵。與其等死不如拼搏。我發誓再也不要看到你那冷傲的目光，我發誓要把你永遠趕出我的視野……

可是你知道我發了什麼誓嗎？

你當然不會放過我。

豈止是不會放過，我要殺了你。要爲我的美麗我的完整報仇。但不是現在。我不會做這樣的傻事。我要慢慢地殺你，要剜出你的心，一點一點地把它撕成碎片，然後，踩在腳下……

婉兒你知道嗎？你即或是黥刑之後也並沒有那麼醜，你依然是……

得了吧武大人，醜不醜對我來說已經不重要了。

眞的，請相信我。我沒有想到聖上會這樣對待你。這麼多年來，她一直那麼信任你疼愛你，我想說幾句你的不是她又能對你怎樣呢，我眞的萬萬沒想到聖上竟對你……

你不要把你的罪責推給聖上。

我不是要聖上承擔什麼，我只是看到你以後，非常難受。特別是當聽到聖上要殺你，我眞的一夜沒睡，非常自責。

就是說，這是你第一次害人啦？

我不是這個意思。

那你是什麼意思。

我只是心裡很不安。

你還會不安？你有什麼道德良知？你的道德良知就是巴結權勢，爲此你已經不擇手段，你怎麼還會在乎出賣一個小小的奴婢呢？

我並沒有出賣你，我只是……

別擔心，武大人，我並沒有怪罪你。我只是想讓你知道，這朝中的一切慢慢你會適應的。你也會殺人如麻殺人不眨眼的。這是朝中最平常的事了，做得多了你就不會不安了。你看聖上的殿門打開了。你看聖上的神態就知道你的人把她伺候得有多麼好。去吧，去迎接你的主子吧。今後武大人一定會引起聖上更多注意的，她老了，她也就更需要你這種武姓的人了。

可是婉兒，我確實不想傷害你。

但是我們已經不共戴天了。婉兒平靜地說。

就不能改變嗎？

看吧，我的臉就是你的結局。

婉兒便是帶了這黥刑的永恆印記開始了她的新生活。慢慢地，婉兒臉頰上的疼痛開始減輕，那駭人的腫脹也開始消退。到了後來，婉兒臉上的皮膚完全平復了下去，幾乎恢復了原樣，使婉兒遠遠看去，彷彿又重現了原先的美麗。只是那個被墨刺上去的忤旨的字樣，卻永遠留在那裡，留在了婉兒白細的皮膚中。那麼深嵌著。昭示著。那將是婉兒的一個永遠的劫。

西元六九五年的某一天，以為薛懷義牽馬而獲得女皇賞識的武三思又得到了一次升遷。女皇又一次十分慷慨地將她的這個姪子累進為春官尚書，而她把這個朝中也算是舉足輕重的文官給了武三思，是因為她同時又頒布了一項新的旨令，那就是，她決定要修撰一部大周帝國的國史。

這時候，武曌在女皇帝的位子上已經坐了整整五年。五年之後，她覺得她是該留下一部她武姓的國書了。或許是她覺得自己年事已高，時不我待；或者是她覺得她所創建的大周帝國是應該青史留名的。畢竟她的王朝有無數値得留給後人評說的東西，特別是她這位在中華民族的歷史上空前絕後的女皇。在泱泱華夏的大地上，古往今來，有哪個女人眞的能改朝換代，坐在這只有男人才能坐的皇椅上？難道關於這個女人的歷史不該留給後世嗎？要完全按照她的思想撰著這部驚天動地的周史，武曌認爲，她當然不能依靠朝中那些對她懷有偏見的李唐舊臣們，她甚至不能指望她的兒子李旦。而能夠承擔起監修國書這一重任的，恐怕只能是她們武姓的後代了。唯有他們，才會精心修撰武姓的國史，才會對女皇的這項工程眞正負起責任來。畢竟朝代變了，姓氏變了，而她要書的，又是武姓的歷史，而武姓中唯一能夠委以重任了，武皇帝思前想後，當然就只有這個略涉文史的武三思了。而三思又恰恰是她近年來最最信任的朝臣，所以監修國史的重任，當然非三思莫屬。

於是武皇帝修撰國史的浩瀚工程就這樣在春官尚書武三思的監督下開始了。女皇儘管對她的這個姪子無比信任，但是對他在文史方面的造詣卻難免有所懷疑。武皇帝當然不能把她自己的歷史當兒戲，而這部國史修撰得好壞優劣，對女皇來說是至關重要的。所以她老人家還是對她所信任的三思不夠放心，她一方面要三思廣招天下精英，文人雅士；一方面，她又委派了上官婉兒參與修撰國書的工作。她要婉兒替代她不斷過問這件事。她覺得婉兒才是眞正叫她放心的人。

武皇帝之所以要婉兒參與其中，是因爲婉兒自十四歲進宮以來，就一直侍奉於女皇左右。所以在整個的王朝中，在滿朝文武和所有的皇親國戚中，怕是唯有婉兒才是最熟悉也最了解她的人。二十年來婉兒始終跟隨著她。她和她幾乎形影不離。婉兒不僅和她一道經歷了時代的變遷，而且還目睹甚至參與了她所做出的所有重大的決定。所以婉兒之於這部國書來說才是特別重要的。或者可以說婉兒就是一部活的國史。所以女皇要派婉兒去幫助武三思。女皇想唯有他們攜起手來，盡心竭力，就一定會書寫出歷史上最富光彩的國書。

女皇當然不會費心去考慮婉兒和武三思之間曾發生過的那些不愉快。那種生與死的較量和衝突。女皇也不曾在意過，他們之間幾乎就從來不說話。女皇甚至都忘了，婉兒臉上的那塊晦暗而又觸目驚心的斑跡，其實就是武三思造成的。總之女皇對那些過往的恩怨忽略不計。因爲在女皇看來，三思和婉兒都是信任的人。她是不允許她營壘中的人彼此仇視和爭鬥的。而對他們來說，最重要已不再是他們之間的仇恨，而是女皇最最偉大的國史。

婉兒自然立刻就了悟了女皇的意圖。她便肩負著女皇神聖的使命坦然走進文史館。她當然也深懷了對武三思的深深仇恨，她不過是把仇恨壓在心底罷了。

此時的婉兒雖然已年過三十，但卻依然雍容優雅。顯然那已經是婉兒所固有的一種氣質了，那是即使將婉兒碎屍萬段也不會散的一種貴族氣息。婉兒便是這樣落落大方地出現在武三思的面前。婉兒除了臉頰上那塊晦暗的斑跡，她的周身幾乎沒有任何可以挑剔的地方。她雖然一身縞素，但卻放射著那種唯有婉兒才會有的光彩。那麼深邃的有著無窮內涵的。她的言談舉止。她的一舉手一抬足。乃至於她說話時的那種有點低沉但卻柔和的嗓音。

武三思見到婉兒時幾乎爲之一震。他已經不記得他曾有多久沒有這麼近地面對過婉兒了。儘管婉兒臉上的印跡已經模糊，但對他來說依然是一種異常強烈的刺激，因爲那傷疤畢竟使武三思想到了他自己的不光彩。儘管監修國史的武三思早就不是幾年前坑害婉兒的武三思了，而他助紂爲虐幫助他姑母傷害過的人也早已經不計其數了，但畢竟，婉兒是他所直接傷害的第一個人，就像，婉兒是他的初戀那樣，讓他永世不忘。而當他面對婉兒，這個已官至春官尚書的武三思雖然早已學會了頤指氣使，飛揚跋扈，乃至於不把女皇以下的任何人放在眼裡，但是當彷彿從天而降的婉兒突然出現在他的面前，他還是頓時緊張了起來，他甚至很怕，很緊張。他站起來。滿臉滿手的汗水。他顯得那麼可憐，甚至他的牙齒都在抖。他不敢看婉兒，不敢看那橫亙於婉兒美麗臉上的傷疤。他覺得除了女皇，他再沒有見過婉兒這樣非凡的女人了。他覺得婉兒之於他，就像是一重巨大的陰影。他害怕婉兒。他不敢相信婉兒在未來的日子裡會時常來到他主持的文史館；更不敢相信婉兒會經常如此之近地站在他的面前，與他商談國書。他不知道在未來的工作中，他該怎樣和婉兒配合。他不知道婉兒是不是依然會像從前那樣蔑視他，那才是已經擁有無窮尊嚴的武三思最最害怕的。儘管婉兒不過是女皇身邊的奴婢，但就是這個奴婢反而讓武三思時時感覺到他自己才是卑微的。

武三思這樣想著，但是他卻非常蠻橫地將他面前的婉兒冷落在一邊。他不理睬婉兒。他逕自做著他自己的事。其實他是在拼命掩飾著他複雜的心情和他的自卑，他其實是非常拙劣地想給婉兒一個下馬威。

倒是婉兒並沒有被他嚇住。她反而主動出擊，她走到武三思的面前，她平靜地和顏悅色地對著看上去驕橫無理的武三思說，武大人，這不是你我之間的事，而是聖上的事。我們是爲了聖上的事重新走到一起的。聖上要求我們齊心協力修好國書，你我怎麼能爲了個人的恩怨而耽誤了聖上的偉業？

武三思猝不及防。他想不到婉兒一上來竟會對他說出這樣的一番話，好像是他不能幫助婉兒爲女皇修注國書。他不知道婉兒還會說些什麼。他實在是太不了解這個女人了，也不知道在未來，他該以怎樣的姿態與婉兒合作。

聖上說要我們捐棄前嫌，武大人願意努力嗎？

武三思又是一個想不到。他想不到婉兒一上來就直奔了那個他本來很費躊躇的主題。他想婉兒到底是婉兒。是一個讓人無法不佩服的女人。但是他確實不知道該怎樣回答這個咄咄逼人的女人，他也確實不知道這會是一個怎樣的開始。似乎這一切都被這個主動的女人掌握著。似乎是在由婉兒爲他們定下未來合作的基調。武三思很惶惑，他在拼命調動能制服這個女人的智慧……

而就在武三思反覆籌謀、舉棋不定的時刻，又是婉兒先聲奪人。她依然異常平靜地說，儘管我臉上的墨跡在時時提醒著我，但我想畢竟我們都是聖上信任的人。我們爲什麼不能修好籬笆呢？在婉兒心中，從來是唯有聖上的，武大人不是也如此嗎？那麼我們又何苦要勢不兩立，而至短兵相接呢？何況國書的修撰不是一個簡單的工程，是需要我們合力才能做好的。婉兒爲了聖上願意配合武大人工作。也希望武大人能接受奴婢。

又是婉兒。一個怎樣的啓承轉合，就把她一上來所營造的那種短兵相接的緊張氛圍給緩和了下來。這便是婉兒的天賦她既能讓空氣一下子變得劍拔弩張，又能轉瞬之間從冬到夏，讓緊張的環境中到處飄動著和煦的春風。這當然就是婉兒了。她讓武三思即刻不再惶惑。她並且讓他覺出婉兒是親切的和善的坦誠的，是樂於和他合作的，甚至是可以與之親近的。

如此武三思便被輕而易舉地掌握在婉兒的腕中。這甚至是武三思自己所不意識的。就是那麼短短的、畫龍點睛的幾段話。就是那麼幾種嚴厲的冷酷的或者親切的友好的語氣。武三思便如甕中之鱉，落入了詭計多端的婉兒的網中。

後來，婉兒對武三思的這種掌握，就成爲了他們生命中的一種常態。因爲自此以後，武三思就再沒有脫離過婉兒掌握，直到，他死於非命的那一天。死亡才使武三思脫離了婉兒。不是武三思想脫離婉兒，而是這個聰明的女人在那一天，自己也無法掌握自己的命運了。但總之婉兒是了不起的。沒有人知道她在想什麼，怎麼想。她是那麼的深不見底。她所浮現給人們的，只是漂泊遊離著的那冰山的一角。婉兒便是依靠著她的這深不見底，掌握著和毀滅著所有的人。

修撰國史的事業就這樣轟轟烈烈地展開了。不說婉兒對武三思所採取的那種親切的態度，就單單憑著婉兒在修撰國史的具體過程中爲武三思提供的那大量的而且是無私的幫助，就足以讓武三思對這個女人感激涕零了。因爲說到底，國書修得好，最後的功績也還是要記在武三思的賬上。因爲畢竟監修國史的任務，是派在這位春官尙書的頭上，而不是派給婉兒。婉兒什麼也不是。她沒有任何的名分也不曾有哪怕是一官半職。所以婉兒無論怎樣努力都將是一種奉獻。但婉兒似乎並不在乎這種奉獻的無價，她眞的很無私，她是無條件地把自己的智慧和才華投注到武三思的政績中的。她不管武三思是不是會以此而不斷向更高的官位攀登。婉兒便是這樣默默地幫助武三思。武三思當然知道婉兒這樣做其實完全是爲了女皇，但是他寧可把這看做婉兒是爲了他，爲了讓他能通過修注國史而功成名就，獲取女皇更多的信任和寵愛。

就在婉兒的這一番無私的奉獻中，武三思慢慢對這個女人產生了一種莫名其妙的而且是很深的感情。這是由感激之情而引發的一種尊重和傾慕，以至於隨著他們合作的默契，這尊重和傾慕就成爲了武三思心中的一種愛。他常常欣賞著婉兒並且分析她。他想婉兒作爲女人所缺少的，其實僅僅是青春和美麗。青春的一去不返是無法改變的；而美麗的被毀滅在某種意義上則是由他而致。婉兒不向他討要失去的美麗他就已經千恩萬謝了，何況婉兒還有那些年輕貌美的女人所永遠不會擁有的那一份智慧的風韻和優雅的風度呢。畢竟武三思已年過不惑。他見過太多的女人，應當說他在選擇女人的眼光和品味上也算是很挑剔了。但是他還是迷戀婉兒。迷戀婉兒的成熟和高雅。後來這幾乎成爲了武三思的一個永遠的結。是卑賤的出身使他這種野心勃勃的男人就更想把婉兒這種有著高貴血統和優雅氣質的女人弄到手，那是他那種男人的一種變態的毀壞一切的心理。

但是，武三思終於是武三思。他並沒有把他的想法立刻付諸行動。他沒有乘虛而入。他知道婉兒不是那種輕易就可以得到的女人。他十分有效地控制自己。他讓自己和婉兒僅僅是那種十分友好的工作關係。他知道要最終劫獲一個夢寐以求的女人是絕不能急於求成的。就如同對權力的覬覦。他知道世間的有些事情就是欲速則不達。而他的目的是得到，而並不在乎遲早。所以武大人以春官尙書的高位而對幫助他的婉兒很淡泊，甚至很疏遠。他只是表現出一種在工作中對婉兒的信任、欣賞和依賴，他想這就足夠了，就足以留住婉兒了。他想只要婉兒能長時間地和他在一起，哪怕只是那種純粹工作的關係，總之只要假以時日，他就總會有擁有婉兒的一天。

於是便有了這樣的一天。有了這一天的這個美麗的傍晚。爲工作所迫爲黜痕所累的婉兒連黃昏的美麗也不再注意。她覺得世間一切美的東西都不再能打動她的心。婉兒對黃昏的暮色視而不見。那時候她正匆忙地將女皇剛剛過目的國史編目送回到文史館。婉兒走得很快。因爲暮色正在濃重。她根本就沒想過在文史館還會遇到什麼人，她知道朝官們早已經回他們宮城之外的家中去了。婉兒著急地把編目拿回來，是爲了武三思第二天一早就能看到並安排學士們撰寫。婉兒眞的沒有任何別的用意，但是她想不到，在濃濃的幕色中在文史館長長的甬道上，她竟然不期而遇見了正準備回家的武三思。

那是眞正的不期而遇。

在如此的黃昏如此的沒有準備中，面對面的婉兒和三思都顯得有點尷尬，一開始他們甚至不知該說什麼。

他們是狹路相逢。

狹路相逢的無言以對。

他們進也不是退也不是。他們就那樣面對面地站著。他們甚至不看對方的眼睛，因爲，自從在婉兒剛來時與武三思的那一次單獨對話後，他們就從沒有單獨見過面，更沒有單獨對過話，所以他們對此時此刻的這種不期而遇都覺得很陌生。

還是婉兒首先打破了這種不倫不類的僵局。她把剛剛從女皇處取回的國史編目交給了武三思。婉兒本來就是要來做這些的。很自然地，她做完了她該做的事便扭身向外走去。

但是武三思叫住了婉兒。他不知道他爲什麼會叫住婉兒，更不知婉兒會不會停下。但是他就是叫住了婉兒，他說他想要知道聖上是怎樣評價他們的國史編目。

武三思沒有把握婉兒會停下來。但婉兒卻眞的停了下來，並扭轉身順從地隨著武三思回到了大殿。大殿裡寧靜昏暗，一種淡淡的書香。武三思是藉著窗櫺外的天光在翻閱被武曌御批過的國史編目的。他看得很仔細很認眞以至於忘了婉兒就站在他的身邊。

其實武三思的一切都是做出來的。他舉著那編目，掀著頁碼，但其實什麼也沒看。即或是眞的看了他也不會知道他看的是什麼。他只是全身心地感覺著身邊的婉兒。他生怕她會走。他想留住她。哪怕就這樣默默地站在他身邊。他可能還想過該怎樣利用這個他與她獨處的千載難逢的好機會。他不能錯過這個機會。他本來是不想急於求成的，但是不知道從什麼時候起他就突然變得急不可耐慾望難熬了。他想著婉兒感受著婉兒他眞想立刻就把這個他慾望著的女人摟在懷中，而，武三思還是一副道貌岸然的樣子，居高臨下地面對了婉兒。

他問她，聖上可好？

婉兒說，只是時時寂寞。

三思說，太平公主不是送了一對童男子給聖上把玩嗎？

婉兒說，如果沒有別的事，婉兒就告辭了。

別走，婉兒。武三思近乎於央求地對婉兒說，別走。你回去後不也是孤單一人，不也是很落寞嗎？

我不落寞，有著頰上的印跡時時刻刻陪著婉兒。

就是說你還恨我？我以為你早就原諒我了呢？

大人給婉兒帶來的這生命的印跡怎麼能隨意忘卻呢？

可是你為什麼還要嘔心瀝血地幫助我呢？

因為那是聖上要奴婢這樣做的。

你難道不覺得我們合作得很好嗎？你難道不覺得我們可以做朋友嗎？

奴婢怎麼能和大人做朋友？尚書大人眞以為這朝中能有什麼朋友嗎？我們的關係無非是一種呼朋引類的關係，而我們的合作說到底也就是狼狽為奸。我們之間沒有任何眞誠可言，又何談友情？大人以為我們今天的默契，就能抵消當年大人把婉兒送上刑台的罪惡嗎？大人以為今天的幾句甜言蜜語就能泯滅奴婢心中的深仇大恨嗎？不，婉兒當然不會忘掉那些。黥刑的傷痛時刻提醒著婉兒。婉兒會銘記所有該銘記的，那刻骨銘心永誌不忘的。

那麼，你也不忘聖上將上官一族滿門抄斬的那個夜晚嗎？

婉兒轉身就走。婉兒想不到她和武三思之間的談話會這麼快就被這個心懷叵測的男人陡然轉向了那個十分危險的話題。婉兒當然不想就此說出什麼，她知道在這個危險的話題下，她不論說出什麼都可能成為武三思陷害她的口實。所以她只能走。她只有離開這個陰險的男人才可能是安全的。

然而這一回武三思一把抓住了她。他彷彿被婉兒的拂袖而去激怒了。他不要婉兒走。他要聽婉兒說。他很粗野很蠻橫。他不再管婉兒到底怎麼想怎麼看。他不僅抓住了婉兒，還從身後緊緊地抱住了她，讓她緊貼在他的胸前。就在三思粗野的同時，他又用一種異常急切的聲音在婉兒的耳邊低聲說，我該怎樣才能讓你知道我是喜歡你的呢？

就用我臉上的這斑跡嗎？婉兒在武三思的懷中奮力掙脫著。

我已經對你說過無數次了。你就不能相信我嗎？我並不是有意要傷害你。

那你為什麼要提到我的家世？你還要用怎樣的手段再陷婉兒於死地？

不，我眞的不是那個意思。

是啊武大人你總說你不是那個意思。那麼你又是什麼意思呢？讓我說我一直銘記那個流血的夜晚嗎？要我說我還在襁褓中就看到了親人的血嗎？那麼迷迷濛濛的的漫天的血霧。鮮紅的並且是溫暖的。要我說我從那時起就發誓要為我的家族報仇嗎？不！我什麼也沒看見，當然也就無從談起什麼家族血恨。我只記得十四歲那年，我是被聖上從掖庭接到這朝堂上來的。這才是我永誌不忘的，因為聖上要我走出黑暗，看見光明。武大人又能從我的這些話中探查出怎樣的蛛絲馬跡呢？又能羅織出怎樣的罪名將我再度送上刑台呢？

婉兒你爲什麼總要這樣誤解我？你要我怎樣剖開我的心給你看呢？好吧，就直說吧，你知道嗎？你我本該是惺惺相惜的，是上天要我們遭受同樣的命運，是上天讓我們都有一個不幸的童年。就是你忘了，我也不會忘。我是怎樣在龍州那個險惡的地方長大，又是怎樣被孤零零地接進皇城。我雖然貴爲聖上的姪子，尊貴的國戚地位又帶給了我們什麼呢？苦難。全是苦難。這就是我少年時代的所有記憶。我們全家待在一個荒僻的地方。本來在京城做官的父親不知怎樣得罪了他的妹妹，而被貶龍州，客死他鄉。是誰逼死了我的父親？又是誰讓我們兄弟姊妹流落遠方，在艱辛中苦熬？婉兒你難道沒聽說過我的家世嗎？你如果聽了這些還會懷疑我對你的眞心嗎？

你父親能在京城做一個高官，他何德何能還不是因爲他是聖上的兄弟？如果沒有聖上在後宮艱苦奮鬥，又哪兒來的你們武氏家族的榮華富貴？

所以婉兒我知道，你眞的就是看不起我，從骨子裡就看不起。但是難道聖上也貴爲大家閨秀嗎？不，連聖上也沒有顯赫的門第。聖上無論怎樣地至尊至上，她也終是難以擺脫那微賤的出身。當年琅琊王李沖叛亂的時候，那個連聖上都十分欣賞的由駱賓王所書《討武曌檄》不是就以此在攻擊聖上嗎？而我的血管是流淌的，也是和聖上一樣的血。爲什麼沒有人說聖上卑賤的出身，卻總是要蔑視我們這些無辜的人呢？而聖上的至尊至上又是怎麼得來的？那是聖上殺人如麻，包括她殺了我父親……

婉兒望著已面露猙獰的武三思。她突然心中一片豁然的明朗，她想這正是她想要的。

她知道她就要抓到那個曾經陷她於絕境的仇人武三思的把柄了。那是她一直在苦苦尋求的。她苦於一直不能夠握住那罪惡的把柄爲自己的屈辱和傷痛復仇。他想如果有一天武三思敗露，那也是他自投羅網自我倒楣。爲了獲得女人的芳心他竟不顧受人以柄。在政治的風雲中如此淺薄，婉兒覺得這樣的男人更令她鄙薄了。

於是婉兒來了精神。她想自黥刑之後她一直等的這一天終於到來了。她知道這一天是遲早要來的，但是她卻想不到，這一天竟是武三思自己拱手送來的。

這麼說大人是怨恨聖上的？

我怎麼會怨恨聖上呢？婉兒你怎麼就是不明白呢？

大人到底要婉兒明白什麼呢？大人不是一直在說，是聖上殺了大人的父親嗎？

婉兒你別跟我兜圈子了。你以爲我不知道你那顆恨不能現在就殺了我的心。不要。不要這樣。不要讓我們爲敵。我們本該是同病相憐彼此理解的。想想看我們有多少共同的噩夢一樣的經歷？我們都是從小就失去了父親；又從小都遭遇生活的磨難後來我們又都被聖上接進朝堂，又都被聖上寵愛和信任。想想吧婉兒在我們生命的經歷中有過多少類似的心情，那無盡的苦痛苦盡甜來又悲欣交集。想想吧婉兒在這偌大的皇宮裡，還有誰能比你我更了解對方的心嗎？我們爲什麼就不能成爲朋友呢？你說呀，婉兒……

大概是武三思的肺腑之言使婉兒不能不感動。婉兒聽著她此生最恨的那個男人說出的那些話，她竟然痛哭了起來。她在武三思的懷中不停地抽泣著。她也許眞的感受到了那種惺惺相惜的眞情，總之她不再反抗不再掙扎也不再唇槍舌劍，她正在被一種她身體中的某種感覺帶走，她有點眩暈，她想她也許是被身後的那個男人抱緊了，她正在被窒息，她將因窒息而死的，就死在她恨的這個男人的懷中。於是她又開始掙扎。而被窒息所支配的掙扎，在此刻就已經變成慾望的扭動和呻吟了。

武三思不知道婉兒痛苦的扭動和呻吟是不是對他發出的一個信號，但是他懷中的婉兒那越來越柔軟的身體使這個早就被激情鼓動的男人再也控制不住自己了。於是他更緊緊地抱住了癱軟的婉兒，他撫摸她親吻她，那種異常強烈的如願以償的感覺。他想此時此刻能如此緊地將他畢生渴望的女人抱在懷中，今生今世就足矣了。他還想這世間不會有任何男人能理解這個女人所帶給他的激情和衝動。那是武三思在以往的任何女人身上都不曾體驗過的一種強烈的慾望。在急切中在瘋狂中在火焰中。武三思就是那麼緊緊地抱著婉兒，抱著這個朝思暮想的女人。他說婉兒你還是那麼美，你的肌膚如凝脂目光如流水……

奴婢還有臉頰上的墨跡。

可是連這墨跡也是最美的。才使婉兒成爲了婉兒。那是唯有婉兒才有的美麗的標誌。那是你無論走到天涯海角我都能找到你的旗幟。是的連那標記也是我的。是我的傑作。所以你才應該是我的。你是打著標記走進我的生命中來的。那標記就意味著歸屬，婉兒你爲什麼還要掙扎呢？你剛才不是說是聖上要我們在一起共修國書心心相印的嗎？不，不是她。她怎麼有權安排我們？不，那眞的不是她，而是天意……

武三思再也不能推遲那一刻的到來。他很急切也很瘋狂，他一邊親著婉兒一邊奮力撕扯著婉兒的衣裙，在他們爲女皇修撰國史的大殿上。婉兒開始時也努力掙扎過，但是很快，她的兩條手臂就垂落了下來，被她身體中無比美妙的慾望帶走了。後來她就乾脆放棄了她自己。她任憑著那種被劫持的激盪。那是不能抵禦的一種強力。被吸附著。轉瞬之間婉兒的衣裙被弄得到處都是。婉兒明媚的肉體。那麼婉轉而柔順的。被撞擊著的。疼痛而且是動盪起伏的。呼喊和乞求。流著血和眼淚的感動。這時候黃昏早已經走遠。大殿被不斷降落的黑暗所吞噬。大殿中沒有床。只有被封存的年深日久的紀錄著歷史的百官奏摺。於是急切的武三思把迷亂的婉兒放倒在石磚鋪成的冰冷的地上。那磚縫中透出的縷縷涼氣就那樣滲透進了他們赤裸的身體中。

那是武三思從未體驗過的一種歡樂。在這天的這個夜晚這片凝重的黑暗中這個莊嚴大殿的青磚上，武三思終於如願以償將他的激情給了這個他永生永世的女人。他是那麼滿足，那麼幸福。他覺得他一生都在等這個女人。幾乎把她毀掉。而當這個女人如此輕而易舉就成爲了他的，武三思反而又懷疑了。他開始不能理解婉兒了，他想這個如此高貴的女人怎麼會情願把她冰清玉潔的身體給予他？他於是惶惑。他想他身下的這個女人並不高貴。也許她也是個婊子，是一個有奶便是娘的娼婦。如果不是他的勢力不斷擴大、他的越來越得到女皇的重用和提拔，這個號稱一塵不染的女人肯以她的柔情響應他嗎？如此婉兒也是個勢利的女人醜惡的女人骯髒的女人。她是不值得他用一生來等待用一生來思念的。

武三思越是這樣想著，就越是在婉兒的身上瘋狂地施暴。他不管婉兒是不是疼痛是不是呻吟，他只是竭盡全力地放縱著他自己，在他和他身下的那個女人之間掀起一個又一個高潮，讓那種性愛的癲狂超越了一切，讓他和婉兒都忘掉他們是很卑鄙而且是很骯髒的。他不斷地勃起不斷地獲得快感和滿足。

他只有在婉兒的身上才能保持這種連續不斷的衝動。他想不管婉兒是聖潔的女人還是下賤的婊子，反正他到底擁有了她。他知道唯有這個女人才能帶給他這種最激情的時刻。那感覺就像是初戀。初戀還有初夜。

而同樣被陷在慾望中的婉兒卻始終擁有著某種清醒。儘管她也被身上的那個慾望的男人所感染，儘管她不得不承認武三思是個有著卑鄙魅力的男人，儘管在這瘋狂的做愛中她也跟隨他，配合他，讓他覺出得到了她，但這畢竟是一種激情不再的感覺了。一切都那麼陌生。陌生而艱辛。眞的，畢竟十幾年過去，自從章懷太子李賢發配巴州，而一直鍾情於她的李顯又被貶房陵，她就再也沒有接觸過任何男人的身體，直到此時此刻，武三思把她緊緊抱在懷中。那是種怎樣的似曾相識的感覺。彷彿將某種沉睡多年的意識喚回。她覺得她是喜歡那種風暴般的感覺的，而這麼多年來，她卻虛度如此渴望男人的年華。所以，在那一刻，她死死抓住了那個能夠享受男人的機會。不管給予她機會的那個男人是誰，她都不想錯過了。無論她身體上的那個男人怎樣的擺弄她折磨她蹂躪她強暴她，她都聽之任之。儘管疼痛。儘管那疼痛是切膚的痛遍全身的是如萬箭穿心般的有時候甚至是不能忍受的，但是她還是聽之任之。因爲她正在被她身體中的那種聚積了十幾年的慾望所支配所鼓蕩。那是生命中最最強烈的一種感受，那是婉兒不願再錯過的，所以她聽之任之。

是的她必須抓住這一切。她絕不能讓她身體中的這一切再度流逝，再度隨風而去。她當然也不管武三思是個怎樣的男人，不管他是不是她的眞愛，也不管他是不是很卑劣。而世間又有哪個她眞心愛的男人能把她慾望她想要的這一切給她呢？那個早已魂歸巴蜀的章懷太子李賢嗎？婉兒的確愛過他，但是他卻不肯等婉兒，不肯把他的生命給婉兒。他就那麼隨隨便便拿走了他的生命。他把它們從那個神聖的軀體中倒出，就倒走了他本來能給予婉兒的所有的愛。從此那個生命就沒有了，李賢也不再能伸開雙臂把無限的愛意再還給婉兒。從此李賢是婉兒永世的疼痛和思念。婉兒甚至不能想，她的身體是被一個李賢以外的人帶走。

但最終婉兒還是被李賢以外的男人帶走了。是一個她恨的男人正把她帶到她未曾到過的地方她未曾涉足的領域她未曾體驗過的境界。那是種絕美。在那一刻她靈魂出竅。那一刻很短也很長。是在那如此美妙的飛升之後，婉兒才回到了陸地，回到了文史館大殿的那一片漆黑中回到那冰冷而堅硬的青磚上。婉兒看不見自己的身體，卻能聽到那野獸般的低聲吼叫，和縈繞在她的脖頸上的那炎熱的氣息……

當婉兒感知到了這一切，她便突然地驚醒了。她馬上意識到了她身上的那個筋疲力竭的男人是武三思，那個曾將她置身於死地的男人。她恨他。她在他給了她無窮美妙之後仍然深深地恨著他。而她在激情的那一刻允許他任憑他其實僅僅是爲了她能接近他。她接近他的目的當然不是向他索要激情，她是要千方百計將他的罪證握在手中，然後，哪一天以血還血。婉兒並沒有因爲武三思所給她的那絕美的感覺而泯滅了她復仇的願望。她是個堅定的堅強的女人，她是個最勇敢也是最智慧的復仇者。

文史館的大殿上一片激情的狼藉。那是一場看不見的博鬥。

武三思看不見婉兒的心。他也無從知道婉兒想的是什麼。他只能從婉兒的動作中判斷這個慾望中的女人。他知道婉兒是需要他的，他還知道他所給予婉兒的是一種怎樣的歡樂和滿足。所以他不論怎樣筋疲力竭，他都無怨無悔。因爲他確實是喜歡這個女人的，如果可能，他願意給予婉兒她想要的一切。

儘管武三思的官已經做得很大，儘管他自認爲他是足智多謀胸中有數的，儘管他以爲他滲透了那個慾望的女人的心，但是，一個靠巴結阿諛女皇而獲得女皇信任的庸臣，又怎麼能猜透眞正狡黠聰慧的婉兒在激情的時刻所想的是什麼呢。他以爲婉兒和他一樣需要那激情；他以爲他給了這乾渴已久的女人甘露她從此就離不開他了。他的頭腦太簡單太功利也太霸權了，他甚至不會拐個彎去想婉兒和一般的女人是不一樣的，婉兒和他之間存在著那一重無法消弭的仇恨。他只是一廂情願地揣度他身下的這個呻吟的渴望的女人。他根本就無法理解即或是在這樣的時候婉兒依然冷靜而清醒，依然不忘他們之間的夙怨恩仇。他看不出婉兒是在一步一步地引誘著他，而婉兒不是要把他帶到輝煌的未來，而是要有一天把他推進那個婉兒所精心設計的陷阱。

那是武三思根本無法理解的。

那是一顆偉大智慧的女人複雜的心。

所以在文史館寬闊的大殿上所進行的那場肉博是完全不平等的。所以當那一切完成，他們的感受也是完全不一樣的。

武三思不能理解婉兒在穿上衣服之後爲什麼又突然變得冷漠，變得和兩個赤裸的身體糾纏在一起時判若兩人。甚至在告別的時候武三思想擁抱一下婉兒都被她拒絕了。她只是繫好裙帶理好頭髮就獨自一人離開了大殿。她說讓我先走。讓我獨自走。然後她就走了，那長長的通道上是她如風流雲散般虛幻的背影。

接下來武三思有點落寞地回到了自己的家。這也同樣是他從不曾有過的一種感覺，他在如此的噴射之後竟沒有那種滿足感。他想這可能就是婉兒的奇妙之處，她能讓男人總是想著她追求她。武三思在燈下脫去長衫。他發現那長衫上竟有血跡。那長衫是他特意爲婉兒鋪在身下的。他說不出看到那血跡時是怎樣的一種心情。

婉兒同樣徹夜難眠。她也在她的身體下面看到了那斑斑血跡。她很惶惑。她本來不以爲這是她的初夜，她一直覺得十幾年前她在東宮的馬廄裡已經流過那疼痛的血了。而她依然疼痛。很疼很疼。甚至比黥面的那一刻還要疼，她覺得她簡直是在被撕裂被絞殺。是疼痛使婉兒想起了李賢。那個永遠的李賢，那個任何人都不能替代的李賢。因爲李賢死了。沒有人可以替代李賢的死，也沒有人再能給她那種青春的疼痛。婉兒寧可相信李賢是她初夜的男人。而她剛剛被撕裂的，是早已癒合的那個青春的傷口。她討厭她的身體是被武三思那個蔑視仇恨的男人撞破的，她甚至討厭她的血，討厭她的那火辣辣乾澀澀的疼痛，她覺得那所有的一切都很骯髒，都讓她覺得很噁心。

婉兒奮力清洗著她自己。她不知能不能將她身體深處的那些污濁全部洗淨。她在洗著她自己的時候甚至很狂亂。她不知那個激情的時刻除了帶給她這骯髒的疼痛還有什麼。

婉兒是在疼痛緩解了之後才能想傍晚的那一幕。婉兒想那個晚上所留給她印象最深的，是武三思詆毀他的聖上姑母的那幾句話。婉兒想不到這個在聖上面前如搖尾狗般的卑劣男人，竟始終銘記著他與聖上之間的殺父之仇。僅僅是這樣的幾句話，就足以把武三思送上斷頭台了。婉兒深知，武曌所最最痛恨的，就是那些忘恩負義的人。對那些她給他們恩德，她給他們好處，而他們又反撲過來，攻擊聖上的人，武曌是從不手軟，不留情面的。她要滅絕他們。要把他們斬盡殺絕。而婉兒臉頰上晦暗的印跡，就是女皇對付這種人的最好證明。

所以婉兒清楚地知道，單單憑著武三思心中的仇恨就足以給他定罪了，而且是死罪。只是婉兒還看不清武曌是不是就肯以此放棄她這個姪子。她太信任也太依靠武三思了，他是她精心豢養的一條狗，而這條狗在她心目中的位置越來越高。婉兒想這可能就是武三思的能耐。他在權勢面前的最大的優點就是他不怕失去自己的人格和自尊。他是能視自己的人格和尊嚴爲糞土的那種人，而恰好，至尊至上的女皇所需要的，就是這種沒有尊嚴的走狗。那麼好，既然你們是爲朕失去了尊嚴，朕就把更大的尊貴還給你。那就是高官厚祿，和朕的信任。這就是武三思以失去尊嚴爲代價所換取的更大的尊嚴。這就是婉兒爲什麼不敢肯定，女皇是不是會輕易相信別人對武三思的指控。婉兒還不知道自己在女皇的心目中究竟佔據著怎樣的位置，儘管女皇多年來也是百般信賴她疼愛她，而一旦她和武三思這個聖上的親人聖上的心腹聖上的走狗較量起來，婉兒就難以判斷武曌究竟會站在誰一邊了。

所以婉兒在沒有看清的時候就絕不會輕舉妄動。多年來朝政生涯的經驗，使婉兒眞正做到了事事處處三思而後行。她不會憑著一時的衝動，盲目去打那種無把握的仗。在武曌這樣的鐵腕的女人面前，失敗就意味著死亡。這一點婉兒是十分清楚的。所以她不會貿然行動。更不能爲了一個武三思而將自己置於死地。眞正該死的是武三思而不是婉兒。所以婉兒必須有百分之百的把握才會宣戰。她要做到不戰則已，戰則必勝，這才是婉兒這種智商的女人處事的原則。

於是將人際關係把握得異常圓融的婉兒對武三思採取了一種不戰不和的態度。那是婉兒的一種十分高妙冷酷的姿態。她既不慾望著武三思，也不對這個對她滿懷了熱望的男人過於冷漠。她一如既往地幫助他。繼續在武三思監修國史的浩大事業中舉足輕重。她本來想掀過那個傍晚驚心動魄的那一頁。她說她疼她流血她要忘記。而每每到了傍晚時分，她又總是難逃武三思慾望的羅網。

婉兒通常不是在正課時間到文史館中來的。如此漫長而繁忙的白天，女皇的政務殿須臾不能離開婉兒。所以婉兒就只能在那個緊張的政務殿的白天之後，在女皇回到她的寢宮休息的時候，才能到文史館做她的另一份工作。無論白天還是夜晚，婉兒所做的都是女皇的工作。女皇身邊只有一個婉兒，所以她要白天夜晚夜以繼日地使用她。

於是便有了無數的文史館大殿中的夜晚。這一對要爲女皇共修國史的男女總是能在這個暮色蒼茫的時分相見。他們年齡相當、智力相當，玩弄權術的水平也基本相當，且又有過昏天黑地的一夜風流。所以他們相處起來很默契。他們勤奮工作，決心將女皇的國史修注得輝煌無比；但是他們在工作之餘，也難免會恩愛一番，因爲有時候只要他們一接近，那澎湃的激情就勢不可擋了。

那確乎是他們所共同需要的。甚至是比修撰國史更重要也更強烈的一種需要。在武三思，這可能更多的是一種虛榮。他見過的女人多了，他並不需要在婉兒的身上發洩他的獸慾。他只是把婉兒當作他的至愛，但其實那不過是爲了滿足他佔有一個貴族女人的虛榮心。而在婉兒，這可能就是一種純粹肉體的需求了。婉兒與武三思交歡不過是爲了一種身體上或者感覺上的滿足。那是跟感情無關的，更不要說她的冷酷的心。

然而儘管婉兒和武三思在看待他們之間的這種關係時有很大的差距，但是隨著他們這種關係的越來越深，他們也就越來越了解對方了。因爲了解，就有了一種近乎親近的感覺，至少在他們彼此的對話中，特別是當他們單獨在一起的時候，就不再總是那麼旁敲側擊，火藥味十足了。

於是當有一次武三思把婉兒緊抱在懷中。那已經是在武三思爲他與婉兒的幽會所精心修建的一座庭院中。那是在文史館深處的一個僻靜的小小的院落中。要穿過一條很長很長的通道才能通抵這裡。這是一處被很多蒼鬱的古樹環繞的院落。很隱蔽很幽深也顯得很浪漫。武三思之所以要修建這樣一個院落，他名正言順的理由是，因爲修撰國史的工程畢竟很浩繁，他必得全力投入，廢寢忘食，所以有時候他就乾脆不回家了，而是在文史館中挑燈夜戰，通宵達旦。婉兒偶爾留下就是在這裡與武三思繾綣柔情的。

史書上對婉兒與武三思這種關係的評價是淫亂。那些偉大的歷史學家們不願解釋這關係中諸多複雜的因素，便十分蠻橫或是簡約地一言以蔽之，淫亂。他們既不考慮他們之間的那種相互利用的利益關係，也不考慮他們之間日久天長的那種身體接觸會不會也使他們產生了某種感情。因此他們不能解釋這一對男女之間的淫亂的關係爲什麼能持續得那麼久。

但總之那一次當武三思把婉兒緊緊抱在懷中。那時候他們身體之間的那種親密關係還依然處在巔峰狀態。於是武三思就說了很多發自肺腑的取悅於婉兒的話。他說他是怎樣怎樣的喜歡婉兒。他說他眞是太愛她了。他說他的生活裡從此不能沒有婉兒。他說他每天都盼著傍晚，盼著婉兒在那個時刻到文史館來。他還說他今生今世要好好待婉兒。他要以他的眞誠和他的愛洗刷掉此前他給婉兒帶來的所有不幸。他說婉兒，何苦呢？我們走到一起不容易，就讓我們好好地愛下去吧。好嗎？永遠也別離開我。

然而婉兒還是掙脫了出去。掙脫了武三思的臂膀和他的溫情脈脈，甜言蜜語。婉兒說，武大人你要知道，這不是愛，這和愛沒關係。

那這又是什麼呢？武三思有點不高興地重新把婉兒拉回來。沒有愛我們怎麼會每天盼望到這裡來？我們怎麼會一見面就脫得精光，急切地慾望著彼此擁有的這一刻？

所以這和愛沒關係。這只是你我之間身體與身體的交媾。難道大人不覺得這種交媾像一種交易嗎？我們不單單是需要對方的身體，我們在政治上也是彼此需要的。

婉兒你這樣看待你我之間的關係未免太冷酷了吧。我從來就沒有想在政治上利用你，我深得聖上的恩寵，我的地位也很鞏固，我爲什麼還要利用你呢？

你難道不是在利用我的智慧嗎？至少，我能幫助你把國書修得更好，讓聖上更加賞識你，這難道不算是利用嗎？

不婉兒，這是你心甘情願的。

可我又爲什麼要心甘情願呢？不，我不會情願幫助你這樣的人的。我不諱言我對大人是有利可圖的。大人如今權秉國政，如日中天，婉兒在大人光輝的蔽護下，當然能獲得又一重安全感的。如今的朝廷危機四伏，尤其婉兒一介女流，自然就更是需要保護。

不是有聖上在保護你嗎？

聖上自然是一直在關照著婉兒，但是大人未來的路會更長更遠，而武周帝國的路也會更長更遠。歷史上一朝而亡的短命帝國實屬少有，聖上的大周帝國也會千秋萬代。

婉兒你的意思是……

大人明白了？

就是說，在日後的某一天，你也會像武才人那樣搖身一變成爲當朝的皇后？

婉兒不是那個意思更不敢做那樣的奢望。婉兒只是想說，我與大人的關係確實是一場利益的交易，這是只有我和大人這樣的人才做得出來的。我們用慾望和身體交換著各自穩定的地位。那又有什麼不可以的呢？婉兒之所以情願幫助大人，攀附大人，是因爲大人的權勢太大了。所以婉兒爲了生存，寧可喪失尊嚴人格乃至於婉兒的身體婉兒的童貞。婉兒是不得已而爲之。婉兒是不得已才做了這樣卑鄙而骯髒的女人的。但儘管如此有一點婉兒是可以自慰的，那就是婉兒是清醒的，婉兒是清醒地與大人做著這筆出賣身體的骯髒交易的。

婉兒你眞的那麼恨我？把我當做了一個那麼壞的人？

不，我並不恨大人。我恨大人就等於是恨我自己。我知道我和大人是同一類人。我也並不比大人好多少，甚至更壞。

在這樣的一番赤裸裸的對話之後，婉兒和武三思之間的肉體關係非但沒有受到任何阻礙，他們反而更親近了。他們穿過皮肉就可以看到對方的心，他們從此在同流合污中就可以無話不說了。而他們這種明明白白作惡的關係，不必虛僞也不必遮遮掩掩的相處方式，其實也都是由婉兒締造的。

後來他們就一直將這樣的關係持續著。後來他們的關係就成爲了一種公開的秘密。後來女皇也影影綽綽地聽說了他們這種曖昧的關係，但是她老人家已經顧不上他們了。因爲這時候張易之、張昌宗這對妖冶的精靈一樣美豔的年輕男人已經走進了女皇的生活。她幾乎把作爲一個女人所剩不多的激情全都給了這兩個她視爲珍寶的男人。她寵愛他們，迷戀他們，夜夜與他們狂歡，須臾也不肯離開，她簡直是被這兩個妖冶的超級面首弄得神魂顚倒，她又怎麼還能顧得上婉兒和武三思那影影綽綽的戀情呢？

連女皇對此都聽之任之，那麼那些因看不慣而憤怒而不屑而議論紛紛的朝官又何苦對此斤斤計較呢？確有對朝廷無比忠誠的宰相向女皇稟陳了武三思與上官婉兒的淫亂。但是那宰想沒有想到的是，女皇聽過之後竟然連眼皮也沒有抬。她問那宰相，他們影響朝政了嗎？宰相說，臣不清楚，只是……女皇說那就去管好你自己的事情吧。朕要管的是天下大事，以後不要用這些偷雞摸狗的事再來干擾朕。

其實這時候武皇帝所說的偷雞摸狗的事情在宮廷已比比皆是。淫亂的浪潮由此及彼，此起彼伏。不僅有女皇寵幸張氏兄弟；守寡的太平公主也是硬逼死右衛中郎將武攸暨的妻子，和這位她傾慕的遠房表哥成就了一段血淋淋的婚姻。如此，被淹沒在後宮淫亂浪潮中的武三思和婉兒的那種明明白白的肉體關係又算是什麼呢？

只是朝中的一些官吏對武三思迷戀女皇身邊的一個醜陋的侍女表示不理解。武三思雖然生性陰毒，但他畢竟略涉文史、頗負文采，看上去也算倜儻風流、儀表堂堂，可謂謙謙君子。更已經是妻妾成群，美女如雲，他爲什麼偏偏要去追求那個臉上刺有墨跡而又徐娘半老的女人呢？雖說婉兒出身名門，優雅智慧，但是一個三十幾歲的女人畢竟已青春不再。而且朝中的那些人每日與婉兒在政事中交道，在他們的眼中婉兒簡直就不是個女人。她總是正襟危坐，冷若冰霜，不能給男人以柔媚的啓示，這位身爲尙書的風流才子怎麼會偏偏與這種晦暗而僵硬的且一點女人味也沒有的女人攪在一起呢？他們甚至都很難想像這個不苟言笑的女人是怎樣寬衣解帶被武三思擁抱親吻的。

於是人們議論紛紛。他們認爲武大人的所愛是畸形的，不可理喻的。

這些議論自然也傳到了武三思的耳中。而熱戀中的武三思只是淡然一笑。他慨嘆此世間恐怕只剩下聖上和他能欣賞婉兒了，儘管他們欣賞婉兒的角度是那樣的不同。到了後來，特別是到了武曌乘鶴而去，人們才眞正看出婉兒對武三思是何等的重要，而武三思選擇婉兒做他的至愛和同僚又是怎樣的英明。這就是婉兒，如果不是她一次又一次地爲她枕邊的這個男人運籌帷幄，那個武三思又怎麼可能在李唐的朝廷中依然如日中天呢？直到此刻，人們才恍然覺出這個醜陋女人的偉大和非凡，覺出了她不惜生命地爲她的情人拔刀相助的女丈夫氣是何等地令人敬佩。

而婉兒在與武三思不間斷的身體關係中，竟也在慢慢地變化。如果說婉兒當初同意與武三思親近僅僅是爲了尋找複雜的把柄，那麼到了後來，她就不再把他當敵人，甚至放棄了她一直耿耿於懷的那復仇的計劃。並不是身體的親密使婉兒改變了對武三思的看法。不是的，婉兒還沒有那麼淺薄，還不會那麼輕易地就被性的快樂所迷惑。婉兒是清醒的。她更多的是敏銳地看到了武氏一族的勢力正因了女皇而迅速發展、勢不可擋；而武三思又是武姓中最受女皇器重的那個人，倘武周帝國能延續下去，能繼承王位的，確乎是非武三思莫屬，且女皇已經爲三思未來的繼位而做著縝密的安排了。如此，婉兒爲什麼還要費力不討好地非要和這個眞心愛他的男人對抗，非要蚍蜉撼大樹呢？她何不背靠大樹，何不現實地爲自己找到一個有權勢有未來的靠山呢？何況，武三思是願意保護她願意做她的靠山的。而且，婉兒在武三思那裡不僅能找到那種她畢生都需要的安全感，還能夠在這個男人那裡獲得她同樣渴求的性的實惠。她何樂不爲呢？這又有什麼不好呢？

於是，他們的關係便開始一天天地變得美好，變得現實，也變得持久。久而久之，他們都覺得他們的這種關係不單單是美妙而和諧的，而且是最實用也最有力量的。唯有他們兩個人齊心協力，唯有將他們兩個人的智慧和謀略合在一起，他們才是最最強大的、所向披靡的。後來，他們果然將兩個人的這種同生共死的關係始終維繫著。他們變得心心相印，變得無論在怎樣緊急的關頭，都能首先考慮到對方的安危，都能挺身而出，拔刀相助。至少婉兒是這樣的。這是她冷酷的政治面孔之後的一副女人的心腸。她在每一次武三思遭遇幾近滅頂之災的時候，都能夠竭盡全力地幫助他。她會想出各種各樣的計謀，挽狂瀾於即倒。她會不遺餘力地爲這個她引爲同類且有著肌膚之親的男人四處奔走，八方呼號。她不惜做出犧牲，她甚至可以出讓床第之歡。只要是能保住武三思的地位和威嚴。婉兒就是這樣的一個重情重義的女人。

她一次又一次地挽救著武三思。直到有一天，她再也沒有能力將這個男人帶出毀滅。那是一個連婉兒都不能預料的夜晚。那麼倏忽而至的。婉兒不能再幫助他。只能在不遠的地方感應著他的頭顱落地。那一次叛亂連婉兒自己的性命都危如累卵。她已經力不從心自身難保，又怎麼能去救那個危在旦夕的男人呢？

如此的婉兒終於和武三思同流合污，沆瀣一氣。而這一切又都是通過他們之間的那熱烈瘋狂的身體關係完成的。身體的關係最終變成了那種利益的關係。而利益的關係又使身體的關係變得持久而斑駁。婉兒就是這樣十分清醒地做著這種骯髒的交易。她也悔恨痛失人格，也覺得自己是一個卑鄙的女人，甚至對同樣卑鄙的武三思都是不公平的。在這樣的時候，事實上婉兒已經把自己降到了人性的最底層，她想她本來就是沒有人格沒有尊嚴的。當她徹底捨棄了這些又能怎樣呢？竟然是峰迴路轉，柳暗花明，她反而擁有了一切。這就是婉兒不得不遵守的一種人生遊戲的規則。她知道她倘不遵守就會立刻出局。

其實婉兒很可憐。她喪失了人性中的一切美好所交換的又是什麼呢？她的人生的追求實在是太卑微了：那就是她希望她能活著。唯有活著。

西元六九七年，這一年武則天已經將近七十歲了。七十歲的女皇在這一年有很多的困惑，而這所有的困惑在某種意義上都來自她年近古稀的年紀。女皇在後宮年輕男人的滋養下，儘管彷彿又獲得了一次生命，但是鶴髮童顏的聖上畢竟感受到了時不我待，而作爲一國之君在這樣的年紀上所最愛困擾的，當然就是子嗣的問題了。她很爲此而困擾。因爲她至今沒有想好，在她百年之後這大周的帝業到底應該交給誰。

以當下朝中的格局，以東宮太子爲儲君的規矩，未來要繼承王位的，當然就是住在東宮的李旦了。與世無爭的李旦儘管已經被武姓的皇帝母親賜予了武姓，但是作爲武周的繼承人還是有點不夠純粹，有點名不正、言不順。因爲女皇深知她的這個兒子無論在名義上怎樣姓武，他的骨子裡也是姓李的。而一旦她的武周王朝被骨子裡姓李的子嗣繼承，那無疑就意味著李唐的復辟。武曌怎麼會把她辛辛苦苦從李唐手中奪下的江山又拱手送回給李唐呢？而她作爲空前絕後的女皇帝又有什麼意義呢？何況，年邁的女皇對她最小的這個兒子不僅不放心，而且沒信心。她怎麼能把這偌大的江山交給一個懦弱無能的人呢？

就在女皇爲此而困惑不已的時候，朝中以狄仁傑爲首的一些臣相們開始在武皇帝的面前不斷地提起那個被貶至房陵的盧陵王李顯，後來這成爲了一種很強的朝中勢力。顯雖然曾忘乎所以，得意忘形，但是比起唯唯諾諾的李旦來，畢竟還顯得有作爲些。特別是隨著李顯的被流放多年，朝野上下就更是懷念起這個已有十三年不能回京都的前太子來。人們滿懷熱忱地期待著聖上能高抬貴手，網開一面，給李顯一個報效國家的機會。他們不停地在女皇的耳邊吹著接回盧陵王李顯的風，他們說唯有李顯才是眞正擁有一代君王的氣象的。

與此同時，朝中還有另一股暗流在湧動。那就是主張武姓的王朝當然應當由那些純正的武姓子嗣來繼承。而在這些武姓的後代中，最讓武皇帝滿意的，自然就是武三思了，且武皇帝同她的這個姪子幾乎是朝夕相處，他們之間已經有了一種很深的默契和感情。女皇是欣賞武三思的，而且她越來越需要他。而此時的三思也可謂是蒸蒸日上，政績斐然。他不僅把他的姑母伺候得舒服自在，在婉兒的鼎力幫助下，他在監修國史上也是功勞卓著。這樣的一個傑出人才自然是也在女皇的視野之中，甚至在某種意義上，武曌是更傾向於武三思的，她堅信武三思就是她大周帝國的未來。

於是這三個都具有競爭力的孩子就這樣擺在了武曌的面前。她摸摸這個，拍拍那個，思前想後，覺得他們都不錯但也都不夠好。其實自武曌六十二歲在則天門上登基以來，她就已經把這個繼承人的問題擺在了議事日程上。然而整整七年過去，她卻仍然被這心病困擾著，找不出一個最合適的人選來。

於是年邁的女皇就乾脆不去想這些煩心的事了。她轉而朝向了她自己的生活，她的晚年的歡樂。那就是她七十歲時開始對那美奐美輪彷彿天界尤物的張氏兄弟的寵愛。這是女皇七十八歲仙逝前的一個非常重要的時期。整整八年，她始終和她的這兩個妖媚的年輕情人生活在一起。倘若七十歲的武曌是一個男性的皇帝，那麼他身邊的美姬們就是再年少，人們也能夠接受的。但一個七十歲的老眼昏花步履蹣跚的老嫗，竟終日將兩個豆蔻年華的美少年擁在懷中，那樣的一番景象怕就是不堪入目的了。然而老女皇就是這樣做了。她就是絕不放過生命的這個最後的機會，就是每日每夜擁著這年輕貌美且又陽具偉岸的男人。與他們無盡無休地荒淫放蕩，繾綣柔情。她將他們牢牢地拴在裙帶上竟有八年之久，以至於後來她的衰弱的生命就是被他們撐持的。

後來這張氏兄弟就成爲了女皇退位前很多事件的導火線。他們不僅糾纏於女皇的床幃，還透過枕邊之風參與到朝政乃至於繼承人的選擇中。女皇之所取最終選擇了將她遠在房陵的兒子李顯接回，其實就是因爲聽了受李唐朝臣之託的張氏兄弟的鼓噪。足見這枕邊之風對一個昏聵之君是怎樣地厲害。因此一時間巴結張氏兄弟在朝官中蔚然成風，且甚囂塵上，成爲所有想不斷升遷的朝臣們削尖腦袋所要擠進的一條捷徑。

在巴結張氏兄弟的朝臣中，自然也不會缺少武三思，只不過比起當年巴結薛懷義來，他顯得多少有點曖昧和矜持。因爲他畢竟已身居高位，因爲他畢竟已經擁有了那個號稱冰清玉潔的婉兒。當然這些並沒有眞正影響他爲姑母的新情人鞍前馬後。既然是他的天性中就擁有那份天才的奴性，他可以爲薛懷義牽馬，爲什麼就不能爲易之、昌宗折節呢？在某種意義上，武三思就是靠著給這些女皇的情人逢迎拍馬起家的，他也就是靠了這些而不斷博得女皇好感的，否則女皇怎麼會那麼信任他重用他，讓他威權日盛呢？史書在介紹武三思這個人的時候，也總是屢屢提起他為姑母的情人每每折節。彷彿武三思的天職就是侍奉女皇的情人似的，他是通過侍奉女皇的情人而取悅於女皇，這是武三思曲線救自己的技法，他畢生樂此不疲。固然這可能是武三思做人的短處，但是作為女皇的近臣女皇的晚輩，他這樣尊老愛幼又有什麼可指責的呢？只是這一次武三思的路走得不太順，因為儘管他千方百計地巴結張氏兄弟，他還是沒有能成為那個武周王朝的合法繼承人，而是讓李唐的朝臣們佔了先機。不過武三思並不為此而沮喪，也繼續對張氏兄弟一如既往。因為武三思知道朝中永遠是風雲翻捲，變化多端；他還知道，他唯有繼續做張氏兄弟的走狗，才能保住他眼前的來之不易的位子。

面對朝中如此複雜的局面，婉兒的處境自然也就更尷尬了。她當然首先要獲得一個自己的態度，而她的態度就是在這紛繁的人物關係中，找出一條她自己的生存的路。應當說自從婉兒來到武則天的身邊，她為自己所做的唯一的事情，也是唯一成功的事情，就是在重重險境中找到自己能生存下去的路。她順從也好，依附也罷；無論她為女皇的帝業鞠躬盡瘁，還是她躺在春官尚書武三思的懷中，其實都是為了能活下去而且盡量能活得好。所以她從不違抗女皇，也不拒絕武三思，因爲無論是女皇還是武三思，都是婉兒能活下去的最大的保障和可能。所以婉兒不違抗也不拒絕，那是她不違抗也不拒絕她自己。她可能太愛自己了，或者，她認爲她的生命太有價値太不該這樣白白毀滅了。慢慢地，這種人生的態度成爲了婉兒的一種世界觀，一種想事做事都不會偏離的原則和尺度。所以婉兒給人的印象才會是如此圓融的，曖昧的，中庸的，晦暗的，莫衷一是的，而又是模稜兩可的。於是人們永遠也無法探到這個終日跟隨在女皇身邊的女人究竟有多深，可能直到在大唐江山眼看著就要斷送在淫亂的武三思和韋后手中，人們才眞正意識到武三思和韋后背後的那個女人的能量究竟有多大。

此刻的婉兒在眼前的這複雜的宮廷格局中，就彷彿是來到了一個十字路口。她很躊躇，很拿不定主意，不知道以她目前的狀態，她究竟該朝哪條路上走。這是需要婉兒調動智慧、審時度勢、反覆斟酌才能最後決定的。這將是一盤一著不愼、滿盤皆輸的棋局。而婉兒輸的，還不是她的榮辱，而是她的生死。

婉兒此刻就是站在這個如履薄冰的當口上。她想要活下去，首先就要調整自己。她要讓自己更深刻的認識到，在這泱泱帝國中，她儘管已經握有了很大的實際的權力，但是她依然只是女皇腳下的一粒最微小的塵土。而她是沒有立場的，她的立場就只能是女皇的立場，所以她首先要弄清的就是她和女皇究竟是怎樣的一種關係。

當然婉兒對她已跟隨了二十年的女皇是懷有很深的感情的。特別是當這個終於成爲帝國之君的偉大女人正在從那個無比熱衷的權力的巔峰衰落，正在被歲月的深深印痕掠去美貌和生命的時候，婉兒更是對她本來就非常熱愛的女皇平添了一種切膚的憐憫與同情。婉兒知道她和這個做了女皇的女人究竟是一種什麼關係：她們是天生的敵人而同時也是天生的朋友。她們兩人都能夠做到不記舊惡捐棄前嫌，這說明她們都具有超越了性別的一種偉大的胸懷。她們對大周帝國的偉業都滿懷了熱忱，鞠躬盡瘁，這又說明了在她們女性柔弱的身體裡都蘊藏著極大的權力的慾望。她們是互爲條件互爲依存的，她們是矛盾的兩個方面，相互進攻著而又彼此防備著。她們就是這樣相輔相成，相生相息，誰也離不開誰。不單單是婉兒離不開女皇，事實上女皇也離不開婉兒。因爲女皇做大周的皇帝，她就再也找不到一個如婉兒那樣的充滿了才華智慧又能無條件地服從她的又是同性的心腹了。儘管在她的朝廷上在她的眼前晃來晃去的還有那些擁有著很高官階的男人，但是她眞正信任眞正使用起來得心應手的還是婉兒。

婉兒才是她的無冕之臣。她是那麼需要婉兒，以至於她的這種需要使婉兒堅信，只要有武皇帝一天，就會有婉兒一天。

但終究武皇帝年事已高，來日無多，而婉兒和女皇之間相差了整整三十六歲。難道要年輕的婉兒也去殉那蒼老的女皇嗎？難道在巨大的乾陵中也要婉兒同女皇長相廝守嗎？不，婉兒不願。婉兒還想活下去，還想在女皇萬歲之後依然留在人間。那麼留下來的方法又是什麼呢？這就是爲什麼婉兒竟允許了那個她不僅蔑視而且懷有著黥面之恨的男人走進她的生活，甚至走進了身體，她以爲他能給她新生。

是宮中錯綜複雜的關係和日益不安定的動蕩局面，使婉兒重新審視她和武三思的關係的。她知道身處險境的人就是要學會不停地審視自己，不停地調整自己的位置。婉兒是在女皇雄心勃勃地要把她的大周帝國世代延續下去的前提下，才把她的目光向下，屈尊委身於那個可能繼承大周王位的武三思的。其實在婉兒的骨子裡，一直是把李唐當作眞正的王朝的。她甚至認爲就是因爲唐高宗李治娶了武曌這樣微賤的女人而使李唐皇室的血液中摻進了很多雜質，那皇族的血統也就不那麼純正也不再那麼高貴了。特別是在武曌的那個女兒太平公主的身上，幾乎看不到一點皇室高貴的影子，婉兒以爲那皆是因爲她太像她那個平民出身的母親了。

婉兒之所以要這樣看待李、武兩姓，可能是同她自己純正的貴族血統有關。畢竟婉兒出身於名門望族，不僅她的祖父上官儀是前朝顯赫的丞相，就是她的母親鄭氏也貴爲名門之後，婉兒的血統自然是純正而又純正的了。所以純正的婉兒當然看不起那些不夠純正的人，哪怕是他們通過努力奮鬥做了很高的官、甚至做了皇帝的人。但是婉兒多少年來一直小心地隱藏著她的那一份輕蔑，因爲面對女皇，她就不是高貴的了，因爲她僅只是女皇的一個微賤的奴婢，她只能小心翼翼地伺候女皇並依附她。

婉兒想她一直是依了女皇的善惡而善惡的。而今天看來，她當初選擇了武三思做靠山，很可能是打錯了如意算盤。婉兒想這可能就是盲目服從和人身依附的弊端。難道女皇的好惡不會改變嗎？而二十年間，婉兒又目睹了女皇多少的朝令夕改，翻雲覆雨。女皇的心如流水。她從來就不肯停留在一個地方，這些婉兒本來都是了解的，而她怎麼在選擇武三思的時候就不曾把女皇流動的心性考慮進去呢？以致她在武三思的懷中陷得那麼深，不僅修撰國史的文人墨客們對他們的關係盡人皆知，就是在滿朝文武中也是沸沸揚揚，無人不曉。她讓所有的人都看到了她是武三思的人。她已經沒有退身之地。她已經無從選擇了。這就是婉兒的悲哀。

而如今女皇把大周帝國世世代代傳繼下去的決心已經動搖，這就讓已經站在大周旗下的婉兒有點措手不及，有點處境尷尬甚至難堪。也就是在此刻，婉兒才第一次意識到，其實女皇就從不曾堅定過，否則她怎麼會在異常戒備的情況下，依然把李姓的太子留在東宮；又爲什麼對李唐的那些舊臣們雖積怨甚深，卻又在罷免他們的時候總是猶豫不決。也就是在此刻，婉兒才終於看出了女皇的那種非凡的制衡的本領。她從不曾對誰眞正好過，也從沒有眞正的權力給予過誰。她留住李姓太子就是爲了震懾權傾一時的武姓子嗣們；而好親近她的武姓後代們，給他們以高官實權，自然也是爲了恫嚇那些李唐的兒孫和舊臣。她就是以她的這種高妙絕頂的制衡術來控制朝中各派勢力的。沒有絕對的親信也沒有絕對的敵人。而唯有絕對的權威。那就是她。她自己。女皇帝。

能說年近七十的皇帝老了嗎？能說她的思維遲鈍了嗎？她的戰法不再高妙了嗎？

這就是婉兒爲什麼沮喪爲什麼自責。她想好可能眞的是棋錯一著了。所以她必得全力補救，她要把潑出去的水想辦法收回來，她要把獻出去的那顆心忍痛拿回來，哪怕，要把她的心撕碎。

於是婉兒變得更加地審愼。她想從今以後，她要重新處置她和武三思的關係。當然在究竟由誰來繼承皇權的問題還並不明朗的情況下，婉兒當然不能盲目行事，更不能不計後果地就從武三思的床上抽身就走。不是那麼簡單的。這是因爲，女皇目前只是在繼承人的問題上左右搖擺，舉棋不定，她還並沒有決定究竟由誰來接她的班。而且以女皇的統治風格，她就是確立了她的接班人，稍不如意，也會毫不猶豫地廢掉他的，這已經是被她所廢掉的一個一個兒子反覆證明了的，所以，只能等到最後。那個最後的最後。那時的贏者才是眞正的王。而誰又能猜出那個最後的王者究竟是誰呢？如果說不定就是這個武三思呢？儘管武三思野心勃勃，居心叵測，但李姓的那幾位皇子有誰能抵得過他的足智多謀，堅不可摧呢？如果說武三思沒有帝王氣象，那麼當初被選妃選進宮來的武皇帝難道就有帝王之氣象嗎？是女皇稱帝的現實，讓婉兒看清了在當今天下，沒有什麼不可能的事。所以武三思稱帝，也不是不可能的。也所以婉兒更明確了，她絕不能貿然離開他。

而婉兒不能簡單離開武三思的另一個原因，是久而久之，她已經不再能離開這個男人的身體。她不管自己從心眼裡怎樣瞧不起武三思，也不管武三思在武皇帝的面前所表現出來的是一種怎樣低下的人格。特別是武三思對女皇的新寵張氏兄弟的那一份奴顏媚骨，簡直讓婉兒厭惡得不想再跟他上床。她曾反覆地對武三思說，請大人自重。大人不能這樣。大人太過分了。大人就是自己不要尊嚴，至少也要照顧一點奴婢的面子。是我要和他們一天到晚打交道。請大人他們面前至少給奴婢留一點尊嚴。

但是儘管婉兒無數次向武三思發出最後的通碟，武三思卻始終不改他的奴才相。而恰恰又是這種彎腰低頭，竟贏來了女皇的滿堂喝采。武三思的權力也隨之而日盛，這便是武三思爲什麼能對婉兒的指責每每反唇相譏，還以顏色。他要婉兒知道，任何功名的獲得，都不可能只有一種方式。所謂的殊途同歸，我就是最典型的範例。他又說我何德何能，就能蓋過那些智勇雙全的老臣們？彎腰屈節也是一種方式，一道階梯。而我要達到我的理想，也只有這一條路。

於是婉兒妥協。婉兒妥協不單單是因爲武三思不斷地在他折節的韜略中獲勝，還因爲他的身體。婉兒是用她的身體深愛著武三思的身體的。她享有了這個男人的身體，就不再能離開。她無法想像一旦有一天她沒有了她的身體會是怎樣地苦痛。她想那將是一種災難。從此她像乾涸的土地。她曾經乾涸了很多年。是這個欣賞她愛慕她給她以床上的歡樂和幸福的男人滋潤了她，讓她在三十歲以後的生活中每一天都能看到陽光。他總是塞滿著她的渴望。在文史館深處的那個小小的充滿了溫馨可能也充滿了罪惡的庭院中，他等她。無論傍晚還是黎明，也不論是在黃昏的暮靄中還是在午夜星辰下。他們。在一起。那已經是婉兒能找到男人能獲得男人所給予她的滿足的唯一場所了。被滋養過的婉兒不能不再被滋養。她的身體已經離不開那個男人的身體的滋養了，後來，她的感情也就離不開那個男人的感情了。

於是她日復一日地與他在一起。他們從不輕言離別和分手。婉兒牽腸掛肚地關心著武三思每一個升遷的腳步和每一個被聖上冷落的時刻。因爲婉兒時刻在女皇身邊，到了後來，婉兒簡直就成爲了武三思的一隻見風使舵的眼。這就是婉兒和武三思的一種同甘共苦榮辱與共的關係。這所有的關切都是切膚的，由身體而生的。

就像此時此刻，當武三思的地位開始了有稍稍的傾斜；當朝中確乎有人提到了那個遠方的廬陵王。於是婉兒慌了。她以她所獨有的政治嗅覺得知那個危難的時刻到了，她需要爲她的身體的男人鋌而走險了。

於是當那個女皇心情很好的時候，當那個因武三思對張氏兄弟的阿諛使女皇笑逐顏開的時候，婉兒陪著女皇在後宮裡緩緩散步的時候，婉兒不露痕跡地袒露了她的心跡。

婉兒陪著女皇。在女皇所喜歡的那個花園裡。在湖畔。那是婉兒常常陪女皇來的地方。她們談論著。女皇的那一對新寵。

婉兒在說到張氏兄弟時，竟然也在舉重若輕中流露了一種諂媚。那種不著痕跡的諂媚的腔調當然是女皇所感覺不到的。因爲在女皇那樣的年齡和女皇對張氏兄弟所迷的那種程度，哪怕是有人把他們捧到天上，把他們說成是仙子下凡，女皇也不會在意，更不會覺得那是言過其實。因爲在女皇的心中，他們就是人間的尤物天上的仙子，他們的精美絕倫是怎樣形容也不過分的，何況婉兒的言談話語中並沒有怎樣使用那些溢美之辭。那輕描淡寫中的諂媚是婉兒自己聽出來的。她不知道那麼諂媚的聲音怎麼就從她的大腦中飄了出來。那聲音甚至把婉兒自己都嚇了一跳。她才意識到了原來她自己也並不是一個高潔的人。她本來一向是蔑視這些的。但是她不知道自己爲什麼突然會這樣。她想她或者眞的是對女皇有所求。她也才了悟了爲什麼有欲之後就不能剛了。

張氏兄弟當然是上天賜給陛下的寶物。

陛下的容顏眞的是健康滋潤美麗，彷彿再度青春。

就是陛下蒼白的頭髮也是那麼飄逸柔軟，特別是被張氏兄弟梳理得尤其超凡脫俗……

她們沿著後花園的湖畔緩慢地向前走著。七十歲的女皇畢竟老態龍鐘步履蹣跚，全無了當年的氣宇軒昂和閒情逸致。她們只是緩緩地走著。言不及意地談論著二張。其實也們都知道她們眞正想說的並不是這個宮闈的話題，但是她們又誰都不願首先打破這個無聊而沉悶的話題。這是兩個智慧的女人的心性的較量。

後來女皇累了。她不肯向前走了。她就被婉兒扶著坐在湖畔的石凳上。她看著湖水，很蒼茫的目光，然後她就無限悲涼地說，這是朕最喜歡的水面了。不知道這裡今後會是誰的。

婉兒輕輕地爲武曌按摩著她形銷骨立的肩膀。婉兒當然體察到了武曌的心境，她說，陛下將永遠是這裡的主人。

今天在朝上，那個狄仁傑又提到了廬陵王，他說該是太子回朝的時候了，還說唯有李顯才堪以繼承這大周的帝業。那麼李旦怎麼辦？手心手背，他們都是我的兒子。叫朕難以取捨。

不過奴婢近日也聽說，那些籲請廬陵王返朝的，都是些主張復辟李唐的舊臣，奴婢不知道這些人的眞正目的是什麼。

他們眞想推翻朕的帝國？

奴婢還看不清楚，但至少，他們所擁戴的畢竟是李姓的後代。

可是李顯也是我的兒子。他血管裡流著李姓的血，但也流著我們武姓的血。我把天下交給的是李顯，而不是交給別的什麼人。

只怕國號就會改了。以奴婢的預感，一旦皇權回到了李顯那樣的李姓子嗣的掌握之中，遲早有一天，他們會復辟李唐王朝的。即或是李顯不願意，那些老臣們也不會善罷甘休。那聖上辛辛苦苦創建的大周帝國不就付之東流了嗎？

怕是朕那時候就什麼也看不到了。

但是陛下，婉兒知道任何朝代都不是永恆的，就像斗轉星移四季輪迴。如此從秦到漢，又從隋唐到了陛下的武周帝國。但是婉兒更知道，這神器的更迭是要經歷浴血奮戰的。沒有和平的改朝換代，就是聖上登基，不是也在金戈鐵馬中平定了徐敬業聲勢凶猛的揚州叛亂和剿滅了琅琊王李沖及越王貞的皇室暴亂之後嗎？陛下的江山來之不易，如今怎麼能如此輕易地就把天下拱手相讓呢？那陛下當初又何苦浴血奮戰打下這江山呢？

武曌有點疑惑地扭轉頭看著身後的婉兒。那你的意思就是說朕只能把皇權交給武姓的子嗣們了？

婉兒並不是這個意思。

可是你說說這些武姓的孩子們又有哪個叫朕滿意呢？他們一個個不學無術，只知阿諛奉承朕來討朕的歡心，你說朕能把皇權社稷交給他們嗎？那不是要後世貽笑大方嗎？

不過……不過武姓中不全是這種無能之輩吧？

你是想說三思吧？

武三思確乎是武姓子嗣中的佼佼者，且不乏雄才大略。婉兒終於把她想說的說了出來，大有圖窮匕首現的味道。

三思確乎是朕最疼愛的，也是待朕最好的。難哪。朕累了，扶朕回去歇息吧。

婉兒將武皇帝送回了她的寢殿。然後她依然回到了剛才同女皇對話的那片湖岸。她既沒有回她自己的房子休息，也沒有急切地趕到文史館向在那裡等著她的武三思匯報。一種莫名其妙又有點惶恐不安的心情。就像她不知道自己爲什麼會奉承二張，她也不知道爲什麼會義正辭嚴地反覆申述李唐的復辟在即，並反覆舉薦武三思。她當然知道她的話對武曌是有著影響力的，但是她也當然覺出了這一次武曌沒把她的話放在心上。

所以婉兒需要一個冷靜的時刻獨自梳理自己。

她需要冷靜是因爲她終於意識到了女皇在提到廬陵王返回時的態度已變得相當和緩。婉兒知道那就意味著李顯的返朝已經不是不可能的了。同時也意味著，女皇對她眼前的這兩個繼承人李旦和武三思都是不滿意甚至不抱希望的了。儘管婉兒極力在武曌面前貶李揚武，但是女皇這一次竟沒有表現出她平時的那一份熱忱來，甚至連起碼的應和都沒有。婉兒知道，這可能就是一個信號，一種預示著女皇不準備讓她的大周帝國傳宗接代的暗示，一種武周王朝在女皇百年之後將不復存在的先兆。而武姓的後代們將也隨之被毀滅，這無論是對於武三思還是婉兒都將是致命的。

這說明了什麼？

婉兒直到此刻才意識到女皇並沒有老。也許她的身體衰老容顏憔悴，但是她的思維沒有老，甚至比常人還要清晰敏銳許多。她不昏聵。這是歷代年邁的君王們都難逃的固疾。但是女皇不昏聵，她依然擁有著她那特立獨行、高瞻遠矚的眼光。她依然有她自己的主意。那是任何人都不能改變的。她不會因爲那些低三下四的奉承巴結就改變了她的主張。她是不可改變也不能左右的。她看得清她的王朝究竟該交給誰。她有她的眼光她的謀略和她的一定之規。她不會有一絲一毫的偏差她永遠不會偏離她既定的軌道。儘管她至今猶豫徘徊舉棋不定，但是她最終會拿出一個有利於社稷國人的決策的，那就是……

婉兒堅信，那就是廬陵王李顯的返回。

憑著婉兒對政治的嗅覺和對女皇的了解，她相信廬陵王的返回已成爲定局不可更改。然而婉兒在剛才還在不遺餘力地爲武三思遊說，那她不是就成了那個不識時務的小丑了嗎？而且平心而論那個以巴結術見長且詭計多端的武三思就眞配做那個武周帝國的天子嗎？如果結論是否定的而且婉兒的心裡也是清楚的，她又爲什麼要這樣堅定不移地對女皇做這種違心的推薦呢？

當然，是因爲婉兒同武三思的那一份身體上的情意，但是還有更重要的，那就是她知道她已經和武三思攪得太深了，她很怕自己會因爲武氏的沒落而沒落。她深知女皇在世時，她或許還能苟全她的性命；但是武皇帝一旦仙逝，她就在劫難逃，誰也再不會保護她。所以她竭盡全力地舉薦武三思。唯有三思做了天子，她的性命才能保全。這是最後的掙扎了。與其說這是婉兒在爲武三思爭取繼承權，不如說是婉兒在爲她自己爭取生存權。

婉兒徘徊在湖畔。被夜晚清冷的風吹著。在如此澄澈的夜空下，婉兒怎麼還在做著癡迷的夢呢？婉兒不是從來就清醒冷靜的嗎？她究竟是被什麼迷惑了呢？現實已不再容婉兒做白日夢。她必須認清時局，那就是復辟李唐已大勢所趨，民心所向。

婉兒知道，比起性的慾望，當然生存的慾望更重要。僅僅是爲了她和武三思的那柔情蜜意就忽略了生命的生存，對於婉兒這樣的女人來說實在是太荒唐。生存才是第一的。有了生存才有性。如果連生命都沒有了，又何談生命中的那慾望呢？這才是婉兒首先要考慮的。她其實已經預感到了她的危在旦夕。她知道就在此刻，武三思就在不遠的那個文史館的庭院中在慾望的溝壑中心急如焚地等著她。但是對於婉兒來說，那些已不再重要了，重要的是她必得盡快找到一條進退兩全的路。

婉兒到底是婉兒。

那是誰也想不到的。

就在武三思苦苦等她的那一刻，她突然出現了東宮的大殿中。

當婉兒求見太子李旦的時候，這個已被冷落多年的太子被嚇壞了。他是誠惶誠恐地來到婉兒面前的。他周身顫抖著。在這樣的夜晚。婉兒是不速之客。李旦怕見婉兒，那是因爲他知道婉兒是母親派來的人。他眞的害怕極了。他幾乎想跪在婉兒腳下。他不知婉兒的突然到來對他意味了什麼，更不知又會有什麼樣的厄運會繼續降臨在他的頭上。

此時的太子李旦已是驚弓之鳥。在短短的十幾年中，他就從一個天眞爛漫的少年變成了一個歷盡苦難和滄桑的老人。他先是頂替被廢黜的李顯成爲了大唐又一代傀儡皇帝，緊接著女皇登基他又成爲被賜武姓的大周第一任傀儡太子。然而就是這個打定了主意無條件服從母親並且任由母親操縱的李旦，卻還是難逃母親的魔掌。他至今不知道他是怎麼得罪母親了，以至於從此母親不再信任他並且連連降災難於他。先是兩個李旦無比心愛的寵妃在給母親拜年時莫名其妙地失蹤了，從此再不曾見到，甚至連屍骨也沒有。緊接著他的五個年幼的愛子又被削官降爵，且被女皇劫掠進後宮囚禁。這種家破人亡的苦難已經把李旦逼到了絕境，而且天生的忍性還是讓他活了下來，並獨自承受著這巨大的苦難和悲傷。但是安於這種劫掠和災難的李旦突然還不能得到女皇的寬容。不久之後，一向安分守己苟且偷生的太子竟然又被母親所豢養的酷吏構陷於謀反的罪名，東宮再度被清洗。直到一個肯用生命捍衛太子的東宮花匠安金藏以剖腹證明了太子的清白，才使李旦免於一死，而從此行屍走肉一般地苟活於清冷的東宮。所以驚弓之鳥的太子當然對婉兒的到來心存驚悚，不知道婉兒要傳達的是什麼樣的壞消息。他想這已經是他最後的時刻了，他已經逼到底限。李旦終於覺出他的承受力是有限度的。他也確想過與其如此苟且偷生，眞不如一死了之。爲此他甚至開始理解和羨慕他那兩個早已命歸黃泉的哥哥李弘和李賢了。他覺得在母親身邊，確實求死是比求生更積極的一種人生的態度。他想與其這樣每天在恐懼中度日，每時每刻地感受著懸在他頭頂的那母親的劍，眞不如隨了他的父親和兩人兄長而去。李旦覺得他十四年來所遭受的磨難不知比瞬間死亡要痛苦多少倍。他恨自己，恨自己爲什麼就沒有勇氣去實現那英勇的死呢？李旦想這才是上天對他最大的懲罰。讓他活著，活著而歷盡天下苦難。李旦想終有一天他會獲得選擇死亡的勇氣。他一想到死亡是一種徹底的解脫，他覺得他就不再懼怕了，他甚至一想到那死亡所帶來的解脫便滿懷了一種由衷的喜悅。只是他還不能死。他還有一份父親的責任，他還有五個年幼無知的兒子被押在女皇的後宮。他要想方設法救出他們。他要等待。他寧可繼續孤單一人忍受苦痛，因爲他見不到的那五個兒子才是他心中眞正的疼痛。

如此李旦垂立在婉兒面前。他甚至都不敢抬起眼睛去看婉兒滿懷同情的臉。婉兒看見這個形容枯槁形單影隻的李旦時豈止是同情，她簡直是心疼。不知道怎麼婉兒的眼淚就流了下來。那一刻她眞想把那個可憐的李旦緊緊抱在懷中。

李旦當然知道婉兒是個什麼樣的女人。他知道婉兒是怎樣獲得女皇信任的，也知道婉兒替女皇背負了怎樣沉重的罪名。他還知道婉兒是誰的人，她所代表的又是哪一股勢力的利益。但是他卻從來不恨婉兒，他知道婉兒能活著走到今天不容易，他的苦難也並不是婉兒造成的。他只是不能理解如此尊貴的婉兒，怎麼會就成了武三思帷幄中的人。他覺得婉兒對章懷太子李賢的那一份執著的迷戀，她又怎麼能愛上武三思那種凶險且下作的小人呢？這是李旦百思不得其解的。他知道宮廷中的事就是這樣的變幻莫測令人費解，何況婉兒又是個那麼智慧聰明的女人。他還想婉兒做出這樣的選擇，一定是有她的原因的。

婉兒問，殿下可好？

婉兒緊接著又說，不是聖上要我來的。

李旦驚異地抬起頭。他無法理解婉兒在這夜深人靜的時候爲什麼會突然到他這裡來。眞的不是聖上要我來。聖上根本就不知道我會來。奴婢只是想看看殿下。不記得奴婢與殿下有多少年不曾好好坐過了。奴婢在這裡向殿下賠罪請安了。

婉兒說著竟跪了下去，戰戰兢兢的李旦趕緊把婉兒扶了起來。

婉兒雖然張口閉口奴婢，但是她知道她和李旦其實一直就是平等的。他們兄妹一般地從小一塊長大。在婉兒所見過的皇子中，李旦是從一見面就視婉兒爲平等的。在他們之間一直有著一種很和諧默契甚至是很親密的一種關係。那是他們心中都有的一種感覺，是不用說出來的。他們心心相印。知道不論在什麼情況下，他們兩人都不會傷害對方。後來他們儘管見面很少，甚至幾年都不曾見過，但那默契還是在的，那是一種很深很深的友情。

婉兒在李旦扶起她的那一刻眞的想流淚。她說殿下眞的好嗎？奴婢一直很牽掛你。

李旦甚至對婉兒的動情都很冷漠，他只是顯得很平靜地說，我很好。這裡很安靜。難得很安靜。婉兒只是想讓殿下知道，殿下並不孤單。

是的我知道。

奴婢還想讓殿下知道，奴婢常去後宮探望那幾個小公子。他們眞的很好。都長大了。特別是臨淄王隆基，一副英雄少年的模樣，長得比殿下還要高了。

是嗎？隆基走的時候只有九歲，六年過去，他已經十五歲了吧？

李旦只有在婉兒提到了他的這五個被幽禁的兒子時，他的眼睛裡才會放出活人的光輝。

婉兒說聖上派給他們的，是宮廷裡最好的太師。他們眞的很好。殿下不必擔心。

是啊我不擔心，我不擔心，只要他們好，只要他們好……

婉兒看著李旦那可憐可悲的樣子，她眞的不知道該怎樣安慰這個頂著太子虛名的最絕望的男子。她不希望太子從此委頓下去，但也知道太子確乎是已沒什麼別的路可走了。在這麼近的地方看受難的李旦，婉兒就更是覺得滿心悲傷。她眞的不忍再看這東宮的淒涼，於是她只能匆匆告辭。

臨出門時婉兒拉住了李旦的手。婉兒想不到李旦的手竟是那樣的骨瘦如柴冰冷僵硬。她不知道自己是怎樣地立刻丟下了李旦的手，她覺得她剛剛握著的已經不是一個活人的手了。婉兒想李旦是如此地未老先衰，年紀輕輕就恍若一具瘦骨嶙峋的僵屍，而他的七十歲的母親竟然還依然春風拂面地與張氏兄弟紙醉金迷，夜夜狂歡，婉兒不能想像這是怎樣的一個顚倒的世界。婉兒這樣想著便眞的去擁抱了李旦。她覺得李旦是那麼冰冷，那麼瑟瑟地抖著，就像是一個已經毫無感覺的活死人。她想這世道眞是不公平。她甚至想何以武三思就能那樣盛氣凌人春風得意呢？他憑什麼？

婉兒輕輕地拍著李旦的後背。婉兒把李旦抱在懷中的時候就像是她是李旦慈愛的母親或姐姐。她說會好的。孩子們一定會回來的。你眞的不用擔心他們。畢竟聖上是他們的祖母。只是你要好好保重你自己。只是你這樣子讓人看了太難受了。婉兒和殿下一道長大。婉兒眞的不忍殿下再被折磨下去了。婉兒也不能再說什麼了。但總之，會好起來了。聖上的心也是肉長的。眞的，殿下，會好起來的。

婉兒看見李旦的冷漠的眼睛裡也閃出了點點溫暖的淚光。

婉兒是哭著跑出東宮的。

婉兒靠在東宮的高牆上哭了很久。

她想上天爲什麼要選擇如此老實脆弱的李旦來折磨他欺侮他。婉兒爲李旦而哭泣。她的眼淚很眞誠，她的同情也很眞誠，以至於眞誠得連婉兒自己都忘了她是爲什麼才來看望太子的。她是哭過了很久之後才記起來，她來東宮僅僅是爲了找到一個退身步，爲了能在被女皇操縱的那即將到來的新的宮廷佈局中找到一個能夠避風的港灣。婉兒想她有多卑鄙。甚至比武皇帝、武三思還卑鄙。她不僅自己陷在卑鄙中，還把無辜的李旦也牽進來。她配得到李旦未來對她的保護嗎？她是那種值得保護的女人嗎？但是她就是來找了李旦。她知道以李旦對她的那一份情意，今後的宮廷中不論發生了什麼，李旦都是不會傷害她的。她知道李旦的爲人，更知道她和李旦之間的那秘而不宣的手足之情，然而倘若眞的如此，她很多年來爲什麼就不曾來探望不幸的李旦呢？特別是當李旦屢遭劫難，特別是李旦溫暖的家庭被逼迫得轉瞬之間妻離子散，特別是，當李旦一個人，在傷痛中獨守著清冷的東宮，她又爲什麼不來關切李旦呢？她在那樣的時刻又在哪兒呢？她在等待那個卑鄙無恥的武姓男人走近她；她在期待他把她帶上那張骯髒的床；她甚至在厚顏無恥地向聖上推薦著那個連她自己都難以啓齒的男人做皇帝；她在朝廷裡爭奪繼承權的鬥爭中堅決地把李旦擠了出去……

婉兒問著自己是不是瘋了？

但那又確確實實是她正在做的。她覺得她很自私，她是一個自私的女人，很多年來她事事處處首先想到的就是她自己。她曾經無數次地罵過武三思，罵他少廉寡恥卑鄙下流，可是她能成為他的女人，難道她不更卑鄙嗎？婉兒知道她所做的和正在做的這些事都在證明著她不是一個高尚的女人。特別是她選擇了這樣的時候來東宮就更是把自己推到了卑鄙的極致。她是在利用著男人。利用著男人對她的愛情和友情。無論是武三思還是李旦，她都在利用他們來保全自己。她的所有的舉動都在證明著她的壞。她甚至都不再高貴不再優雅，她已經不配做那個不畏權貴的上官儀的孫女了，她已經辱沒了她清白的家族了。

同樣的夜晚。

婉兒在離開東宮後所拜訪的另一個人，就是和婉兒相伴長大的太平公主。這是婉兒一不做二不休的一種選擇，她想她今晚必得造訪太平公主在宮外的家，她想她必得見到太平公主後，她的心才會踏實。

比起太子李旦，太平公主的處境要好了許多。儘管太平公主同母親之間也曾有過很多不睦，但是她們最終總是能化干戈為玉帛。以至於相互理解相互幫助，熬過女人的那些最艱難的日子。

譬如太平公主最初所嫁的表兄薛紹，確曾與太平公主有過一段幸福美好的光景。加上薛紹的母親又是高宗李治的妹妹、大唐的公主；這種親上加親的關係就使他們的這個家庭更具皇室的特點。以至當女皇寵幸那個從街頭撿來的賣藝男人馮小寶的時候，就不得不借用女兒貴族的夫姓，以改變那個垃圾一樣的男人的出身，使他搖身一變就身價百倍，成爲了薛紹的一位遠房的表親。這便是她們母女之間的那種交易的開始。

這時候薛紹和太平公主似乎還勉強維持著他們之間的那種淡而無味的關係。太平公主儘管覺得這樣的生活已毫無意思，但是爲了她的孩子們，她倒也安之若素。倒是薛紹，他總是覺得和頤指氣使的太平公主一道生活太壓抑也太屈辱，儘管他作爲駙馬都尉已經在朝廷上擁有了極高的榮譽和地位，他還是覺得作爲男人活得不夠好，也不夠男人。他覺得一個男人就是該靠自己的本事橫槍躍馬，爲國捐軀。他固執地認爲能夠實現他的理想的地方只有戰場。但可惜薛紹的時代又是和平的時代，因爲一直掌管朝政的武曌作爲女人，她總是不願征戰。而邊夷的侵犯她也總是用講和或是和親的方式去解決。所以和平時代的貴族生活令薛紹窒息。他無論在朝上還是在家中都是一副不開心的樣子。後來，幾乎等了一生的那個薛紹終於等來了那個大丈夫戰死疆場的時刻。對於薛紹來說，那簡直是一個千載難逢的機會，於是他英勇披掛上陣，與兄弟一道參與了李唐王室琅琊王李沖和越王貞的那次叛亂。薛紹不管他所參加的這場叛亂是不是爲了反抗岳母，他是作爲李唐皇室的成員殺上戰場的，他認爲那是他作爲男人唯一的實現價值的方式。

以太平公主的聰明和她對母親深刻的了解，她不會看不出這將是一場必敗的戰爭。但是長年以來夫妻之間冷漠的生活，使太平公主沒有阻攔她的丈夫，而是對他採取了一種聽之任之的態度。她任憑著薛紹的盲目瘋狂，任憑著他在皇室密謀的時候慷慨激昂。她可能想反正我是大唐的公主，是母親唯一的女兒最親的親人。所以她任憑了她的丈夫奔赴沙場，任憑了他去追求人生的目標。她任憑了薛紹丟下了她們妻兒老小，那時候她已經不再留戀他們之間那種形同路人一般的夫妻生活了。

薛紹果然死得英勇。只是他沒有像年輕的琅琊王李沖那樣眞的血灑疆場。薛紹是在叛亂失敗後杖刑而死的。僅僅一百下鞭杖，女皇便為女兒解決了她多年以來的心頭之患，薛紹從此不復存在。而武曌亦是在杖殺了薛紹他們這些皇室的渣子之後，才得以榮登寶座的。女兒的男人也成為了她爬上皇位的一階帶血的人梯。這是她們母女之間的又一次慘痛而又偉大的交換。不知道薛紹被母親杖殺時太平公主是一種怎樣的心情。但總之，太平公主在三十歲的時候就開始守寡了。從此那寂寞難耐獨守空房的日子一直困擾著她。特別是當太平公主看到她六十歲的母親竟然每夜都有各種男人陪伴，她的那種孤獨無助的心態就更不平衡了。所以她經常哭。經常發火。她甚至對她的母親也愛搭不理的，她認為是她的母親搶去了她床上的那個聊勝於無的男人。

怎樣的冰冷和長夜。那種曾經滄海的煎熬對於一個尚且年輕且美麗的女人不啻是一場災難。

誰能幫助這個儘管日漸憔悴但卻依然美麗風流的女人？

誰又敢幫助她？

當然武皇帝不能對她這個唯一的女兒撒手不管。既然做了皇帝的武曌連天下都要管，她怎麼能不管她的女兒呢？

然而女皇的管就情不自禁地帶上一種政治的色彩了。其實在皇室中，哪怕親人之間的關係也是政治的，而通常朝中政治的關係也就是親屬的關係。既然是女皇已經登基了，既然是朝廷已經姓武，儘管女皇已經登基，既然太平公主和李旦已分別賜以了武姓，但是她在考慮為女兒解決寂寞的問題時，她還是首先想到了她武姓的男人們。

這已經成為了女皇的一個情結。她總是被她的姓氏糾纏著困擾著。她為女兒選擇夫婿的第一個人選就是武承嗣。當時武承嗣是所有武姓子嗣中官位最高的，也是女皇所信任的。武承嗣是武皇帝同父異母兄長武元爽的兒子。他在他們這一代中最為年長，所以他一直是武氏家族的首席繼承人。武曌之所以為女兒選擇了武承嗣，大概也是考慮到未來一旦由武承嗣繼承了王位，那皇后不依然是自己的女兒嗎？

讓李、武兩姓之間的裙帶關係不斷發展，後來這簡直成為了女皇的一種追求。果然從此李、武之間不斷聯姻，不單單是大唐的太平公主嫁給了武姓，中宗李顯的女兒安樂公主嫁給了武姓，就是後來睿宗李旦的兒子唐玄宗李隆基在楊貴妃之前最最寵愛的女人，也是他本來最最仇恨的武姓親戚武攸止美麗的女兒武惠妃。

但是在太平公主的婚嫁上，可惜一廂情願的女皇打錯了如意的算盤。因為自負而美麗的太平公主並不喜歡母親為她挑選的男人，那個未來可能會當皇帝的勢利小人。但是太平公主似乎也沒有別的選擇了，她只能是不情願地接受母親給她的那個據說是為她好的現實。幸好在結婚的典禮上，心懷膽怯的武承嗣突然稱病不能來出席自己的婚禮。這是天意。結果太平公主得以逃過了這一劫。

後來倒是太平公主自己捕捉到了她的獵物。她所看中的剛好也是一人武姓的男人。這位當時已官拜右衛中郎將的男人武攸暨，是一位既溫柔平和又風流翩翩的謙謙君子。武攸暨說起來也是太平公主的一位遠房的表哥，他是武皇帝伯父武士讓的孫子，那時候，女皇已不顧眾臣反對，凡天下武姓都必得委以高官了，於是武姓的朝臣們才能把朝廷擠得水洩不通。

武攸暨就是這樣走進了太平公主的視野。但是要武攸暨成爲太平公主的駙馬卻還有一個很大的障礙，那就是這個一表人才的武攸暨早有妻女，他哪裡知道還有太平公主這樣顯赫的女人在眼巴巴地等著他。在這樣的時刻當然還是母親挺身而出幫助了她急急渴渴的女兒。很快武攸暨的那個原配夫人便暴疾而死。於是接下來沒有多久，太平公主就大張旗鼓地下嫁了這位她傾慕已久的武姓的表哥。以李、武的聯姻報答了她的母親。

而當時太平公主向母親吐露她對武攸暨愛慕和她要嫁給他的難處，就是通過婉兒。這些難以啓齒的苦衷，以太平公主生性好強的天性，她是絕不肯對母親說的。而她又是多麼想得到這個男人，而能夠把她的這種願望傳達給女皇的，太平公主知道，唯有婉兒。她和婉兒一道長大。她們可說是無話不談。也許太平公主是有意，但也許太平公主只是想找個能傾聽她的人來訴說，總之，婉兒了解了這一切。此間太平公主甚至想過放棄，她覺得要得到這個男人對她來說是太難了。她說她沒有這樣的能力，除非她母親願意幫助她。於是婉兒穿針引線，讓太平公主眞的很快就實現了她的願望，成爲了武攸暨名正言順的新嫁娘。

婉兒之所以和太平公主無話不談，不單單她們青梅竹馬的友情，還因爲她們對朝中政治都充滿了興趣。她們不僅耳濡目染，婉兒甚至很深地陷入其中，於是她們無形中就多了很多關於政治的話題。只是太平公主早早嫁出皇宮，遠離朝廷，不能像婉兒那樣在政治中實現她的抱負。但太平公主有時候站得遠些，反而對朝中的一些事情看得清些。所以婉兒會常常到太平公主的府上來，聽她說一說她對朝中人與事的感覺。

而婉兒此次午夜趕來求見公主，其實就是想和太平探討一番這王朝的未來和婉兒自己那岌岌可危的處境。她覺得太平公主儘管嫁給了武家的人，但是她說到底是李唐的公主。所以，爲防著未來李唐復辟，婉兒必須讓自己和太平更親近些。她覺得除了太子，太平公主了會是她的一個強有力的保護人，她甚至就是爲此而來的。

其實婉兒自從得知了女皇對廬陵王返回的鬆動的態度，她就很本能地首先想到了太平公主，並從心底裡羨慕她。她覺得如今在李、武之間太平公主的那種能進能退、進退自如的狀態是最好的了。進一進，她就是李唐的公主；而退一退，她又是武家的媳婦。這是唯有女皇本人才有的一種優越的位置。她既有李唐的兒女，又有武氏的子嗣，他們都是她的，她可在其中任意選擇，所以哪一個支脈上的人，都不能對她有絲毫怠慢。而東宮太子李旦的處境就差了很多，他不能像他的妹妹那樣通過婚姻擁有李、武兩姓。他沒有武姓的女人，而他的那個由女皇賜與的武姓也純粹是個虛空的符號，遠沒有太平公主和武攸暨的婚姻關係那麼實際。他們才是以身體將李、武兩姓眞正地融在了一起，未來連他們的孩子都是名副其實地能擁有李武兩重姓氏。這樣說起來，婉兒的處境就更糟糕了。她如今可謂是一頭栽進了武姓的勢力中難以自拔。她曾經以爲那便是她的靠山她未來生活的保障。她知道那都是因爲她對女皇的錯誤的判斷和對時局的不夠清醒的認識。她沒有任何李姓的勢力可以依靠，特別是當聖上百年之後。

婉兒所以星夜趕來洛河對岸的太平府。

那時候公主府上總是徹夜燈火通明，幾乎夜夜有宴，賓客滿堂。足見此時太平公主的春風得意。

婉兒的深夜到來，把興緻正濃酒意闌珊的太平公主從酒觴搖動杯盤狼藉中驚動了。太平公主微醉地慵懶著，但是她一見到婉兒兩眼就立刻放出驚異的光彩。那目光竟和婉兒剛剛見到的東宮太子很像。她同樣不知道後宮出了什麼事。她同樣非常緊張，她不知母親那邊到底發生了什麼，她想母親到底年事已高。

婉兒被帶到公主府一個遠離喧鬧的安靜的房子裡。

婉兒坐下來便說，我剛剛從太子那邊來。

太子出事了？太平公主一驚。

是我自己想去看太子，聖上不知道。

婉兒，你瘋了？你難道不知道宮裡到處都是探子嗎？你怎麼敢做這種事？你眞的不想要命了？太平公主把她的聲音壓得很低但是很嚴厲。

婉兒不知道爲什麼，她的眼淚頓時就流了出來。太平公主也一下子慌了，因爲她從小就知道婉兒很堅強，她幾乎很少看到過婉兒流眼淚。於是她走過去抱住了婉兒，她說你別哭，告訴我你到底怎麼啦？都這麼些年了你難道還不了解母親嗎？她怎麼會容你去看太子呢？她那麼恨他她是把太子當敵人的，你這不是往刀口上撞嗎？你現在不是好好的嗎？有三思疼你愛你做你的靠山。你爲什麼還要把你自己往火坑裡推呢？你爲什麼要這樣毀自己，三思知道你去東宮嗎？

婉兒搖頭。

告訴我到底出了什麼事？太平公主開始義正辭嚴。

婉兒說，你怎麼就知道武三思是個靠得住的人呢？

他至少對你好，又和你志同道合。

難道我就是和武三思一樣的人嗎？太平，你也這麼看我嗎？

當然你比他更出色。但是，三思畢竟是武家最才華橫溢的男人了。又被母親如此賞識，給了他那麼高的官位和那麼大的權力，你還有什麼不滿意？

可是，你不覺得他是個卑鄙的男人嗎？

卑鄙？這宮中又有哪個男人不卑鄙？婉兒你整天在一個卑鄙男人的圈子裡，你難道能找得出哪個不卑鄙的男人嗎？不卑鄙就來不到朝廷上，因爲朝廷本身就是卑鄙的。

就是說，連我也是卑鄙的。

婉兒你到底怎麼啦？我並沒有想說什麼，你怎麼那麼敏感呢？

是的，我就是卑鄙的，我甚至就是因爲卑鄙才會去看望太子和你的。你知道嗎太子實在是太可憐了。他那裡的淒冷悲涼和你這裡的燈紅酒綠簡直是不能比的。東宮就是地獄。

李旦在地獄中受苦。越是看到李旦這樣，我越是覺得自己很骯髒。

婉兒，告訴我到底是怎麼啦。是三思欺侮你啦？

不，沒有，他這會兒正在文史館裡等我呢。

要嘛是母親。

婉兒沉默了片刻，然後便抬起頭對太平公主說，傍晚我陪聖上在湖邊散步，後來，聖上就提到了廬陵王。

三哥？她提三哥做什麼？她是什麼意思？太平公主也變得有點緊張。

說朝中有人奏請廬陵王返朝。

這樣的鼓躁一直都有，母親說過，她是絕不會被那些李唐的舊臣們左右的。

但已是大勢所趨。

何以見得？這大周不是姓武嗎？

聖上也可以賜廬陵王武姓。

三哥一回來，李唐肯定會復辟。

聖上好像對王朝姓什麼已經不太在意了。

這不是太兒戲了嗎？母親怎麼能這樣？這是政治，不是什麼母子情深。一個君王怎麼能這樣出爾反爾朝秦暮楚的，她是不是老糊塗啦？那我們這些嫁給武姓的人怎麼辦？那些復辟的老臣們還不把我們斬盡殺絕？這都是母親。她要是不把她的孩子們一個一個地全都殺死，她是不會歸天的，這個老混蛋！

太平你別著急。不會殃及你的。你骨子裡血液中的，是誰也無法改變的李姓。這宮中沒有誰如你這般結結實實地腳踩在兩條船上，其實這才是聖上最最願意看到的。以婉兒之見，聖上是不會輕易非此即彼的。她不會抑李也不會貶武，她希望李、武兩姓在她百年之後也能世世代代交好下去。而且她也不會再殺人了。她老了。她是因爲老了才想念廬陵王，才希望他能回來的。她希望她所有活著的孩子都能回到她身邊，陪著她，爲她送終。

不婉兒，你還是不了解她。她是我母親，我知道那把殺人的刀是藏在她整個生命中的，只要她一息尚存，我們所有這些她身邊的人就是危險的。

但我敢保證你是沒事的。你畢竟是她的女兒，唯一的女兒。我知道的，她愛你。眞的，很愛。

那麼，你就是爲了這些去看太子？

是的。你能理解嗎？太平。我不得不這樣。我和你不一樣。這一切對我來說實在是太困難了。但是我只能如此，我要爲自己找到一條活路。其實我也不知道未來會是怎樣的。有時候我覺得自己就像沒頭蒼蠅一樣，在黑暗中亂撞。我是那麼骯髒。一會兒，我可能還要回到武三思的床上去取悅於這個可能會保護我的男人。我鄙薄他，看不起他在聖上面前的那副奴才相，但是我又離不開他。太平你看我過的是一種什麼樣的生活吧。生活對於我不公平，可我又能怎麼辦呢？

太平公主再度把悲泣的婉兒抱在懷中。她說婉兒別難過了，我理解你，請相信我，我們永遠是姐妹。我愛你。自從我來到母親身邊，自從母親讓你和我在一起，我眞的就把你當作親姐妹了，我甚至比愛母親還要愛你尊重你。畢竟這宮中能彼此對話的女人太少了，而母親又常年熱衷於她的朝政而不管我被孤零零丟在後宮是不是很孤單。幸好有你。因為有你我甚至不再怨恨母親了。別這樣作踐自己。婉兒我知道你是善良的，你有你自己是非的標準。有些事你去做了，那是因為你不得不去做。你沒有選擇。因為你只想報答母親只想對母親一個人忠誠。這些我都懂，我所以才能始終不渝地把你當作我最親的姐妹最好的朋友。所以婉兒你不必怕。只要有我在，我們姐妹就絕不會分離。而且就是三哥回來我們也不用怕。十四年的流放生涯夠長的了，我就不信他還像離開朝廷之前飛揚跋扈。何況我記得三哥還一直喜歡你。你難道忘了嗎？即使那時候你喜歡的是二哥，可三哥還是癡心不改地迷戀你，說不定十四年後他還是一如既往呢？

可是你還記得嗎？他一直認為是我向聖上出賣了他。其實聖上最後痛下決心廢黜他，是因為一直輔弼他處理朝政的宰相裴炎對他已經忍無可忍。但是他恨我。他是不會放過我的，有韋妃，他就不會放過我。

那麼，婉兒，你何不也籲請聖上開恩，接回廬陵王，讓那些李唐舊臣們都知道，不就等於是讓李顯也知道了嗎？

你是要我以攻為守？

有什麼難的嗎？既然是他回來已不可阻擋。

只是……

只是武三思，對嗎？

那我就成了什麼人了？

只要能活著，還需要在乎去做什麼樣的人嗎？婉兒，別傻了，看看這朝廷上，看看我們家宴會廳裡的那些雞鳴狗盜之徒不是都活著而且活得上好嗎？一個個活得有頭有臉的，活成了達官貴人，你我又何苦苦追求要做個什麼樣的人呢？算了吧，婉兒，保命要緊。別管什麼武三思了，現在你只能靠自己救自己了，你難道還不明白嗎？

婉兒若有所思，然後若無其事地，離去。

婉兒回到文史館的時候，天就要亮了。婉兒很猶豫，她本來想就回自己的家，不去文史館了。但直到進了宮城的大門，她才突然改變了主意。她還是讓她的馬車停靠在了文史館的門外。她不知道在經歷了這個如此紛繁的長夜之後，她爲什麼還是選擇了來這裡。她可能是想趁午夜寂靜，撰寫幾頁女皇的周史吧。

婉兒踏著闌珊的夜色。

儘管晨曦已出現在天邊，文史館長長的甬道還是一片昏暗。婉兒輕手輕腳。一種惴惴不安的心情。她發現大殿裡的燈光竟然還那麼孤單地亮著。她有點後悔。想離開，想逃走。但是她的手竟已經推開了大殿的那扇沉重的門。那門在清晨的寂靜中發出了吱吱嘎嘎的響聲。那響聲很刺耳，很尖利，不是風，埋在案卷中的武三思抬起頭，他就看見了那個正從門縫中擠進來的面色憔悴的婉兒。

武三思好像很憤怒。他走過來一把揪住了婉兒。他問她你去了哪兒？你知道我一直在這裡等你嗎？你說好了今晚會來的，你把我騙來自己卻不知跑到哪裡去了？聽說你出了宮城，你到哪兒去會野男人啦？

婉兒奮力掙脫了武三思，說你放尊重點，想知道嗎？我去了東宮。

你去了東宮？婉兒你不是在說夢話吧？是聖上要你去的嗎？

當然不是。

那麼你怎麼敢去東宮？

因爲我在聖上面前舉薦了你。因爲聖上從來聽我的。因爲聖上信任我。但是，聖上說，盧陵王就要回來了。

不。武三思幾乎是在咆哮。他吼叫著，他說不，那不可能，白天，聖上還在和我討論大周帝國的未來。

但是到了傍晚，聖上就說盧陵王返朝是遲早的了。

不，是你在騙我。

我怎麼會騙你呢？否則我怎麼會去東宮。

那麼是聖上在騙我？

聖上也沒有騙你，那是聖上在騙自己。也許連聖上自己也不清楚。她不知道盧陵王的返朝，已經不單單是民心所向，不單單是李唐老臣的願望，而是她自己的心意了。

聖上眞是這樣明明白白地對你說了？

難道聖上沒有明確對我說，我就看不出她老人家的心思嗎？好了，我這就明白你爲什麼要去東宮　。你是重新去找靠山了。這我就眞的看錯你了。我一直以爲你不是個婊子，你是個令人敬重的女人。

我是不得不那樣做的。你知道嗎？只要李顯回來，你就不能保護我了，可是我還得活著。

所以你就去找新主子，你就和那個東宮的男人上床？

我這樣做也是爲了你。

算了吧，你少來這一套吧。我眞不知道你這個邪惡的身體是用來做什麼的？就是爲了找主子嗎？

在某種意義上，是。就是爲了找主子。

那麼你的新主子怎麼樣？他寂寞得太久了吧？你讓他滿意了嗎？你這個卑鄙下賤的女人。

我不許你這樣侮辱我。你確實已經不能保護我了。

那麼誰能保護你呢？東宮那個病夫一樣懦弱的男人？老子還沒有倒。聖上還在。聖上還信任我。你就不怕我向聖上告發你？

聖上不會相信你的。聖上現在滿腦子裡就是她那個遠方的兒子。她想念他，希望他回來，因爲他畢竟是聖上的骨肉。而你是誰？你不過是聖上爲了慈悲而在龍州山溝裡撿來的一個可憐的棄兒。聖上不過是憐憫你罷了，你竟然就眞的把自己當人了。

混蛋，你這個臭女人！你怎麼就能那麼下作那麼卑鄙那麼不擇手段？還口口聲聲說什麼是爲了我，你別把我也弄髒了。

我當然是爲了你，這是你這種智商的男人永遠也不會理解的。

我當然不能理解你。我怎麼能理解你這種沒有廉恥的女人呢？不錯我是很卑鄙，但是我就是再卑鄙也超不過你。人世間還有比你更壞的女人嗎？你有了新主子就可以拋棄我了吧？你是不是還要羅織罪名加害於我呢？

是的我還要奏請聖上復立廬陵王爲太子。

你可眞是壞到頂了，虧你想得出！

只有這樣，我才能保住我的性命。而唯有保全我的性命也才能保全你。

你這樣脫光了和別的男人上床原來是爲了保護我？你可眞會爲你的風騷找理由啊，我怎麼啦？

我不能滿足你了嗎？

僅僅是因爲你姓武。

姓武怎麼啦？聖上也姓武。

聖上總有駕崩的時候。

那大周帝國不會亡。

那只是你的一廂情願。大周只女皇一代。一代而亡。這已經是聖上越來越清晰也越來越明確的認識了。而大周一亡，這天下就必定是李家的了。這難道你也看不清嗎？你是因武姓而顯貴一時權傾一時的。而一旦沒有了武姓的王朝，你就一錢不值。而你的武姓使你在李唐的天下沒有任何退路，到那時，恐怕就只有奴婢能救大人了。

婉兒你到底是個什麼樣的女人？連我都不認識你了。你沒有權力這樣教訓我。我可以在聖上面前低三下四，我可以對聖上的情人點頭哈腰，我甚至可以跪在他們的腳下任他們踩他們騎，但是，你不行。你是我的。是屬於我的，是我的奴婢。是我把你刻上了我的印跡，是我讓你流血是我讓你從一個無人理睬的老處女成爲了今天風姿綽約的女人。你的身體的今天是我給你的，是我向那個乾涸的地方注滿了生氣，可是你竟拿我給你的這個身體去當婊子，去尋找你的新主人，你這個不要臉的臭婊子你這個……

婉兒再一次伸出手狠狠地給了正在一步步向她逼近的武三思一個耳光。

這是婉兒第二次伸手教訓武三思。

她也許太憤怒了也太用力了，因爲她看見武三思的嘴角立刻流出了鮮紅的血。

那是婉兒的尊嚴婉兒的力量。

武三思抹著他嘴角的血，他看著那血看著婉兒，然後便把他嘴裡的那些不斷湧出的血全都吐在了婉兒的臉上。

那鮮紅的黏糊糊的血就那樣橫亙於婉兒和武三思中間。那是橫亙於他們中間的仇恨和疼痛。

然後轉瞬之間強壯的武三思就把婉兒的雙臂擰在了她的身後，疼得婉兒幾乎暈了過去。然後婉兒就被拖著離開了那座修撰周史的大殿。武三思拖著她，一直朝著文史館深處的那個曾經浪漫溫馨的庭院。

一開始婉兒還勉強走在大步流星的武三思身後。後來婉兒摔倒了，可是武三思也絕不停下腳步，絕不放開婉兒讓她在石板路上拖著。婉兒的衣裙被磨破了，婉兒的皮膚被碰傷了，婉兒經過的地方一片血印。那血是婉兒的也是武三思的，這兩個人的血後來就留在了那長長的甬道上，讓清晨前來工作的文官雅士們迷惑不解。

直到他們終於遍體鱗傷地來到了盛滿他們慾望的那個小屋。

武三思一進去就反鎖了小屋的門。他奮力地把趴在地上呻吟的疼痛的婉兒拖起來，他叫她站著。然後他問她，說吧，你想怎麼樣？

你爲什麼要把我帶到這兒來，你心虛了是吧你可以就在大殿上把我殺了呀！

我是不想讓你弄髒了我們武家的周史。

你也配說你們武家是乾淨的？婉兒說著又抬起手臂。婉兒的手臂剛抬到半空就被武三思抓住。婉兒於是開始絕望地反抗。她的雙手被反扣，她就拼力用她的頭去撞他，用她的腳去踢他。婉兒已經在所不惜。她想在這改朝換代斗轉星移朝不保夕的時刻，這未必不是一種好的死法。但不論婉兒怎樣掙扎，她都無法掙脫武三思的挾制。這個瘋狂的被激怒的男人已經不顧一切了。他凶狠地打婉兒，後來當婉兒發出疼痛的喊叫的時候，他又扼住了婉兒的喉嚨，讓她發不出聲來，讓她窒息。

這時候文史館大殿向前伸展的那房簷上掛著的玉石風鈴發出了風中圓潤的響聲。

這時候那些修撰國史的文人雅士們已經陸續走進文史館的大門。

婉兒已經發不出聲音，她已經連呼吸都沒有了，她正在窒息中死去。

武三思是在婉兒在他懷中緩緩地癱軟下去時才鬆開他的手的。他有點害怕，他不知這個他曾經那麼愛的女人是不是已經死了。他緊緊地抱住了那正在倒塌的身體。他看見婉兒滿是血污的臉已經變得慘白，而她的身體也不再反抗她的雙臂毫無知覺地垂向了她的身後。於是武三思緊緊地抱住了那個倚靠在他身上的婉兒。他抱著她呼喚著她親吻著她，他幾乎哭了。他推開門打開窗讓早晨清新的空氣湧進來浸入婉兒的身體。他眞的絕望眞的流下了眼淚，對婉兒的呼喚是來自於他的肺腑，直到他覺出了那個昏迷的女人正在清醒，她的身體也不再是那麼無力。婉兒就像是蔫了的枝葉在雨後支挺起來那樣活了過來。她慢慢睜開眼睛，彷彿大夢初醒，死裡逃生。

直到此刻武三思才覺出了他是多麼離不開這個女人，覺出了這個女人的身體對他來說是何等寶貴，何等地具有誘惑力。於是武三思開始拼力親吻起這個依然倚靠在他懷中的女人。慾望和瘋狂使他扯掉了婉兒的所有衣服，讓她赤身裸體地橫陳在他的面前。然後他開始瘋狂地親吻這個無處躲藏的女人。他吻遍她的全身，他不僅吸吮著婉兒的乳房，還蹲下去啃咬婉兒的下體，那正在變得濕潤的私處。是對這個身體的慾望使武三思忘記了他們剛才在盛怒中的廝打。武三思不再記得那些，他只是任憑被慾望帶領著。他嘴裡的血依然汩汩地流出來，湧滿了他的嘴。那麼鹹腥的熱呼呼的。他的吻不論在哪兒，那裡都會留下一片血污。後來婉兒的周身就遍佈了武三思鮮紅的夾帶著他的唾液的血跡。婉兒的臉上，乳房上，肚臍裡，還有她那濕漉漉的私處。到處都是。到處都是武三思的血。那是看得到的摸得著的，便是那血，那血的色彩和氣息，更鼓舞了那個絕望中的武三思。彷彿末日。而武三思在這樣的時刻，是可以忘記末日的。

當武三思終於放開了婉兒拼命掙扎的手，他首先感受到的是那雙朝他的腦袋和背部砸來的雨點般的拳頭。但是慾望立刻主宰了一切，慾望才是凌駕於他們兩人之上的那個眞正的統治者。當慾望到來，反抗的力量便會被消解，便不會再雨點一般墜落的拳擊，也不再有身體的那奮力的掙脫。一切已被慾望攫走。那接下來的又會是什麼呢？那正在變得淋漓的女人的下體。那輕輕撫摸緊緊擁抱著男人的女人的手臂。那被越來越多越來越滑膩的液體所支配的身體的扭動。那由乳房而發射出來的那歡樂的呻吟……

一切便是這樣。

硝煙散盡，萬籟俱寂。

只有被晨風吹響的玉石柔潤的撞擊聲。還有他和她。男人和女人。他們就是這樣。只爲了一個目標，那就是由身體所傳達出來的，那深深的愛和強烈的恨。

進入並且結束。

再進入再結束。

那麼這樣的男女還能彼此分離嗎？

那麼他們能不相互提攜彼此保護嗎？

對於他們來說，身體就是政治。

而政治在有些時候，確實就是由身體來決定的。

後來，婉兒果然在一個有著若干大臣在場的場合，提出了復立廬陵王爲太子的建議。滿座爲之譁然。這的確是婉兒的先發制人，以攻爲守。因爲那時候，就是那些對李唐充滿了感情的老臣們也只能是暗示女皇允許廬陵王返朝，整個朝廷沒有任何人敢明確提出復立廬陵王爲太子。

婉兒是第一個。

婉兒要的就是這個第一。

婉兒可謂佔盡了先機。

政務殿中的所有朝官都驚愕地看著婉兒。其實他們都知道這個女皇身邊的女人每夜在和誰睡覺。他們眞的不明白了。他們不知道這是女皇的意思，還是這個女人故意施放的煙幕。他們不知婉兒的葫蘆裡賣的究竟是什麼藥。

其實女皇對婉兒突然提出的這個請求也覺得很惶惑。她想婉兒眞是看透朕了。朕還什麼都沒說，只是用腦子想了想，這個丫頭她怎麼就全都知道了。莫非她眞是火眼金睛，她一直能看到朕的腦子裡，那麼把這樣的女人留在身邊，是不是就太可怕了。武皇帝這樣想著，就當場厲聲責問婉兒，東宮有太子，你又將太子置於何地呢？

想不到婉兒也是據理力爭，她說如果陛下眞能允許廬陵王返回，那麼以伯仲之後，自然就應當是復立廬陵王爲太子，這是古已有之的規矩，想當朝太子也會遵守這長幼有序的法典的。

可是朕並沒有同意讓廬陵王回來。他是被朕廢黜的，他是有罪的。

可是已經十四年了。陛下，以十四年的光陰來折罪，奴婢以爲……

算了算了，別說了。朕不願意再說這件事了。你們都退下去。讓朕自己想自己的事。婉兒，你給我留下。

大臣們懵懵懂懂地離去。他們知道這個上官婉兒是在表演，但是他們卻不知道她是表演給誰看了。

當殿堂裡只剩下了婉兒，女皇突然發起了脾氣。她用嘶啞的而且是有氣無力的聲音對婉兒喊叫著，你這是要幹什麼？你是不是要氣死我？你怎麼知道我會讓李顯回來？你又怎麼知道我會讓李顯來繼承我大周的王位？不！這明明是武周的天下，怎麼能讓李顯來篡奪？你到底是怎麼想的？竟會在那幾個本來就巴望著李顯回來搶權的李唐舊臣面前說這些？那朕的尊嚴呢？朕從來就沒有答應過他們。你把朕的計劃全都打亂了。繼承朕大周王位的，只能是我們武家的後代，這難道還有什麼好懷疑的嗎？你不是也提到過三思嗎？你到底是什麼意思呢？你不要再給朕添亂了。退下去吧，朕要自己考慮自己的事。

如此婉兒儘管受到了女皇的一頓指斥，但是她知道她已經完成了。她已經在那些擁戴廬陵王的朝臣們中間表明了她的態度。儘管他們都知道她究竟是誰的人，儘管他們都認爲她很勢利，但是畢竟她如此勇敢地首先說出了復立廬陵王爲太子的話。那是那些號稱親李唐的臣相們誰也不敢說的。

婉兒那擲地有聲對李顯復位的籲請就那麼存在了，並且深深印在了那些朝臣的腦海中。婉兒知道他們聽到了婉兒的籲請，就等於是未來返朝的廬陵王李顯也聽到了。這就是婉兒爲李顯的返回爲自己做的鋪墊。她想她這樣做也就是像太平公主那樣腳踩在了李、武兩條船上。她想那是她爲自己也是付出了代價的。她甚至爲此而遭到武三思的打罵，她被弄得滿身血污，甚至差點被他殺死。但是婉兒還是堅持著這樣做了。因爲那是她審時度勢做出來的分析和判斷。唯有她。滿朝中唯有她一人眞正看穿了女皇的心。那是她的直覺。而她的直覺通常是不會錯的。是她在日日夜夜感覺著女皇。是她在感覺著女皇的所思所想。那甚至是連女皇也沒想清楚的，但是婉兒替女皇想清楚了。就是女皇眞的不讓廬陵王返回，婉兒也會說服或是逼迫女皇接回廬陵王。婉兒知道那是大勢所趨，那是命，是天意，是誰想違抗也違抗不了的。婉兒沒有錯。婉兒不會錯。儘管緊接著女皇在一次朝中的議事中，眞的提出了她欲立武三思爲太子的事，但是婉兒依然堅信李顯返朝是遲早的。僅僅是遲早罷了。那是不可改變的。

如此，婉兒做好了一切迎立新太子的準備。她知道她將斡旋於其中，不單單是爲了她自己，也是爲了武三思。儘管武三思並不理解她，但是她眞的是爲武三思去做了。大概武三思直到最後，才相信了婉兒確實是個重情重義的女人。

婉兒所看到的，是女皇最終的選擇。而在女皇呵斥婉兒擅自提出復立廬陵王李顯的請求時，她確實還沒有做出那個最後的選擇。於是才有了不久之後女皇在一次朝中的議事中，毫無鋪墊地，就突然提出了欲立武三思爲太子的意思，讓滿朝文武著實驚出了一身的冷汗。大家對此都沒有任何思想準備，特別是對武皇帝所提出的那個人選武三思，他們更是覺得不可理喻，不知道女皇是不是眞的糊塗了。如果是武三思，那麼他們寧可覺得女皇還很健康，還能每日臨朝參決國家大事，那麼繼承人的問題，自然也就沒有那麼急迫了。

朕在問你們哪，你們沒聽到嗎？

宰相們被女皇的追問弄得措手不及，面面相覷，一時間似乎誰也不知道是該響應女皇，還是應站出來反對女皇，他們還看不清女皇的心思。

而垂立於女皇側面的婉兒，倒是很清楚地看出了女皇其實是想藉武三思爲由，再度把這個一直困擾她的，而且是她覺得越來越緊迫的繼承人問題提出來。當然婉兒從心眼裡還是對女皇的這個提議感到很欣慰。她不管女皇眞正的目的是什麼，也不管滿朝文武是不是會心服口服女皇的這個提議，單單是女皇能夠提出來，婉兒就非常感謝了。她不知女皇是在給她一個面子，還是眞的在給武三思一個機會。婉兒想如果三思眞的能被獲准立爲太子……但是婉兒立刻就不再想了。因爲她知道那是根本不可能的，不僅滿朝文武會全力抵抗，其實女皇本人也不過是在做做樣子，是做給婉兒的一種姿態。

果然大殿裡一片沉寂。朝臣中沒有一個人站出來響應或是反對女皇的提議。

婉兒屏神靜氣，期待著，那個結果，儘管她其實早就知道廬陵王的返朝已成定局。

就是說，你們同意朕的提議了？

那是女皇威嚴的聲音，但那威嚴中所透露的，是女皇自己的懷疑。

朝臣們繼續沉默。

你們都不反對朕立武三思為太子了？

朝臣們依然沉默。因為他們確實不知該怎麼回答女皇的這個在他們看來近乎荒唐的提議。

女皇面對如此的僵局，突然從她的皇椅上站了起來。她喊叫著，沉默算什麼？是默許還是反對？你們聽到了嗎？朕在等你們。

朝堂上竟然繼續鴉雀無聲，彷彿那些女皇的命官們在存心以沉默與女皇抵抗到底。其實朝臣們中確實沒有幾個人同意武三思做太子。武三思算什麼？他何德何能竟要取代東宮的太子李旦？李旦儘管懦弱但也是大唐武周的血脈，那個武三思又是從哪個山溝裡莫名其妙地蹦出來的呢？不是想讓誰當太子誰就能當太子吧，這不是兒戲而是整個帝國的大事。儘管這個帝國是武周的，但武周的帝國也是帝國呀，怎麼能隨隨便便就交給一個既沒有帝國血統也也沒有眞才實學的勢利小人呢？朝臣們大都這樣大同小異地在心裡默想著。但他們中就是沒有人敢站出來說一個不字。

這其實就是爲臣者的一種十分惡劣的習性。他們對同類的升遷總是懷抱了一種十分卑劣的嫉妒心理。當武三思被拿出來議論的時候，他們立刻就會想出一千條武三思的罪惡，恨不得千方百計地扼制他的升遷。而這些朝臣們又同時是十分下作的，他們對當權者同樣也懷有一種不切實際的諂媚感，服從慾。如果女皇不是把武三思拿出來讓人們議論他是否能當太子，而是就把武三思放在了那個太子的位子上，那麼又有誰再對武三思說三道四呢？其實這也就是婉兒爲什麼看出了武三思根本就不是女皇心中的太子人選。她要是眞的相中了武三思，就不會把他拉出來當靶子，讓萬箭齊發，射穿他所有的面子和尊嚴了。

就是說你們同意了？那麼好，朕就可以讓人起草廢立太子的詔書了，婉兒，來……

婉兒並沒有匆忙備好筆墨。她覺得女皇的表演有點過火，她甚至爲女皇揪了一把汗。如若眞的滿堂文武中沒有一個勇敢者呢？但是婉兒依然在按部就班地準備著，因爲既然是女皇在玩的把戲，那麼就是不受規則限制的，女皇朝令夕改的事情還少嗎？婉兒在等。她堅信朝臣中最終會有人站出來的，否則女皇的朝廷就太腐敗了。果然不出婉兒所料，大概也是不出女皇所料，就在婉兒研好墨，準備動筆擬寫女皇的口諭時，朝臣中終於有人大喝一聲，慢！

慢！

那聲音勇敢執著，聲若洪鐘，滿座爲之一驚。

婉兒知道那就是聖上所等待期望的，否則她就不會反覆地問著她的朝臣們了，她的焦慮的面容竟爲之驟然舒展。

武三思不過是一個誘餌！

同樣的不出婉兒所料，跳出來的那位老臣果然就是狄仁傑。狄仁傑雖然是李唐的舊臣，卻是女皇將他提昇爲朝中宰相的。女皇對這個狄仁傑可謂是百般信任，甚至在他竭盡全力地成爲女皇朝廷的服務中，不知不覺地接受了他對未來的看法。婉兒不知道這是不是女皇和狄仁傑事先排練好的一場表演，但是憑著婉兒對狄仁傑剛正不阿的了解，她更相信這是女皇自己設計的，以武三思爲幌子，逼迫那些朝臣們就範。

狄仁傑果然一臉正氣，句句鏗鏘地說出了他反對武三思做太子的意見。他說以老臣的觀察，當今之天下並未厭惡李唐之德。譬如不久之前，凶奴犯邊，陛下曾使樑王三思招募勇士衛國戍邊，然而整整一月，報名者竟千名不足；在臣看來，如果此番招募勇士的不是樑王而是廬陵王，定然會應者如雲。所以以臣之見，陛下如欲更換太子，不應是樑王，而應是遠在……

朕累了。

武皇帝打斷了她的愛卿的話，突然離開了她的皇椅，向屛風後走去，把狄仁傑晾在了半道上，也使大殿裡的空氣更加緊張壓抑，令人費解。

而女皇的突然中止狄仁傑的奏請，倒是婉兒所沒想到的了。這一回連她也猜不透女皇到底是什麼意思了。這樣一而再、再而三地，女皇又一次拒絕了廬陵王。

你們怎麼還不走？朕不是說過朕累了嗎？

可是陛下，臣等是絕不願社稷落到那些不足以承擔社稷的人手中，臣等是眞心爲……

朕知道你是眞心爲朕好。只是皇嗣的事，朕不想再說了。你們可以退下去了。你們還有什麼事嗎？狄仁傑，你退下去吧。你的意思朕已經知道了，你不要再逼迫朕了。

武曌讓婉兒陪著回到了她的後宮。她臉上的神情很憂慮也很焦灼。她稍做休整，就被前來接她的張氏兄弟陪著回到了她的寢殿。她看到他們的時候，眼前才爲之一亮，她無限感慨地對他們說，什麼時候才能讓朕安心地和你們在一起，不再想這些皇嗣的事，朕確實是太累了。

婉兒獨自留在女皇的後宮中。她眞的很爲那個她與之同床共枕的男人悲傷。到底他們是有著肌膚之親的，她覺得武三思如今的處境更險惡了。他已經被女皇出賣成爲了衆矢之的。而女皇也從未眞的想讓他做太子，而只是想聽到狄仁傑的那一番肺腑之言。她想武三思的可悲之處，就是他只能是被女皇任意拿捏的一顆棋子。這顆棋子既可以抵禦進攻，又可以誘敵出擊，還可以隨意放棄。女皇就是這樣拿著武三思這顆棋子聲東擊西的，而武三思卻只能被他的姑母這樣拿捏著，犧牲著，他甚至還滿懷幻想地生活在那種被寵愛的騙局中。

婉兒知道武三思是篤定做不成太子了。而她要做的，就是爲武三思重新找到一條生存的路。

後來，女皇爲皇嗣的事又有過一次與狄仁傑的單獨的會面。那是一次很私人的會面，而就是那次會面使女皇終於痛下決斷。

女皇說，朕把你請來就是要聽聽你對皇嗣的看法，這一次你就盡情地說吧，朕不會打斷你了。於是六十八歲的老臣狄仁傑便按捺不住自己的激動，他甚至是在熱淚盈眶地爲遠在流放之地的廬陵王請求回朝。他說陛下可曾記得這萬里江山是先祖太宗李世民浴血奮戰打下的，而將帝位傳於東宮太子或是廬陵王這些正宗皇室的後代，都可告慰打下江山的太宗及高宗的在天之靈。這原本天經地義，不該有任何的偏移。臣且記得先帝高宗寢疾之時，也曾親自擬詔，請由陛下監國，輔政皇帝。不料陛下劫取神位十年之久，如今竟欲立武氏三思爲後，這就眞是大錯而特錯了。且不說這是何等地辱沒了先朝，僅就姑姪、母子誰疏誰親，也是陛下該反覆思忖的。臣提出召回廬陵王是因爲他確有治國的能力，又畢竟是陛下親生的兒子。陛下總將李姓視作不共戴天，殊不知他們的血管裡不僅流著李姓的血，也流著陛下及武氏祖先的血。他們才是陛下的親人是帝國眞正的繼承人，那麼陛下還猶豫什麼呢？而諸武終日阿諛陛下，臣以爲那是他們有所企圖。臣料定他們一旦皇權到手，就不會把陛下這個姑母放在眼中了。那時候，陛下的魂靈又將由誰來供養呢？

你的意思是，朕將死無葬身之地？

臣不是那個意思。

那你想說的又是什麼呢？是說朕武姓的後代沒有一個好東西？

陛下，老臣一片忠心，以死相諫，還望陛下能三思而後行。

那麼你的忠心，是對朕的，還是對先朝的呢？

當然是對陛下的，也是對先朝的。

那朕就不懂了。朕也是浴血奮戰才創建了這大周帝國，朕怎麼能將它拱手送出，任它付之流水呢？

由陛下的親生兒子接替陛下的王位，帝國怎麼會付之東流呢？

朕的親人是朕的敵人。他們朝思暮想復辟朕的王朝，朕怎麼能信任他們呢？

那麼陛下就寧可信任武姓的那些烏合之眾了？那這大好河山就確實是斷送在陛下的手中了。

你竟敢如此說朕？

那是因爲老臣眞心關切陛下。

好了好了，不再說這些了。朕不想與你不歡而散，畢竟咱們都老了。說到底皇嗣的問題是朕的家事，要朕自己來裁決，卿就不必再費心了。

陛下……

武曌想不到以狄仁傑六十八歲的老邁之軀竟撲通一聲跪在了她的面前，大有以死相諫的氣勢。他義正辭嚴地對女皇說，臣以爲，這不是陛下該說的話。

那你說朕該說什麼？

王者以四海爲家，那麼皇嗣的事就不是陛下的私事，而是朝廷興衰、天下興亡的國事。既然是國事，臣等受陛下之命輔弼國政的宰相們又怎麼能對此不聞不問呢？而太子之事緊繫天下安危，倘這天下之本動搖了，陛下的王朝便隨時都會有國難當頭了。

武曌望著那個長跪不起的狄仁傑，心中有很多感慨。想不到社稷承繼的問題，在她武周帝國竟是如此之難。她不怪罪狄仁傑的出言不遜，她也相信狄仁傑所說的，是出於對她以及對朝廷的一片忠心。她知道狄仁傑的爲人，知道他沒有私慾，他無論說什麼或是慫恿她做什麼都是爲她好，都是站在她的立場上爲她的切身利益考慮的。

於是武曌很動感情地對狄仁傑說，你起來吧，朕懂你的意思了。只是你要給朕一些時間，讓朕慢慢地考慮。

狄仁傑離開。武曌獨自一人坐在空空蕩蕩的大殿裡。她很惶惑，也很茫然。她就那樣獨自一人坐了很久，直到婉兒走過來，輕聲地對她說，陛下，您累了，回去休息吧。

女皇抓著婉兒的手，她問她，你聽到狄仁傑的話了嗎？

婉兒說，看來陛下只能召回廬陵王了，這是命定的，陛下不該違拗。

那麼三思怎麼辦？他們也是朕的親人。朕如果沒有他們，又怎麼能坐在這皇位上呢？他們也是王朝的有功之臣，朕怎麼能捨得丟下他們，任那些李唐的奸臣們去宰割？那就是等於在宰割朕。

武曌說著竟老淚縱橫。婉兒知道那其實就是武曌的決心，就是武曌決心要拋棄她武姓的後代們了。

婉兒勸著武曌。她說陛下不要再想這些了。大周帝國怕眞是唯陛下一代了，這也是天意。但奴婢堅信，只要有陛下在，就沒人敢把三思他們怎樣。李旦天性柔弱與世無爭；就是李顯回來，想他在這十四年的磨難之後，也絕不會如以前那般囂張了。陛下可以要求他們友好。他們畢竟是親戚弟兄。如太平公主與武攸暨的聯姻，奴婢以爲那是能使他們世世代代友好下去的最好方式了。如果他們都能珍重兄弟之間的這手足之情，那麼陛下還有什麼擔憂的呢？

倒是婉兒你很通達。告訴我，這武周帝國眞的就唯朕一代了嗎？

婉兒只是覺得，陛下能這樣想想，可能心裡會好受些。

是啊這也不失爲一種說法。

畢竟，陛下做過女皇了，何不讓陛下的偉業空前絕後？

就是說，讓李顯回來？

婉兒以爲陛下就只能如此了。

那麼怎麼和三思說？

陛下要得臣心得民心就必得復立廬陵王。陛下已沒有別的選擇。水可以載舟，亦可以覆舟，我想，尙書大人是能懂這個道理的。

婉兒，有你在朕的身邊，眞好。你總是事事處處出以公心，不以個人的好惡爲好惡。這一點眞的是很難得。你總能幫朕做出最明智的選擇，還能在朕遲疑的時候幫朕痛下決斷。朕眞不知道沒有你還能不能看清前面的路，更不知道朕會不會被眼前的私慾所迷茫。一個人能跳出自己，能在任何情勢下都公平客觀，能做到這一點實在是太不容易了，而婉兒你做到了。所以朕有你是幸運的。那廬陵王和三思有你是幸運的。朕總有告別人世的那一天。婉兒，朕就把朕的孩子交給你了。我知道你和朕想的是一樣的，你希望李顯能回來，穩住社稷；你也希望三思能好，能安居樂業。所以朕才會把朕的孩子們交給你，答應我，婉兒，你一定要想方設法讓他們世世代代地交好下去，行嗎？他們全是朕的，也全都是你的，你答應朕。

婉兒流著眼淚點了點頭。

婉兒說，奴婢將永生永世報答陛下。

想不到張氏兄弟竟成爲了武三思向東宮進軍的路上最大的障礙。他們才是破碎了武三思太子夢的最殘酷的凶手。這是武三思所始料不及的，更是婉兒始料不及的。因爲畢竟自從這一對妖魔一樣的兄弟走進女皇的後宮，武三思就匍匐在他們腳下了。很多年來，他對他們的照應就從未懈怠過，他爲他們可謂是效盡了犬馬之勞。他一直是把巴結女皇身邊的人當作巴結女皇的一個整體工程來做的。所以從薛懷義到張氏兄弟，武三思都是極盡阿諛奉承之事，不惜卑躬屈膝。以武三思越來越高的官階，竟依然爲了聖上的情人屈尊折節。武三思的這種做法，不但讓滿朝文武鄙視，就是那些受武三思照應的人，也常常對武三思不屑。這使武三思時常感到齒寒，但幸好有姑母聖上能體會到他對她的那一番忠心和苦心，並不斷讓他升官發財，才讓武三思多少感到了些安慰，何況他所要眞正巴結的，並不是那些無恥的宮廷男妓。他知道他們離開了女皇的床榻就什麼也不是，所以他也就不再計較他們輕蔑他的態度了。只要聖上對他好。

武三思雖略涉文史，監修國書，卻從沒有認眞研究過混跡於後宮的張氏兄弟那一類人的心態，以至於翻在他們的那一道陰溝裡。張氏兄弟在剛剛進宮時還懵懵懂懂，看不清朝中的局勢。那時候他們只和那些女皇寵愛的近臣接觸，所以他們的目光是狹窄的，自然也無法選擇他們的立場。後來隨著時光的流逝，隨著他們所接觸的人越來越多，所經歷的事件越來越深入，慢慢地，他們終於覺出那些對他們最巴結奉承的人，其實並不是他們立足朝廷所最最需要的人。

張氏兄弟當然是聰明的，他們倘若沒有聰明而只有美豔只有偉岸的陽具，女皇也不會把他們留在她身邊那麼久。於是聰明的張氏兄弟很快就發現李、武兩姓勢力的較量其實並不是勢均力敵的。武姓一族儘管表面上氣壯如牛，而本質上確是十分虛弱的。他們所能仰仗的，只能是年邁的聖上，而一旦聖上垮台，他們自然也就會隨之崩潰瓦解。而李姓的勢力就不然了。他們儘管看上去萎頓收縮，但背後卻是幾代李唐江山的強大支撐。他們的抑鬱不得志只是暫時的，遲早有一天他們會摧枯拉朽，東山再起。

這便是聰明的張氏兄弟所看到的。他們不僅看清了武三思注定卑微的一生，看清了滿朝文武對諸武越來越深刻的不滿，看清了武三思最終無法繼承王位，還看清了未來的天下必定是李家的。他們同時也看清了，他們兄弟要想在朝中立足，就不僅要精心侍奉女皇，還要取悅於那些擁戴李唐的朝臣們。他們明白，聖上在繼承人的問題上是怎樣地猶豫徘徊，聖上只是在情感上親近她的那些無比順從的武姓親戚，而她眞正器重的，其實還是狄仁傑那樣的李唐塑造出來的舊臣。

於是聰明的張氏兄弟開始有目的地去靠近那些朝中的老臣們，因爲他們深知，在某種意義上，只有爭取到老臣們的認可或是默許，他們的位置才可能是穩定的。而這樣的穩定是武三思不能給他們的，因爲武三思自己就是不穩定的。他今天可以榮華富貴權傾一時，但轉眼就可能成爲階下之囚。女皇可以有這般她可以隨時拋棄的走狗，他們卻不能信賴如此朝不保夕的靠山。

於是張氏兄弟開始了對那些李唐舊臣軟硬兼施的攻勢。他們首先找到了狄仁傑在政治上黑白分明而在生活上對女皇放任自流的空檔，由張易之反覆虔誠地登門拜訪求教，向狄仁傑討得自安之策。自然是女皇最親近的人求助於他，狄仁傑自然也直言相告，叮囑他們唯有勸迎廬陵王方可免禍。接下來又是張易之向女皇信任的天官侍郎吉頊請教，而剛好吉頊對諸武懷了很深的成見，他當然也不會說武三思的好話。吉頊說以臣之見，他們兄弟所蒙皇恩浩蕩，並不是因你們於天下有多大的貢獻，而僅僅是陛下宮闈的需要。而今天下士庶皆思李家，李家的廬陵王卻仍被流放，京都的太子亦幽閉於東宮。畢竟陛下年事已高，無論如何是到了有所託付的時候了。可是武氏諸王對年邁的女皇多有企圖，他們憑什麼繼承皇位呢？滿朝文武也絕不會接受他們。吉頊在這一番語重心長地對朝中情勢加以分析後，又高瞻遠矚地 張氏兄弟指明了安身立命的方向。他說你們兄弟若能說服聖上將廬陵王接回，或許能在朝中建立威信。如此就是聖上百年之後，你們也依然能在李唐的王朝裡擁有榮華富貴。切不可只貪圖眼前的蠅頭小利，要風物常宜放眼量啊。

在狄仁傑和吉頊這兩員老臣的點撥之下，張氏兄弟迷茫的眼前果然豁然開朗。他們終於撥開了那重重迷霧，緊緊抓住狄仁傑和吉頊的衣帶，開始了他們尋求自安的漫漫旅程。於是他們身體力行，他們凡是和女皇在一起，不論白天還是夜晚，都會大吹只有儘快接回李顯，才能收取天下的枕邊之風。

也許是因爲女皇太喜歡她床上的這一對妖姬一般美豔的男人了，也許是因爲女皇最終看清了其實她早就看清的未來，於是在某一天的某個夜晚某個女皇被激情迷惑得難以自抑的時刻，她終於答應了那兩個纏繞在她衰老身體上的兩個精光的男人。有時候，這一類無比重要甚至是關乎國家命運前途的大事就是在這樣的床幃之間定下來的。女皇就是這樣，就是在她老人家欣賞著把玩著那兩個年輕人偉岸的陽物時，說，好吧，就讓李顯回來吧。

多麼荒唐。

女皇竟然不知她的武周帝國於是就滅亡了。

而在這種慾望的迷亂中所說的話能夠作數嗎？

幸好那個被慾望所迷亂的女人不是別人，而是武曌，是那個至高無上、擁有著無限權力和整個王朝的女皇帝。女皇帝又剛好不願在她寵愛的男人面前反悔。女皇的風度就是，君子一言，一諾千金。

但是儘管如此，張氏兄弟還是怕夜長夢多，怕武三思眼淚漣漣地在他姑母的耳邊鼓噪幾句，女皇就會改變了主意，毀了他們的前程。於是他們又百般妖嬈地逼迫著那個沉醉的女皇將決心變成一紙詔書。甚至張易之不惜當即就蹬上褲子，星夜去找婉兒。

張易之遍尋後宮找不到婉兒。其實張易之稍稍轉動腦筋就該知道婉兒此刻正睡在誰的懷中。

還是在聖上的提醒下，張易之在文史館中那個深深庭院裡找到了婉兒。他是把婉兒從武三思的被窩裡叫出來的。那時候還是深夜。婉兒掙脫了武三思的溫暖。

其實婉兒一看到張易之那張興緻勃勃的臉就知道不是聖上出了什麼事。她很鄙夷地看了一眼張易之，便十分不情願地跟著他往外走。

張易之有點得意忘形地問著婉兒，能猜出陛上召你去做什麼嗎？

無非是擬寫詔書，你們的目的實現了。婉兒的話語就像是頭頂的星星那麼冷。

你不是也一直在極力慫恿聖上接回廬陵王嗎？

我和你們不一樣，我是爲了女皇的天下。

你這樣說就不對了，我們難道不是爲了聖上的天下嗎？

你們無非是爲了取悅狄仁傑。是他叫你們逼聖上的嗎？

那時候張易之已經不怕婉兒了，他立即反唇相譏，說你和武大人的好日子也不會太久了吧。

那麼你以爲你們就會好久嗎？聖上的壽數就是你們的壽數，說不定你們還會非命於聖上的百年之前呢。別以爲你們就能拿著這一紙詔書到狄仁傑那裡邀功請賞，你難道看不出他們是怎麼看不起你嗎？他們不過是利用你們罷了，你們竟相信你們是有未來的。太可笑了。是不是還能在廬陵王那裡混個一官半職啊？除非你還能跟廬陵王的妃子睡……

你這個婊子！

這是張易之這種柔媚的男人所能說出來的最解氣的話了。

你這個婊子！

婉兒說你不要高興得太早了，還不知道誰能笑到最後呢。

他們的爭吵沒有繼續下去，那是因為，這時候婉兒已經走進了女皇的寢殿。她在一種污濁氣味中走向了女皇。她看見女皇已經睡眼迷離，但女皇看到婉兒後便為之一震。她什麼也沒有對婉兒說，只是抬起手臂，指了指已經備好筆墨紙硯的案台。

婉兒沒有走到那案台前。婉兒依然站在斜靠在大床上的女皇的身邊。她輕聲問著武曌，陛下真的決定了？

朕以為沒有什麼好遲疑的了。

那麼詔書上寫什麼？

就說朕恩准他回來。

陛下就不留一點餘地了嗎？

什麼餘地？朕聽不懂你的話。

奴婢是說，畢竟十四年來，陛下從不曾見過廬陵王，陛下怎麼能知道他變成什麼樣子了呢？

那你是什麼意思？朕不知道他什麼樣子就不能讓他回來嗎？武曌這樣說著，就從她的床上坐了起來。她原本丐起的衣襟鬆散了開來，露出了那兩個耷拉在胸前的乾癟的乳房。婉兒是無意間看到那些的。她突然覺得很難過，她不想再跟女皇作對了。她想李顯就是應該回來了。武曌這種剛愎自用的女人能做出這種糾正自己錯誤的選擇不容易。婉兒想她或許不該計較女皇是什麼樣的情況下，做出這種決定的。

婉兒慢慢走到案台前。她拿起了筆，準備把女皇恩准廬陵王返朝的詔書寫出來。就在婉兒準備下筆前，倒是女皇猶豫了。

婉兒也許你說得對，朕是該為自己留一點餘地。說吧，你的意思是什麼？

奴婢是想這樣寫，陛下念及廬陵王有病在身，特許他返回神都治療。奴婢是想待廬陵王返回，陛下與他見面之後，再議復立之事也為時不晚。反正廬陵王也回來了，陛下還怕不能把太子的位子給他嗎？

好吧，就依你的意思吧。

待婉兒把詔令寫好，女皇便密傳兵部職方員外郎徐彥伯。女皇說朕要秘密把李顯接回來。

於是武則天的秘密使者徐彥伯火速趕來。女皇在那次午夜的秘密會見中幾乎一言未發，她只是讓婉兒宣讀了那份墨跡未乾的詔書，徐彥伯的人馬就星夜啓程了。

一切進行得如此之快。幾乎是轉瞬之間，李顯就會從那幾千里外回家了。整個的過程之快甚至是連武曌都很懷疑的。她就是要讓那一切在迅雷不及掩耳之間完成，她可能是害怕離開了那個時刻可能連她自己也會動搖。那樣，她可能就永遠也見不到她的這個兒子了。

如此，張氏兄弟向他們的新朋友狄仁傑和吉頊交上了一份滿意的答卷。畢竟，從李唐舊臣們提出要廬陵王返朝，到上官婉兒提出復立廬陵王爲太子，還都是只將這個關乎國家社稷命運前程的大事停留在觀念上和停留在口頭上。是唯有張氏兄弟在他們與女皇的蕩氣迴腸之後，眞正把人們嚮往已久的理想落到了實處，變成了現實。所以在廬陵王切實返回朝廷的這個行動中，張氏兄弟確實是功不可沒的。

只是張氏兄弟因此就有點飄飄然了。他們以爲單單是憑此，他們在未來廬陵王返回並復立爲太子的朝廷中就可以恃才傲物。他們想得還是太簡單了。他們不論怎樣地爲政治做出巨大的貢獻，他們依然是聖上的面首。那是當他們人頭落地時也沒有想明白的。

就這樣，徐彥伯的人馬踏上了遙遙路途。而婉兒，在陪伴女皇完成了那所有秘密接回廬陵王的程序後，還是重新回到了武三思的身邊。本來她也可以不回來。但是她思忖再三，最終還是選擇了回來，她想在朝廷的這一秘密的事件後，她遲早是要面對武三思的。婉兒回到文史館。

她果然發現武三思並沒有睡，他還一直等著她。他的詢問的目光。那目光說他們彼此是親密無間的是應該可以無話不說的，武三思甚至又把冰冷的婉兒摟抱在了他溫暖的能消融一切的懷抱中，他所期盼的是什麼呢？

而多年來憑著婉兒在女皇身邊工作的經驗，婉兒諳知了她對這一類事情所應當採取的態度。那是女皇的秘密。而女皇的秘密自然也就是婉兒的秘密。很多年來婉兒一直嚴格恪守著她的這一份在女皇身邊工作的原則。後來這甚至成爲了婉兒的一種生存的狀態。所以女皇信任她。所以女皇在知道她可能繼續回到武三思床上的情況下，也並沒有提醒婉兒要保密。但婉兒知道這是秘密。她是自覺在爲這一份秘密負責任的。她要恪盡職守。或許僅僅是爲了她自己。武三思料定女皇那邊有什麼事情發生了，否則半夜三更聖上不會派張易之跑到文史館來找婉兒。而婉兒只是說，是張氏兄弟的一些事情。他們在向女皇索要更大的官位。那麼聖上答應他們了嗎？武三思輕輕地撫摸著婉兒。她一邊問著一邊讓婉兒感覺到他是怎樣地需要她。大人說呢？婉兒也不得不應和著武三思的激情，一種在劫難逃的感覺。他們都強烈地慾望著對方，而那個對武三思來說也至關重要的朝廷秘密，就這樣在他們的一番風流雲雨中逃之夭夭了。

直到武三思筋疲力竭沉睡了過去，婉兒才安靜下來，覺得她終於逃過了這一劫。她想她是堅毅的，她不會向權勢低頭，更不會向溫情低頭。其實在他們衝動的過程中，武三思一直在旁敲側擊地逼問著她，但是婉兒卻也一直閃爍其辭，不曾吐露聖上的一絲隱秘。婉兒想她只是把她的身體給予了武三思，她的心卻始終是她自己的。她想幸好她的心可以把所有的秘密藏起來，又幸好，她的心裡是誰也看不見而且參不透的。於是人們可以陽奉陰違，口蜜腹劍。婉兒並不是眞的不想讓武三思知道那個幾乎和政變沒有什麼本質區別的秘密，但是她怕武三思會憤怒，會覺得他被欺騙了，而歇斯底里地跑到女皇那邊去論理。這樣就不但出賣了婉兒，而且會把他自己弄得更身敗名裂。如果武三思的掙扎能改變朝廷格局，他不枉一搏；而如今朝堂歸回李家已是大勢所趨，三思又何苦要去做那無謂的掙扎呢？在婉兒看來，武三思既然能夠在數十年間屈尊折節地侍奉姑母，甚至將姑母的狗屁情人都奉若神明，那麼，他又何以不能繼續屈尊侍奉李唐的那些皇子們呢？反正都是爲臣。爲臣者又怎麼能對他的主子挑肥揀瘦呢？

婉兒儘管對接回廬陵王的事情始終嚴守，但是她又反覆地向武三思滲透未來朝廷可能會發生的變化。她抓住一切時機，不停地向他灌輸：聖上老了。聖上越來越力不從心了。王朝遲早是大唐的。聖上已經時常提到廬陵王了。一開始武三思對婉兒的這種悲觀的論調一點也不能理解。其實在某種意義上，他就是把婉兒當作了一個聖上的晴雨表的，他覺得倘若聖上眞的決定把王朝交還李唐，以婉兒的聰明投機，她也就絕不會毫無節制地和他如此親密了。武三思這樣想是因爲他到底是沒有眞的了解婉兒。他既看不到婉兒的重情重義，也根本就無法理解婉兒的那一份高妙的韜晦。所以他憤怒。他說王朝只能是武家的，千秋萬代。於是婉兒就會再度重申，一個人只有審時度勢，明察秋毫，才能找到自己的位置。不能以己之心，度聖上之腹。

你到底是什麼意思？我眞的不懂了？聖上眞的要傳位於東宮了嗎？

滿朝文武都在說是到了決定繼承權的時候了。

可她是一直怨恨李旦的。

難道大唐就只剩下李旦這一個兒子了嗎？

聖上不會讓廬陵王回來的，那就等於是承認她錯了，聖上怎麼會承認她錯了呢？

但是李顯畢竟是她親生的兒子，而且是朝野上下都滿懷期待的。

不過是李唐的幾個老臣罷了，就像是終日在聖上耳邊嗡嗡叫的蒼蠅。他們怎麼能代表朝野呢？我從沒聽說過。

你怎麼會沒聽說過呢？單單是我就對你說過了無數次，你只是不想聽也不願相信罷了。你只想著要繼承大周的霸業，卻從來不肯想一旦女皇不把皇權交給你怎麼辦？那也是聖上爲勢所迫，在朝野上下的逼迫下，她只能犧牲你而保全她的皇位。那時候你又怎麼辦？你就一直朝著那個死胡同走到黑，直到碰個頭破血流嗎？不，大人，那不是你生存的目標，也不是你做人的原則。婉兒苦口婆心，是爲了提醒大人知道你我之輩在這朝廷之中，是不具備昂著挺胸、叱吒風雲的資格的，甚至，連表現一下人格、尊嚴的資格也沒有。你我不曾與我們的父輩一道被殺就是我們的幸運了，而我們又被聖上接進朝廷，特別是大人聲名顯赫威權日盛，這簡直是幸運中之大事。但是之於我們，無論怎樣地幸運，都是不幸的。我們必得永遠夾著尾巴做人，必得任人宰割，必得銘記在我們的背上是印著父輩的罪惡的，那是永遠的印跡，永遠也不會抹掉，至少是不會從聖上仇恨的記憶中抹去。所以婉兒才時常自省，看清楚婉兒其實是夾縫中求生存的女人。既然身處夾縫，就要能伸能屈。這全是婉兒的肺腑之言，婉兒說出來，是希望能與大人共勉。而我們今天所要做的，首先就是要看清我們在聖上心中的位置，唯有知己知彼，才能找到我們今後生存的那種正確姿態。我們唯有如此想如此做，就不會應付不了風雲變幻，朝代更迭，也不用管那個當權者究竟是聖上還是李顯了。婉兒會幫助大人。相信我，我會全力以赴的。我們有自知之明，又有謀略智慧。難道憑著我們兩個人的智慧和力量，就不能戰勝李唐的那股勢力嗎？爲什麼非要去坐那個皇位？以奴婢身居朝廷多年之見，深知皇位才是最最危險的居處。高處不勝寒。大人也精通文史，想想歷朝歷代，有幾個皇上是在那個位子上善始善終的？那皇位四周的空地上，總有刀光劍影，總是血流成河，大人就不曾看到？以大人對文史的通略，那歷史其實早如一面明鏡，照見了大人的未來。所以遠離那兵刃，遠離那鮮血，大人方能苟且偷安；但如若大人眞的登了那皇位，婉兒料想，那只能是加快大人生命的終結。這絕不是婉兒的危言聳聽。如今朝廷百官要擁戴的，確實是李朝的天下，所謂天下思李，這甚至是張氏兄弟那種無恥小人都看得清的。武姓的君王，天下只承認女皇一人，一旦女皇逝去，武姓必將隨之消亡。那我們今天何不換一種姿態，換一種活法呢？我們何不退避下來，靜觀事態，然後從長計議以求生存呢？請大人相信奴婢，奴婢是眞心爲大人好。退一萬步，奴婢的身體還需要大人，需要有大人的夜晚大人的庭院大人的床和大人的撫摸呢。婉兒不希望大人因爲義憤而耽擱了性命。對大人來說，活著才是第一重要的，婉兒還想與大人長相廝永生永世呢。

武三思緊緊地把婉兒擁在懷中。在如此的肝膽相照中，三思知道他不再是孤軍奮戰。

他甚至也眞的不再怕女皇有一天會拋棄他。不，那絕不可怕，因爲他的身邊有婉兒。

於是在此番他把婉兒擁緊在懷中，他身體中所湧動的不再是那種慾望，而是一種強烈的感動。他知道婉兒才是眞正對他好的，亦知道婉兒是在怎樣設身處地地爲他想，並爲他尋找自安的出路和前途。他是多麼感謝婉兒。他覺得婉兒簡直是他的救世主。他覺得他的生命中能有婉兒實在是太好了。他甚至覺得婉兒是要比他那個女皇的姑母更智慧而且更偉大的。

於是武三思更緊地抱著婉兒，他說，別離開我，答應我，永遠也不要離開我。他還說，你才是我眞正的女皇眞正的聖上，你才是至高無上無與倫比的……

隨著武三思在婉兒那裡討得了越來越多安身立命的教誨，他也就越來越將婉兒視若神明。如果說武三思在這宮中對所有人的阿諛奉承都是虛假的違心的，但是他對婉兒的那一份欣賞和欽佩卻是異常眞實由衷的。他愛婉兒。而且越來越離不開她。在婉兒面前，他的那種男人的自負和男人的剛愎自用，竟然不再有表現的可能。他承認婉兒是一個十分了不起的女人，他甚至承認婉兒對他的那種絕對的權威。他想著他和婉兒之間那幾十年的恩恩怨怨，從少年進宮，到他懷著卑微心理迷戀著姑母身邊的那個貴族出身的小侍女；再到他的被女皇寵愛他的使婉兒蒙受黥刑；再到他在文史館的那個暗夜中的大殿上，他將婉兒據爲己有。他敬佩婉兒的不計前嫌，化干戈爲玉帛，讓他們終於能夠彼此擁有，直到今天，婉兒成爲了他的靈魂他的頭腦他生命中唯一的親人。

（上冊完）

國家圖書館出版品預行編目資料

上官婉兒／趙玫 著；　-- 第一版.
--臺北市：大地，2002〔民91〕
面；　公分--　（歷史小說；6）

ISBN 957-8290-61-6（上冊：平裝）

857.7　　91008771

歷史小說 06

上官婉兒（上）

作　　者：趙　玫
創 辦 人：姚宜瑛
發 行 人：吳錫清
主　　編：陳玟玟
美術編輯：黃雲華
出 版 者：大地出版社
社　　址：台北市內湖區內湖路2段103巷104號1樓
劃撥帳號：0019252－9（戶名：大地出版社）
電　　話：(02)2627－7749
傳　　真：(02)2627－0895
E-mail：vastplai@ms45.hinet.net
印 刷 者：久裕印刷股份有限公司
一版一刷：2002年6月
定　　價：250元

Printed in Taiwan

地 大地 大地 大地 大地 大地 大地 大地 大地 大地